탐라의 여명 4

탐라의 여명
4

이성준 지음

學古房

버려진 존재들은
버려진 운명을 감당하지 못하여
버려진 자리에서 스러지기도 하지만
서러움 무기삼아
끈질긴 생명력으로 되살아나기도 한다.

버려진,
내몰린 존재들의 역사와
그들에 의해 새로 쓰여지는 역사
위대함보다는
숙명을 알뜰히 감당하는 존재들의 위대성
그 위대성을 기록하고 싶다.
시간을 뛰어넘어 되살아나는
버려진 존재들의 숨결을 기억하고 싶다.

2022년 여름
횡성호수 근처 만취재(晩翠齋)에서

李成俊

▌차례

태자도太子島에 들다

1

조용하기만 하던 갯가마을, 당골이 새벽부터 떠들썩했다. 태자와 을지광, 마석이 이사하는 날이었다.

꼭두새벽부터 당골 포구에 정박 중이던 배에서 장정들이 내리기 시작하더니 을지광과 마석의 집으로 몰려들었다. 그들 맨 앞에서 일행을 이끄는 사람은 다름 아닌 바로 범포였는데, 다소 상기된 얼굴로 부하들을 이끌고 있었다.

일행이 을지광의 대문 앞에 닿자 범포가 큰 소리로 외쳤다.

"태자 전하! 소장 범포, 태자 전할 뫼시러 왔습네."

그 소리에 대문이 열리자 범포가 제일 먼저 안으로 들어서며 다시 외쳤다.

"태자 전하! 소장 범포가 왔습네."

"태자 전하 두 번 모셨다간 마을이 다 깨지갔다. 새벽부터 웬 소릴 기렇게 딜러대네?"

안 그래도 기다리고 있었던 듯 마석이 마중 나오며 대거리를 했다.

"뎌, 뎌, 뎌런 듁일 놈을……. 무장 목소리 큰 게 어디 흠이네? 네 놈은 짐이나 다 꾸래서 여기 와 있네? 네 놈 짐엔 손도 안 댈 테니낀 기리 알고 조처하라."

"안 기래도 기럴 둘 알고 다 꾸래 놨으니 걱뎡 말라."

"기놈, 떨어놓고 갈까봐 겁났던 모양이구만기래."

"겁나서 기런 게 아니라 해적 놈 손 안 빌리라고 기랬다, 왜?"

"이, 이, 이런 망종을 봤나?"

범포가 뭐라 대거리하려는데 지광이 나오는 바람에 두 사람의 정중한(?) 아침 인사는 그것으로 끝났다.

"왔으면 들어오디 않고 와 밖에 있네? 들가자."

"아, 아닙네다. 소장은 밖에서 애들 단속해야디요."

뜻하지 않은 지광의 출현이 무안한지 범포는 재빨리 대문 밖으로 나가 버렸다. 그 모습을 바라보며 지광이 말했다.

"태자 전할 모시고 간다고 많이 흥분한 것 같구만 기래."

"와 안 기러갔습네까? 소장도 태자 전할 텨음 뵈러 갈 땐 흥분해서 다리가 다 떨리던데요."

"기래서 자네가 범포 흥분길 둄 눌러 놓은 거고?"

"기렇디요. 벋 둏은 게 기런 거 아니갔습네까? 소장도 범포와 함께 살 걸 생각하니 흥분돼서 잠도 옳게 못 댔습네다."

"기렇갔디. 전장을 넘나들며 우정을 나눴던 벋을 10년 만에 다시 만나 같이 살게 됐으니 와 안 기렇갔네. 기래서 남잔 벋이 최고 아닌가?"

지광은 벗을 다시 만난 마석이 부러운 듯 마석을 바라보며 쓸쓸히 웃었다.

"태자 전하께선 기침하셨습네까?"

"기럼. 태자 전하께서도 밤잠을 제대로 못 듀무셨을 기야. 기런데 자네 둘이 마당에서 입씨름을 해댔으니……. 다 들으면서 나려럼 부러워했을 끼고."

"부끄럽습네다."

"허허, 난 기런 뜻으로 한 말이 아닐세. 기러고 오늘 같은 날은 둠 떠들썩해야 하디 않갔나?"

"기건 기렇디요."

두 사람은 기분 좋게, 가슴에 똬리를 틀고 있는 일말의 불안과 걱정마저 다 털어내려는 듯 웃었다.

2

"됴심, 또 됴심하라."

마당에 서서 장정들을 관리·감독하는 사람은 다름 아닌 범포였다. 짐을 옮기는 장정들에게 붙어 일일이 지시하며 잠시도 장정들 곁을 떠나지 않고 조심하라는 말을 반복하고 있었다. 얼마간 했으면 장정들에게 맡기고 자리를 뜰 만도 한데 시종 곁에 붙어 서서 짐 옮기는 일을 지휘하고 있었다.

"이 사람아, 들어가서 차나 한 단 마시라. 일하는 사람들 기 듁이디 말고."

마석에 이어 지광까지 나서 진작부터 범포를 졸랐으나 범포는 귓등으로 흘리며 들은 체도 않았다. 연신 싱글거리며 장정들 단속에 열을 올리고 있었다.

"내래 태자 전하와 건위장군을 모시고 가게 됐는데 기냥 있을 수야 없디 않갔습네까. 기러니 말리디 마시라요."

범포는 새색시를 데리고 가는 신랑처럼 들뜬 목소리로 대답했다.

"아, 기래도 기렇디. 들어가재도…….."

뒤로 물러섰던 마석까지 다시 나서며 말렸으나 들은 체도 안 했다.

"내래 각시 맞을 때도 이러디 않았어야. 얼마나 설렜으믄 이 꼭두새벽부터 이룽갔네. 기러니 말리디 말라."

범포는 덩실덩실 춤이라도 출 듯 온몸으로 기쁨을 표현하고 있었다.

"나 탐, 이사 두 번 했다간 사람들 다 말려 듁이갔구만."

결국 마석과 지광은 포기하고 들어갔다. 그러거나 말거나 범포는 마당과 대문을 오가며 부하들이 짐을 져 나를 때마다 기쁨에 겨운 목소리를 뱉어내고 있었다.

지광네 짐은 단출했다. 식구는 많았지만 집을 장만한 지 몇 개월 되지 않아서 세간이 많지 않았다. 그러나 마석네 짐은 날라도 날라도 줄지 않았다.

"이 많은 짐들을 다 어디다 두고 살았던 기야?"

범포도 마석네 짐을 보며 혀를 내둘렀다. 사실, 마석마저 놀랄 정도였다. 집에 들어 있을 때는 몰랐는데 옮기려고 꺼내놓으니 어마어마했다. 한 집 살림이 아니라 두어 집 살림을 한꺼번에 꺼내놓은 듯했다.

그러나 떡대 좋은 장정 삼십 명 가량이 달라붙어 져 나르기 시작하자 금방 줄어들기 시작했다. 마석의 집에서 포구로 짐을 져 나르는 사람, 지고 온 짐을 배에 싣는 사람, 다시 짐을 지기 위해 마석네 집으로 가는 사람들의 움직임은 일개미들의 이동하는 모습을 연상시키기에 충분했다. 그렇게 한 시진쯤 짐들을 옮겨 배에 싣자 집 앞에 쌓여 있던 짐들은 다 없어지고, 짐을 실은 배는 그새 아이를 밴 여인네처럼 불룩했다.

짐을 다 싣기는 했지만 배는 떠날 수가 없었다. 썰물에 맞출 거라고 새벽부터 부산을 떨었는데, 정작 짐을 다 옮겨 싣고 보니 아직도 밀물이 밀려들고 있었기 때문이었다. 바람은 아직까지 북풍이 남아있어 배를 부리는 데는 문제가 없었지만, 물때에 맞추지 않고는 포구를 벗어날 수가 없었기에 물때를 기다리는 수밖에 없었다.

범포가 그러저런 사정을 알리며 마석의 의견을 묻자 마석이 기다렸다는 듯이 바로 대꾸했다.

"어뜩하긴 뭘 어뜩해? 핑계에 일꾼들도 쉬게 하고 우리도 둠 쉬디 뭐."

마석이 범포의 어깨를 툭 친 후 자신의 집으로 들어갔다. 그리고 잠시 후 마누라와 함께 집에서 나왔다. 마석 마누라의 손에는 커다란 함지박이 들려 있었고, 그 뒤에는 소쿠리를 든 하인들이 뒤따르고 있었다. 함지박과 소쿠리에는 주먹밥이 그득 담겨 있었고. 짐을 싸기 전에 미리 주먹밥을 준비해둔 모양이었다.

"내래 너녀럼 무식한 종잔 둘 아네? 일을 시켰으믄 당연히 먹을 걸 줘야디. 기렇디만 네놈 건 없으니낀 기리 알라."

마석은 범포에게 시비 먼저 걸어놓고 뒤를 돌아보며 고개를 끄덕였다. 그러자 마석의 마누라와 하인들이 삼삼오오 모여 있는 장정들에게 주먹밥을 나눠주기 시작했다.

"여기 있어봐야 먹을 거 없으니껜 우린 들어가댜. 남 먹는 거 보는 것도 힘들디만 혼차 먹기도 힘들 테니 댜릴 피해줘야디."

마석이 팔을 잡아끌자 범포도 그 말이 맞다 싶은지 순순히 마석을 따라 집안으로 들어갔다.

마석과 범포가 들어가자 장정 몇이 마석 마누라와 하인들 손에 들린 함지박과 소쿠리를 넘겨달라고 하더니 자기들 손으로 주먹밥을 나눠줬다. 많게만 보이던 주먹밥이 곧 동이 나고 말았다. 주먹밥을 배급받은 장정들은 밥을 먹기 시작했다. 새벽부터 힘을 써선지 밥맛이 꿀맛인 모양이었다. 커다랗게 뭉친 주먹밥 두 개를 마파람에 게 눈 감추듯 꿀꺽 먹어치웠다.

주먹밥으로 요기한 장정들이 하나둘씩 자리에 눕기 시작했다. 팔베개를 하기도 하고, 동료들 배를 베개 삼기도 하고, 담벼락에 기대기도 하면서 마당을 안방 삼아 잠을 청했다. 봄볕이 따가울 텐데도 아랑곳하지 않고 곧 잠에 빠져들었다.

해가 중천에 떠오르자 봄볕이 따가운지 마당 한가운데 누웠던 축들이 하나둘 그늘로 자리를 옮겼다. 그늘로 얼굴을 가리고 몸은 양지쪽에 둔 채 잠 속으로 빠져들었다. 드르렁거리기까지 했다. 봄볕은 그러는 그들을 고요히 덮어주고 있었다. 겨우내 삐쩍 마른 줄만 알았던 봄볕이건만 넉넉하고 풍성하게 마당에 내리고 있었다.

그러기를 한 시진쯤. 마석네 마당으로 사내아이 하나가 들어섰다. 검댕이 묻은 얼굴에 땀과 때에 전 옷, 쭈뼛거리며 들어서는 품이 화장이거나 배에서 잔일을 하는 애기사공인 것 같았다.

"썰물이 났답네다. 밸 띄울 수 있다고……."

기어드는 목소리로, 누구에게랄 것도 없이 혼잣말을 하듯 뱉어내자 대문가에 누워있던 장정 하나가 눈을 뜨며 대꾸했다.

"썰물이 났다고? 알갔다. 딕금 간다고 전해라."

그러더니 주변을 깨워놓고 안채 쪽으로 가 목소리를 높여 말했다.

"장군! 썰물이 났다고 합네다."

그러자 안에서 범포의 목소리가 바로 흘러나왔다. 기다리고 있었다는 듯 반가운 목소리였다.

"알갔다. 나갈 테니 준비들 하라."

"예! 장군!"

그러는 사이에 마당에 누워있던 장정들이 모두 일어나 떠날 준비를 했다. 그러기를 잠시. 안채에서 범포가 나왔다. 그 뒤로 안채에 있던 사람들이 하나둘 모습을 드러내기 시작했다.

지광과 마석이 태자를 모시고 집을 나섰다. 그 뒤를 구명석과 바우, 광석 형제가 따랐고, 그 뒤에 지광과 마석네 식구들이 아쉬운 발걸음을 옮기고 있었다.

"이데 가댜우."

범포는 대문 앞에 선 채 일행이 다 나오기를 기다렸다가 모두 집에서 나오자 부하들에게 외쳤다. 그리고 장정들을 이끌고 잰걸음으로 포구로 향했다.

포구에 도착한 범포는 부하들에게 이것저것을 명하고 확인하더니 태자와 지광, 마석이 타고 있는 배에 오르며 다시 소리를 질렀다.

"출항! 출항하라!"

드디어 배가 움직이기 시작했다. 배는 총 세 척이었다. 한 척에는 짐들을 가득 실었고, 또 한 척에는 짐과 함께 범포의 부하들이 탔다. 그리고 마지막 한 척에는 이사 가는 사람들이 타고 있었다.

장대로 배를 포구에서 밀어내더니 노를 저어 포구를 벗어나자 드디어 돛을 올렸다. 셋 다 쌍돛을 달고 있었다.

돛을 올리자 잔잔한 봄 바다를 가르며 배가 내닫기 시작했다.

3

햇살에 반짝이는 물비늘을 가르며 배가 달리기 시작하자 영은 멀어져가는 육지를 바라다보았다.

멀어져 가는 육지를 바라보고 있자니 주체할 수 없는 감정들이 일렁였다. 더 이상 쫓겨 다닐 수 없어 섬으로 옮겨가는 중이어선지 마음이 편치 않았다.

다시 육지를 밟지 못할 것 같은 불길한 예감이 자꾸만 마음을 어지럽혔다. 왜 그런 느낌이 드는지는 확실하지 않았지만 자꾸만 그런 생각이 들었다. 쫓겨 섬으로 도망친다는 생각을 해선지 단순한 아쉬움과는 다른 성질의 것이 자꾸만 마음을 후벼댔다. 섬으로 들어갔다가 더 멀리 쫓기는 건 아닐까 하는 불안감도 마음을 더욱 복잡하게 했다. 섬에서마저도 쫓기게 되면 어디로 도망쳐야 할지, 생각만 해도 가슴이 답답했다. 드넓은 바다로 나섰으니 마음이 트여야 하는데 자꾸만 불안감이 울렁증과 함께 넘실댔다.

"태자 전하, 이젠 안으로 드시지요."

그런 영의 마음을 읽기라도 한 듯 지광이 다가와 말을 걸었다.

"아닙네다. 바닷바람이나 쐬면서 여기 있갔습네다."

"길티만 조금만 더 나가면 파도가 높아진다고 합네. 기러니 들어가시는 게 동을 듯합네다."

"알갔습네다. 조금만 더 있다가 들어갈 테니 대로 먼저 들어가 계시구래."

"전하께서 여기 계신데 소신이 어띠 먼녀 들어가갔습네까? 전하께서 여기 계시갔다면 소신도 곁에 있갔습네다."

"기러면 잠시만 더 여기 있기로 합세다. 대로나 나나 떠나는 마음은 크게 다르디 않을 테니 덫은 마음이나 바닷바람에 말리믄서."

"예, 기러믄 기리 하갔습네다."

그렇게 지광과 나란히 서 있자니 불현듯 아지가 떠올랐다. 늘 자신 곁에 그림자처럼 따라다녔던 아지. 말은 없었지만 늘 곁에 있으면서 힘을 주었던 아지. 자신이 가장 어려웠던 날을 함께 해준 벗이자 은인이었다. 그랬던 아지가 자신 곁을 떠난 지도 2년이 넘고 있었다.

아지가 떠오르자 소옹도 함께 떠올랐다. 그 둘은 둘이 아닌 하나로 영의 뇌리에 심어져 있었다. 둘이 같이 지낸 날이 많지 않았음에도 그 둘은 떼어놓고 생각할 수 없었다. 태어날 때부터 쌍둥이로 태어난 듯, 처음부터 하나였던 듯 여겨졌다. 하나의 다리로는 불완전해서 두 다리로 서야 안정된 모습을 갖추듯 그 둘은 둘이면서 하나였고, 하나면서 둘로 여겨졌었다. 그런 둘을 한날한시에 잃어버렸으니 모두 자신의 죄였다.

그러나 지광에게 그런 얘기를 할 수는 없었다. 어떻게 그런 얘기를 이런 자리에서 한단 말인가. 소옹에 이어 지광마저 자신 때문에 떠돌이가 되었고, 이제 생면부지의 섬으로 쫓겨 가고 있지 않은가. 지금 지광도 자신과 비슷한 생각을 하고 있을지도 모르지 않는가.

그런 생각이 들자 지광에게 미안해서 견딜 수가 없었다. 영은 더 이상 지광과 함께 있을 수가 없어 멀미를 핑계로 안으로 들어가자고 했다. 지광도 기다렸다는 듯이 그러자고 받았다.

4

배가 보이기 시작하자 섬은 부산을 떨기 시작했다.

배가 온다는 소리에 사람들이 포구로 몰려들기 시작했다. 포구만이 아니었다. 태자를 보기 위해 포구 주변 언덕에도 사람들이 몰려들었다. 섬사람은 전부 해야 5백이 겨우 넘었지만 포구와 그 주변 언덕에 몰려든 사람은 그보다도 훨씬 많아 보였다.

포구에는 미리 준비해뒀는지 색색이 깃발들이 나부끼고 있었고, 배가 온다는 소리에 장정들이 도열해 배가 오기만을 기다리고 있었다.

배가 포구에 들어와 밧줄을 매기도 전에 범포가 배에서 펄쩍 뛰어내렸다.

"태자 전하를 뫼시고 왔다. 날래 모시라."

배에서 뛰어내린 범포가 외치자 대기 중이던 가마와 깃발들이 움직였다.

긴장한 표정의 장정들이 범포가 뛰어내린 배 옆구리에 가마를 옮겨놓았다. 그와 함께 장정들이 재빠르게 발판을 걸더니 붉은 천을 깔았다. 그리고 발판이 닿는 곳에서부터 깃발 하나에 장정 하나씩 두 줄로 도열했다. 예행연습을 많이 했는지 조금의 흐트러짐도 없이 일사불란했다. 복장만 제대로 갖추었다면 그 어떤 군대보다도 당당해보였을 것이었다.

　모든 준비가 갖추어지자 범포가 다시 배에 올랐다. 그리고 바로 태자 앞으로 다가가 무릎을 꿇으며 외쳤다.

　"태자 전하! 모든 준비가 끝났습네다. 이제 내리시디요. 소장이 뫼시갔습네다."

　범포의 행동이나 목소리는 엄숙하면서도 절도 있었다. 궁에서 행하는 행차 의식과 하나도 다르지 않을 정도였다. 태자를 모시는 게 아니라 국왕의 거둥을 주관하고 있는 것 같았다.

　"뭘 이렇게 번거롭게……."

　범포와 그 수하들의 움직임을 묵묵히 지켜보고만 있던 태자가 드디어 입을 열어 말했다. 목소리가 떨리는 게 감격스러운 모양이었다.

　"전하! 오늘은 비록 이곳에 모시디만 머잖은 날 대궐에 모실 테니낀 톡금만 기다려 듀십시오."

　"기래. 고맙습네다, 장군."

　"댜, 이제 내리시디요. 소장이 뫼시갔습네다."

　그렇게 말하더니 좌측으로 비켜섰다.

　태자가 걸음을 옮기기 시작했다. 다소 긴장한 발걸음이었다. 그렇게 몇 보를 걷다 비틀거렸다.

　"전하!"

　뒤에 서 있던 범포가 달려들어 태자를 부축하며 소리를 질렀다.

　"괜않습네다. 발을 헛디뎌서 기런 거니낀 걱덩 마시라요."

　태자가 범포를 돌아보며 웃더니 범포의 팔을 떼 내며 말했다. 처음 배를 타고 긴 항해를 해서 멀미가 일 수 있었고, 멀미 때문에 잠시 발을 헛딛을 수 있었다. 그러나 태자의 얼굴을 보니 멀미 때문은 아닌 듯했다. 결국 낯선 섬까지 쫓겨 왔구나 하는 생각이 다리 힘을 빼놓는지, 섬에 내리려니 거부반응이 이는지 알 수 없었다. 어쩌면 생각지도 않은 의전에 긴장했는지도 몰랐다. 그도 저도 아니면 감격해서 잠시 몸이 굳었는지도 모를 일이고.

태자를 시작으로 지광, 마석이 배에서 내렸고, 그 뒤로 구명석이 따랐다.

배에서 내린 태자는 범포의 안내를 받아 가마에 올랐고, 나머지 사람들은 범포 수하들의 인도로 가마 뒤에 있던 말 위에 올랐다. 지광과 마석의 가족 또한 수하들의 안내로 태자 뒤에 대기해있던 가마에 태워졌다. 그런 모습을 말 위에서 지켜보던 범포가 드디어 출발 명령을 내렸다.

"모든 준비가 끝났으믄 출발하라. 출발!"

범포가 말 위에서 소리치자 대열이 움직이기 시작했다. 그와 동시에 포구와 언덕 위에 모여 있던 모든 사람들이 일제히 엎드려 절을 했다.

"태자 전하 만세! 태자 전하 만세!"

절을 마친 백성들이 무릎을 꿇은 채 손을 들어 만세를 불렀다.

섬은 그렇게 태자를 모셨다는 기쁨의 환호성을 올렸다. 태자가 옴으로써 이제 그곳은 더 이상 해적 소굴이 아니었다. 태자를 모시고 있는, 태자가 기거하는 '태자의 섬[太子島]'으로 재탄생하고 있었다.

5

포구 마을을 지나 평지를 한참 가로질러 갔다.

밭농사를 짓는지 밭들이 펼쳐져 있었다. 봄 농사를 짓기 위해 갈아놓은 밭들도 있었으나 대부분은 아직 추수를 끝낸 후의 모습으로 누워있었다.

그 밭들 사이로 한참을 가자 드디어 길이 좁아지면서 산으로 뻗은 길이 나타났다. 앞장 서가던 범포가 다시 우렁차게 소리를 질렀다.

"대형을 바꾸라. 산으로 오를 준빌 하라!"

범포의 명령에 기수들이 기를 접더니 태자가 타고 있는 가마 주위로 몰려들었다. 태자의 가마를 호위하는 한편 가마꾼들을 바꾸고 있었다. 몇몇은 뒤따라오던 가마로 달려가더니 가마를 매고 있던 가마꾼들과 교대했다. 한 치의 흐트러짐도 없이 눈 깜짝 할 사이에 이루어진 일이었다.

겨우 가마 하나가 지나갈 만한 산길을 타고 한 식경쯤 오르자 드디어 산채가 보이기 시작했다. 산과 산 사이에 자리 잡은 야트막한 구릉지였는데, 산채 주변엔 목책들이며 가시 울타리가 빽빽이 서 있었다. 그 안에 제법 큰 규모의 집들이 대여섯 채 있었는데 그게 범포가 살았던, 태자가 살 집인 것 같았다.

오르막을 다 오르고 다시 평지가 나타나자 백성들이 양쪽에 도열해 있다가 일제히 엎드리며 '태자 전하 만세!'를 외쳐댔다. 아무래도 포구 언덕에 모여 있던 백성들이 태자를 가까이에서 보기 위해 산채 쪽으로 이동한 것 같았다.

바로 그때였다.

가마에 타고 있던 태자가 가마 밖으로 얼굴을 내밀더니 앞서 가는 범포를 불렀다.

범포가 말을 몰아 달려와 가마 앞에 내려서며 물었다.

"태자 전하! 불러계시옵네까?"

"기래요. 장군, 내래 부탁이 하나 있습네다."

"예. 하명하십시오."

"보아하니 이제 다 온 것 같은데, 산세도 둘려볼 겸 걸어가면 안 되갔습네까?"

"전하, 어띠……?"

"다른 뜻은 없습네다. 이데 내가 살아야 곳을 걸어보고 싶어서 기럽네다. 큰 문제가 없다면 걸어가게 해주시구래."

"알갔습네다. 누구의 명인데 거역하갔습네까?"

선선히 대답한 범포가 수하들을 향해 목소리를 높였다.

"태자 전하께서 걸어서 가시갔다니 가마를 내리고 태자 전하를 뫼셔라."

가마가 내려지자 태자가 가마에서 내렸다.

그와 동시에 범포를 비롯한 지광과 마석, 구명석이 태자 주위에 모여들었다.

"전하, 무슨 일이 있으십네까?"

을지광이 묻자 태자가 대답했다.

"아닙네다. 내래 이곳 백성들을 돔 만나보고 싶어서 기럽네다. 섬에 사는 백성들을 직접 만나보고 싶어서…… 가마를 내려달라 했습네다."

"예에. 기럼 만나보시디요."

지광이 먼저 옆으로 비켜서자 뒤에 섰던 사람들도 모두 물러섰다. 그 사이를 뚫고 태자는 엎드려 있는 백성들 앞으로 다가갔다.

"모두 고갤 들고 일어나라요."

태자가 나직이 말했으나 백성들을 고개를 들지도 일어서지도 않았다. 아무래도 범포의 명이 있었던지 서로를 쳐다보며 범포의 명을 기다리는 듯했다.

"범포 장군, 고개를 들고 일어서라고 하세요."

"전하, 기래도……."

"괜찮습네다. 내래 소금 장수 아닙네까? 기러니 걱정 말고 일어서라고 하세요."

"아무리 기래도……."

범포는 선뜻 태자의 명을 따르지 않고 지광을 바라보았다. 아무래도 지광의 뜻을 묻는 듯했다. 그러자 지광이 범포를 바라보며 작게 고개를 끄덕였다.

"예. 기럼."

범포가 군례를 올리고 난 후 백성들을 향해 소리를 질렀다.

"모두 고개를 들고 일어나라. 태자 전하께서 얼굴을 뵙고자 하신다."

범포가 명령을 내렸으나 백성들은 선뜻 일어나질 않았다. 고개를 숙인 채 서로를 돌아보며 머뭇거렸다.

"다들 일어나라. 태자 전하께서 뵙고자 하신다."

범포가 다시 소리를 지르자 하나둘씩 일어나기 시작했다. 하지만 태자 바로 앞에 엎드려 있는 백성들은 일어날 생각조차 않았다. 그러자 태자가 몸을 굽혀 그들의 몸을 일으켜 세운 후 손을 찾아 쥐었다.

"걱정하디 말기요. 나도 소금 장수일 뿐이요. 기러니 안심하고 내 묻는 말에 대답이나 해주기요."

"하문하십시오, 태자 전하."

"기래요. 이 섬 이름은 뭘네까?"

"태자도太子島, 태자 전하의 섬입네다."

"뭐? 태자도라고요?"

"기러합네다. 원래는 '파도의 섬'이라 해서 '낭도浪島'인데 태자 전하께옵서 이곳에 들어오시는 순간부터 태자도라 부르기로 했습네다."

"누가 그러라고 했음메?"

"기냥 우리 백성들끼리 기러자고 했습네다. 우리 같이 비천한 놈들이 어띠 태자 전하를 뵐 수 있으며, 태자 전하를 모시고 같은 곳에서 살 수 있갔습네까? 기래서 태자 전하를 영원히 기억하기 위해 태자도라 하기로 했습네다."

"내, 내가 뭐라고 섬 이름까디······."

태자는 더 이상 말을 하지 못했다. 감격에 겨웠는지, 과분한 백성들의 환대가 부담스러웠는지 말을 아꼈다.

태자도란 말에 잠시 백성들을 둘러본 태자는 백성들의 손을 일일이 잡아주며 산채로 걸어 들어갔다.

백성들은 태자의 은혜와 도량에 눈물을 흘리며 감읍했다. 이제 정말 태자를 모시고 살게 됐다고 기쁨의 눈물을 흘렸다.

6

범포의 따뜻한 배려와 치밀한 준비는 거기서 끝이 아니었다.

산채로 들어서자 소궁전 못지않은 집을 마련해두고 있었다. 염전에서 영을 만난 후 짓기 시작했다고 했다. 언젠가 영을 모셔올 생각으로 그날부터 지었다고. 또한 그 바로 곁에 있는 집을 비워놓고 있었다. 을지광과 마석 가족을 위해 범포가 자신이 살던 집을 비워놓은 것이었다. 안채와 별채가 분리되어 있어 집을 완성하기 전까지 두 살림을 하기에 넉넉해 보였다. 새로 들 사람들을 위해 수리까지 말끔해 해놓고 있었다.

그 집을 둘러보고 나온 마석이 범포를 향해 시비를 걸었다.

"이 사람, 장군 자리에서 쫓겨나 해적이 되더니 뚐보가 다 됐네기려. 이렇게 섬세한 위인이 아닌데……."

범포의 마음 씀이 고마운지 마석이 범포의 어깨를 툭 치며 농을 걸었다.

"긴데…… 내래 내가 직접 딧디 않은 집엔 안 사니낀 이 집은 을지광 대로께 다 드리라. 난 범포 너그 옆에 살믄서 널 괴롭힐 기야."

그 말에 범포가 말했다.

"기건 맘대로 하라. 내래 바닷가 망루에 원두막 디어 놓고 살 생각인데 바닷바람 실컷 맞고 싶으면 맘대로 하라."

"이런 맹랑한 놈을 봤나? 군권은 자기 혼자 독차지할 생각으로 망루에 나가갔다? 기렇겐 못하디, 암, 못하고 말고."

마석이 딴지를 걸며 덤비자 범포가 영에게 정중하게 물었다.

"태자 전하, 마석 장군이 망루에 있고 싶어 하니 소장도 어쩔 수가 없어 양보하고자 하는데 양보해도 되갔습네까?"

"기거야 두 말 하믄 잔소리디요. 기럼, 기 가족은 여기 살게 하고 장군 혼자만 망루에 보내 망루를 디키게 하시라요. 본인의 청이니 들어줄 밖에요. 을지광 대로께선 어찌 생각하십네까?"

"소신 생각에도 기게 좋을 거 같습네다. 범포 장군이 기간 이 산채를 마련하느라 고생했으니 기에 대한 보답도 해야 하디 않갔습네까?"

지광이 정색을 하며 영의 질문에 대답했다.

"이, 이런……. 말 한 마디 잘못했다가 졸지에 파수꾼 되게 생겼습네다 기려. 내래 두 말 않고 들어갈 테니 둠 전에 했던 말 안 한 걸로 합세다."

마석의 도망이라도 치는 듯 몸을 돌리며 발을 구르자 태자궁 앞에 모인 사람들 모두가 한 바탕 웃었다. 두 친구의 스스럼없고 나이를 잊은 농은 언제 봐도 웃음 짓게 했다.

구명석도 친구 간의 농은 언제 봐도 유쾌하고 재미있다고 서로의 옆구리를 쿡쿡 찌르며 웃어댔다.

그러나 마석과 범포의 농은 태자를 위한 만담임을 사람들이 모를 리 없었다. 섬으로 들어온 걸 유배로 생각할지도 모르는 태자의 우울하고 쓸쓸한 마음을 까불리기 위해, 나이도 잊은 채 어릿광대 노릇을 하고 있음을 영도 잘 알 터였다. 힘들고 고달플수록 그걸 웃음으로 차단하는 게 고단한 삶을 살 수밖에 없는 사람들의 삶의 방식이자 극복 방법이니까.

"댜, 이뎨 들어가 보셔야디요."

마석과 한바탕의 농담으로 분위기를 끌어올린 범포가 정색을 하며 영을 쳐다보았다.

"예. 기래야디요. 같이들 가시디요."

영이 지광 이하 신하들을 돌아보며 들어가자고 했다.

"예, 전하. 앞서시디요."

지광이 신하들을 대표하여 영에게 앞장설 것을 권했다.

"예. 가시디요."

영이 앞장서자 신하들이 뒤를 따랐다.

태자궁—궁이라고 볼 수도 없었지만 태자가 사는 곳이니 그렇게들 부르기로 했는지 그렇게들 부르고 있었다.—은 세 개의 건물로 구성되어 있었는데, 二자 구조로 되어 있었다. 앞쪽 별채는 행랑채와 문간채를 길게 내어 한가운데 중문을 달아놓고 있었다. 뒤쪽 본채는 두 개의 건물로 구성되어 있었는데 아무래도 본채와 사랑채를 구분해놓은 듯했다.

먼저 우측에 있는 건물로 들어섰다.

뒤쪽에 작은 쪽방인 듯싶은 공간 하나가 있고 그 외 다른 구조물은 없이 통으로 구성되어 있었다. 궁으로 치면 정전이라 할 수 있었다.

"여가 정사를 돌볼 정전이라 볼 수 있갔군."

마석이 앞에 서서 안내를 하는 범포를 보며 알은체했다. 그러자 범포가 되받았다.

"잠시 머물 행궁이긴 하디만 단 하루도 정사를 안 볼 수 없으니 최대한 닥게 마련했디.”

마석의 말에 대꾸를 하면서도 범포는 영의 얼굴을 살폈다. 영이 어떻게 생각할지가 궁금한 모양이었다.

“탐으로 달 하셨습네다. 궁이 클수록 백성들만 힘들어디디 둏을 게 뭐 있갔습네까?”

영이 자신의 뜻에 맞는지 기꺼워했다. 잠시 머물 곳에 범포가 너무 많은 품을 들여놨으면 어쩌나 걱정했던 듯했다. 그런데 자신의 마음을 알기라도 한 듯 작고 단출하게 마련해 놓은 게 흡족한 모양이었다.

“황공하옵네다. 둑금만 탐아듀십시오. 곧 궁으로 모시갔습네다.”

범포의 대답에,

“기렇디요. 기래야디요. 전하를 여기서 오래 머물게 해서는 안 되디요.”

지광이 바로 받았다. 지광도 범포의 마음 씀이 갸륵한지 고개까지 끄덕이며 치하를 했다. 그런 지광의 모습이 낯선지 영은 지광을 가만히 쳐다보았다.

본채 바로 옆에는 사랑채였는데 침전으로 지어놓은 것 같았다. 방은 여섯 칸이었는데 일반적인 방들에 비해 컸고, 오른쪽 방에는 탁자와 의자들이 놓여있었다. 서재 겸 접견실로 사용하라고 마련한 공간인 것 같았다. 나머지 방에는 침구들이 놓여있는 게 단순 침실인 모양이었다.

“언데 이렇게 준비를……? 고맙고 수고하셨습네다.”

영이 감격스러운 목소리로 범포를 치하했다.

“송구하옵네다, 전하. 급히 서두르다 보니 허점 투성입네다. 둑금만 탐아 듀십시오."

범포는 몸 둘 바를 모르겠다는 듯 고개를 숙였다. 범포의 입장에
선 모든 게 안쓰럽고 죄송한 모양이었다. 하기야 어찌 그런 마음이
들지 않겠는가.

별채는 중문을 사이에 두고 일꾼들과 병사들이 기거할 공간을
구분해놓고 있었다. 공간을 구분함으로써 독자적인 생활을 영위할
수 있게 배려해놓고 있었다. 또한 별채는 목적에 맞게 오목조목 꾸
며놓고 있었다. 안채가 범포의 의지가 반영된 공간이라면 바깥채는
여러 사람의 의견이 반영된 공간인 것 같았다. 성근 범포가 그렇게
오밀조밀한 공간을 구상하고 꾸몄을 리는 없었을 것이었다. 그의
성격상 본채는 자기가 알아서 할 테니 별채는 알아서들 꾸미라고
했을 것이었다.

"태자궁이래 다 둘러봤으니껜 이데 집들일 해야갔디요?"

태자궁을 다 둘러보고 밖으로 나오자 범포가 웃으며 말했다. 참
고 참았던 말인 듯 입을 다시기까지 하면서. 아무래도 술이 고팠던
모양.

"집들이라니? 기딴 것도 준비했네?"

범포의 말에 제일 먼저 반응을 보인 것은 역시 마석이었다. 범포
의 말이 없었다면 섭섭할 뻔했다는 표정이었다.

"기럼. 태자 전하래 기거할 곳에 귀신들이 날뛰어서야 말이 되갔
네? 사람들 발로 딧밟아놔야 일어서디 못하디."

"기럼, 기럼. 발로 딧밟을 놈은 발로 딧밟고, 술과 안주로 달래야
할 귀신들은 술과 안주로 달래 보내야디. 안 기렇습네까?"

마석이 동조를 바라는 듯한 얼굴로 지광을 쳐다보며 물었다. 지광은 어이가 없는지 피식 웃으며 대답했다.

"왜 기 소리가 안 나오나 했디. 기래 자넨 술만 생각해도 입이 뗓어디는구만 기래. 안 기래도 언데까디 술 안 마시고 버티나 했는데, 핑계 없어 하던 탸에 달 됐구나 싶은가 보디?"

범포나 마석은 타고난 술꾼들이라 오늘 같은 날을 그냥 넘길 리 없었다. 태자나 지광의 눈이 있어 지금껏 참았지 안 그랬으면 벌써 두어 통은 들이붓다가도 남을 시간이었다. 안 그래도 술 먹고 싶어 어떻게 참나 지켜보고 있었는데 집들이를 핑계로 술판을 벌려보자는 심산인 게 분명해 보였다.

"뭐 기렇게까디야……. 꼭 기런 건 아니디만 오늘 같은 날 술이 빠디믄 무슨 맛입네까? 이런 날은 귀신이나 사람이나 한 잔 해야 하는 거 아닙네까? 안 기러믄 범포 말마따나 귀신이래 들끓디 않갔습네까?"

마석은 집들이를 핑계로 술판을 벌이려는 범포가 고맙기만 한지 어여 가자고 손을 내뻗었다.

그렇게 시작한 집들이는 밤이 깊도록 계속 됐다. 손이 크기로는 둘째가라면 서러울 범포는 태자도를 거덜 내려는지, 태자도의 술을 다 말려버릴 심산인지, 끝도 없이 내놓았다. 이사에 참여했던 사람들뿐만 아니라 태자도 사람들이 다 몰려들었는지 태자궁이며 태자궁 앞은 사람들로 넘쳐났다.

거한 집들이에 태자도는 배가 불룩해졌고, 거나하게 흥청거렸다.

며느리 시집보내기

8

세월은 빠르게 흘러갔다.

태자도로 거처를 옮긴 후 봄 한 철은 공사를 하느라 정신이 없었다. 태자궁 주변에 새로 이사 온 사람들의 집과 태자의 경호와 호위를 위한 군사들의 막사를 몇 채 짓다보니 벌써 여름이었다.

다른 사람들이 집을 짓는 동안 지광도 집 짓는 일에 매달렸다. 자기네 집이니 자기 뜻대로 짓고 싶기도 했고, 이제 막 태자도에 들어와 할 일이 태산인 사람들의 손을 빌리고 싶지 않았다. 태자가 섬에 들어온 만큼 태자궁이며 그 주변에 대한 경비는 물론 해안 경비도 강화해야 할 것이었다. 하여 범포와 마석은 그에 온전히 집중할 수 있게 놔두고 싶었다. 구명석 또한 태자도 상황을 파악하는 한편 태자도 관리 체계를 잡기에도 정신이 없을 터였다. 그런 사람들에게 폐를 끼치기 싫었다. 별달리 할 일도 없는 자신이 자기 집을 지어야 할 것 같았다. 하여 조심스레 자신의 뜻을 밝히자 태자가 펄쩍 뛰었다.

"을 대로, 기 무슨 말씀입네까? 손수 집을 딧갔다니요?"

"소신 별달리 할 일도 없고, 늘그막에 쉬엄쉬엄 소신 뜻대로 딧고 파서 기럽네다."

"기건 안 될 말씀입네다. 연치도 있고 해서 남의 손을 빌려도 시원치 않은 판에, 직접 디으시갔다는 건 말이 안 됩네다. 혹시 서운한 점이라도 있습네까?"

"서운한 점이라니요? 당티 않습네다. 소일삼아 하나씩 디으며 성취감을 느껴보고 싶어 기럽네다. 그러니 기렇게 해둬십시오."

"아무리 기래도 기렇디……. 더군다나 귀부인에 며느님들, 손자들까디 계시디 않습네까? 기러니 기 어느 집보다도 먼뎌, 든든하게 디으셔야디요."

태자의 말에 범포와 마석은 물론 구명석까지 합세하여 지광을 말렸다. 특히 범포는 태자를 여기로 모시고 온 자기에 대한 불만 표출이 아니냐며 마음에도 없는 말까지 입에 담으며 기광을 꺾고자 했다. 그러나 지광은 뜻을 꺾지 않았다.

"소신도 태자도를 위해 뭔가를 할 수 있게, 듁기 전에 뭐라도 하나 남기게 해둬십시오."

지광은 태자에게 간청까지 했다. 그러나 태자 또한 쉽게 자신의 뜻을 바꾸려 하지 않았다.

결국 마석이 나섰다. 지광이 죽음을 언급하는 순간, 마석이 멈칫하는 것 같았다. 지광의 건강 상태가 점점 나빠지고 있음을 어렴풋이 느끼고 있었던지 눈을 휘둥그레 뜨며 지광을 쳐다보았다. 그러자 지광은 마석을 보며 고개를 저었다. 아니라고. 아니니깐 걱정하지 말라고. 그러면서 자신을 좀 도와달라는 눈빛을 보냈다. 그 눈빛을 바로 읽었는지 마석의 중재로 절충안이 도출되었다. 집 짓는 모든 일은 지광이 주관하되, 사공과 광석, 바우가 지광네 집 짓는 일을 돕기로. 또한 목수 두 명과 일꾼 열을 지광네 집 짓는데 투입하기로.

곡절 끝에 집짓기에 착수한 지광은 집터 선정부터 자신의 계획대로 추진해 나갔다. 태자를 비롯하여 모든 이들이 태자궁 옆에 집을 지으라고 권했지만 지광은 태자궁에서 될 수 있는 한 멀리 떨어진 곳에 집터를 잡았다. 이제 태자를 보필하여 태자도를 이끌 사람은 자신이 아니라 마석과 범포, 그리고 구명석이었기에 자신은 태자궁에서 떨어진 곳에 살아야 할 것 같았다. 생각 같아선 산 건너편이나 동쪽 끝단에 집을 지어 혼자 조용히 살며 자신의 삶을 정리하고 싶었다. 그러나 그리 되면 다시 분란이 일 것 같아 태자궁에서 떨어진, 산채 입구에 집을 짓기로 했다. 지광의 식구라 할 수 있는 광석 형제와 바우가 살 집도 그 곁에 지었다. 구명석은 태자와 함께 태자궁에서 기거하기로 하여 따로 집을 짓지 않았다.

여름 막바지에, 아침저녁으로 선선한 바람이 불기 시작할 때쯤 집을 완성한 지광은 이사를 하려 했다. 그런데 범포가 막아섰다. 자기가 새로 지은 지광네 집에 살고 싶다는 것이었다. 지광네는 식구도 많아 큰 집이 필요할 것이고, 지광이 가까이서 태자를 모시려면 그게 낫겠다면서.

"기건 아니 될 말이다. 우리가 살기 위해 지은 집에 자네가 살갔다는 게 말이 되네?"

"아닙네다, 대로. 전하 곁에 계시면서 전하를 보필하려면 기게 나을 것 같아 기럽네."

"아닐세. 난 이데 좀 쉬고 싶네. 이덴 자네들이 태자 전할 돌봐야 디."

원래 범포네가 살기 위해 규모 있게 지어놓은 집에 지광네가 산다는 건 아무래도 도리가 아니었다. 그러나 범포는 크고 너른 집을 지광에게 주고 싶어 했다. 지광이 범포에게 알아듣게 설명을 해도 범포는 막무가내였다. 마지막엔 자기가 새 집에 살고 싶다며 떼를 썼다.

"나도 새 집이 탐나서 기러니 더 이상 얘기하디 말게."

지광은 범포에게 잘라 말한 후, 그날로 새 집으로 짐을 옮겨 버렸다.

아무래도 섬과 바다를 범포가 관리해야 했고, 그러자면 태자와 의논하고 결정할 일이 지광보다 많을 것이었다. 그러기 위해서라도 범포가 태자와 가까이 있는 게 맞았다. 또한 지광은 이제 쉬고 싶었다. 범포·마석과 나이 차이는 별로 나지 않았지만 소옹을 잃고 나서는 체력뿐만 아니라 모든 의욕이 뚝 떨어져 버렸고 조금만 움직여도 힘이 부쳤다.

대왕이 시해를 당하고 태자가 도망친 직후부터 지광의 몸에 이상 징후가 나타났다. 흉통이었다. 가끔씩 왼쪽 가슴이 찌릿찌릿했다.

처음엔, 대왕과 태자를 제대로 보필하지 못하고 미연에 대책을 마련하지 못해 일을 이 지경으로 만들었다는 자책감 때문인 줄 알았다. 전에도 극심한 일을 당하거나 심적 부담이 큰 일을 떠맡게 될 때면 가끔 그랬으니까. 그런데 그때는 달랐다. 쉬이 가라앉지도 않았고 증세가 점점 또렷해지고 있었다. 병증이 나타나는 빈도도 늘고 있었다. 아무래도 심장에 무슨 문제가 있는 것 같았다.

그러나 일절 내색하거나 티를 내지 않았다. 아내에게도 비밀로 했다. 혼자 감당해야 할 것 같았기 때문이었다. 집안일이라면 모를까, 국가대사를 아내와 나눌 수는 없었다.

그걸 시작으로 여러 가지 증세가 나타나기 시작했다. 가끔씩 뒷목이 뻣뻣하기도 했고, 가슴이 조이는 듯한 느낌도 있었다. 그러던 것이 소옹이 죽고 가족을 이끌고 도성에서 도망친 이후 부쩍 심해졌다. 가끔은 숨을 쉬기 힘들 정도로 가슴이 조이기도 했고, 정신을 놓을 만큼 머리가 어지럽기도 했다.

위원에게 보이고 싶었으나 의원을 찾아갈 수도 없었다. 도성이 아닌 시골구석에 제대로인 의원이 있을 리 없었다. 또한 아내나 며느리들에게 걱정을 끼칠까 싶어 혼자서 병증을 짐작하며 손쉽게 구할 수 있는 약초나 구해다 차로 달여 마시며 견뎠다. 그러나 차도가 없었고, 증세는 점점 심해졌다. 결론은 하나였다. 아무래도 병을 이겨내기는 힘들 것 같았다.

하기야 하나 남은 소옹마저 앞세웠으니 그 몸인들 성할 리 없었다. 말은 안했지만 그간 타고 탄 가슴은 말로 다 표현할 수 없을 정도였다. 그 울화가 피를 굳히고, 그 굳은 피가 가슴에 쌓여 오장육부를 막고 있는 듯했다. 그에 따라 피 순환이 원활하지 못한 것 같았다. 이제 언제 숨이 멎고 피 흐름이 멈춘다 해도 이상할 게 없을 정도였다. 죽음을 준비해야 할 때였다.

몸이 나빠질수록 지광은 며느리들이 마음에 걸렸다. 자식들이 있긴 했지만, 아직 서른도 안 된 며느리 둘을 평생 과부로 늙어죽게 할 수는 없었다. 그렇다고 친정으로 돌려보내거나 강제로 시집을 보낼 수도 없는 노릇이었다. 마땅한 사람이 나타난다면야 더 바랄 것이 없었지만 이제 도성도 시골도 아닌 망망대해에 떠있는 섬에

간히게 됐으니 그걸 바랄 수도 없었다.

그런데 이번 집을 짓는 과정에서 새로운 사실을 하나 알게 되었다. 밥을 챙겨주는 작은애와 바우의 분위기가 심상치 않았다. 티내지 않으려고 했지만 둘 사이가 미묘했다. 물론 작은애의 행동은, 바우가 제 집 짓는 일은 팽개치고 지광네 집 짓는데 심혈을 기울이는데 대한 고마움의 표시라고 하면 그만이긴 했다. 또한 바우는 성 안에 있을 때부터 지광네 집에 기거했으니 둘이 친밀감을 느꼈을 수도 있다. 그런데 그것만으로 설명하기는 뭔가 석연찮은 구석이 있었다. 그래서 하루는 바우를 불러 물었다.

"바우 너도 이젠 장개가야 하디 않네?"

"……? 갑짜기 기, 기게 무슨 말씀입네까?"

바우는 자신의 속마음을 들켰는 줄 알았는지 깜짝 놀라며 지광을 쳐다봤다.

"아니, 이네 집도 덧고 기러믄 밥 해둘 사람이라도 있어야디."

지광은 바우를 안심시키기 위해 짐짓 아무 것도 모르는 척 말을 돌렸다.

"빨리 집 덧고 나서 오마니래 모시고 와서 같이 살아야디요."

"펭생 오마니하고 살 거가? 이 탐에 장갤 들어야디."

"참 대대로 어르신도. 내래 가진 게 아무 것도 없는데 장개는 무신 장갭네까?"

바우는 머리까지 긁적이며 무안해 했다. 그러자 지광이 쐐기를 박았다.

"기건 걱정 말라. 내래 딘 빚도 있고 하니 기건 내가 대갔어. 기러니 넌 어디서 여자 하나만 보쌈해 오라. 기 다음은 내가 알아서 처리해듈 테니낀.”

“말씀은 고맙디만 아직 준비가 안 돼서리…….”

다시 부끄러운 듯 머리를 긁적이는 바우에게 지광이 물었다.

“기럼 내가 중매할 테니낀 내 말 들을 거네?”

“대대로 어른께서 중매만 해 듄다믄 내래 뭘 따지갔습네까?”

“기래? 기럼 내가 중매하는 사람한테 장개들 거디?”

“기럼요. 두 말하믄 댠소리디요.”

“기래, 알았어. 내래 알아볼 테니낀 넌 장개갈 준빌 하라.”

그렇게 해서 바우의 마음을 얼마간 확인했다. 문제는 며느리였다. 작은애한테 말 붙이기가 어려웠다. 잘못 나섰다간 시아비가 과부 며느리를 치우지 못해 안달한다고 할까봐 입 떼기가 어려웠다. 그러나 자신이 살아있을 때 어떻게든 매듭지어야 할 일이었기에 더이상 미뤄둘 수는 없었다.

9

이사를 하고 집들이까지 다 마친 후 지광은 며느리들의 거처를 결정해야 할 것 같아 아내에게 운을 띄웠다.

“아무래도 며느리들을 데려오디 말 걸 기랬나 보오.”

“……?”

아내는 뜬금없이 무슨 말이냐 듯이 지광의 얼굴을 빤히 쳐다보았다. 그도 그럴 것이 당장 어미가 없으면 어린 손자들을 거둘 사람이 없었기 때문이었다. 그렇다고 아내가 손자 셋을 건사한다는 건 생각할 수 없는 일이었다. 이제 큰손자가 일곱 살, 둘째손자가 다섯 살, 막내손자는 겨우 네 살 아닌가. 제일 손이 많이 가고 어미 손이 가장 필요할 땐데 손자들과 며느리들을 떨어놓는 건 손자들의 양육을 포기하겠다는 말이나 다름없었다. 그러니 아내가 놀랄 수밖에.

"젊디젊은 것들이 평생 과부로 늙을 걸 생각하니 마음이 아파서 기러는 거요. 친정에라도 보내버렸으믄 개가라도 했을 걸……. 기래서 하는 말이요."

그 말엔 마누라도 침울한 표정을 지었다. 같은 여자끼리 그 마음을 짐작하고도 남는 것 같았다.

"기렇다고 어린 자식들 버려두고 가랄 수도 없고……. 소첩도 애들 볼 때마다 가슴이 미어지곤 하디만……."

아내도 긴 한숨과 함께 말을 아꼈다. 왜 안 그렇겠는가. 지광이야 어쩌다 며느리들 얼굴을 보는 입장이지만 아내는 매일 며느리들 얼굴을 보며 지내지 않는가. 그러니 지광보다 며느리들의 마음을 한참 깊이 느끼고 있을 터였다. 지광이 미처 생각지도 못하는 애환이나 슬픔까지. 그래서 지광도 잠시 말을 끊었다. 아내에게 생각할 시간을 주고 싶었다. 며느리들에 대한 생각이 같으니 생각할 시간을 줄수록 간격은 더 좁혀질 것이라 여겼다.

그리고 시간이 됐다 싶자 지광은 조심스레 입을 떼었다.

"기래서 말인데……."

지광의 허두를 떼자 아내가 지광을 쳐다보았다. 아내의 얼굴을 보니, 아내는 이미 지광의 마음을 짐작하고 있는 것 같았다. 아무 이유 없이 이런 얘기를 꺼낼 지광이 아님을 아내는 잘 알고 있을 것이었다.

"이 탐에…… 우리가 며느리들의 딱을 지어 듀믄 어뚛갔소?"

"우리가요?"

아내가 놀란 얼굴로 지광을 뚫어지게 쳐다보았다. 그러나 그 얼굴은 단순히 놀란 얼굴만은 아니었다. 어쩌면 자신의 말을 대신하는 지광을 놀라워하는 얼굴인 것도 같았다. 그에 힘을 얻은 지광은 마침내 속마음을 털어놓았다.

"기래요. 며느리이긴 하디만 어띠 보믄 이젠 딸이나 다름없디 않소. 기러니 우리가 혼처를 정해준다 해도 큰 흠은 되디 않을 거 같은데……. 임자 생각은 어떻소?"

지광은 마누라의 표정을 찬찬히 살피며 물었다. 아내는 남편의 뜻을 누구보다 잘 파악하고 받드는 여자였다. 30년 넘게 살며 의견 충돌이 거의 없었던 것도 다 아내 덕이었다. 지광의 뜻을 정확히 파악하는 한편, 그 뜻이 맞다 싶으면 전적으로 동의하고 지원해 줬기 때문이었다. 지광이 집안일을 아내에게 맡긴 채 바깥일에 매진할 수 있었던 것이나 출장입상의 출세가도를 달릴 수 있었던 것도 다 그 덕이라 해도 과언이 아니었다.

그렇지만 이런 일엔 이견이 있을 수 있었다. 과부 며느리들을 시집보내자는데 선뜻 동의하기는 쉽지 않을 수 있었다. 며느리들을 개가시키면 집안일이며 손자들 양육을 오롯이 아내 혼자 감당해야 할 것이기 때문이었다. 그러니 아내가 반대할 수 있었다. 그리되면 지광 혼자서 일을 진행시키기 어려울 것이었다. 해서 아내의 동의가 무엇보다 중요했다. 그래야 마찰 없이 순조롭게 일을 진행시킬 수 있고, 며느리들도 축복 속에서 살림을 차릴 수 있을 것이었다.

사실 조선의 후예국인 부여나 고구려에서는 형사취수兄死取嫂가 일반화되어 있었다. 그래서 혼례 때 동생을 형의 부신랑으로 삼고, 여동생을 언니의 부신부로 세우곤 했다. 만약 동생이 없을 경우에는 친한 친구가 부신랑·부신부가 되기도 했지만 동생이 있을 경우는 대개 동생이 서곤 했다. 따라서 형이나 언니가 먼저 죽고 아직 동생이 결혼하지 않았을 때는 자연스럽게 동생들이 형과 언니를 대신해서 형수나 형부와 결합하곤 했다.

따라서 개가를 막기는커녕 장려하고 있었고, 남편이나 아내가 죽었을 경우를 대비해서 혼례 때 아예 개가할 상대를 구해놓고 혼인하는 걸 제도화하고 있었다. 그러니 며느리들을 개가시키려는 지광의 노력은 결코 법도에 벗어나지도 않을뿐더러 개가 역시 흠이 아니었다. 그러나 두 며느리는 부신랑이었던 이들이 이미 사망 내지는 혼인한 상태라 부신랑과 결합할 수 없는 상황이었다. 그러니 다른 사람과 재결합시켜야 하는데, 그게 해결되지 않는다면 아내는 결코 지광의 뜻을 따르지 않을 것이었다.

지광의 느닷없는 말에, 아내는 놀라지 않는 것 같았다. 이미 지광이 말문을 열었을 때 얼마간 짐작하고 있었던 모양이었다.

"혹시 마음에 두고 있는 사람이라도 있는 겁네까?"

조용히 지광을 바라보며 아내가 침착하고 차분하게 물었다. 역시 지광의 치밀함과 진중함을 잘 알고 있는 아내다운 질문이었다.

"뭐 꼭 기렇다기보다 당신의 뜻을 먼뎌 알고 싶은 기요."

지광은 애매하게 대답할 수밖에 없었다. 아내의 동의도 없이 움아들[1]을 봐뒀다고 할 수는 없었다. 그건 아내에 대한 예의가 아니

---

1) '움딸'이란 단어가 있다. 시집간 딸이 사망한 이후 사위에게 시집온 여자를 말한다. 그렇다면 형사취수제가 관습화되어 있던 시대엔 '움아들'

었다.

그런데 아내의 입에서 나온 말은 지광을 충격에 빠트리고도 남았다.

"당신은 어뜨게 생각할디 모르디만 소첩은 큰애 짝으로 사공을 눈여겨보고 있었습네다. 사람이 진중하고 정도 있어 보이고…… 무엇보다 큰애와 달 맞을 것 같아 보입디다. 또 우리 손자들을 귀애하는 것도 마음이 놓이고……"

말인즉 지광보다 아내가 먼저 며느리들을 개가시키려는 마음을 가지고 있었다는 뜻이었다. 또한 큰애 짝까지 살피고 있었다는 얘기였다. 그러니 지광이 어렵사리 마련한 자리는 자신의 뜻을 알리기 위한 자리라기보다 아내를 위해 멍석을 깔아줄 격이라 할 수 있었다.

"당신은 언뎨부터 기런 생각을 가졌던 기요?"

"소옹이 가고 나서…… 우리가 당골에 올 때 그 사공이 눈에 띄었습네다. 사실 그 사공이 아니었다믄 오늘의 우리도 없었을 게 아닙네까?"

"으흠!"

"기러니 이젠 당신이 마음에 두고 있는 사람을 말씀해 보시라요. 당신이 이런 댜릴 마련할 땐 나름대로 마음에 둔 사람이 있다는 뜻이 아닙네까?"

아내가 고삐를 바짝 조여 왔다. 지광은 아내에게 유도심문이라도 당하는 기분이었다. 그렇다고 그런 일 없다고 잡아떼기에는 아내의 눈초리가 너무 매서웠다.

이란 단어도 흔히 쓰였을 것이라 생각하여 만든 단어다.

"기, 기거 탸……. 내래 댝은애와 바우가 달 맞을 거 같아 당신의 의향을 묻고 싶었던 거요."

"기럼 당신도 눈티 태고 있었시요?"

"……? 기럼 당신도?"

두 사람은 웃지 않을 수 없었다. 하기야 지광이 눈치 챌 정도였으니 아내가 몰랐을 리 없었다. 그런 일은 남자들보다 여자들이 촉이 한참이나 빠르지 않는가. 그걸 혼자 알고 있다고 생각했던 게 잘못이라면 잘못이었다.

아무튼 생각 외로 의견 일치를 본 지광 부부는 당사자들의 마음을 확인해 보기로 마음을 모았다. 며느리들 마음은 아내가, 사공과 바우의 마음은 지광이.

사공과 바우의 마음을 확인하고, 아내에게서 며느리들의 의중을 얼마간 파악한 지광은 며느리들과 대화의 자리를 가졌다. 지광의 분명한 뜻을 전달하는 게 좋겠다는 아내의 조언에 따른 것이었다.

지광은 그간의 노고에 대한 치하로 입을 열었다.

"남편도 없이 며느리로, 오마니로 사느라고 고생들이 많았다. 어려운 시기에도 우리가 버틸 수 있었던 건 다 너들이 곁에 있었기 때문이었다. 너들이 없었다믄 어뜧게 오늘이 있었갔네."

두 며느리는 고개도 들지 않은 채 묵묵히 앉아 있었다. 시어머니한테서 대충 들었으니 무슨 말을 하려는지 짐작하고 있을 터였다.

"기런데, 너들도 알다시피 이제 이 섬에서 벗어나긴 어렵게 됐다. 시아비 달못 만나 남편들을 전장에서 잃고, 이젠 역적까지 되어 버렸으니낀 여기서 살 수밖에……. 흐음, 기렇디만 평생을 혼자 살 수는 없는 일. 너들을 내 딸처럼 생각하고 있었기에 더 늦기 전에 딱을 탕아둘까 하는데, 너들의 마음을 알고 싶다. 기러니 허심탄회하게 말해 보라."

두 며느리는 고개를 숙인 채 말이 없었다. 그러자 아내가 나섰다.

"우리 눈티 볼 거 없다. 너들이 걱정하는 것도 알고 있고 기러니 속 시원히 말해보라. 우리래 알아야 판단을 내리디 않간?"

아내의 말에도 며느리들은 한동안 아무 말 없었다. 그러더니 작은애가 먼저 무겁게 입을 열었다.

"잠시나마 딴 사내에게 마음이 흔들렸던 계집이 무슨 할 말이 있겠습네까만, 이미 마음을 정리했으니 염려 않으셔도 됩네. 기러고 아무리 생각해봐도, 듁은 애 아빌 생각하면 딴 사내에게 마음을 둘 수가 없었습네. 기러니 잠시나마 흔들렸던 마음을 용서해 듀십시오."

"내래 기런 말 듣댜는 게 아니야. 더 늦기 전에, 친정아비의 마음으로 너들의 새 삶을 열어듀고 싶어서 기래. 우리가 살믄 얼마나 더 살간? 그 전에 너그들 딱을 탕아듀고 싶어서 기러는 거니껀 속마음을 말해보라."

그러자 이번에는 큰애가 입을 열었다.

"아바님. 저도 남편 여의고 다른 남자들이 눈에 안 들어온 건 아닙네. 기러나 신분을 아니 따딜 수 없었습네. 우리 집안이 어떤 집안이며, 우리 남편들이 어떤 남편들이었습네까? 또 소옹 아가씨는 어떻고요? 기런 가족과 집안을 우리가 무너트릴 순 없었습네. 마음이야 흔들렸디만 기걸 생각하면 감히 딴생각을 할 수 없었습네다. 기러니 다시 생각해 듀시기 바랍네."

큰며느리 애기를 들은 지광은 고민스러웠다. 결국 남편과 시집에 누가 될까 하여 감히 딴생각을 할 수 없었다는 말이었다. 그 말은 사공이나 바우와는 결코 혼인할 수 없다는 선언이기도 했다.

지광은 생각에 생각을 거듭했다. 머리가 지끈거리다 못해 아플 정도로. 그러나 뾰족한 수가 없었다. 손자들이나 며느리들 중 어느 하나를 포기하지 않으면 안 될, 양립 불가능한 명제였다. 두 문제를 동시 충족시킬 수 있는 방법은 없어 보였다.

그런데……

궁하면 통한다고 했던가.

이리 굴려보고 저리 돌려보며 생각에 생각을 거듭하던 지광의 뇌리에 한 가지 묘수가 섬광처럼 번쩍였다.

'기래, 기러면 되갔구나.'

지광은 무릎을 탁! 치며 몸을 고쳐 앉았다.

"기렇다면 내래 사공과 바우, 두 사람을 내 아들로 삼갔다."

지광의 말에 두 며느리는 물론 아내까지 뻥한 눈으로 지광을 쳐다봤다. 그러나 이미 결정을 내린 일이기에 잠시도 머뭇거릴 수 없었다. 하여 지광은 세 사람의 눈길을 무시하며 말을 이었다.

"기러면 신분의 문제도, 너들을 다른 집안으로 보내디 않아도 될 기 아니네? 너들도 아다시피 광석이는 이미 내 아들이다. 기러니 기 형인 사공도 내 아들이나 마탄가디고……. 바우 또한 이미 내 아들 삼기로 마음을 먹고 있었다. 기렇디 않다믄 어뜿게 기 어밀 내 집에 살게 했갔으며, 태자 전하가 있는 산속으로 보낼 수 있었갔느냐. 기러니 기런 건 아무 걱정할 거 없다. 다만, 너그들 마음이 상대를 허락할 수 있는디만 알고 싶은 거다. 기리 알고 대답했으믄 돟갔다."

그러자 두 며느리는 아무 말도 하지 않은 채 눈물만 흘렸다.

"내가 딘댝 너그들의 마음을 헤아려야 하는데 기러지 못함을 용서해라. 기러고 너들이 새로 시집가는 게 아니라 아들을 맞아들이는 거니 염려 말고 두 늙은이가 시키는 대로 하고."

지광은 결론을 내리고 일어섰다. 두 사람의 마음을 확인한 이상 한 자리에 앉아 두 사람을 난감하게 할 필요가 없었다. 불감청고소원不敢請固所願이었던 것을 해결했으니 다른 일을 서둘러야 했다. 가려운 데를 긁어주는 김에 등도 밀어줄 참이었다.

지광은 하루라도 빨리 일을 성사시키기 위해 우선 국내성 안에 머물고 있는 바우의 어머니를 모셔오게 했다. 그리고 그 어머니의 허락을 받아 바우를 자신의 작은아들로 삼았다. 두 모자는 땅에 이마를 대고 고맙다는 말을 반복했다. 또한 광석의 형을 아들로 맞아들이며 광건珖乾이라는 이름을 내려주었다. 자신의 이름에서 광珖 자를 따고 큰아들의 이름인 건乾 자를 합친 이름이었다. 광석과는 이미 부자의 연을 맺고 있었으니 따로 연을 맺을 필요가 없었다.

이렇게 하여 바우와 광건을 자신의 아들로 삼았다. 움아들이 아닌 자신의 아들로 삼음으로써 손자들을 바르게 키우고 싶었다. 며느리들이 개가한 후 멀리 떠나버리면 손자들은 지광네 손에 맡겨질 수밖에 없었다. 그러나 제 아무리 잘해준다 해도 어미만큼은 못할 것이기에 그게 걱정이었었다. 그런데 둘 다 바로 곁에 살면서 손자들을 돌봐준다면 그보다 더 좋은 일은 없을 것이었다. 새로운 혼례이긴 했지만 며느리들을 곁에 있게 할 수 있는 묘수를 찾은 것이었다.

광건이나 바우는 둘 다 집이 있어서 집 걱정은 없었고, 세간이나 혼수품들은 소옹에게 주려고 장만해둔 패물들이 있어서 그것들을 나눠줬다. 또한 건乾의 물품은 광건에게, 곤坤의 물품은 바우에게 그대로 물려주었다. 그래야 비로소 아들이 될 것 같기도 했지만 나중에라도 손자들이 아버지의 유품들을 물려받을 수 있게 하기 위한 조처였다.

이로써 아들 둘을 얻게 된 지광은 태자를 비롯하여 주변사람들에게 알림은 물론 태자도 백성들에게도 두루 알렸다. 사람들은 한편으론 놀라면서도 한편으론 지광 부부의 넓고도 깊은 마음을 칭찬하지 않는 사람이 없었다.

10

병진(丙辰, 서기 56)년 8월 10일.

지광은 드디어 광건과 바우를 두 며느리에게 장가들이는 한편, 두 며느리를 광건과 바우에게 시집보냈다. 두 쌍의 부부를 한 초례청에 세워 혼례를 치렀다.

혼례 닷새 전부터 돼지 추렴을 시작으로 태자도는 잔치 분위기에 흥청거렸다. 지광이 동네잔치를 벌인 것이었다. 잔치에 초대받았건 안 받았건 모두 불러들여 대접했다. 그리고 혼례 당일에는 태자궁 앞에 초례청을 차려 모든 이들이 함께 즐길 수 있게 했다. 소옹에게 해주고 싶었던 혼인잔치를 두 며느리에게 해준 것이었다.

잔치를 치른 지 며칠 후, 지광은 혼자 바닷가에 나가 소옹에게 알렸다. 패수가 흘러내리는, 바다 건너편 육지를 바라보며.

'소옹아, 내래 하늘로, 너한테 보낼 순 없어 너한테 듀려고 했던 것들을 다 니 올케들에게 줬다. 기러고 이제 널 만날 날도 멀디 않은 것 같다. 널 만날 때 빈손인 날 자랑스럽게 여겨 달라. 너의 패물을 태자 전하께 전부 남겨두고 간 사실을 안 순간 내가 결정한 거이다. 기러니 마음 펜히 먹고 기다리라. 곧 가마.'

그리고 낙엽들이 바람에 날리기 시작한 어느 맑은 늦가을 오후, 지광은 자기 방에 앉은 채 조용히 숨을 거두었다. 밤새 밥상을 차려놓고 소옹과 아지를 기다리던 그때 그 모습으로. 의관까지 정제한 채 너무도 편안하게. 사망 시간도 정확하지 않았다. 오후까지만 해도 어린 손자들에게 글을 가르쳤으니 신시申時와 유시酉時 사이로 추정할 뿐이었다. 저녁 진지에 모시기 위해 큰아들 광건이 들어갔다 돌아가신 걸 발견한 것이었다.

장은 보름장으로 치렀고, 광건과 바우 내외가 상주가 되어 모든 장례를 주관했다.

태자와 구명석, 마석과 범포도 친아버지에 준하는 예로 지광의 장례에 임했다. 태자도 백성들도 친아버지를 잃은 것처럼 슬퍼했고 얼마 전 있었던 잔치 때보다 더 많은 조문객이 몰렸다.

태자는 문열공文烈公이란 시호를 내렸고, 태자궁 뒷산 양지 바른 언덕에 안장했다.

석고대죄

11

지광을 잃은 영은 무너지고 있었다.

살아있을 때는 미처 몰랐는데 돌아가시니 그가 어떤 존재였는지 부각되기 시작했다. 그는 자신이 믿고 의지했던, 자신의 오늘을 있게 한 사람이었다. 전혀 예상하지 못했던, 급작스런 임종이 그런 상실감을 더욱 자극했는지도 몰랐다.

지광의 부음을 듣는 순간 영은 맥이 탁 풀리면서 온몸에서 힘이 다 빠져나가는 것 같았다. 머리마저 텅 비어버렸는지 아무런 생각도 할 수 없었다. 순식간에 세상 모든 게 지워져 버리고 사라져 버린 것만 같았다. 하늘이 무너지고 세상이 증발해 버리는 듯한 느낌이 어떤 것인지를 똑똑히 느낄 수 있었다. 자신이 살아있기나 한지조차 의심스러울 정도였다.

하기야 아버지인 선왕보다 더 믿고 의지했던 지광이 아닌가. 지광의 건의로 태자궁으로 피신해 목숨을 보전할 수 있었고, 변란으로 중실씨들에게 쫓길 때는 지광의 도움으로 그 겨울을 무사히 넘길 수 있었지 않은가. 바우를 보내 죽음의 굴속에서 구해줌은 물론, 소옹의 목숨으로 자신을 구하지 않았던가.

뿐인가. 염전에서 중실휘의 마수에서 벗어날 수 있었고, 이 섬으로 옮기게 된 것도 다 지광의 덕이었다. 그런 지광이 훌쩍 떠나버리자 마음 둘 곳이 없었다. 구명석이 곁에 있었고 마석과 범포가 있기는 했지만 그들로선 채울 수 없는 공허감이 엄습했다.

영은 하던 일을 멈추고 바로 빈소로 달려갔다. 그리고 광건·광석·바우와 함께 빈소를 지켰다. 신하의 예가 아닌 아버지의 예로 장례를 치렀다.

그때 영은 술을 배웠다. 지광의 영정을 지키고 앉아 있자니 술을 마시지 않고서는 견딜 수가 없었다. 슬픔도 슬픔이었지만 상실감과 외로움을 술이 아니고는 달랠 수가 없었다. 아니, 맨정신으로는 견딜 수가 없어 술을 마셨다. 술에 취해 빈소에서 잤고, 일어나면 다시 술을 마셨다. 장례 기간 보름 동안 술독에 빠져 있었다.

그렇게 배운 술이 영을 마비시키고, 영을 무너트리고 있었지만 영은 그걸 생각할 수조차 없었다. 주위에서 말렸지만 술을 마시지 않고는, 술에 취하지 않고는 견딜 수가 없었다. 장례를 마치고나서도 마찬가지였다. 술에 취하지 않고 맨정신으로는 단 한 순간도 버틸 수 없었다. 그렇게 술에 취한 채 겨울을 보냈다.

구명석이 말렸고 마석과 범포가 간했지만 술을 안 마시고는 잠도 제대로 잘 수 없었다. 부왕께서 관심을 두지 않고 술에 빠져 살았었는지를 알 것 같았다. 그러나 그것도 잠시 잠깐 술이 깼을 때 얘기지, 그런 생각이 들기 무섭게 다시 술을 마셨다. 술에 취해, 모든 것을 잊고 싶었다. 살아 있고 깨어 있는 게 고역이었다. 두려웠다. 차라리 태어나지 않았다면 이런 고통을 겪지 않았을 걸 하는 생각까지 들었다.

그쯤 되자 사람들의 말이 싫어졌다. 아니, 사람 자체가 싫었다. 신하들의 말은 모두 자신을 비웃는 소리인 것 같았고, 자신이 없는 자리에서 뒷담화하고 조롱하고 짓씹는 것 같았다. 신하들의 한 마디 한 마디가 귀에 거슬렸고 행동 하나 하나가 눈꼴사나웠다. 자신에게 적개심을 가지고 덤벼드는 것 같았다. 부왕이 겪었음직한 고통을 고스란히 겪고 있었다.

왜 나만 이러는지, 왜 나한테만 이러는지. 개 줘도 안 물어갈, 비참한 운명이 슬펐다. 취하지 않고서는 견딜 수 없는 답답함과 울분. 취하면 밑도 끝도 없이 분출되는 감상과 감정. 그것들을 감당할 수 없어 술에 취해 버렸다. 술이 깼을 때 되살아나는 감정마저 역겨워 술이 깨기 전에 다시 술을 마셨다. 그런 악순환은 영을 피폐하게 만들고 있었다. 또한 주위사람들을 내몰고 내쫓고 있었다. 특히 범포는 이미 술독에 빠져 정치에는 관심을 갖지 않았던 부왕을 경험했고, 그걸 피해 도망쳤던 사람인만큼 더 강한 거부반응을 보였지만 영은 멈출 수가 없었다.

"왜? 쫓겨 다니는 태잔 술도 못 마십네까? 기렇게 꼴 보기 싫으믄 또 도망티면 될 거 아닙네까?"

영은 자신도 모르는 새에 범포가 보기 싫었고 그를 멀리 하고 있었다. 범포도 그런 영의 감정을 알기에 마주치지 않으려고 주의했지만 어쩌다 만나면 이런 말로 그의 심장을 후벼 파곤 했다. 범포뿐만이 아니었다. 모든 신하들을 멀리 하는 정도가 아니라 약점을 공격하고 아픈 데를 찌름으로써 가까이 오지 못하게 했다. 슬슬 피해 다니는 정도가 아니라 아예 꼴도 보기 싫어 얼씬도 못하게 했다. 이제 태자궁에는 영 혼자뿐이라 할 수 있었다.

그러던 오늘 낮의 일이었다. 대낮부터 취해서 낮잠을 자다 일어나니 구명석이 보이지 않았다. 싫은 소리로 못 살게 굴고, 가슴을 후비는 말을 해도 셋은 영 곁에 있었는데 없었다.

구명석이 어디 갔냐고, 당장 구명석을 찾아오라고 불호령을 내렸으나 구명석을 찾을 수 없다고 했다. 아무리 취해 있었지만 구명석이 사라졌다는 사실에 충격을 받은 영은 하는 수 없이 범포를 불러들였다. 섬의 모든 경계와 방어를 담당하고 있으니 그는 구명석의 행방을 알 것 같았다.

범포는 군사들을 훈련시키다 왔는지, 순찰이라도 돌다 왔는지 갑옷 차림이었다.

"전하, 탖아 계시옵네까?"

범포가 들어오더니 군례를 올리며 물었다. 그러나 그 얼굴은 결코 예전의 얼굴이 아니었다. 고개를 모로 튼 듯이 보였다.

"장군은 내 꼴도 보기 싫습네까? 왜 고갤 모로 트는 거요? 똧기는 태자라고 우습게 보는 거요?"

"전하, 소장이 그럴 까닭이 없고 어떠 기런 일이……."

"시끄럽소."

영은 범포의 말을 막으며 소리를 질렀다. 그 바람에 중치가 막힌 범포가 입을 다문 채 꿇어 있었다.

"딕금 당장 군사들을 풀어서라도 구명석일 탖아오시오. 딕금 당장 탖아오란 말이오."

"전하, 구명석을 탔고 있으니 득금만······."

"시끄럽다 하디 않았소. 지금 당장 탔아내시오. 딕금 당장 나가서 탔아오란 말이오."

영이 발광하듯 소리치자 범포도 더 이상 머물기 싫은지 자리를 뜨며 말했다.

"신하를 곁에 두고 싶으시면 신하를 예로 대하십시오, 태자 전하."

"뭐? 뭐라? 범포 네 이놈! 게 섰거라."

영이 소리를 질렀으나 범포는 들은 체도 않고 나가 버렸다.

화가 난 영은 다시 술을 가져오라고 해서 병나발을 불고 자리에 쓰러졌다. 구명석을 찾아오라고 명령했던 것도 잊은 채. 구명석이 사라진 사실마저 잊어버리고.

한밤중에 타는 듯한 목마름에 눈을 뜬 영은 사람을 불렀다. 물을 마시고 싶었다. 그러나 아무리 소리쳐 불러도 대답이 없었다.

비틀거리며 방이란 방은 다 뒤져봤지만 한 사람은 보이지 않았다. 태자궁을 지키는 병사들을 찾아봐도 마찬가지였다. 태자궁에는 자기 혼자뿐이었다. 다들 어디로 갔는지 아무도 없었다.

"아지야, 아지 어딨네?"

영은 아지를 부르며 찾았다. 심심하거나 외롭거나 무서울 때 부르면 언제든 달려오던 아지였기에, 부지불식간에 아지를 찾았다. 그러다 영은 자리에 풀썩 주저앉았다. 아지가 있을 턱이 없었다. 아지는, 아지는 벌써······. 술기운이 확 달아나는 것 같았다. 아지와 소옹을 재물삼아 목숨을 구한 게 벌써 언제였던가. 그것마저 잊은 채 술에 빠져 허우적거리는 자신을 발견하자 정신이 번쩍 들 수밖에.

잠시 숨을 고른 영은 구명석을 떠올렸다. 아지는 비록 없지만 구명석은 아직 남아 있지 않은가. 아지 대신 구명석을 믿고 의지하고 오늘, 여기까지 오지 않았던가. 그들을 찾아야 했다. 찾아서, 사과하고, 자기 곁에 있어 말라고 애원이라도 해야 할 것 같았다. 그들은 스승이면서 형이었고, 버려진 자신과 함께 할 마지막 사람들이었다. 자신을 위해 부모 자식마저 다 버리고 따라나선 사람들이었다. 그들마저 곁에 없으면 자신은 그야말로 하늘 아래 혼자뿐일 것이었다.

거기에 생각이 미치자 영은 구명석을 찾았다. 그러나 구명석은 없었다.

'구명석이래 어디 갔디? 셋 중에 한 사람은 늘 곁에 있었는데?'

이런 생각을 하다 영은 가슴이 덜컥 내려앉았다. 낮에 있었던 일이 어슴푸레 떠올랐기 때문이었다. 희미하고 중간 중간 끊겨 또렷하지는 않았지만 범포에게 호통을 쳤던 일이며, 범포가 화를 내며 나갔던 일이 떠올랐다. 그리고 범포를 부른 것도 구명석을 찾기 위해서였음이 생각났다.

'결국 다 떠났구만……. 다 내쫓고 말았어.'

이제 완전히 혼자였다. 궁에서는 타의에 의해, 살아남기 위해 혼자였지만 지금은 자신의 과실로 완전 고립 상태였다. 누구를 탓하고 원망할 수도 없는 상황이었다. 궁에서는 원망하며 어떻게든 살아남으려고 발버둥 쳤다면 지금은 원망할 대상마저 없었다. 그와 함께 살아갈 의욕마저도 사라지고 있었다.

'결국 이렇게 될 걸……. 내가 너무 오래 끌었어. 괜히 곁에 있는 사람들만 고생시켰어.'

생각이 거기에 이르자 영은 무거운 몸을 일으켰다. 나중에야 어찌 되든, 죽을 때 죽더라도 우선 타는 목을 축여야 할 것 같았다

영은 혼자 우물로 가서 우물을 떠 마셨다. 두레박째 벌컥벌컥 들이마셨다. 차가운 물이 식도를 타고 위로 흘러가는 게 느껴졌다. 시원했다. 목을 태우던 불이 꺼지는 듯싶었다. 그러나 그것도 잠시. 속이 아리고 쓰렸다. 그러고 보니 어제 한끼도 제대로 먹지 않았던 것 같았다.

물을 마신 영은 우물가에 쪼그려 앉아 밤하늘을 바라보았다.

밤하늘에는 양심도 염치도 없이, 자신과는 아무 상관도 없다는 듯, 무수히 많은 별들이 빛나고 있었다. 세상과 멀리 떨어져 앉아 자신의 빛깔과 크기로 반짝이고 있었다. 그 모습에 불쑥 거부감이 일었다. 최소한 오늘 같은 날은 빛나지 말아야 하는 게 아닌가. 아니면 조금 어둡게 빛나야 하는 게 아닌가. 그런데도 별들은 제 모습대로 빛나고 있었다. 그게 자신의 책무인 양 밝게, 밝게.

그러다 영은 불쑥 알 수 없는 생각에 젖어들었다. 세상이나 인간의 상황에 따라 별들이 빛을 낸다면 어찌 될까? 그건 별일 수가 없었다. 별이란 늘 제 자리에서 제 빛으로 반짝이는 항존성으로 인해 별일 수 있는 게 아닌가. 그런 별들이 인간이나 세상의 상황에 따라 달라진다면 하늘은 존재할 수도 없을 것이었다. 인간이나 세상과 아무런 상관도 없이 제 자리에서 제 모습대로 냉정하고 초연하게 빛나야 비로소 별일 수 있을 것 같았다.

따라서 자신은 별일 수가 없었다. 자신의 감정에 따라, 사소한 일 때문에 빛을 제대로 내지 못하는 자신은 별과는 거리가 먼 존재였다. 그런 생각을 하다, 불쑥, 그야말로 불쑥, 정반대의 생각이 들

었다. 왜 그런 생각이 들었는지는 모르지만, 구명석이나 마석과 범포, 바우나 건석(광건, 광석), 그리고 태자도 주민들에게 자신은 별일지도 모른다는 생각이었다. 늘 그 자리에서 자신만의 빛깔과 크기로 반짝이는 존재. 늘 쳐다보면 그 자리에 있는 그런 존재여야 하지 않을까 싶었다. 그런 생각이 들자 술이 확 깨었다. 털이란 털은 모두 곤두서는 것 같았다.

예기치 않았던 곳에 생각이 닿자 영은 멍했다. 자신은 별도 아닌데, 별도 아닌 별을 별로 인식하고 따르는 사람들을 생각하자니 아프지 않을 수 없었다. 자신만을 생각하지 말았어야 했는데, 그들을 생각했어야 했는데, 그러지 못한 자신이 한심스러웠다. 어떻게 그걸 생각하지 못했는지, 잊고 있었는지 그런 자신이 밉고 괘씸했다.

영은 펄썩 주저앉았다. 그리고 별들을 하나하나 살피기 시작했다. 별들은 제각기 크기와 밝기가 달랐다. 잠시 보면 그 별이 그 별처럼 보이지만, 자세히 보니 제각각이었다.

흰색에서 노란색, 어떤 건 붉은 빛을 띠고 있기도 했다. 영은 고개를 좌우로 움직이며 색깔별로 구분을 지어 보았다. 아니, 지어 보려 했다. 그러나 자꾸만 헷갈려 자리를 놓치곤 했다. '무수한'이란 단어가 말해주듯 이루 헤아릴 수도 구분 지을 수도 없었다. 그걸 혼자 구분 짓겠다고 생각하는 자체가 어리석은 짓이었다. 구분지어서도 안 되는 그 무엇이었다.

왜 갑자기 그런 생각이 들었는지 모르지만, 별들은 단순히 밤하늘에 떠 있는 존재가 아니라 자신의 마음속에서 명멸하는 수많은 사연처럼 느껴졌다. 따라서 그 자체가 하나였고, 그러니 그걸 각각 구분한다는 건 불가능한 것처럼 느껴졌다. 그런 생각이 들자 가만히 앉아 있을 수가 없었다.

영은 산을 내려가기 시작했다. 봄바람에 실려 오는 갯내음을 마시고 싶었다. 아니, 한없이 일렁이는 파도를 보고 싶었다. 파도가 하얗게 부서지는 모습을 보고 싶었다.

횃불도 없이 영은 산길을 걸어 자신이 들어왔던 몽돌포(몽돌이 깔려있는 포구라 하여 붙여진 명칭) 향해 내려갔다. 비틀거리며 몇 번이나 넘어졌지만 걷고 또 걸었다. 그 갯가에서 누군가가 부르고 있는 것 같았다. 구명석과 마석·범포가 기다리고 있을 것 같았다. 그들이 거기에 서서 자신을 부르는 것 같았다. 바우나 건석 형제일지도 몰랐다. 아니, 어쩌면 지광이나 아지·소용의 영혼이 자신을 부르는지도 몰랐다. 봄신령이나 해신海神이 부르는지도 몰랐다. 분명 누군가가 부르고 기다리는 것 같았다.

그러나 포구에 도착하여 아무리 둘러봐도 아무도 없었다. 사람은 고사하고 쥐새끼 한 마리도 보이지 않았다. 영은 무작정 걷다 갯바위에 걸터앉았다. 그리고 흐려지는 눈으로 바다를 바라보았다.

깜깜한 밤바다는 그야말로 암흑 자체였다. 그러나 그 암흑 속에서도 쉼 없이 파도가 일렁이고 있는지 일정한 간격으로 파돗소리가 들려왔다. 살기 위해, 살아있기 위해서는 부단히 움직일 수밖에 없는지 잠시도 쉬지 않았다. 그런데도 자신은 깊이도 모를 바닥으로, 다시 떠오를 생각도 없이 가라앉고 있기만 했다. 바다는 쉼 없이 뒤척이며 순환하고 변화하고 있는데 자신은 반대의 길을 걷고 있었다.

영은 바다가 되고 싶었다. 바다로 존재하고 바다로 숨 쉬고 싶었다. 그러기 위해 아무 생각도 없이 그냥 앉아 있었다. 자신을 다 비워내고 그냥 바다로 있었다.

바다가 되어, 바다로 앉아 있자니 묘하게 가슴이 뜨거워지기 시작했다. 자신은 거기에 앉아 있어서는 안 될 사람 같았다. 밤하늘엔 별들이 빛나고 있듯이, 바다엔 쉼 없는 파도가 일고 있듯이 자신도 자신만의 빛과 움직임으로 뭔가를 해야 할 것 같았다. 뜨거운 가슴이 식기 전에 뭔가를 해야 할 것 같았다.

그러나 영은 그냥 그 자리에 앉아 있었다. 순간의 감정으로 뭔가를 할 수는 없었다. 충동이 아닌 의지로, 감정이 아닌 이성으로 새로운 것들을 잡아나가야 할 것 같았다.

그렇게 영은 한참 동안 자리에 앉아 있었다. 모든 것들을 밤바다에 던져버리고 날이 밝아오면 새롭게 시작하고 싶었다. 그러려면 찌꺼기들을 다 털어내야 할 것 같았다. 핏속마저 투명하게 비워야 할 것 같았다. 그러지 않으면 이런 일이 재발될 것이었다. 그러지 않기 위해서는 다 비우고 게워내야 했다. 하여, 미동도 없이 앉아 있었다. 그 속에서 자신을 하얗게 비워냈다.

바닷가 한 끝이 희미하게 엷어지기 시작하자 영은 자리에서 일어서고 싶었다. 아니, 이제 일어서야 했다. 더 이상 자신과 자신을 따르는 사람들을 방치하는 건 죄악이었다. 자신에 대해 죄악이면서 자신을 믿고 따르는 모든 사람들에 대한 죄악이었다. 그들은 자신을 믿고 온갖 어둠과 추위, 두려움과 죽음마저 견뎌내고 있는데 정작 자신은 모든 걸 피하려고만 했지 견디고 이겨내려 하지 않았음을 깨닫게 된 것이었다.

영은 자리에서 일어났다. 날이 밝기 전에 태자궁으로 돌아가야 할 것 같았다. 흔들리는 자신의 모습을 사람들에게 보여서는 안 될 것 같았다.

영이 자리에서 일어서려니 멀리서 누군가의 목소리가 들려왔다.

"누구네? 누군데 이 시각에 거기 있네?"

목소리로 봐서 중늙은이였다.

오히려 영이 묻고 싶은 말이었다. 늙은이가 이 시각에 웬 일로 여기 와 있는지. 지금 이 시각에 뭣 하러 여기 왔는지. 그러나 추한 자신을 보이기 싫어 조용히 있었다. 그러자 저쪽에서 중얼거렸다.

"가만있어봐라. 아무래도 수상해. 안 기래도 요듬 태자 전하께 드릴 고기들이 없어지곤 하더니 네놈 덧이디?"

이번엔 젊은이의 목소리였다. 그 목소리를 듣는 순간, 갑자기 영은 궁금해졌다. 자신에게 바치기 위해 이런 꼭두새벽에 고기잡일 나간다는 말인가. 그러기 위해 밤잠을 설치고 있단 말인가.

그런 생각을 하고 있자니 횃불까지 켜들고 세 사람이 다가왔다. 한 번도 본 적 없는 사람들이었다. 그러니 그들도 영을 모를 수밖에.

"누, 누군데 이 시각에 여기 와 있는 거네?"

좀 전에 물었던 젊은 목소리가 다시 물으며 횃불을 들어 영의 얼굴을 확인하려 했다.

그러나 영은 대답할 수도 고개를 들 수도 없었다. 그들에게 자신의 신분을 밝힐 수도 없었고, 밝혀서도 안 될 것 같았다. 그렇다고 아무 대답도 하지 않을 수도 없었다. 아무 대답도 않는다면 자신을 고기 도둑으로 의심할 것이고, 고기 도둑을 잡기 위해 덤벼들게 되면 예기치 않은 불상사가 발생할 수도 있었다. 고민에 고민을 거듭한 끝에 영은 고개를 들었다. 바로 그 순간이었다.

"태, 태, 태자 전하!"

한 사람이 외치자 나머지 두 사람도 바로 무릎을 꿇으면서 소리쳤다.

"태자 전하!"

영은 자리에서 일어서며 말했다.

"고갤 들게."

영이 부드럽게 말하자 셋이 천천히 고개를 들었다. 셋 중 하나는
태자궁에 가끔 나타나는 젊은이였다.

"기댄 태자궁에 가끔 보이는 어부가 아님메? 이 시각에 무슨 일
로 바다에 나왔음메?"

"전하, 딕금 바다에 나가야 고기를 낚을 수 있고, 고기를 낚아와
야 싱싱한 생선을 태자 전하 진짓상에 올릴 수 있습네다. 계절에
따라 물고기가 다르온데 봄철엔 새벽에 낚아야 맛있는 생선을 낚을
수 있습네다."

"기럼 날 위해서 이 시각에 바다에 나간다는 것임메?"

"기러하옵네다."

"기래요? 난 기것도 모르고……. 아무튼 수고가 많소. 내래 언젠
가 이 공을 갚갔소."

"전하, 망극하옵네다."

"기래, 어서들 갈 길을 가보시게. 나도 갈 길 갈 테니낀."

"전하, 소인들이 뫼시갔습네다."

"아니. 기럴 필요 없음메. 딕금 가면 구명석이며 태자궁 사람들이
기다리고 있으니낀. 기냥 할 일들 하시게."

"예, 알갔습네다. 살페 가십시오."

"기래. 나중에 태자궁에서 봅세."

"예. 태자 전하."

영은 어부들을 겨우 떨어내고 태자궁을 향해 걸음을 재촉했다. 빨리 태자궁에 돌아가지 않으면 백성들과 마주치게 될 것이고 그럴 수록 자신의 무능과 무기력이 알려지게 될 것이었다.

12

구명석과 마석·범포는 태자의 뒤를 바짝 쫓고 있었다.

혹여라도 일이 잘못 됐을 시는 다섯 다 무사할 수 없었다. 태자를 방치하는 것도 모자라 태자를 시험하고 농락했으니 대역죄에 준하는 벌을 받아야 했다. 태자가 뭐라 하기 전에 스스로 벌을 청해야 할 것이었다. 그러나 태자가 변하지 않는 한, 초심으로 돌아가 심지를 굳게 하지 않는 한 미래가 없었기에 어쩔 수 없었다. 잘못하다간 자신들의 운명이 바뀔 수도 있었고, 태자도 백성 전체가 위험해질 수 있었다. 그걸 막는 방법을 찾아야 했다.

태자는 구명석의 간곡한 만류와 충언도 귀담아 듣지 않았다. 보통 때 같았으면 있을 수 없는 일이었다. 구명석을 생명의 은인으로 생각하고 형처럼 믿고 따랐던 태자였다. 어려운 시기를 함께 넘긴 동질감으로 말이 필요 없을 정도였다. 그런데 이번만은 달랐다. 자신을 동생처럼 다루려 한다고 역정을 내는 정도가 아니라 곁에 머무는 것도 꺼려했다.

하는 수 없이 마석과 범포가 나서기로 했다. 아버지뻘이고 선왕과 중실씨에게 굴복하지 않기 위해 뛰쳐나왔던 전력도 있는 만큼 태자도 달리 받아들일 줄 알았다.

그러나 태자의 반응은 예상 밖이었다. 두 사람의 전력을 들춰내며 인신공격을 하는 정도가 아니라 꼴도 보기 싫다고 거부했다.

을지광을 엄청 믿고 의지했었구나, 이해는 하면서도 더 이상 미룰 수가 없었다. 잘못했다간 선왕과 같은 전철을 밟을 수 있었다. 그러면 모든 게 끝이었다.

보다 못한 다섯은 궁리에 궁리를 했다. 그러나 방법이 없었다. 이제 다섯 사람마저 멀리 하고 있는데 다른 방법이 있을 수 없었다. 그렇지만 보고 있을 수만은 없었기에 매일 태자 몰래 만나 방안을 논의하고 있었다. 그러던 어제였다.

"이제 더 이상 방법이 없을 것 같습네다. 마지막 방법을 써보는 수밖에……."

구비가 심각한 음성으로 무겁게 말했다.

"마지막 방법이라니?"

석권의 물음에 여덟 개의 눈이 구비에게 모아졌다.

"충격요법."

"……?"

네 사람은 들어본 적이 없는 방법이 낯설어 구비의 입만 바라보았다.

"병자에게 마지막으로 쓰는 방법이라 망설여지긴 하다만 어쩔 수 없는 것 같습네다."

"말 돌리디 말고 곧장 하라마. 답답해서 미티갔다야."

석권이 구비를 쥐어박을 듯이 재촉했다.

"병자 스스로 더 이상 방법이 없음을 깨닫고, 스스로 병을 이겨내겠다고 결심하게 만드는 거이다."

"어뜯게?"

"일테면 태자 곁에 있는 사람들이 모두 피해버림으로써 태자 스스로 일어서게 하는 거디."

구비의 말에 모두 말이 없었다. 결과를 예측할 수 없는 모험이었다. 더군다나 태자를 상대로 그런 방법을 쓰기에는 그 파장이 결코 만만치 않을 것이었다. 그런데 석권의 생각은 다른지 선뜻 구비의 뜻에 동의하고 나섰다.

"기래. 이데 기런 방법이라도 써봐야디 어떨 수가 없는 지경 아닙메?"

석권이 동의하고 나선 지 얼마 없어 명이도 그러자고 했다.

그러나 마석과 범포는 달랐다. 위계와 규율을 중시하는 무장인 그들로썬 감히 상상조차 할 수 없는 일이라 했다. 그러자 석권이 나서서 두 사람을 설득했다.

"두 분 장군께서는 감히 상상조챠 못할 방법일 겁네다. 우리도 이런 일은 텨음이라 망설여디긴 합네다. 기렇디만 기간 태자 전하를 곁에서 디켜본 경험을 바탕으로 판단하다면, 분몡 효과가 있을 겁네다. 유약한 면이 있긴 하디만 그 누구보다 강한 분인 만큼 스스로 이겨낼 겁네다. 기러니 두 장군께서도 우릴 믿고 함께 해듀십시오."

"아무리 기래도 기렇디. 태자 전하께 어띠 기런 방법을?"

마석의 말에 범포도 같은 생각인지 덧붙였다.

"내 생각도 같소. 기건 안 될 말입네다."

태자를 누구보다 잘 아는 구명석이 하는 일이라 믿고 싶기는 하지만 마석과 범포는 도저히 있을 수 없는 일이라 생각하는 모양이었다.

"기럼 다른 방법이 없디 않습네까? 이데 어떤 방법을 쓰든 태자 전할 데자리에 돌려놓아야 합네다. 더 늦으면 천추의 한이 될 수도 있습네다."

구비보다 석권이 더 적극적으로 나섰다.

"누군들 이런 방법을 쓰고 싶갔습네까? 기렇디만 이데 막다른 골목입네다. 더 이상 머뭇거릴 수가 없는 상황이라 이 말입네다."

석권의 말에 구비가 재차 강조하자 마석과 범포도 입을 다물었다. 그들이라고 뾰족한 수가 없었고, 그렇다고 더 이상 방치할 수도 없다고 생각하는 것 같았다. 그렇지만 구명석의 방법에는 선뜻 동의할 수 없는 모양이었다.

"뎡말 효관 있갔습네까?"

한참을 입을 다문 채 생각을 되씹던 마석이 조심스레 물었다. 누구에게랄 것도 없이, 혼잣소리처럼.

"길쎄요. 장담할 순 없디요. 기렇디만 더 이상 방법이 없으니 ······."

구비의 말에 석권이 짜증을 내며 말했다.

"젤 먼저 하댜고 해놓고 기렇게 발을 빼믄 어뜩하네? 남자가 칼을 뽑았으믄 끝까디 밀고 가야디. 효과 있고 없고 간에 더 이상 방법이 없디 않습네까? 기러니 기런 방법이라도 써보는 거디요. 제가 볼 땐 분멩 효과가 있을 거라 생각합네다."

석권의 말에 범포가 받았다.

"석권 장군이래 기렇다믄 나도 찬성입네다. 호랑이한테 쫓기는 놈이 발에 가실 생각할 겨를이 어딨습네까? 호랑이 먼뎌 피하든디

죽이든디 해야디요."

그렇게 되자 마석도 대의에 따르는 수밖에 없었다. 하여 구체적인 계획을 세우기 시작했다.

구명석의 주도로, 특히 구비의 주도로 계획은 일사천리로 세워졌다. 그리고 그 시기는 빠를수록 좋다고 하여 어제 바로 시행한 것이었다. 그래서 태자가 범포에게 구명석을 찾아내라고 호통을 치자 범포가 일부러 태자를 자극했던 것이었고.

태자는 구명석의 예상했던 행보를 그대로 밟고 있었다. 좌절하고 포기하지 않고 혼자 일어서려는 몸짓을 보이고 있었다. 아직 어리다고 생각했는데 그 어떤 어른보다 의연하고도 다부지게 일어서려 하고 있었다.

다섯은 태자의 뒤를 바짝 쫓으면서 결론을 내렸다. 태자는 강하고 어른스러운 만큼 누구에게도 기대게 해서는 안 된다는 것. 혼자 설 수 있게 일정한 거리를 유지하자는 것. 결코 만만히 봐서는 안 된다는 것.

태자가 태자궁으로 향하자 다섯은 안도하며 뒤를 따랐다. 이제 태자는 을지광으로부터 벗어날 것이었다. 그때 자신들은 태자의 명에 충실히 따라 줘야 했다. 적절한 자극과 함께 든든한 버팀목 역할도 함께 해줘야 할 것이었다. 그런 생각으로 뒤를 따라 가노라니 갑자기 태자가 발길을 돌려 범포네 집으로 향하는 게 아닌가.

다섯은 당황하지 않을 수 없었다. 태자가 지금 이 시각에 범포를 찾아갈 이유가 없었다. 어제 범포가 저지른 불손과 오만방자함을 벌하려 한다면 범포를 부르지 찾아갈 이유가 없었다.

다섯은 불안감과 긴장감을 억누르며 태자 뒤를 밟았다. 태자가 어떻게 나오는가에 따라 충격요법의 성패는 갈릴 것이기에 긴장하지 않을 수 없었다.

13

태자궁으로 가는 길이 오르막이긴 했지만 생각보다 벅찼다.

어부들과 사람들 눈을 피할 거라고 급히 걸어서였을까. 얼마 걷지도 않았는데 숨이 차오르고 다리가 무거웠다. 아직 술기운이 남아 있고 새벽잠을 제대로 자지 못했기 때문일 수도 있었지만 그 때문만으로 치부하기는 곤란했다. 여태껏 한 번도 느껴보지 못한 몸의 반응이었기 때문이었다.

'겨울 한철 사이에 몸이 이렇게 쇠해졌는가?'

문득 이런 생각이 들었다.

그러고 보니 겨우내 체력단련이나 무술수련도 한 번 하지 않았었다. 그뿐만 아니라 바깥출입도 하지 않았던 것 같았다. 계절이 계절인 만큼 운동량이 줄 수밖에 없었지만 매일 술독에 빠진 채 겨울 한철을 보내지 않았던가. 그러니 몸인들 정상일 리 없었다. 근육은 쇠해지고 빠졌고 장기들마저 쪼그라들고 정상적 작동을 하지 않고 있는 모양이었다. 제대로 쓰지도 않고 단련하지도 않았으며, 방치하고 혹사한 몸이 정상적이길 바랄 수 없는 일 아닌가.

영은 오르막을 오르다 잠시 멈춰 섰다. 더 이상 오르기 힘들었기 때문이었다. 멈춰선 영은 조심스레 뒤를 돌아봤다. 어부들을 확인하기 위해 멈춘 양. 그 사이 날이 제법 훤해져 포구가 내려다 보였다.

어부들은 없었다. 할 일이 바빴던지 어디론가 떠난 후였다. 횃불도 꺼버렸는지 횃불도 보이지 않았다. 다행이었다. 어부들이 그 자리에서 영을 바라보고 있었다면 내 걱정 말고 어여 할 일 하라고 손을 내주어주려 했는데, 자신의 피폐해진 몸을 어부들에게 들키고 싶지 않았는데, 그걸 걱정할 필요가 없었기 때문이었다.

자리에 선 채 숨을 고르며 영은 생각을 정리했다. 이제 어떻게든 신하들을 찾아야 했다. 남의 도움이나 손을 빌릴 게 아니라 자신이 직접 찾아나서야 할 것 같았다. 더 이상 머뭇거리거나 미룰 수 없는 상황이었다. 신하들이 집단행동에 돌입한 게 분명해 보였다. 더 이상 방법이 없다고 생각하고 극단적인 방법을 쓴 것이었다. 그러니 시간을 끌어서는 안 될 것이었다. 결자해지 외엔 다른 방법이 없어 보였다. 신하들을 직접 찾아가 자신의 잘못을 인정하고 신하들의 마음을 돌려야 했다.

체면이나 위신 따위는 그 다음 문제였다. 등 돌린 신하들의 마음을 제 자리로 돌리는 게 우선이었다. 필요하다면 다짐이나 약속이라도 해야 했다. 형처럼, 아버지나 삼촌처럼 자신을 지켜봐주고 감싸주었던 신하들이었기에 그런 행동을 한다 해도 부끄럽거나 자존심 상할 일도 없었다. 상책 중의 상책은 당장 행동하는 것이었다.

결심이 서자 영은 누구 먼저 찾아갈 것인가를 결정해야 했다. 이런 일은 의도나 목적도 중요하지만 수순이 더 중요할 수도 있었다. 누구를 먼저 찾아가고 만나는가에 따라 효과를 내기도 하지만 역효과를 낼 수도 있었다. 태자 시절, 모든 행동은 생각에 생각을 거듭한 끝에 무겁게 하라는 충고를 수도 없이 들었었다. 부왕과 스승이라 할 수 있는 구명석뿐만 아니라 영과 가까웠던 사람들이 하나같이 강조했었다. 그리고 수순을 잘못 밟았다가 겪은 시행착오며 오해나 분란이 얼마나 많았던가.

구명석 먼저 찾을 것인가, 범포와 마석 먼저 찾아갈 것인가. 영은 잠시 생각을 했다.

친밀도나 그간의 교감을 따진다면 구명석부터 찾는 게 맞았다. 구명석은 자기 때문에 모진 고신도 당했고, 가족까지 버리고 온 사람들이 아닌가. 또한 궁에서 나온 후 온갖 고초를 함께 겪지 않았던가. 어찌 보면 오늘의 자신을 있게 한 장본인들이라 할 수 있었다. 그러니 그들을 먼저 찾는 게 맞아 보였다.

그러나 범포와 마석을 먼저 찾아가는 게 순서일 것도 같았다. 구명석은 형뻘이었지만 범포와 마석은 아버지뻘이었기에 그들을 먼저 찾아보는 게 도리일 것 같았다. 또한 구명석은 오랜 시간을 함께 했고 친밀도도 있어 쉽게 이해할 일도 범포와 마석은 이해하지 못하거나 오해할 소지도 있었다. 구명석에 비해 친밀도와 공감력이 낮아 감정의 골이 한 번 패이면 오래 갈 것이었다. 그리니 그들을 먼저 찾아가는 게 나을 것 같았다.

그런 생각을 하다 영은 문뜩 범포와의 어제 일이 떠올랐다. 구명석을 당장 찾아오라고 호통을 치자 신하를 곁에 두고 싶으면 신하를 예로 대하라며 찬바람으로 물러났던 범포. 그런 범포의 행방이 제일 궁금했다. 어디서 무얼 하는지 몰라도 지금 가장 속이 뒤집혀 있는 사람은 바로 범포일 거란 생각이 들었다. 그와 함께 유난스레 자신에게 강한 거부반응을 보였던 범포의 태도며, 그런 범포에게 모진 말로 상처를 주었던 일들도 흐릿한 촛불로 가물거렸다.

생각이 거기에 이르자 영은 더 이상 생각하고 말고가 없어 보였다. 범포를 찾아가 어제 일을 사과하는 일이 우선이었다. 또한 모진 말로 상처를 주었던 일에 대해서도 사과해야 할 것 같았다. 그게 선결되지 않고서는 다른 어떤 행보도 의미가 없을 듯했다. 더 늦기 전에, 누구보다 먼저 범포를 찾아가야 할 것 같았다.

영은 밟아선 안 될 것을 밟은 사람처럼 화들짝 발을 들어올렸다. 그리고 범포네 집을 향해 급히 발을 옮겼다.

범포는 집에 없었다.

아직 일어나지 않았을지도 모른다는 생각이 안 들었던 건 아니었다. 너무 일찍 찾아가는 건 예의가 아닐 뿐 아니라 상대를 놀래킬 수 있다는 생각을 안 했던 것도 아니었다. 그러나 그 무엇보다 범포를 만나는 일이 중요하다고 생각했기에, 마음먹었을 때 바로 행하고 싶다는 생각에 범포네 집 문을 두드렸다.

"아, 아니, 태자 전하! 이 시각에 어떻게?"

전갈을 받은 범포 마누라가 쫓아 나오며 놀라했다.

"장군은? 범포 장군이래 없습네까?"

마누라보다 먼저 나올 줄 알았던 범포는 안 보이고 마누라만 놀라워하자 영은 집 안을 바라보며 물었다.

"예? 기게 무슨 말씀입네까? 엊저녁 태자 전하께서 탓는다고 나가서 안덕 안 들어왔습네다. 태자궁에 없습네까?"

"아, 아니, 아닙네다. 포구에 나갔다가 돌아오는 길에 혹시 집에 있나 싶어 들렀던 겁네다. 궁에 가보믄 있갔디요."

영은 범포 마누라가 태자궁 상황을 모르는 것 같아 안심하는 한편, 들키지 않기 위해 말을 둘러댔다. 영의 행색이나 이 시각에 찾아온 걸로 눈치 챌지도 모르지만 최대한 감추고 싶었다.

"아, 예."

대답은 그렇게 하면서도 아무래도 이상한지 영을 찬찬히 살피는 것 같았다. 남자보다 훨씬 발달되어 있는 눈썰미나 촉을 가동시키는 모양이었다. 그걸 눈치 챈 영은 서둘러 자리를 뜨고 싶었다.

"어휴! 봄이라고 간단히 입고 포구에 나갔더니 제법 춥네요. 기럼 이만……. 궁에 가서 만나보지요."

그 말에 범포 마누라는 고개를 숙여 인사를 하면서도 뭔가 이상하다 싶은지 고개를 갸웃거렸다. 그러니 영의 발걸음이 더욱 빨라질 수밖에. 영은 도망치듯 범포네 대문간을 나서버렸다.

태자궁으로 돌아온 영은 오랜만에 붓을 들었다.

가슴 속을 정리하기 위해서 글이라도 적고 싶었다. 술 생각이 났지만 참았다. 이제 술은 멀리 해야 할 첫 번째 적이었다.

영은 생각나는 대로 적었다 지우고, 지웠다 다시 쓰기를 몇 번이나 반복했다. 술이 깨는지 머리가 아프고 멍했지만 한 편이라도 완성하고 싶어서 지우고 다듬었다. 그리고 마침내 한 수를 적어낼 수 있었다.

春來而不似迎春　　봄은 왔건만 기다리던 봄은 아니요
花發而不如艶羨　　꽃은 피건만 기다리던 꽃은 아니네.
島中求道不看問　　섬 안에서 길을 묻고자 하나 물을 곳 없고
不達於都城其聞　　도성의 소식을 듣고자 하나 닿질 않네.
仲室之勢蓋世上　　중실의 힘은 세상을 덮고도 남음이 있어
不知開道何時成　　언제쯤 길이 열릴지 기약조차 할 수 없네.

故人爲己不歸程　　기다리는 사람은 가서 돌아오지 않으니

泣涕之春如寒冬　　봄날 눈물이 겨울 눈보라보다 맵기만 하네.[2]

영은 조용히 붓을 내려놓았다.

마음에 들지 않았다. 속마음을 드러냈으니 얼마간 후련해야 하는데 미흡함과 부끄러움이 앞섰다. 특히 아지와 소옹, 그리고 지광에 대한 미안함을 시에 담지 못한 게 아쉬웠다. 그러나 그들은 자신의 마음을 알아줄 것 같았다.

아무도 없는 태자궁은 괴괴했다. 혼자란 생각에 외롭다는 생각보다 미안함이 밀려들었다. 아직까지 자신이 건재할 수 있었고, 여기까지 오게 된 게 다 그들 덕인데 그걸 망각했던 자신이 부끄러웠다.

'태자궁으로 갔다는데 어디 간 기야 대체. 구명석은 또 어디 갔고?'

영은 답답했다. 구명석과 범포·마석 장군에게 자신의 잘못을 전하고 싶었다. 그러나 아무도 없었다. 같이 어딜 갔는지, 각자 따로 갔는지는 모르지만 한 가지는 분명해 보였다. 모두 자신이 싫어서 피해 버렸다는 사실. 그게 중요했다. 자신은 이제 사람을 질리게 하는 존재일 뿐이었다.

생각다 못한 영은 군사 훈련장에라도 나가 볼 생각으로 태자궁을 나섰다. 다른 건 몰라도 군사 훈련만은 단 하루도 쉬지 않을 테니 거기 가면 누구든 만날 수 있을 것이었다. 그렇게 생각하고 태자궁을 나서는데 입구에 여럿이 석고대죄하고 있었다. 산발에 소복을

---

2) 작가가 한글로 쓴 시를 한주혁 시인(hjh550405@naver.com)께서 한시로 옮겨주셨다. 감사의 말씀을 전하며 건필하시길 기원한다.

한 채 엎드려 있었다.

"누, 누구네?"

영은 소스라치게 놀라며 자신도 모르게 소리를 질렀다. 그들이 누군지를 짐작 못하는바 아니었으나 석고대죄는 전혀 예상하지 못했던 일이라 놀라지 않을 수 없었다.

"태자 전하! 소신들을 듁여주시옵소서."

고개를 들고 먼저 입을 연 사람은 범포였다.

"태자 전하를 옳게 보필하디 못한 건 물론이려니와, 전하의 명을 어기고, 그것도 모댜라 전하께 불손한 언동을 하였습네. 기 죄가 너무 깊어 벌을 청하러 왔습네."

"딕금 무슨 소릴 하는 거요? 이건 또 무슨 일이란 말이요?"

영은 너무나 놀랍고 반가워서 목소리가 떨렸다. 다시 못 볼 줄 알았던 구명석과 범포, 마석까지 다 와 있으니 반갑지 않을 수 없었다. 그러나 또 한편으론 괘씸한 생각이 안 드는 건 아니었다. 허락도 없이 무단으로, 집단적으로 반항을 기도한 그들이 밉고 괘씸했다. 그러나 그 모든 잘못이 자신에게 있으니 그들을 탓할 수가 없었다.

미묘하고 복잡한 감정을 주체하지 못하고 있으려니 이번엔 석권이 소리를 질렀다.

"소신들도 마탼가딥네. 태자 전할 올바로 보필하디 못했을 뿐 아니라 아무런 윤허도 없이 댜릴 비웠고, 전하의 심기를 어디럽힌 죄는 듁어 마땅합네. 기러니 소신들도 벌하여 주십시오."

"그러합네."

석권의 말에 구비와 명이가 고개를 숙이더니 다시 들지 않았다.

"이, 이 무슨 말이요? 모두 내 죄거늘 어띠 이러는 거요? 하늘과 땅과 사람들을 어떻게 보라고 이러는 거요? 어서 일나시오, 어서.”

영은 참으려 했으나 자신도 모르는 새에 눈물이 흘러나오고 있었다. 충신 중의 충신들을 몰라보고, 그들을 멀리 했던 자신이 부끄러웠다. 또한 한나절 만에 돌아온 그들이 너무나 반가웠다. 하룻밤을 혼자 지냈을 뿐인데 그 하루가 일 년 같지 않았던가. 그런데 벌이라니 당치도 않았다. 오히려 고맙고, 미안하다는 말을 하고 싶었는데 석고대죄라니……

“전하! 소신들을 벌하여 듀옵소서. 기렇디 않으면 소신들이 어찌 전하를 다시 모실 수 있갔습네까? 통촉하여 듀십시오.”

“당티도 않소. 모두 내 죄이거늘 어띠 이러시오? 기렇게 내 죌 묻갔다면 오히려 내가 죌 청하갔소.”

영은 그들 앞에 무릎을 꿇으려 했다. 그러지 않고서는 일이 끝날 것 같지 않았다. 그러자 다섯 명이 일제히 무릎걸음으로 황급히 다가오더니 영의 몸을 붙들었다.

“전하! 이 무슨 망측한 일입네까? 아무리 소신들을 듀이고 싶기로니 이 어띠 이런 망측한 일을 하시렵네까?”

“기러면, 날 용서해주갔소? 내래 술을 끊고 그대들의 충언을 들을 테니 용서해주갔소?”

“전하, 그 어띠 망끅한 말씀을……”

“못 하갔다믄 어떨 수 없이……”

영이 다시 무릎을 꿇으려 하자 다섯이 일제히 일어섰다. 그리고 범포가 말했다.

“태자 전하, 소신들 다 일어났습네다. 기러니 제발, 제발 소신들을 용서하십시오.”

"이를 말이요. 그대들이 무슨 죄가 있갔소? 날 닽못 만나 죄밖에 없디 않소? 다신 이런 일 없을 테니 한 번만 눈감아 듀시오."

영은 앞에 서 있는 범포의 손을 잡아 쥐었다. 그러자 구명석과 마석도 다가와 손을 모았다. 영과 다섯은 눈물을 가득 담은 눈으로 서로를 바라보았다.

천년 둥지

14

석고대죄 사건은 태자도에 새 바람을 불러 일으켰다.

무엇보다 군신 간에 믿음, 의리의 중요성과 소중함을 깨닫게 했다. 신의가 없는 군신 관계는 물거품이나 다를 게 없음을 알게 하여 군과 신은 개별운명체가 아니라 공동운명체임을 각인시킨 것이었다. 태자는 태자대로 신하들은 신하들대로 자신의 위상과 사명을 깨달음으로써 자신의 소임에 충실하게 되었다.

태자는 자신이 저지른 실수며 잘못들을 당사자들에게 정중히 사과하고 다신 그런 일을 하지 않겠다고 다짐했다. 그리고 그날부로 술을 딱 끊었다. 술을 끊음으로써 같은 실수를 되풀이하지 않겠다는 의지를 다졌다.

태자가 사과하려 하자 신하들은 말렸다. 그깟 일로 주군이 신하들에게 사과한다는 건 있을 수 없는 일이라며. 그러나 태자의 뜻은 확고했다. 자신을 말리는 사람은 자신의 실수와 잘못을 용서하지 않겠다는 뜻으로 받아들일 수밖에 없다고 되받았다. 그리되자 신하들도 더 이상 말릴 수가 없었다.

결국 태자는 신하들을 사랑으로 불러들여 자신의 실수와 잘못을 조목조목 밝히며 용서를 빌었다. 정중하고도 진심에서 우러나온 태도로. 태자가 신하에게 용서를 비는 게 아니라 동생이 형들에게, 조카가 삼촌들에게 용서를 비는 것처럼. 신하들이 민망할 정도로.

신하들은 신하들대로 자신들의 과오를 들춰내고 불충을 용서해 달라고 빌었다. 범포가 엎드린 채 자기 죄를 고백하기 시작했다. 울먹이며 이어진 그의 고백은 듣는 사람들의 눈물샘을 자극하고도 남았다. 범포가 열거한 죄는 범포 혼자만의 죄가 아니라 태자에게 충성을 다해야 하는 모든 신하들에게 해당되는 죄였기 때문이었다. 주군의 마음을 제대로 헤아리지 못한 죄, 고뇌하고 갈등할 때 곁에서 지켜주고 위로하지 못한 죄, 혼자 방황할 때 이정표가 되어주지 못한 죄, 술에 침몰할 때 건져 올리지 못한 죄, 명을 거역하는 것도 모자라 불손한 태도로 대했던 죄는 물론이려니와 주군을 시험하고 농락한 죄는 죽음으로도 씻지 못할 죄라 사뢨다. 그에 이어 구비가 자신의 죄를 덧붙였다. 자신이 주군을 시험해 보자는 안을 냈노라고. 그러자 석권이 구비의 말을 부정하며, 모두가 말렸지만 자신이 앞장서서 주군을 시험해보자고 했노라고 고백했다. 그러자 마석과 명이까지 자신들도 석권의 말에 동조하여 같은 죄를 저질렀노라고 죄를 청했다. 그러니 회합장이 울음바다가 된 건 너무나 당연한 일이었고.

그렇게 석고대죄 소동을 마무리한 태자는 건석 형제와 바우까지 불러들여 자신의 결심을 밝혔다. 그리고 바로 실행하기 시작했다.

먼저 마석과 범포를 중부仲父의 예로 대하겠다고 했다. 은나라 무왕이 태공망에게 했던 것처럼, 제나라 환공이 관중과 포숙아에게 그랬듯이. 비록 두 사람은 신하이긴 하지만 아버지나 다름없는 존재인 만큼 앞으로 아버지로 모시겠다고 했다. 그러니 신하들도 두 사람을 그렇게 모셔 달라고 부탁했다. 그러는 한편, 태자도 방어 및 군사 배치에 대한 전권을 두 사람에게 위임하여 두 사람의 어깨에 힘을 실어주었다.

그 다음으로 구명석에 대해서도 일정한 임무를 부여했다.

먼저 명이를 박사로 임명하여 건석 형제와 바우를 비롯하여 태자도 백성 중 글을 배워야 할 필요가 있는 사람과 글을 배우고자 하는 사람들을 모아 글을 가르치게 했다. 이제 태자도에 일정한 제도와 체제를 갖추기 위해서는 문자 습득이 선행돼야 하니 빠른 시일 내에 시행하라고 했다. 제 아무리 능력이 빼어나더라도 글로 표현하지 못한다면 한계가 있을 수밖에 없다고. 또한 명이에게 태자도의 지리, 기후, 식생, 생산물 등에 대해서도 꼼꼼히 파악하여 기록해두라는 명도 내렸다. 그 외에도 필요한 정보들을 수집하여 언제라도 책으로 묶어낼 수 있게 하라는 명도 함께.

석권에게는 군사란 막중한 직책을 부여했다. 그러자 석권은 사양했다. 일개 서생에 불과한 자신은 군사직을 맡을 수 없고, 나이로 보나 실전경험으로 보나 마석이나 범포가 맡아야 한다고 주장했다. 어쩔 수 없이 태자가 마석과 범포의 생각을 물었다. 그러자 마석이 대답했다. 병법 운용이나 군사의 양성 및 훈련에 대해서는 석권을 따를 자도 없고, 석권이 적임자라고. 그러자 범포도 적극 찬성했다. 이에 따라 석권을 군사로 임명했다. 전장에서 싸우는 장수의 일과 군사를 훈련시키고 양성하는 한편 작전을 펼치는 일은 다르다는 마석과 범포의 주장을 수용한 것. 이로써 평상시 방어권과 유사시 지휘권을 구분하여 이원화하기로 했다.

태자는 석권에게 한 가지 일을 더 맡겼으니 병서를 저술하라는 것이었다. 병법을 혼자 아는 것보다 모든 장수들이 알게 하여 유사시를 대비하라고. 특히 태자는 수전水戰 위주의 병법을 주문했는데, 대륙에 기반을 두고 있는 조선의 후예국들이나 한나라는 육전陸戰에는 많은 신경을 쓰고 있지만 수전에 대해서는 별다른 관심을 가지지 않기 때문이라 했다. 태자도를 거점으로 살기 위해서는 무엇보다 태자도 방어가 우선 되어야 하고 그러기 위해서는 무엇보다 수군과 수전에 관심을 가져야 한다는 게 태자의 지론이었다.

한편 구비에게는 자신이 알고 있는 의학 지식을 태자도 백성들에게 널리 알릴 것과 책으로 정리할 것을 명했다. 또한 각종 서적을 구입해오게 함은 물론, 필요한 책은 필사하여 널리 보급하라는 명도 내렸다.

한편 건석 형제와 바우에게도 일정한 책임을 맡겼다.

배와 항해, 교역에 대해서는 건석 형제가 맡아 관리하게 했다. 광건을 그 책임자로 임명하여 항해술을 습득하는 한편 그것을 다른 사공들에게도 전파하라고 했다. 또한 붙임성이 좋고 기억력이 좋은 광석에게는 건조술을 터득하는 한편, 그 기술을 익혀 두라 했다. 바우에게는 구비를 도와 산과 나무에 대한 관리·감독하게 하는 한편, 태자도의 식생을 조사하게 했다.

이들 셋에게는 다른 명령도 하나 더 내렸으니 새롭게 알게 된 것을 하나도 빠짐없이 자신에게 알려달라는 당부였다. 셋은 아직 글을 모르는 만큼 그들의 지식을 태자가 직접 듣고 글로 남겨둘 생각이라 했다. 살아있는, 몸으로 체험한 정보들을 태자가 배우는 한편 기록해놓겠다고. 또한 일정한 일을 담당하기 위해선 글을 익혀야 하니 밤을 밝히며 글을 배우라도 했다. 문자를 습득하지 않고는 주어진 일을 제대로 할 수 없으니 머리를 싸매고 배우라고. 그런데 태자가 모르는 게 하나 있었다. 광건 형제와 바우의 문자 해독 능력이었다. 그때쯤 세 사람은 이미 문자 해독은 물론, 간단한 의사를 전달할 수 있을 정도의 수준이었다. 태자도로 들어오자마자 문자 습득의 중요성을 인식한 을지광이 세 사람에게 문자를 가르쳐왔고, 그들 또한 만사를 젖혀놓고 문자를 습득했던 것이었다. 그러니 태자의 이 명은 때 늦은 명이라 할 수 있었다. 그것은 1년 후 광석이 『대장선 건조 요결』이란 책을 지어 바친 것을 보더라도 알 수 있는 것이었다.

명령이 떨어지자 명령이 내려지기만 기다렸다는 듯이 바로 실행에 들어갔다. 좀이 쑤셔서 미칠 지경이었다는 듯 모두들 바로 현장으로 뛰어들었다.

그렇게 태자의 명을 받은 사람들이 움직이기 시작하자 태자도 또한 움직이기 시작했다. 그간 볼 수 없었던 설렘과 흥분, 기대감이 흘러넘치기 시작했다. 고요하기만 했던 섬에 생동감이 이는가 싶더니 활력이 넘치기 시작했다.

태자 또한 쉬는 날 없이 궁과 바다, 민가와 산을 오가며 섬 백성들의 삶을 파악하는 한편 그들을 위한 대책을 마련하기 위해 고심했다. 대개 건석 형제와 바우를 앞세우고 다녔지만 필요할 때는 구명석뿐만 아니라 마석·범포까지 부르기도 했고 대동하기도 했다.

또한 태자는 궁으로 들이는 모든 물품에 대해 제값을 치르게 했다. 한 마디로 진상을 구입으로 바꿈으로써 주민들의 생계를 보호해준 것. 이는 석고대죄 당일 다짐했던 바를 행동화한 것으로, 어부들의 힘겹고 고통스러운 삶을 그냥 보아 넘기지 못한 애민정신의 발로였다. 태자가 솔선수범함으로써 지배층의 착취를 근절하려 했던 것.

태자의 이런 노력으로 말미암아 태자도는 바뀌기 시작했다. 부여도, 고구려도, 백제도 아니었지만 태자도는 자주적이고 자립적인 섬으로 자리매김하기 시작했다. 그에 따라 요동반도 한 귀퉁이에 있는 낭도浪島가 아니라 명실상부한 태자도太子島로 탈바꿈하고 있었다.

이에 따라 백성들의 의식도 달라지기 시작했다. 자신들은 더 이상 해적도 아니고, 바다에 빌붙어 사는 천한 섬놈[海島人]도 아니라는 인식이 뚜렷해지고 있었다. 비록 강대국의 백성은 아니지만 그어느 나라 백성 못지않은 소속감과 안정감을 갖는 한편 태자도 주민이란 자긍심과 자부심을 갖게 되었다. 이런 인식의 변화는 자치권 수호의 의지로 나타나고 있었다. 태자궁 주변에 '고高'자 깃발을 내거는 한편 고구려군의 상징인 삼족오三足烏 깃발을 쓰기 시작한 것이 대표적인 예라 할 수 있었다.

그렇게 태자는 영웅이 되어 갔다. 백성들은 태자를 하늘이 내린 영웅으로 인식하게 되었고 태자를 하늘의 아들로 받들게 되었다. 이런 인식 전환이 태자의 부단한 노력과 실천을 통해 얻어진 것이기에 더욱 의미 있고 값진 것이었다.

태자는 건석 형제와 함께 매일 바닷가에 나가 백성들의 삶을 파악하는 한편 타 지역과의 교역 상황을 파악했다. 그리고 배들의 모습과 용도, 특징과 특성 등을 파악했다. 그런 후 바우와 함께 산에 올라가 나무의 이름, 종류, 상태, 크기, 강도, 특징 등 나무의 속성 파악에도 심혈을 기울였다. 바우가 잘 모르는 것에 대해서는 그곳 백성들에게 물어 자세히 알아냄은 물론 꼼꼼히 적어두었다.

태자는 태자도를 거점으로 삼아 무역으로 부를 축적할 생각을 가지고 있었다. 소금 장사를 하면서 무역의 중요성을 인식한 태자는 태자도를 바다와 육지를 잇는 해륙 교역장으로 키우고 싶었다. 그러기 위해서는 튼튼하면서도 빠르고, 많은 물품을 실어 나를 수 있는 대형 선박이 필요했다. 대형 선박을 건조하여 교역에 활용하는 한편 태자도 방어에도 활용할 계획이었다. 그리되면 몇 천 명 정도가 아니라 만 명 이상이 태자도에 살아도 아무 문제가 없을 것이었다. 백제가 현자 백인百人을 이끌고 조선반도로 들어가 나라를 세웠다면 태자는 태자도를 만 명이 사는 자주·자립·자존의 무역항으로 만들 계획이었다.

태자는 자신의 계획을 행동으로 실천해 갔다. 그리되자 태자도의 변화는 태자도에 한정된 것이 아니었다. 태자도의 변화상이 주변에 알려지면서 주변 사람들의 태자도에 대한 인식이 변하고 있었다. 또한 주변 섬사람들과 바다를 기반으로 살아가는 사람들이 태자도로 몰려들기 시작했다. 심지어는 내륙에서도 소문을 듣고 태자도로 건너오기도 했다. 그 중에는 태자도와 태자의 운명을 바꿀 사람이 끼어 있으니, 바로 양무범良武範이었다.

무범 일행이 태자도에 닿은 것은 무오(戊午. 서기 58)년 4월 중순이었다. 하회 전투에서 패해 알개로 피신한 지 병택 군사의 권유로 태자도로 오려 했지만 태자도로 오는 일도 생각처럼 쉽지 않았다. 30명에 가까운 장정들이 탈 배를 구할 수가 없었기 때문이었다.

배가 없었던 건 아니었다. 그러나 30명이 한꺼번에 탈 수 있는 배를 구하기도 어려웠고, 큰 배를 찾았다 해도 겨울이라 태자도까지 가겠다는 배가 없었다. 설령 태자도까지 가겠다는 배를 찾아냈다 해도 하나같이 큰돈을 요구하여 배를 빌릴 수가 없었다. 결국 문제는 돈이었다. 그런 배를 빌리려면 돈이 있어야 하는데 전장에서 겨우 몸만 빠져나온 그들에게 그런 돈이 있을 리 없었다.

타고 온 말을 저당 잡혀 마방을 얻었고, 끼니를 해결할 수는 있었지만 배를 구할 수는 없었다. 말들만 제 가격을 받을 수 있다면 그정도 돈을 마련할 수 있겠지만 겨울이라 말을 사겠다는 사람도 없었다. 방목할 수 있는 계절이라면 말을 사겠다는 사람이 있겠지만, 겨울이라 먹이를 사다줘야 할 때라 말을 사려는 사람이 없었다. 한두 필도 아니고 서른 필이 넘는 말을 처분하기란 배를 구하는 일만큼이나 어려웠다.

하는 수 없이 거처를 옮기는 수밖에 없었다. 알개나 알개 주변 포구는 위험했다. 하회군들이 집결지를 알고 있으니 적군들도 어떻게든 집결지를 알게 될 것이고, 적군이 집결지를 안다면 언제든 들이닥칠 수 있었다. 또한 아무런 연고도 없는 곳에서 배를 구하기 위해 피를 말리기보다 그래도 20년 넘게 살았던 널드르가 나을 것 같아 널드르로 옮기기로 했다.

　그러나 널드르로 옮기는 일도 쉽지만은 않았다. 사흘치 숙식비를 지불해야 하는데 돈이 없었기 때문이었다. 애초 말을 처분한 후 태자도로 들어갈 계획이었는데, 널드르로 가자면 말이 없어서는 안 될 일이라 말로 숙식비를 치를 수가 없었다. 헌데 말 말고는 다른 지불 방법이 없었기에 난감했다.

　이러지도 저러지도 못해 속만 태우고 있는데 보철이 한 가지 해결책을 제시했다.

　"태자도로 들어갈래믄 무기래 없어야 한다니낀 탸라리 칼을 처분하는 건 어떻갔습네까?"

　보철의 말에 무범과 군사가 동시에 보철을 쳐다보았다. 그러자 보철이 말을 이었다.

　"기렇디 않습네까? 군사의 칼은 대왕께 받은 거라 기렇디만 나머디야 처분한다 해도 문제될 게 없디 않갔습네까? 우리 집에서 벼린 것과 내 손으로 벼린 것이라 언데든 다시 만들 수 있으니낀 말입네다."

　"기래도 목숨과 같은 칼을 어띠……?"

　칼을 처분하자는 말에 제일 먼저 반응을 보인 것은 역시 군사였다. 무장에게 칼은 바로 목숨일 테니까 결정이 쉽지 않을 것이었다.

　"기게 기렇게만 생각할 게 아닌 것 같습네다. 딕금 우리는 태자도로 가래는 게 아닙네까? 긴데 태자도에 들어갈래믄 무기가 없어야 한다니 더 이상 무기를 가딜 수도 없디 않갔습네까? 기러니 이 탐에 칼들을 처리하는 게 똫을 듯합네다."

　보철의 얘기에 모두들 말이 없었다. 보철의 말이 타당하다 해도 그걸 실행하기는 쉽지 않은 듯했다. 무인에게 무장해제는 곧 죽음을 의미하는 게 아닌가. 더군다나 언제 적들이 들이닥칠지도, 어디서 적들과 마주칠지도 모르는 상황이라 더욱 그럴 것이었다. 그러나 보철이 제시하는 방법 말고는 다른 방법이 없었기에 고민하는 것 같았다.

"기럼 이러믄 어떻갔습네까?"

보철이 무거운 침묵을 걷어내려는 듯 다시 입을 열었다.

"이 마방 주인도 명검은 알아볼 거이니, 모른다면 제가 알려두면 될 테니깐, 전하와 제 칼을 넘겨두기로……."

"기건 안 되디."

보철의 말에 군사가 바로 거부의 뜻을 밝혔다.

"전하와 호위무사래 칼을 없앤다는 건 있을 수 없는 일이디. 어떻게……."

"아닙네다, 군사. 기랬다고 우리가 무장하디 않갔다는 말은 아닙네다. 군사들의 칼을 임시 빌려 쓸 생각입네다. 기러면 칼 두 자루로 모든 문젤 해결할 수 있디 않갔습네까?"

"기렇다믄 또 모를까……."

그렇게 해서 결론이 났다.

보철이 자신과 무범의 칼을 가지고 마방 주인과 협상하러 가더니 얼마 없어 돌아왔다.

"어떻게 됐네?"

보철이 돌아오자 무범이 물었다. 그 물음에 보철이 빙긋 웃으며 말했다.

"하나믄 충분할 걸 괜히 두 자루나 둔 거 같습네다."

마방 주인도 명검의 가치를 알고 있었던지 보철은 아쉬운 목소리로 대답했다.

힘들게 널드르로 자리를 옮겼지만 상황은 나아진 건 아니었다.

알개에서 널드르로 이동할 때도 한군漢軍의 움직임을 정확히 알 수 없었기에 몸을 숨긴 채 최대한 조심스레 움직여야 했고, 널드르에 도착해서도 그건 마찬가지였다. 한군의 상황 파악이 선행되지 않고서는 아무 것도 할 수가 없었다.

무범 일행은 야음을 틈타 보철네 비밀동굴 속에 숨어들었다. 그리고 열흘 가까이 비밀동굴에 숨죽이고 있었다. 타고 온 말들을 몰래 처분하여 먹을 것을 구해오긴 했으나 밥을 지어먹을 수는 없었다. 서른 명의 밥을 지을 땔감도 땔감이지만, 많은 밥을 지을 솥도 없었다. 더군다나 밥을 짓는 순간 연기가 새나가 발각될 염려가 있어 밥을 지을 수가 없었다. 그에 따라 야음을 틈타 구해오는 음식—밥보다는 쌀가루나 미숫가루, 육포 등—으로 끼니를 때우며 간신히 버텼다. 그러는 중에도 상황 파악만은 게을리 할 수 없었기에 밤이면 보철을 길잡이 삼아 정찰조를 파견했다.

널드르 상황도 결코 녹녹치 않았다. 호전될 기미가 보이지 않고 상황은 점점 악화되고 있었다.

장광현까지 한나라의 마수가 뻗쳐, 무석궁을 한군 지휘부로 쓰고 있었다. 해안을 통해 빠져나갈지도 모른다고 판단했는지 해안까지 통제하고 있었고, 그뿐이 아니었다. 범석과 친했거나 교류가 있었던 사람들까지 감시하고 있어서 그들의 도움을 받기도 힘들 정도였다.

한군은 장광현에 군사들을 계속 증강시키고 있었다. 하기야 하회도 전투에서 승리했으니 이제 한군은 산동반도를 점령하려 할 터였다. 안 그래도 핑계가 없어서 야욕을 드러내지 못하고 있었는데 산동반도를 통째 집어삼킬 수 있는 절호의 기회를 그들이 놓칠 리가 없었다. 더군다나 백제의 힘이 제대로 미치지 않는 산동반도는 이제 무주공산이라 해도 과언이 아니었다. 그런 땅을 한나라가 가만둘 리 없었다. 하회도를 공격하기 위해 동원했던 군사들을 산동반도 각 군현에 분산 배치하는 모양이었다. 치안 및 경계 강화를 빌미로 이 기회에 산동반도를 아주 자기들 땅으로 만들어버리려는 심산인 것이었다.

"이데 서두르디 않으믄 태자도로 가는 일도 쉽디 않을 거 같습네다. 군사들이 더 증강되기 전에 어떻게든 여길 떠야 합네다."

정찰을 마치고 온 보철이 걱정을 실은 목소리로 말했다.

"그렇긴 한데…… 방법이래 없디 않네? 큰 밸 구할 수도 없고, 한겨울이라 닥은 배로는 위험해서 갈 수도 없고……."

난감하고 답답하기는 무범도 마찬가지일 터. 무범은 말꼬리를 자름으로써 그런 자신의 마음을 드러냈다.

상황이 이쯤 되자 이제 믿을 사람은 보철밖에 없었다. 일행 중에 그보다 널드르를 잘 아는 사람은 없었고, 일행 중 이런 상황에 대처하는 임기응변이 그보다 나은 사람은 없었기 때문이었다. 그는 무범 일행의 해결사가 아닌가. 그런 사실을 잘 알고 있었기에 무범의 말이 끝나자 모두 보철을 쳐다보았다. 뭔 방법이 없네? 하는 표정으로.

"와 날 봅네까? 마른 나무에 물을 짜도 유분수디, 어뗘라고요?"

보철은 어이가 없다는 듯, 목소리를 높이더니 밖으로 나가 버렸다. 화가 난 듯 나갔지만, 분명 무슨 일인가를 하러 나갔을 것이었다. 그가 아니면 이 난국을 돌파할 방법을 찾아낼 사람이 없었다.

굴에서 나간 보철은 한 동안 돌아오지 않았다. 정말 화가 났는지, 잘못 되기라도 했는지, 일이 안 풀리는지 돌아올 시간이 한참이나 지났는데 돌아오지 않았다.

굴속은 또 다른 걱정에 휩싸였다. 이곳 사정을 그만큼 아는 사람이 없었고, 상황에 따른 재치나 임기응변도 그만한 사람이 없었다. 그런 그가 잘못되기라도 한다면 그야말로 낭패였다.

시간이 흐를수록 불안감은 고조되었다. 보철이 오랫동안 나타나지 않는다는 것은 무슨 일을 당했다는 뜻이었기 때문이었다. 그러나 보철이 누군데? 하는 믿음만은 그 어떤 줄보다도 질긴 것이었다. 망망대해에 던져놓아도, 사막 한가운데서 길을 잃어도 살아 돌아올 보철이 아닌가. 뭔가 꼬여서 늦어지고 있을 뿐 반드시 일을 해결하고 돌아올 거란 믿음은 하루 이틀 만에 얻어지는 게 아니었다. 그리고…… 그런 판단이 그르지 않았는지 보철이 배를 구해왔다.

"밸 구했으니 날래들 움딕이시라요."

굴에서 나간 지 한참 후에 보철이 굴속으로 들어오더니 재촉했다. 몇 시쯤 됐는지, 밤인지 새벽인지도 정확하지 않은데 보철은 재촉하기만 했다.

"어, 어뜿게 된 거네?"

무범이 놀라며 물었으나 보철은 즉답을 피했다.

"서두르시라요. 서두르지 않으믄 밸 띄울 수도 없을 겁네다. 자세한 얘긴 배를 탄 후에 말씀드리갔습네다."

보철이 하도 서두르라고 재촉하는 통에 모두들 입을 다물고 그의 말을 따를 수밖에 없었다. 느긋하고 여유롭기만 한 그가 서두른다면 그만한 이유가 있을 것이었다.

보철이 이끄는 대로, 깜깜한 어둠을 뚫고, 먼 길을 돌고 돌아, 배에 올랐다.

배는 작았다. 30명에 가까운 장정을 태우기에는 턱도 없었다. 그러나 절대 소리를 내서는 안 된다는 보철의 당부에 그 누구도 소리를 낼 수도, 물을 수도 없었다. 보철이 시키는 대로 배에 올라 몸을 구겨놓기에 바빴다.

그 어떤 말도 하지 못하고 몸을 구겨놓자 드디어 배가 떴다. 어슴프레 돌기 시작한 그 빛을 이용하려는가 보았다. 사공이 삿대질로 배를 밀어냈다. 그러나 삿대질도 쉽지가 않았다. 이물이건 고물이건 빈 곳이 하나도 없어 공간이 부족했기 때문이었다. 그런데도 사공은 요령껏 배를 밀어냈고, 노를 저었고, 드디어 돛을 올려 키를 잡았다.

15

배를 띄우긴 했으나 문제가 해결된 것은 아니었다. 일찍이 경험해보지 못했던, 상상해보지도 않은 고통을 겪어야 했다.

오랜 시간동안 꼼꼼하게 준비해도 예상치 못한 난관을 봉착하기 일쑤거늘, 오로지 사지에서 벗어나야 한다는 생각에 서두르다 보니 문제가 없을 수 없었다. 하회도에서 알개로 피신할 때나 다시 알개에서 널드르로 옮길 때, 보철네 비밀동굴에 숨어 있을 때보다 더 큰 위험과 생명의 위협을 감수해야만 했다. 바다의 속성과 항해의 위험성을 몰랐기 때문이었다. 목숨을 걸지 않고는 감히 생각도 할 수 없는 게 겨울 항해인데 그걸 몰랐던 것이었다.

해안에서 멀어지는가 싶더니 해가 떠오르기 시작했다.

숨어 다니느라, 동굴에 숨어 사느라 한동안 보지 못한 해였기에 반가웠다. 아니, 무엇보다 살을 엘 것 같은 추위를 조금이나마 녹여 줄 것이고, 답답했던 시야를 조금이나마 터줄 것 같았기에 반가웠는지도 몰랐다. 그만큼 추웠고, 그만큼 답답하고 불안했던 것이었다. 그래서였을까. 무범은 자신도 모르는 새에 혼자 중얼거리고 말았다.

"해가 뜨긴 뜨는기만요."

그 말에 옆에 쪼그려 앉아있던 군사가 무범을 쳐다보았다. 무범의 말뜻을 짐작하려는 것 같았다. 노심초사, 안절부절 못하는 군사를 안심시킬 요량으로 무범이 엷게 웃어주자 군사가 대답했다.

"기러게 말입네다. 밤보다야 낮이 낫갔디요?"

그러더니 입을 다물어 버렸다. 해가 뜬다고 해서 달라질 게 없어 보이는 상황이 걱정스러운 모양이었다.

보철이 하도 서두르고 재촉하는 통에, 보철을 믿는 수밖에 다른 방도가 없었기에 배에 오르기는 했다. 한군의 마수에서 벗어날 수 있을지, 살아서 태자도에 닿을 수나 있을지, 태자도에 닿는다 해도 어떤 일이 펼쳐질지 모든 게 불투명하고 불확실한 상황이었다. 더군다나 배나 사공의 행색으로 보아 준비도 제대로 못한 채 보철이 서둘러 배를 띄운 것 같았기에 걱정을 커질 수밖에 없었다. 그러저런 상황을 짐작하지 못할 리 없는 군사였기에 입을 다무는 것 같았다. 하여 무범도 입을 다문 채, 조용히 해가 뜨는 수평선에 눈을 주어 버렸다.

바다 속에서 빛이 솟아오르는가 싶더니 바다가 붉게 출렁이기 시작했다. 세상의 붉은 빛을 다 뿌려놓았는지 검붉게 일렁이더니 어느 순간 노란빛이 감돌았다. 그리고 그 노란빛이 검붉은 바다를 조금씩 지워가더니 수평선 위로 해가 떠오르기 시작했다. 그리고 드디어 햇덩이가 수평선 위로 떠올랐다. 해 돋는 모습은 말로 표현할 수 없을 만큼 장엄하고도 찬란했다. 세상의 어떤 모습보다 황홀했다.

그런데 해돋이를 보고 있자니 문득 서러웠다. 자신과는 아무런 상관도 없이 찬란하기만 한 해돋이. 자신의 남루하고 비참한 모습을 낱낱이 들춰내는 햇빛. 갈 곳도 없이, 사랑하는 가족과 모든 것을 다 잃고 한바다를 헤매고 있는 자신과 일행을 너무나 선명하게 비춰주는 빛살. 그 모든 게 무범의 심회를 돋웠다. 무범은 눈살을 찌푸리다 못해 눈을 감아버렸다. 그러나 감은 눈 속으로도 빛살이 파고드는지 망막에 선명히 자신의 모습이 비추고 있었다.

그렇게 얼마간 갔을까. 배가 흔들리기 시작했다. 눈을 뜨고 바다를 바라보니 바다는 잔잔하기만 했다. 파도도 일지 않았고, 물결이 높아 보이지도 않는데 배는 흔들리고 있었다. 전후좌우 어디로 흔들리는지는 알 수 없었지만 흔들리고 있는 것만은 분명히 느낄 수 있었다.

배를 띄우고 얼마 없어 사공은 말했었다. 겨울날씨 치곤 아주 좋은 날씨라고. 그런데 배를 띄우고 한 시진도 지나지 않은 것 같은데 벌써 이 정도라면 태자도까지 가기 위해선 꽤나 고생을 해야 할 것 같은 예감이 들었다.

그 예감은 빗나가지 않았다. 뱃멀미가 시작됐다. 보철네 굴속에 있을 때도 먹는 게 부실해 체력이 바닥인데다 흔들리는 배에 쪼그리고 있자니 속이 편할 리 없었다. 머리가 어지럽다 싶더니 속이 메슥거리기 시작했고 어느 순간 헛구역질이 올라왔다.

무범만 뱃멀미를 하는 게 아니었다. 무범에게 들키지 않기 위해, 무범을 안심시키기 위해 참고 있었지만 모두들 뱃멀미에 시달리고 있었다. 하기야 한 배를 타고 있으니 누구는 멀미를 하고 누구는 멀미를 안 할 리 없었다. 사람에 따라 정도의 차이는 있을지 모르지만.

처음 반응을 보인 것은 무범을 호위하던 병사였다. 참다 참다 도저히 안 되겠던지 배 옆구리에 목을 빼고 토하기 시작했다. 그러자 곁에 앉았던 병사가 등을 두드려 주는가 싶더니 그도 토악질을 시작했다. 아무래도 둘이 진즉부터 멀미기를 느끼고 있었고, 어떻게든 참아보자고 서로를 다독였던 모양이었다. 그 모습을 보며 무범은 얼마간 위안을 받을 수 있었다. 그리고 그 둘이 고마웠다. 그들로 인해 자신만 약해빠지지 않았음을 확인할 수 있었고, 이제 멀미로 그 누가 토를 하고 쓰러져도 너무나 자연스러운 것을 받아들일 것이기 때문이었다. 한 배를 타고 있으니, 정도의 차이는 있지만 멀미는 누구나 겪는다는 사실을 알린 셈이니까. 그런 생각을 하며 메슥거리는 속을 달래고 있자니 군사가 낮은 목소리로 물었다.

"전하! 전하께선 괜않습네까?"

"예, 군사. 군사께선 어떻습네까?"

"소장이야 벌써 20여 년 전에 한바달 건너보디 않았습네까?"

군사가 얇게 웃으며 말했다. 그 모습을 보고 있자니 다시금 속이 아렸다.

20여 년 전에 한 번 배를 타본 경험밖에 없으니 그게 몸에 남아 있을 리 없었다. 그런데도 그 일을 들춰내며 자신은 끄떡없다고, 어떻게든 방도가 있을 테니 걱정하지 말라고 말하고 있으니 가슴이 아릴밖에. 오직 무범만을 위해 살아가는 군사의 삶이 가엽기 그지 없었다. 하여 무범은 씁쓸한 목소리로 받았다.

"기럼 군사는 무장이 아니라 뱃사람으로 살았어야 했을 사람이 었기만요. 20여 년 전에 딱 한 번 밸 탔던 걸 몸이 기억하고 있으니 끼 말입네다. 기때 밸 탔던 사람은 군사만이 아니었디요? 목도 데대로 가누디 못하는 물애기도 함께 탔었으니 말입네다."

"전하! 어띠 기런 말씀을······?"

"군사께서 억지를 부리시니 하는 말씀입네다. 군사가 멀미를 한다 해도 문제가 될 게 없으니 굳이 감퇴디 않아도 된다는······. 기나 더나 뎌 군사들 입이라도 헹구게 물이라도 좀 둬야 하디 않갔습네까?"

"알갔습네다. 조처하갔습네다."

그래서 보철에게 병사들에게 물 좀 줘야 하지 않겠냐고 했으나 보철은 대답도 하지 않은 채 앉아 있기만 했다. 왜 대답이 없냐고 물어도 보철은 평상시와는 영 딴판으로 입을 다물 뿐만 아니라 꿈쩍도 하지 않았다. 그러자 군사가 놀라며 물었다.

"기럼 혹시? 물이······ 없네?"

그러나 보철은 입을 꽉 다문 채 그 어떤 반응도 보이지 않았다. 그건 사공도 마찬가지였다. 둘이 짜기라도 했는지 입을 다물기만 했다. 그러나 오래지 않아 물이나 먹을 것을 싣지 않았음을 알 수 있었다. 보철네 굴속에 있을 때 먹다 남은 육포가 양식의 전부였고, 늘 휴대하고 다니는 가죽포대에 담긴 물이 전부였다.

군사의 명으로 배를 뒤져봤으나 더 이상의 물이나 먹을 건 없었다. 뱃길을 나서며 제일 먼저 준비해야 하는 것이 물이요, 먼 길을 가자면 음식이나 먹을 걸 당연히 갖춰야 했다. 그런 걸 사공이나 보철이 모를 리 없었다. 그런데 그런 것들은 전혀 갖추고 있지 않았다. 그렇다면 그런 것마저 갖추지 못할 만큼 급박하게 배를 띄울 수밖에 없었다는 뜻이었다. 더 이상 널드르에 숨어있을 수 없게 되자, 급하기는 하고 배를 구할 순 없자 포구에서 가장 큰 배를 도둑질한 모양이었다. 그러니 준비인들 제대로 됐을 리 없었다. 그나마 태자도까지 항해 경험이 있는 사공을 구할 수 있었던 것이 다행이라면 다행이었다. 아무래도 보철이 그동안 수소문 끝에 태자도로 가는 뱃길을 아는 사공을 물색해 놓았던 것 같았다.

물도 못 마신 채 아침부터 걸렸으니 멀미가 안 날 리 없었다. 속이 든든해도 멀미가 올라올 때가 되었고, 겨울치고는 좋은 날씨라 했지만 배는 점점 심하게 흔들리고 있었으니 뱃멀미를 피할 수는 없었다.

한낮이 되어 망망대해로 들어서자 여기저기서 토하기 시작했다. 무범도 마찬가지였다. 토하지만 않았지 축 늘어져 맥을 출 수가 없었다. 결국 보다 못한 군사가 가죽포대에 담긴 물로 입을 헹구게 하고 바닷물을 옷에 적셔 얼굴을 닦아주자 좀 나았다. 과연 살아서 태자도에 닿을 수 있을지 걱정스럽지 않을 수가 없었다.

배가 흔들릴수록 널드르로 돌아가고 싶은 마음과 길을 나섰으니 어떻게든 태자도로 가야 한다는 마음이 넘실거렸다. 이 고생을 하며 태자도에 갈 필요가 있을까 싶었기 때문이었다. 그만큼 뱃길은 험했고, 태자도에 닿기 전에 죽을 것만 같았다.

해가 설핏 기울기 시작하자 추위와 배고픔도 문제였지만 멀미가 배 안을 점령해버렸다. 멀미에 정복당하지 않은 사람은 이제 사공뿐이었다. 설상가상으로 물이 없었기에 뱃바닥에 고인 물로 목을 축일 수밖에 없었다. 그러나 그마저 오래 가지 않아 다음 날 낮이 되자 바닥이 드러났다. 목이라도 축이면 좀 나을 것 같은데 이젠 그마저도 할 수 없게 되었다. 견디다 못한 병사들이 급기야 바닷물을 떠 입을 헹구고 마시려 하자 뱃사공이 소리를 질렀다.

"안 됩네다. 바닷물에 손댔다간 듁슴네다. 당장은 살 것 같디만 갈증으로 못 견딥네다. 뎡 못 견디갔으면 탸라리, 탸라리…… 오줌을 옷에 받아 기걸 빨아 마십시오. 표류했다가 기렇게 살아난 사람이 있다는 말을 들었시요. 기러니 기게 나을 겁네다."

오줌이란 말에 모두 기겁하며 사공을 욕했으나 결국 사공의 말을 들을 수밖에 없었다. 사람들 눈을 피해 바닷물을 손으로 떠 마신 병사 하나가 토악질을 하며 뻗었고 결국 사공이 시키는 대로 오줌을 옷에 적셔 빨게 했더니 정신이 돌아오는 걸 봤기 때문이었다. 그 후 오줌을 자기 옷에다 싸고 자기 오줌을 빨아 마시며 버텼다. 죽지 않기 위해서, 살아남기 위해서 버텨야 했다. 극한상황에서 사람이란 자존심은 필요 없었다. 살아남는 게 우선이었다.

그런데 이상한 것이 마음이었다. 처음 멀미와 갈증에 시달릴 때는 널드르로 돌아가고 싶은 마음이 굴뚝같았다. 이런 고생을 하며 태자도로 갈 필요가 있을까, 과연 살아서 태자도에 닿을 수 있을까 싶었다. 그러나 타는 갈증에 시달리는 정도가 아니라 오줌을 받아먹기 시작하면서 마음이 급변했다. 이런 고초까지 겪었는데 널드르로 돌아갈 순 없다는 생각이 들기 시작했다. 어떻게든 태자도를 밟아보지 않고는 돌아갈 수 없다는 오기 같은 게 생겼다. 어쩌면 그건 돌아갈 곳이 없고, 돌아갈 곳이 보지 않기 때문인지도 몰랐다. 얼마 전까지만 해도 눈을 들면 널드르가 있는 산동반도가 어슴푸레 보였었다. 그러나 이젠 산동반도가 보이지 않았다. 돌아갈 곳이 사라져버린 것이었다. 이제는 산동반도도 태자도도 다 마음속에 있는 허상에 지나지 않았다. 그리되자 마음이 바뀌기 시작했다. 갈 곳이 없다면 태자도로 가는 게 나을 것 같았다. 아니, 이젠 태자도로 갈 수밖에 없다는 생각이 마음을 지배하기 시작했다. 태자도가 어디에 있는지는 모르지만 그곳에 가고야 말겠다는 생각이 든 것이었다. 그러다 무범은 몇 년 전 태풍 속에서 돌변했던 장인 범석을 떠올렸다.

그때 무범은 장인 범석의 돌변을 신기한 눈으로 봤다. 태풍이 몰고 온 돌변. 태풍이란 악재 속에서 되살아난 삶의 의지. 그건 짐작할 수 없었던, 감히 상상조차 할 수 없었던 장인의 새로운 면모였다. 그걸 보며 무범은 장인의 감추어진 힘을 느꼈고 장인을 믿고 따르기로 마음먹었었다. 그런데 오늘 그 힘의 정체를 느끼게 된 것이었다. 이제 더 이상 돌아갈 곳도 도망칠 수 없다는 절체절명 의식. 죽기 아니면 까무러치기로 이겨낼 수밖에 없다는 생각. 극한상황 속에서만 피어오르는 삶의 의지였다. 그걸 무범은 마음이 아닌 몸으로 깨닫고 있었다. 이대로 죽을 순 없다, 어떻게든 이 고비를 넘겨 살아남아야 한다는 의지가 솟아오르고 있었다.

마음을 다잡은 무범은 견디기로 했다. 어떤 시련이 있을지라도 의연히 버티며 이겨내고 싶었다. 그게 무범에게 주어진 임무인 것 같았다. 그것만이 배에 타고 있는 사람들, 자신을 위해 목숨을 건 사람들을 안심시키는 길일 것 같았다. 그것은 자신에게 목숨을 건 사람들에 대한 마지막 책무이자 예의일 것 같았다.

그러나 그게 끝이 아니었다. 왕자가 마음을 다잡으면 다잡을수록 고난과 시련의 강도 또한 높아지고 있었다.

날이 어두워질 즈음, 야간 항해를 걱정하자 보철이 대답했다.

"기건 걱덩하디 않으셔도 됩네. 사공이래 어수룩해 보여도 밤 뱃길도 익숙하고, 태자도도 멫 번 다녀왔다고 기랬시오. 기래서 큰 돈 듀고 구했으니 기건 걱덩 마시라요."

"기랬다믄 다행이디만……. 기래 뎌 사공이래 어뜧게 구한 거네?"

꿀 먹은 벙어리처럼 입을 굳게 다물고 있던 보철이 선선히 대답하는 게 반가워 무범이 지나가는 말처럼 물었다.

"기거하고 배 문제는 묻디 마시라요. 기건 태자도에 도착하고 난 뒤에 말씀드릴 테니낀."

보철의 성정상 그쯤 했으면 입을 열만도 한데 그것에 대해서는 끝까지 함구하려 했다. 아무래도 알아서는 안 될, 알릴 수 없는 곡절이 있는 것 같았다. 하여 무범도 더 이상 묻지 않기로 했다.

"알갔다. 기건 기러기로 하고……. 언데쯤 태자도에 도착할 수 있다고 하네? 내일 낮이믄 도착할 수 있다네?"

식량도 물도 없는 상황이라 진즉부터 묻고 싶었던, 마음 밑바닥에 눌러놓았던 물음을 던지자 보철이 대답했다.

"바람만 똥으믄 넉넉댾아 하루 반이믄 도착한다 기랬시오. 늦어도 이틀은 안 넘긴다고."

"기래, 기러믄 다행이고. 먹을 것도 물도 없으니 일각이라도 빨리 도착해야디."

"알갔시요. 내래 사공한테 다시 물어보고 오갔습네다."

보철이 무겁게 몸을 일으키더니 비틀거리며, 조심조심 고물로 갔다. 말은 안 하고 티를 내지는 않았지만 보철도 멀미를 하는지 제대로 걷질 못했다. 배에 가득 사람들이 타고 있어서, 틈이 없어서 발길이 서툴 수도 있지만 멀미로 고생하고 있음이 분명해 보였다. 또한, 앉은 자리에서 사공에게 물어도 될 거리였지만 다른 사람들 모르게 하고 싶은지, 아니면 사공과 미리 약속이라도 해뒀는지 굳이 고물로 걸어갔다.

16

보철의 입에서 나온 말은 충격 그 자체였다. 배가 엉뚱한 곳으로 밀려가고 있다는 것이었다. 북서풍으로 태자도와는 반대 방향인 고구려나 삼한 쪽으로 떠밀리고 있다는 것. 보철의 말을 듣는 순간, 병택은 눈앞이 캄캄했다.

정상항해를 해도 하루 반나절을 항해해야 태자도에 닿을 수 있는데, 풍향이 바뀌지 않고 지금과 같은 방향으로 바람이 계속 분다면 태자도에 닿기 힘들 것이라 했다. 먹을 것은 고사하고 물조차 없는데 엉뚱한 방향으로 흐르고 있다면 표류나 다름없는 상황이 아닌가.

황당스럽기도 하고 화도 났으나 병택을 꾹 눌러 참았다. 왕자가 곁에 있었기에 감정 표출을 삼가야 했다. 병택이 언성을 높이거나 화라도 내면 불안감만 고조될 뿐 문제 해결에 도움이 되지 않을 것이었다. 그렇다고 가만히 있을 수 없어 사공 곁으로 가 조용히, 귓속말로 물었다.

"이데 어뜩할 겁매? 방법이 뎐혀 없는 건 아니갔디?"

그러자 사공도 난처하고 당황스럽기는 마찬가진지 병택을 바로 보지도 못하고 안절부절 못했다.

"어띠 대답이 없네? 역풍이 불어도 그 바람을 역이용해서 앞으로 나갈 수 있디 않네? 기 방법을 모르는 거네?"

"기, 기게 아니라 이 배엔 역풍을 탈 수 있게 하는 누아가 없는디 고당이 낫는디 말을 안 듣습네. 보통 이 뎡도 배라믄 기런 장치가 되어 있는데 도대톄 알 수가 없습네. 돛을 디우던디 해야디 안 기러믄 배가 더 밀릴 겁네."

사공 역시 불안한 눈빛으로 잠시 병택을 쳐다보더니 눈길을 거두어 버렸다. 자신도 더 이상 어쩔 수가 없다는 뜻이었다. 병택은 맥이 탁 풀렸다. 화가 날 만도 한데 화도 나지 않았다. 상황이 어느 정도라야 화라도 내지, 도저히 상상도 할 수 없을 상황에 봉착하자 화마저 바짝 말라버리는 것 같았다.

"기것도 확인 안 하고 밸 냈던 거네?"

"뎌 무사가 제일 큰 밸 구하라기에……. 이것뎌것 따딜 여유가 없었시요."

결국, 30명이 탈 수 있는 큰 배만 찾았지 배의 속내를 파악하지 않았던 게 화근이었다.

"기럼 이데 어뜩해야 하네?"

"우선 돛을 내려서리 더 이상 떠밀리디 않게 해야갔디요. 여기래 해류가 센 곳도 아니고, 바람도 센 편이 아니니낀 크게 떠밀리딘 않을 겁네다. 기러다 바람이 바뀌믄 기 바람을 타고 올라야 태자도에 닿을 수 있을 겁네다."

사공도 불안하기는 마찬가지인지 더듬더듬, 혼자 가슴앓이를 하며 떠올린 방법을 꺼내놓았다. 병택은 사공의 말이 미덥지 않았다. 사공의 말은 문제 해결 방법이라기보다 요행을 바라보자는 말처럼 들렸기 때문이었다. 바람이 바뀌기를 기다릴 여유가 없었다. 발 디딜 틈조차 없이 사람들이 꽉 타고 있고, 양식은 물론 물조차 없는데 막연히 풍향이 바뀌기를 기다린다는 것은 죽음을 기다리는 것이나 다를 게 없었다. 그러나 달리 방법이 없었기에 병택은 화를 누르며 사공에서 물었다.

"바람 방향이 언데 바뀔디는 모를 테고……. 딕금이 바람 방향이 댜듀 바뀔 때긴 하네?"

"높바람(북풍)이나 높하늬바람(북북서풍), 늦하늬바람(북서풍)이 주로 불기는 하디만, 바람 방향이 일정티 않을 때라 마바람(서풍)이나 서마바람(남동풍), 늦마바람(남서풍)이 가끔썩 불기도 합네다."

"기래? 기래서 희망을 가뎌 보댜는 거이고?"

"기러합네다. 목숨 아깝기는 쉰네도 마탄가디인데 어띠 희망의 끈을 놓갔습네까? 기래서 혼차 생각 생각 끝에 탓아낸 희망의 돛줄입네다."

"기렇갔다. 왜 안 기렇갔나? 목숨이란 뉘게나 소중한 거이니 더 말할 필요가 없갔다. 기러니 이데부턴 사공이 알아서 판단하고, 나나 더 무사가 도울 일이 있으믄 언데든 말하라. 모든 힘을 보탤 테니낀."

병택은 사공을 믿기도 했다. 목숨 아깝기는 매한가지 아니냐는 말이 가슴이 와 닿았기 때문이었다. 만약 표류라도 한다면 사공의 목숨도 위태로울 건 자명했고, 하는 말로 보아 목숨에 대한 애착이 누구보다 강하다는 걸 느꼈기에 사공을 믿기로 한 것. 하여 화를 내기보다 사공을 위로함으로써 난관을 헤쳐나갈 힘을 주고 싶었기에 부드러운 어조로 위로하고 돌아섰다.

왕자에게 상황 보고를 마친 병택은 병사들에게도 상황을 알렸다. 자세히 알릴수록 불안감과 혼란만 가중될 것이기에 최대한 짤막하게, 바람이 순조롭지 못해 예정보다 다소 늦어질 수 있으니 체력을 아끼라고. 그 말에 병사들의 눈이 흔들리는 것 같아 병택은 헛된 거짓말까지 하고 말았다.

"기렇디만 어뚷게든 태자도에 도착하게 될 테니 걱정하디 말라."

말을 바친 병택은 왕자 곁에 앉으며 왕자에게 말을 건넸다.

"소장이 사공과 소통하믄서 어떻게든 안전하게 뫼실 테니 전하께선 눈 뚬 붙이시디요. 체력을 아끼셔야 하디 않갔습네까?"

병택은 왕자가 걱정되어 조심스레 잠을 권했다. 하회도에서 도망친 이후 왕자는 제대로 먹지 않았다. 먹을 게 없기도 했지만 속이 거북한지 먹고 나면 탈이 나는 듯했다. 말은 안 했지만 처자와 장인·장모, 자신을 따르던 사람들을 죽였다는 자책감이 음식을 거부하는 것 같았다. 병택도 왕자와 크게 다를 게 없었지만, 병택은 자신보다 왕자가 걱정스러웠다. 자신이 지키고 돌봐야 하는, 자신의 존재 이유인 왕자가 아닌가. 그런데 이제 태자도로 가는 일마저 뒤꼬이고 있으니 또 다시 속을 끓이고 있을 터였다. 하여 눈을 붙여 잠시나마 고뇌에서 벗어나길 바라는 마음에 잠을 권했던 것이었다.

"나이 드신 아바디가 덟디 덟은 아들에게 할 말은 아닌 것 같습네다. 저보다 아바디래 눈 뎜 붙이시디요. 저야 언데든 달 수 있디만 아바디래 눈 붙일 땀도 없디 않습네까?"

"전하! 어띠 기런 망극한……."

병택은 말을 이을 수 없었다. 아바디라 칭하며 얘기하는 왕자의 목소리엔 울음기가 잔뜩 배여 있었고, 그 목소리엔 병택을 염려하는 마음이 가득 담겨 있었기 때문이었다. 그 목소리는, 신분의 비밀을 밝히며 이제부터는 신분을 따져 신하의 예를 다하겠다고 하는 말에, 마지막으로 아버지라 부를 수 있게 해달라고 조르던 그때 그 목소리였다.

"아닙네다. 아바디나 눈 뎜 붙이시디요. 밤이라…… 이데 별 달리 할 일도 없디 않습네까? 이럴 때라도 뎜 쉬셔야디요. 기래야 제가 마음을 놓고, 제가 힘을 내서 버틸 수 있고, 기래야 태자도에 갈 수 있디 않갔습네까?"

왕자의 말에 병택은 눈물을 흘리지 않을 수 없었다. 무섭다고 자신의 몸으로 파고들던 어린 날의 무범으로 확 되돌아간 듯 느껴졌기 때문이었다. 아니, 왕자는 더도 덜도 없이 자신의 아들임이 분명했기 때문이었다. 하여 병택은 다시 아버지로 돌아가, 왕자를 위해서라면 목숨도 아끼지 않을 것이라 재다짐했다.

17

먹을 것도 물도 없이, 한바다를 떠돌다 태자도에 닿은 것은 나흘째 되는 저물녘이었다. 창자가 뒤틀리는 배고픔과 타는 목마름, 그리고 몸을 추스르지 못하게 하는 멀미 속에서도 용케 버틸 수 있었던 건 모두 병택 군사 덕이었다.

병택 군사가 제일 먼저 내린 명은, 태자도에 도착할 때까지 자신과 모든 병사들은 물과 음식을 입에 대지 못한다는 것이었다.

"이데 우리가 살 수 있는 길은 하나뿐이다. 기건 바로 사공이 살아 있어야 하고, 사공이 정신을 챠리고 있어야 한다는 거이다. 기러니 우린 굶더라도 사공은 굶지 말아야 한다. 기릏게 알고 모든 물과 음식을 사공에게 넘가듀라. 사공이 정신듈을 놓는 순간 모든 게 끝이니낀 기릏게 알고 따르라."

명이 떨어지자 모든 물과 음식을 사공에게 넘겨주었다. 그리고 자신부터 모든 물과 음식을 끊었다.

그 명을 시작으로 사공의 충고를 받아들여 물 대신 자신의 오줌을 옷에 받아 빨아마시게 하여 버티게 했다. 정신을 잃고 쓰러진 병사에게만 배 밑바닥에 고여 있는 물을 옷에 적셔 빨아마시도록 했다. 그러는 한편 시간이 날 때마다 줄기차게 병사들을 독려했다.

"우린 전장을 누비는 사람들 아니네? 이 정도 고초를 이겨내디 못한다믄 어띠 전장에 나설 수 있갔느냐? 지독한 훈련을 받는다 생각하고 이겨내자. 우린 이겨낼 수 있다. 결코 여기서 끝낼 순 없다."

그런 군사의 독려와 사기 진작 때문인지 병사들은 흐트러지지 않았다. 아무리 강한 의지로 버틴다 해도 육체적 한계점에 다다랐을 텐데도 굳건히 버텨주었다.

방향도 없이 밀리고 떠밀리기를 이틀째. 드디어 순풍이 불기 시작한다는 말에 군사는 즉시 병사들에게 알렸다.

"이제 순풍이 불어 우리가 목적하는 곳으로 갈 수 있게 되었다. 기러니 힘들 내라. 고인古人이 말하기를, 강하니낀 살아남는 게 아니라 살아남으니낀 강하다고 했다. 우린 살아남아 우리가 그 누구보다 강하다는 걸 보여줘야 한다."

그 후로도 필요할 때마다 시의적절한 말로 병사들의 사기를 진작시켰다. 병사들에게 물과 음식을 줄 수 없으니 대신 그런 말들을 주는 것 같았다. 육체적 한계를 정신력으로 이겨내게 만들고 있었다. 그리고 목적지인 태자도 근방의 열도列島가 보이기 시작하자 다시 소리를 높였다.

"뎌기가 우리의 목적지라 한다. 이제 다 왔다. 기러나 끝까디 긴장을 늦튜지 말라. 바로 딕금, 목적지가 보이기 시작할 때가 가댱 위태로운 때다. 긴장을 늦튜는 순간 한꺼번에 허물어딜 수 있기 때문이다. 기러니 태자도에 내려, 군막에 다리를 뻗을 때까디 한 티도 긴장을 늦튜선 안 될 거이다."

기쁨의 환호성이라도 지르게 할 줄 알았는데, 정반대로 병사들의 정신을 더 옥죄었다. 긴장이 풀리는 순간이 가장 위태롭다고, 끝까지 긴장의 끈을 놓지 말라고. 그 말에 무범도 스르르 풀리는 긴장의 끈을 다잡아 맸다. 병사들은 물과 음식을 먹고 사는 게 아니라 사기를 먹고 살고, 병사들의 생사는 지휘관의 판단력과 명령, 사기 진작에 의해 결정됨을 이번 일을 통해 분명히 깨닫게 되었다.

배가 태자도에 닿았으나 내리는 사람이 없었다. 모두들 무범 먼저 내리기를 기다리고 있었다. 그러나 무범은 앉은 자리에서 먼저 내리라고 손을 흔들었다. 비좁은 갑판에 쪼그리고 앉아 있었던 병사들 먼저 내리라 했다. 자신은 조금이라도 편히 앉을 수 있었고, 다리를 뻗을 수라도 있었지만 병사들은 그 동안 물과 음식도 먹지 못했고, 좁은 곳에 웅크리느라 다리도 제대로 뻗지 못했으니 그들 먼저 내리게 하고 싶었다. 그들에게 배에서 내린다는 건 지옥 탈출이나 다름없을 테니 그 기분을 그들 먼저 누리게 해주고 싶었다.

하선은 생각보다 느렸다. 병사들이 내리는 사람들의 몸을 일일이 수색했기 때문이었다. 어디서 왔는지 누군지는 묻지 않았지만 무기나 쇠붙이는 모두 압수해 버렸다.

모두 내리기를 기다렸다가 배에서 내리려고 일어서려는데 갑자기 어지러웠다. 어지럼증과 함께 구역질도 났다. 무범은 잠시 멈칫했다. 그러자 군사와 무범을 부축하려 하자 하선객들을 수색하던 병사가 매서운 눈으로 노려보며 소리를 질렀다.

"내릴 거네, 마네? 허튼수작 했다간 살아남지 못해."

병사의 고함에 주변에 있던 병사들이 일제히 몰려들어 무기를 겨누었다. 보기에는 어수룩해 보였으나 행동만은 민첩하고 일사불란했다. 많은 훈련과 교육으로 다져진 듯했다.

어지럼증을 가까스로 수습한 무범이 일어섰다. 그런 무범을 보철이 부축했고, 그 앞에 군사가 나섰다. 군사는 혹시나 받게 될지도 모를 오해를 줄이기 위해 진작부터 칼을 오른손에 잡고 있었다.

"칼 내놓으라."

병사의 명에 따라 군사가 칼을 넘겨주었다. 칼을 넘겨받은 병사

가 칼을 훑어보는가 싶더니 병택의 얼굴을 빤히 쳐다보았다. 그리
곤 크게 소리를 질렀다.

"포박하라!"

병사의 고함에 칼과 창이 세 사람에게 겨누어지고 병사들이 달려
들었다. 그와 동시에 먼저 내려서 무범을 기다리고 있던 무범의 호
위병들이 덤벼들려 했다. 무범은 눈짓과 고갯짓으로 말렸다. 일이
커지는 걸 막아야 했다. 그러는 중에 상대편 병사들이 달려들더니
세 사람의 팔목을 뒤로 비틀어 포박했다. 그 동작도 군더더기 없고
깔끔하면서도 신속했다.

"뭣 따문에 이러는 겁매?"

보철이 화가 난 목소리로 물었으나 상대는 대답도 하지 않은 채
다른 병사들에게 말했다.

"내래 장군을 뵙고 올 테니낀 기 자들을 포박하고 있으라."

그러더니 급히 포구 위에 있는 마을을 향해 뛰어갔다.

무범은 궁금하고 답답했다. 포박하는 이유를 말해줘야 그에 대한
답변이라도 할 텐데 밑도 끝도 없이 포박해놓고 기다리라니…….
무범은 잘못 왔구나 싶었다. 밖에서 듣던 소문과 실상은 달라도 너
무 다른 것 같았다.

그러나 무범은 기다리는 수밖에 없었다. 자신의 신분을 밝힐 수
없는 입장이었다. 신분을 밝힌다 해도 오히려 핍박을 받으면 받았
지 대접받을 리는 없었다. 그러니 조용히 기다리고 있다가 이들의
처분을 기다리는 수밖에 없었다.

애초 태자도로 가자고 했을 때 무범은 반대했었다. 아무리 궁에
서 내쫓겨 태자도로 들긴 했지만 고구려 태자인 만큼 무범 일행을

반길 리 없다고 생각했다. 쫓기는 태자지만 결국 자신의 조국 낙랑을 멸망시킨 고구려의 태자가 아닌가. 적대적 감정이 쉽게 해소되지 않을 것이라 생각했었다. 그런 생각이 맞는 걸 증명이라도 하듯, 오자마자 잡히는 신세가 되었으니 태자도도 자신이 생각했던 곳은 아닌 듯싶었다. 모든 사람들을 환영하고 특히 능력자를 우대한다는 소문은 단지 낭설에 불과했던 것이었다. 고구려 궁에서 내쫓긴, 극악무도한 중실씨에게 대항하는 인물이라 좀 다를까 해서 찾아왔는데 역시나였다. 태자는 자신의 조국 낙랑을 집어삼킨 무휼의 피가 흐르는 흡혈귀의 손자일 뿐이었다.

그런데 한 가지 의문이 있었다. 조금 전 그 병사는 분명 군사의 칼을 살펴보고 난 후 포박하라고 했다. 그렇다면 그 보검의 내력을 아는 자이거나 칼을 볼 줄 아는 자임이 분명했다. 그렇지 않다면 칼만 뺏으면 그만이지 자신들을 포박할 이유가 없었다. 바로 그 점이 의문이었다. 이 섬 구석에 그런 능력을 가진 인물이 있을 리 없었다. 해적 소굴에 불과한 이 섬에 태자가 들어옴으로써 태자도라 불린다고 하지 않았던가.

'일개 병사가 칼을 안다?'

그렇다면 이곳 태자도는 자신이 생각했던 것보다 훨씬 강력한 군사력을 보유하고 있다는 뜻이었다. 태자 주변인물이 그 보검을 알아본다면 그럴 수도 있었다. 그들은 나름대로 병장기에 대한 조예가 있을 테니 말이다. 하지만 칼에 새겨진 글자를 단번에 알아보고 칼의 내력을 일개 병사가 알 정도라면 결코 가벼이 볼 집단이 아니었다.

그러나 아직 속단하기는 일렀다. 그 병사는 칼집의 장식이나 칼의 모양, 섬세함 정도로 그 칼이 예사로운 칼이 아님을 파악했을 수도 있었다. 아니면 자신이 본 적 없는 칼이었기에 자신의 상관인 장군이라 불리는 자에게 보인 후, 그 명을 받기 위해 달려간 것인지도 몰랐다. 그 어떤 이유든 무범이나 일행에게는 결코 달가운 일이 아니었다. 잘못하다간 오자마자 욕을 당하거나 죽을 수도 있었다. 그러니 섣부른 행동을 자제해야 했다. 장군한테 간다고 했으니 이제 곧 결론이 날 일이었다. 그러니 어지럽고 괴롭더라도 좀 기다리는 수밖에 없었다. 낙랑국왕이 하사한 보검을 가졌다는 이유로 섬에서 쫓겨나거나 욕을 당한다면 태자도 머물 수 없는, 머물러서는 안 되는 곳이었다.

이런저런 생각으로 어지러움을 내몰고 있으려니 잠시 후, 그 병사를 앞세우고 장군 복장을 한 오십대가 뒤따라왔다. 뒤에 사람들을 거느린 게 제법 고관인 것 같았다.

가까이 온 무장을 보니 태자도 출신이 아닌, 태자가 데려온 장군인 것 같았다. 나이는 들어보였지만 기품은 당당했고 눈빛은 맹수처럼 빛나고 있었다.

"난 이곳 태자도 경계를 책임지고 있는 마석이라고 하오. 이 칼을 어떻게 가디고 있소?"

마석 장군이란 사람은 반말을 하지 않았다. 보검을 가지고 있어서이기도 하겠지만, 군사에게서 기품을 엿본 듯했다.

"낙랑국왕께 직접 받은 보검입네다."

"기래요? 어떻게?"

"잠시 낙랑국에 있었습네다."

"낙랑국에 잠시 있었다? 기러면 어느 나라 사람이요?"

"조선인입네다."

"조선인?"

"그러합네다."

"아직도 조선인이라 하는 사람이 있단 말이요?"

"조선인이 조선인이라 하디 뭐라 한단 말입네까?"

"어허!"

마석 장군이 묘한 사람도 다 있다 싶은 얼굴로 병택을 빤히 쳐다 보았다. 그러더니 다시 물었다.

"뚱소. 조선인이든 뭐든 상관은 없소. 그러면 이 섬에 온 이유가 무엇이오?"

그 물음에 군사는 얼른 대답하지 못했다. 하기야 뭐라고 대답할 것인가. 거짓말을 했다가 오해를 받기도 싫었을 것이고 그렇다고 비굴하게 목숨을 구걸하고 싶지도 않았을 것이었다. 사실 그대로를 말하고 싶긴 한데 어디서 어디까지 말해야 할지 결정을 내리지 못 하는 것 같았다. 그러나 대답을 끌수록 상대가 오해할 소지가 있었 기에 짧게 대답하는 듯했다.

"태자도의 상황을 정확히 알고 싶어 왔습네."

"기래 무얼 알고 싶소?"

"태자도에 대한 소문은 무성하긴 한데 진실성의 의심되는 부분 이 있어 눈으로 확인하러 왔습네."

"그래서요? 소문이 사실이라면 이 섬에 살려고 하는 거요? 아니 면 단순히 진실을 알고 싶어 온 것이요?"

"사실이라면 이곳에 살아보고 싶어서 온 겁네."

"기래요? 기럼 같이 갑세다. 이데 곧 어두워질 테니 묵을 곳을 탓아두갔소."

그러더니 병사들을 물린 후 무범 일행보다 앞서 걸으며 길을 안내했다. 물론 장군이 묵을 곳을 찾아주겠다고 하자 주위에 있던 병사들이 세 사람의 포박을 재빨리 풀어준 후 몸 구석구석까지 다 확인한 후에 따라가게 했다.

18

마석 장군으로부터 보고를 받은 영은 하던 일을 멈추고 서둘러 회의장으로 갔다.

30여 명의 병사를 이끌고 왔다는 점도 그랬지만 낙랑국왕이 하사한 보검을 소지하고 있었다는 보고는 영의 호기심을 자극하기에 충분했다. 낙랑은 자신의 할아버지인 대무신왕에게 멸망당한 나라요, 그런 낙랑국왕의 보검을 지닌 자라면 예사인물은 아닐 것이란 생각이 들었다. 멸망당한 낙랑국 장수와 일행이 들어왔다면 필시 그만한 사연이 있을 것이었다.

회의장에 들어서니 세 사람이 영을 기다리고 있었다. 20대 중반쯤의 사내가 앞에 서 있었고, 뒤에는 나이든 사내와 젊은 사내가 서 있었다. 셋 다 남루하고 퀭한 게 표착인이거나 난민처럼 보였지만 다부진 몸에 곧은 자세는 군문에 있었음이 분명해 보였다.

앞에 서 있는 사람은 20대 중후반쯤으로 보였는데 이목구비가 또렷하고 기품이 있어 보였다. 그 뒤에 두 사람은 우두머리를 보좌하는 사람들인 모양인 모양이었다. 오른편에 서 있는 사람은 나이가

든 사람이었는데 한눈에도 무장임이 분명해 보였다. 꼿꼿하고 당당한 게 무장의 기품이 서려 있었다. 궁에 있을 때 만나본 무장들이나 작년에 돌아가신 지광에게서 풍기던, 위엄과 굳은 의지를 담고 있는 전형적인 무관이었다. 그리고 왼편에 서 있는 나이를 짐작하기 어려운 젊은이였는데 두 사람과는 전혀 이질적인 사람이었다. 콧등에 커다란 점과 사각턱이 인상적으로, 무관과는 어울리지 않은 인물이었다. 어디서나 흔히 볼 수 있는 초동급부의 모습이었다. 그러나 몸은 단단하고 날렵해 보이는 게 무예를 익혔음이 분명해 보였다.

얼핏 세 사람을 확인한 영은 뒤따라오는 마석 장군을 돌아보았다. 그러자 마석 장군이 빙그레 웃었다. 마석 장군도 영과 비슷한 느낌을 받았었는지, 궁금한 건 직접 물어보는 게 좋지 않겠냐는 뜻이었다.

자리를 잡은 영은 회의장 끝에 서 있는 세 사람에게 물었다.

"그대들의 이름은 무엇입네까?"

"양다선이라 합네다. 그리고 뒤에 있는 두 사람은 저와 함께 온 사람들이고요."

앞에 서 있는 20대 중후반이 대답했다.

"양다선이라? 성도 이름도 다 특이해 보이는데 무슨 사연이라도 있소?"

"양良은 조선 거수국의 하나였던 요하의 낙랑을 뜻합네다. 기러고 다선多鮮이란 이름의 '다多'는 '다물多勿' 즉, 되돌리다·되물리다란 뜻이고, '선鮮'은 영원한 조국 조선을 뜻합네다. 기러니 조선의 영토와 국권을 되살리라는 의지를 담은 이름입네다."

"결국 역사 속으로 사라져버린 조선을 다시 세우갔다는 뜻으로 보믄 되갔군요."

"기렇게 새기는 게 맞갔디요."

"조선이 멸망한 디도 벌써 150년 가까이 되는 것으로 아는데 아 딕도 조선인이라 하고, 조선을 다시 세우갔다는 사람이 있다는 게 놀랍기 그디 없소."

영은 자신도 모르게 높임말을 쓰고 있었다. 다선을 처음 보는 순 간부터 왠지 모를 기가 느껴졌었다. 그런데 다선이라는 이름을 듣 게 되자 그 기의 정체가 얼마간 잡혀오는 듯했다. 진국辰國의 왕족 이거나 거수국의 왕족인 것 같았다. 다선에게 내재되어 있는 그 기 가 밖으로 뿜어져 나오는 게 분명해 보였다. 하여 함부로 하대할 수가 없었다.

"의지는 세월의 풍화작용에도 꺾이디도 갈리디도 않는 것이라 할 수 있갔디요."

"의지는 풍화작용의 영향을 입디 않는다는 말씀입네까?"

"기러합네다."

"좋습네다. 기럼 어디 기 사연을 들어보기로 합세다. 준비 다 됐 갔디요?"

영은 구명석을 돌아보며 물었다.

"예. 준비해 놓았습네다."

"기럼 갑세다. 풍화작용에 예외인 의지 얘길 들어 봅세다."

영은 세 사람을 안내하며 별채로 향했다. 저녁을 준비해 놓으라 했던 것이었다. 먼저 저녁을 먹인 후 다선의 이야기를 듣고 싶었다.

19

듣던 대로 태자는 예사인물이 아니었다. 나이는 아직 어렸지만 총명하고 판단력도 빼어날 뿐만 아니라 예의 바른 사람이었다. 또한 상대를 예우할 줄 아는 통치자였다.

태자와 몇 마디 나누지 않았는데 왜 중실씨들이 태자를 제거하려고 혈안인지, 태자도 백성들이 왜 그를 하늘이 내린 영웅이라 하는지 알 것 같았다.

태자는 조선인이라 소개하는 무범을 무척이나 신기해했다. 그리고 가짜 이름인, 장인 양범석의 조상 이름인 다선이라는 이름을 대고 그 뜻을 풀자 눈빛이 달라지기 시작했다. 함부로 대할 사람이 아니라고 판단한 것 같았다. 그와 함께 깍듯이 예를 갖춤으로써 무범을 존중하겠다는 뜻을 분명히 했다.

그러나 태자의 진면목은 그 이후에 드러났다. 처음 보는 사람을 위해 저녁을 준비해놓고 있었고, 다른 신하들과 한 자리에 앉게 하여 식사를 대접해줬다. 처음 보는 사람에게 칙사에 준하는, 아니 자신의 측근에 준하는 대우를 해줬다.

"여음 보는 사람에게 너무 과분한 것 같아 몸 둘 바를 모르겠습네다."

식사에 앞서 무범이 말했다. 예의상으로 하는 입에 발린 말이 아니라 진심에서 우러나오는 말이었다. 그러자 태자가 받았다.

"사람을 알고 사귀는데 만난 횟수가 뭐 그리 중요합네까? 단 한 번을 만나도 만 번을 만난 사람보다 더 정확히 알 수 있고 더 깊이 사귈 수 있다고 생각합네다. 기러니 부담 갖지 마시고 드십시오.

내래 반가움을 이렇게밖에 표현할 수 없어 송구할 따름입네다."

그러더니 어서 드시라고 권했다. 따뜻한 흰 죽이었다. 마석 장군이 여기 오기까지의 과정을 묻지도 않았고, 그렇다고 무범이 자진하여 알리지도 않았는데 밥이 아닌 죽을 준비시켰다는 건 무범네 현재상황을 훤히 꿰고 있다는 뜻이었다. 행색이나 몰골을 보고 마석 장군이 판단하여 보고를 했는지, 마석 장군의 보고에 태자가 판단하여 죽을 준비시켰는지는 모르지만 섬세한 배려가 가득 담겨있는 죽이었다. 하여 무범은 감격의 말을 하지 않을 수 없었다.

"섬세하고 따뜻한 배려 잊디 않갔습네다."

그래놓고도 쉽게 순가락을 들지 않자 무범의 마음을 읽었는지 태자가 덧붙였다.

"어서 드시디요. 함께 온 병사들도 딕금 막사에서 같은 죽을 먹고 있을 테니낀 기건 걱정 마시라요. 기러니 흰죽으로 우선 속을 달래시디요."

그래놓고 마석 장군을 돌아다봤다. 그러자 마석 장군이 고개를 끄덕였다. 명대로 시행했으니 아무 걱정 말라는 뜻인 듯했다. 그런 섬세한 배려에 무범은 다시 감복하지 않을 수 없었다.

식사를 마친 후, 자리를 별채로 옮겨 대화의 시간을 가졌다. 별채엔 술과 차가 준비되어 있었다. 무범과 병택의 속이 편하지 않을 것이라 판단했는지 둘에게는 차와 술 두 가지를 준비해두고 있었고, 신하들 자리엔 술을 준비해두고 있었다. 그런데 이해하기 힘든 것은 태자의 자리에는 술이 아닌 차가 준비되어 있다는 점이었다. 태자 연치가 술을 못 마실 정도는 아닌 것 같은데 술 대신 차를 준비해 놓은 게 이상하다 싶어 그 이유를 물었더니 태자가 웃으면 답했다.

"내래 술을 끊었습네다. 이데 어떤 일이 있더라도 술은 안 마실 작정입네다. 기러니 신경쓰디 마시고 드시고 싶은 걸 마음껏 드시 라요."

그러자 무범이 다시 물었다.

"그 이유를 여쭤 봐도 되갔습네까?"

"스스로를 단속하기 위함입네다. 똧겨 다니는, 이곳까지 똧겨 온 주제에 본분을 망각하고 술을 많이 마셨었디오. 기런데 술이 나를 마비시키는 독이란 사실을 알고서는 끊기로 결심했디요. 그 후부터 는 술 대신 이렇게 차로 그 의지를 다디고 있고 말입네다."

그러더니 다시 빙그레 웃었다. 그 말을 들은 무범이 자신의 결심 을 말했다.

"태자 전하! 과연 태자도 백성뿐만 아니라 원근을 가리디 않고 전하를 존경하고 따르는 이유를 알갔습네다. 저 또한 이 자리에서 태자 전하를 본받고 따르갔다는 뜻을 분명히 하기 위해 앞으로 술 을 마시디 않을까 합네다."

그러자 태자가 무범을 말렸다.

"귀공께서도 술 때문에 화를 당해 보셨습네까? 기렇디 않다믄 쉽게 결정하디 마시디요. 모든 게 기렇디만, 술이라는 게 과하믄 독이디만 적당하믄 약이니낀 말입네다."

"아닙네다. 저 또한 하회도에서 모든 걸 버리고 도망틴 이후 많은 생각을 해 왔습네다. 기런데 오늘 태자 전하의 말씀을 듣고 보니 제가 견지해야 할 게 뭔디를 알게 됐습네다. 이데부터 술을 마시디 않는 것으로 저를 대신해 둑어간 사람들에게 보답할까 합네다."

그러자 태자가 감동했는지 자리에서 일어서서 무범을 향해 고개를 숙인 후 말했다.

"귀공의 말씀을 들으니 제 자신이 더욱 부끄럽습네다. 부탁인데, 이데 내 곁에 머물면서 많은 가르팀을 듀시디요. 비록 조선을 되탖을 수는 없을지라도 그에 버금가는 천년왕국을 세울 수는 있디 않갔습네까? 기러니 도와듀시라요."

태자의 그 말에 무범은 눈물을 흘리지 않을 수 없었다. 드디어 자신이 그토록 찾아다니던 안정되고 든든한 둥치를 찾은 듯했다.

20

무범은 태자에게 더 이상 자신의 정체를 숨길 수 없었다. 섬세한 배려며 깍듯한 예우뿐만 아니라 지극정성을 다하는 태자에게 자신의 정체를 숨긴다는 건 태자에 대한 예의가 아닐 것이라 여겨졌기 때문이었다. 태자의 태도를 봐가며 자신의 정체를 알릴 것인지 말 것인지를 결정하려고 했는데 바로 알리지 않으면 안 될 것 같았다. 그만큼 태자는 상대방을 무장해제 시키는 능력을 가지고 있었다.

"전하, 사실 저는 낭랑국의 마지막 왕자이옵네다."

차를 한 모금 마신 후 무범은 자신의 신분을 알렸다.

"예? 뭐, 뭐라고요?"

무범의 말을 듣기 전까지만 해도 차분하고 여유롭기 그지없던 태자가 깜짝 놀란 듯 말까지 더듬거리며 입을 다물지 못했다.

"이름도 양다선이 아니라 양무범이라 하고요."

무범이 말을 이어갔으나 태자는 그래도 믿기지 않는 듯 무범을 멍한 눈으로 쳐다보기만 할 뿐이었다. 태자만이 아니었다. 배석했던 모든 신하들도 태자와 다르지 않은지 멍한 눈빛으로 무범을 바라보기만 했다.

얼마간 예상은 하고 있었지만 예상보다 훨씬 큰 반향에 무범은 잠시 망설여졌다. 그러나 병택 군사의 말마따나 이미 시위를 떠난 화살이었다. 그러니 과녁을 향해 날아갈 수밖에 없었다. 화살이 멈출 곳은 과녁이고, 빗나가서는 안 될 단 한 발의 화살이 아닌가.

"20여 년 전 낙랑이 항복하던 날 선왕께서 피신시킨 왕자가 바로 접네다. 기러고 여기 앉아 계신 병택 군사는 갓난아기인 저를 구해서 키운 아바디시구요."

무범이 이야기를 이어가자 태자가 무겁게 고개를 끄덕였다. 정확한 의미를 알 수는 없었지만 자신의 생각과 판단이 그르지 않았구나 하는 뜻인 것만은 표정을 통해 알 수 있었다. 하여 무범은 숨기지 않고 이야기를 풀어놓았다.

병택 군사의 발 빠른 대처와 장인의 도움으로 산동반도로 피신한 일.

산동반도에서의 성장담.

병택 군사와 장인의 주선과 중매로 화련과의 결혼.

산동 지역 유민들을 만나며 그들을 결집시키려고 노력했던 일.

태자 때문에 고구려군에게 쫓겨 낭야진으로 피신했던 일.

태풍으로 낭야진을 떠나지 못하고 옥 대인을 찾아가 도움을 청했던 일.

옥 대인의 소개로 만난 예 대인의 적극적인 지원에 힘입어 울골에 머물게 됐던 일.

예 대인의 권유로 군사들을 규합하여 자립 의지를 다졌던 일.

헤어졌던 가족과 다시 만나 근거지를 하밀로 옮겨 하회도 건설에 박차를 가했던 일.

의도치 않은 한나라와의 충돌과 하회 대첩에서 승리했던 일.

한나라의 도강을 막다 후방공격을 받아 가족들과 백성들을 다 버리고 혼자 도망쳤던 일.

알개로 피신했다 널드르를 거쳐 태자도로 들어오게 된 과정.

태자도에 내릴 때 있었던 일과 태자도 상황을 파악한 후 자신의 신분을 밝히려고 다짐했던 사연.

한낱 유민이나 난민에 지나지 않는 자신들을 따뜻이 맞아주는 정도가 아니라 지극정성을 다하는 태자의 모습에 감동하여 자신의 신분을 밝히게 된 사연.

압축적으로 짤막하게 언급하는 정도로 사연들을 정리해 나갔지만 얘기는 길어졌다. 하기야 지난했던 20년의 삶을 말로 풀자니 짧게 끝낼 수가 없었다. 그렇지만 이야기가 길어지면 지루해질 수 있으므로 최대한 압축 요약해야 했지만, 너무 압축 요약하면 이야기가 제대로 전달되지 않을 것 같아 내용 조절이 어려웠다. 효과적인 내용 전달의 중요성을 다시 한 번 느끼지 않을 수 없었다. 자신이 겪었던 일이었기에 더욱 그랬는지는 몰라도, 자신의 겪은 일을 적절히 전달하는 일도 결코 쉽지 않음을 느낄 수 있었다. 그러나 무범의 이야기가 길어진 것은 청중들의 반응 때문이었는지도 몰랐다.

둘러앉은 모든 이들이 무범의 이야기를 집중해서 들어줬다. 단

한 마디도 놓치지 않으려는지 일체의 행동을 멈췄을 뿐 아니라 숨소리조차 낮추고 있었다. 그런 중에도 반응만은 확실히 해주었다. 가끔은 고개를 끄덕이기도 했고, 또 가끔은 한숨을 쉬기도 하면서 경청해 주었다. 특히 태자 때문만은 아니지만, 태자로 인해 널드르에서 낭야진으로 쫓겨 갈 수밖에 없었던 사연을 들으면서는 태자뿐만 아니라 배석한 신하들까지 한숨으로 동조해주기까지 했다. 무범의 삶, 고난과 시련 자체가 고구려와 밀접한 관련을 가지고 있음을 애달파하는 것 같았다.

그렇지만 무범이 이야기를 쉽게 풀어가지 못했던 이유는 태자와 배석자들이 자신과 동류의식 내지는 동질감을 느끼고 있는 것 같았기 때문이었다. 무범의 삶과 태자의 삶이 같을 수 없듯, 무범 일행과 태자 일행의 삶 또한 다를 수밖에 없었다. 그런데도 태자와 배석자들은 무범의 이야기를 자신들의 이야기인 것처럼 느끼는 듯했다. 그래서 반응이 컸고, 그런 반응 때문에 무범은 말을 다듬어야 했다. 정제되지 않은 말 한 마디, 표현 하나가 엄청난 파장을 몰고 올 수도 있으니 조심스럽지 않을 수 없었다. 그러다 보니 허사가 많았고, 말과 말 사이의 간격도 벌어졌다. 그래서 아주 담담한 어조로, 높낮이도 거의 없이 담담하게 얘기할 수밖에 없었다.

"풍화작용에도 영향을 입디 않는 기억이라 표현을 했던 건 바로 이런 이유 때문이었습네다. 앞으로 어떤 일이 얼만큼 더 닥틸디 모르디만 오늘까디의 기억은 흐려디거나 디워디디 않을 테니긴 말입네다."

무범이 이야기를 마쳤으나 누구 하나 입을 여는 사람이 없었다. 무범의 깊고 깊은 이야기 속으로 전부 가라앉았는지 좀처럼 물 위로 떠오르질 않았다. 어쩌면 아직 바닥에 닿지 못했기에 떠오르지 못하는 것 같았다.

그 침묵의 시간을 바람소리가 메우고 있었다. 날이 어두워지자 일기 시작한 바람이 밤이 되자 돌개바람이 되어 세상을 뒤흔드는 모양이었다. 한겨울에도 좀처럼 듣기 힘든 바람소리였다. 조금만 늦었어도 이 바람에 조난을 당했거나 난파를 당했을 것이 분명했다. 그런데도 용케 그 바람을 피했던 것이었다. 극적인 순간에 극적으로, 아차 했으면 흔적도 없이 사라졌을 텐데 또 살아남은 것이었다.

그런 생각이 들자 문득, 자기 운명은 결코 녹녹치는 않겠지만 쉽게 무너지거나 파괴되지는 않을 것이란 생각이 들었다. 자신은 위험한 상황을 여러 번 겪기는 했지만 극적인 순간에 은인들을 만나 극적으로 위험을 피해오지 않았던가. 항복 직전에 낙랑국 도성에서 탈출한 것을 시작으로, 위급한 순간마다 은인들의 도움으로 오늘까지 존재하고 있었다.

그런데 자신과는 반대로, 자신을 도왔던 사람들은 한결같이 목숨을 잃었다. 병택 군사를 제외한 모든 이들이. 아내 화련, 유모를 비롯하여 장인·장모, 옥 대인이나 예 대인까지 모두 비명횡사하지 않았던가. 저주받은 운명을 지닌 자신을 만나지 않았다면 그런 일을 당하지 않았을 텐데, 저주받은 자신의 운명에 감염되어 목숨을 잃지 않았던가. 아니, 자신은 곁에 있는 사람들의 피를 제물삼아 연명하는 악귀일지도 몰랐다. 그런 불행이 태자에게까지 미치지 말라는 법은 없었다. 태자 또한 버림받고 쫓기는 존재인데 자신의 저주받은 운명마저 덧씌운다면 태자도 죽음을 면치 못할 것 같았다.

그런 생각이 들자 무범은 태자도를 떠나야 할 것 같았다. 더 이상

관계가 깊어지기 전에 태자를 멀리 해야 할 것 같았고, 태자도를 떠야 할 것 같았다. 저주받은 자신의 운명이 태자마저 감염시키는 일만은 피해야 할 것 같았다.

"긴데 딕금 와서 생각해보니 저는 여기로 와선 안 될 사람이었던 것 같습네다. 저주받은 제 운명이 태자 전할 감염시킬지도 모른다는 생각은 못했습네다. 기러니 여길 뜨는 게 맞을 거 같습네다."

말을 마친 무범은 자리에서 일어서려 했다. 그게 태자에 대한 보답일 것이었다. 짧은 만남이었지만 그 만남을 통해 태자의 인품과 도량, 자비심을 알게 됐으니 그것만으로도 큰 수확이라 할 수 있었다. 그런 만남을 소중히 간직하고, 그 만남을 되새기며 살고 싶었다. 태자에게 자신의 불행을 감염시켜서는 안 될 것 같았다.

그런데 바로 그때였다.

지금껏 말 한 마디 없이 무범의 얘기를 듣고만 있던 태자가 처음으로 입을 열었다. 참고 참았고, 누르고 눌렀던 말이었는지 그 소리는 사람의 목소리가 아니라 동굴 속에서 울려 퍼지는 듯한 소리였다.

"저주받은 운명을 남에게 감염시키는 사람은 왕자만이 아니라 저 또한 마탄가딥네다."

그래놓고 무범을 빤히 쳐다보았다. 언제부터였는지 모르지만 태자는 울고 있었다. 비록 눈물을 흘리고 있진 않았지만 눈이 벌겋게 충혈되어 있었고, 얼굴도 상기되어 있었다. 무범의 이야기를 자신의 이야기로 듣고 있었고, 무범과 자신을 같은 운명을 타고 태어난 존재로 인식하고 있었던 듯했다. 그런 태자를 보자 왈칵, 알 수도 없고 형언할 수도 없는 감정이 밀려들어 무범은 더 이상 어떤 말도 어떤 행동도 할 수가 없었다.

21

저주받은 운명을 타인에게 감염시키는 존재라니? 정말 그런 존재가 있을까?

자신의 저주받은 운명을 다른 사람에게 감염시키는 존재란 말을 무범 왕자가 하는 순간, 영의 가슴 속에서 주먹보다 큰 그 무엇이 울컥 올라오는 것 같았다. 그 말은 아지와 소옹, 그리고 을지광을 잃고 나서 자신의 운명을 저주하며 혼자 키웠던 생각이 아닌가. 자기 말고 다른 사람이 그런 생각을 한다는 게 믿어지지 않았다. 동류 의식이나 동질성을 넘어선 일체감. 몸만 다른 자신을 보는 듯했다. 하여 무범 왕자의 말에 대한 대꾸를 하지 않을 수 없었다.

"저주받은 운명을 남에게 감염시키는 사람이 어디 왕자뿐이갔습네까? 기런 건 왕자보다 제가 더하믄 더했디 덜 하딘 않을 겁네다."

그 말에 무범 왕자가 영을 바라보았다. 최대한 감정을 드러내지 않기 위해 애쓰고 있었지만 깜짝 놀라는 표정만큼은 감출 수가 없는가 보았다. 그러나 그런 감정을 들켜버린 게 부끄러운지 곧 고개를 숙여 버렸다. 고난과 시련 속에서 살아선지 감정 표현이 서툴렀고, 그런 감정을 드러내는 걸 극도로 부끄러워하는 모습마저도 자신과 다르지 않았다. 그렇기 때문에 타인과 친해지지 못하고, 피상적인 대인관계를 형성하게 하여 삶에 대한 만족도와 행복감을 떨어트릴 수밖에 없었다.

자신의 감정을 드러내선 안 될 상황 속에서 자랐거나, 자신의 속을 드러내면 피해를 입을 수 있는 환경 속에서 살다보니 자신도 모르는 새에 내면화되어 버린 것이었다. 결국 불행했던 과거의 흔적이었다. 비정상적인 삶을 살 수밖에 없었던, 자신의 감정을 꼭꼭 감추며 살았을 무범 왕자의 삶이 손에 잡히는 듯했다. 그건 자신의 삶을 돌아보면 너무나 쉽게 이해할 수 있는 것이었다.

태어나자마자 어머니를 잃음으로써 어머니의 보호나 따뜻한 사랑 한 번 받아보지 못했고, 전후좌우로부터 비난받고 욕을 먹었던 부왕에 대한 안타까움을 키워왔고, 자신을 제거하지 못해 온갖 모략과 모함, 술수를 다 썼던 계비로부터 오로지 살아남기 위해 감정을 극도로 억제했던 불행했던 날들과 관련이 있었다. 그리고 부왕의 시해와 함께 살해의 위협을 피해 숨어 지낼 수밖에 없었던 시간들이 감정을 드러내는 자체를 죄악시했던 것이었다. 그러다 보니 감정표현은 서툴 수밖에 없었는데 자기만큼이나 감정표현을 죄악시하고 감정표현에 서툰 무범 왕자를 보고 있자니 울컥하지 않을 수 없었다.

그런데 그런 영의 마음을 아는지 모르는지 무범 왕자의 입에서는 정말 예상외의 말이 튀어나왔다.

"기래서 달못 왔다는 생각을 하는 겁네다. 불행을 감염시키는 정도가 아니라 남의 피를 제물삼아 제 목숨을 이어가는 악귀의 운명이 전하를 파괴할지도 모르디 않습네까? 기것만은 어뜯게든 막아야 하디 않갔습네까?"

무범 왕자는 마음의 정리를 마쳤는지 담담한 어조로 말했다. 그 극한의 담담함이 다시 영의 마음을 흔들어놓았다.

무범 왕자의 경험담이 영을 뒤흔든 이유는 무범 왕자가 겪었을 시련과 고통 때문이 아니었다. 자신보다 더 큰 아픔을 겪었을 것이란 짐작은 진즉부터 하고 있었다. 얼마나 다급했으면 원양항해를 하는 상선도 아닌 연안에서 고기나 낚을 만한 고깃배를 타고, 그것도 먹을 것은 물론 물도 없이 태자도로 왔으랴 싶었다.

그런데 그의 이야기가 영의 가슴을 찌른 이유는 너무나 담담한 어조 때문인지도 몰랐다. 감정을 극히 절제한, 마치 남의 얘기라도 하듯 담담하게 풀어놓는 이야기는 듣는 사람의 마음을 적시기에 충분했다. 말하는 이의 아픔을 고스란히 느끼게 했다. 듣는 사람 스스로 느끼고 아파하게 하여 결국은 일체감을 느끼게 함으로써 자신도 모르는 새에 동질감을 느껴 한숨짓게 했고 울게 했다. 그건 모든 찌꺼기나 앙금들을 다 가라앉힌 물처럼 맑고 투명한 것이어서 듣는 사람에게 말하는 사람의 마음새를 훤히 보이게 하는 화법이었다. 그런 맑고 투명한 얘기에 빠져들지 않고 감동하지 않을 수 없었다. 그건 영뿐만 아니라 모든 사람들이 느끼는 감정인지 미동도 없이 무범 왕자의 이야기에 빠져들었고, 함께 느끼고 아파하게 하여 결국은 같은 감정을 갖게 했다.

"기건 왕자께서 딸못 생각하고 있는 것 같습네다."

영의 말에 무범 왕자가 고개를 들어 영을 쳐다보았다. 그러자 영은 자신도 모르게 가슴 속에서 울려나오는 소리를 토해내고야 말았다.

"똫기고 똫겨 여까디 왔는데 더 나빠딜 게 뭐 있갔습네까? 돔 더 멀리 있는 섬으로나 똫겨가디 더 이상 나빠딜 게 뭐 있습네까? 안 기렇습네까?"

머리에 없었던 말이 터져 나왔다. 가슴에서 만들어진 말이 분명했다. 영의 말에 배석했던 사람들이 모두 놀라는 것 같았다. 그러나 한 번 터진 말을 멈출 수가 없었다.

"기러니 같은 운명을 가던 사람끼리 힘을 합텨 운명을 거역해

보는 것도 괜찮디 않갔습네까?"

말을 마친 영은 무범 왕자를 바라보았다. 무범 왕자도 영의 말이 머리에서 나온 말이 아니라 가슴에서 나온 말임을 감지하고 있는 듯했다. 군주나 통치자로서 해서는 안 될, 즉흥적인 감정으로 일을 처리하는 걸 가장 경계해야 하는데 영이 그런 행동을 하고 있으니 말이다.

그만큼 영은 무범 왕자를 남으로 볼 수 없었다.

대장선 건조

광건 형제는 대장선을 건조하라는 태자의 명을 받고 배 건조에 돌입하였다.

배를 만들기 위해서는 목재가 있어야 했는데 목재 확보부터가 문제였다. 태자도에는 해풍으로 인해 배를 건조할 만한 큰 나무가 많지 않았다. 설혹 그런 목재가 있다 해도 곧은 나무가 거의 없었다. 바람으로 인해 키 큰 나무들보다 굽은 나무가 많았다. 또한 목재를 찾아 벌목했다고 해도 곧바로 배를 만들 수는 없었다. 나무를 켠 후 일정기간 동안 말리지 않고는 배를 만들 수 없었기 때문이었다.

하는 수 없이 나무를 뭍에서 반입해야 하는데 나무를 태자도까지 옮겨올 수가 없었다. 나무를 옮겨오는 일은 배를 만드는 일보다 시간과 공력이 더 들뿐더러 큰 통나무를 옮겨올 만한 배도 없었다. 돛배를 이용하여 끌고 올 생각도 해봤지만 목재를 태자도까지 끌고 올 배가 없었다. 범포네가 타고 다니던 배들이 몇 척 있었지만 그

배로는 목재를 끌고 올 수가 없었다. 사람을 싣고 다니는 일이라면 모를까 나무를 수송하기엔 턱없이 작았다. 뗏목을 이용해볼까 생각도 해봤지만 그도 불가능했다. 뗏목은 강물의 흐름을 동력으로 삼아 움직이는 것인데, 바다 건너 태자도까지 올 수가 없었다. 이러저런 사정 때문에 결국 배를 외부에서 만들어 오는 수밖에 없었다.

태자의 허락을 어렵게 받은 광건과 광석 형제는 서안평 아래쪽에 있는 사잇섬(현재의 비단섬)으로 건너갔다.

사잇섬은 패수와 바다가 만나는 곳이라 불함산(현재의 백두산)에서 켠 질 좋은 목재들이 집결하는 곳이었다. 나무를 실어 나르는 일을 전문적으로 하는 뗏목꾼만도 몇 백 명이 넘었다. 그런 입지적·인적 조건으로 인해 진즉부터 조선업이 발달해 있었다. 황해나 패수를 운항하는 거의 모든 배들이 사잇섬에서 만들어졌다 해도 과언이 아닐 정도였다. 또한 사잇섬은 서안평과 인접해 있어 고구려와 한나라가 팽팽하게 세력경쟁을 벌이는 곳이라 어느 나라의 공권력도 쉽게 미치지 않는, 비교적 자유로운 곳이기도 했다.

배 건조의 총책을 맡은 광건과 배 건조 기술을 전수받을 열다섯 명 등 도합 열여섯 명이 바다를 건넌 것은 석고대죄 사건이 있었던 그해(정사丁巳. 서기 57)년 4월이었다. 거기에다 광석이 특별 파견되었으니 광석은 배 건조 과정을 자세히 기억했다 구술하라는 특수임무를 부여받았다. 총기만큼은 태자도에서 광석을 따를 사람이 없었으니 당연한 결과이기도 했지만, 광건이 가는데 광석이 가만히 있지 않을 것이라 판단했는지 함께 가게 했다.

사잇섬으로 건너가기 앞서 광건이 현지를 다녀왔다. 사잇섬에 대해서는 얼마간 알고 있긴 했지만, 열일곱 명이나 건너가 생활하기 위해서는 보다 철저한 파악과 사전점검이 필요했다. 그 임무를 띠고 광건이 사잇섬을 다녀온 것.

광건이 파악한 내용을 바탕으로 하여 열일곱 명이 사잇섬으로 건너갔다. 그리고 조선장造船場에 마련되어 있는 조선공 숙소에 들었다. 숙소라 해야 방과 마루를 갖춘 정상적인 집이 아니라 배를 만들다 남은 나무들을 세우고, 걸치고, 붙이고, 덧댄 조선장 안의 임시 움막이었다.

"조선 기술이래 배우래면 잠이라도 제대로 잘 수 있어야디, 이거 어디 잠이라도 자갔네?"

숙소를 살펴본 광석이 달가워하지 않는 얼굴로 퉁을 놓았다.

"기래도 이게 어딘데? 이거라도 없어봐. 한뎃잠을 자야 할 거 아니네? 이것도 내가 와서 겨우 얻어놓은 기야."

"한뎃잠은 왜? 우리가 일을 하면 일당이래 받을 거이고, 그 일당을 가디면 펜히 살 걸 왜 이렇게 궁상을 떠냔 말이디, 내 말은."

"일당이래 받아 배 건조하는 데 보태야디. 우리가 호강하다고 왔네?"

"누가 호강하러 왔다고 했음매? 잠이라도 펜안히 잘 수 있어야 일을 하든 배 만드는 기술을 배우든 할 게 아니네?"

광석이 따져들었지만 광건은 어떻게든 이해시키려 했다. 아니, 달래려 했다. 얼마간 예상은 하고 왔고, 고생할 각오로 오긴 했지만 열악한 상황을 마주하자 모두들 낙담하고 있는 눈치였기 때문이었다. 그런 눈치를 챈 광석이 다른 사람들을 대신해 불만을 토로하고 있음을 광건은 잘 알고 있었기에 달래는 수밖에 없었다. 따라서 광건이 하는 말은 광석에게 하는 말이 아니라 다른 예비조선공들에게 하는 말이라 할 수 있었다. 그렇게 다른 사람들을 대신하여 광석이 불만은 토로해야 그들의 불만이 얼마간 해소될 것이기에, 그래야 얼마간 마음을 눅이고 일을 할 것이기에 형제는 역할극을 하고 있는 것이었다.

"알갔어. 내래 이러려런 걸 하나도 빼디 않고 태자 전하께 다 알릴 테니낀 독금만 탐아보자. 고생한 만큼 보람을 탔을 수 있게 할 테니낀 독금만 탐아달라."

광건이 태자까지 들먹이며 사정을 하자 예비조선공들이 얼굴빛을 바꾸는가 싶자 광석이 대뜸 대답했다.

"알갔시오. 기럼 기런 건 형이 알아서 태자 전하께 소상히 알리라. 태자께 달 보이려고 하는 건 아니디만 우리래 고생한 걸 태자 전하도 알고 있어야디."

그러더니 짐을 풀기 시작했다. 광석이 그리 나오자 다른 이들도 광석을 따라 움직이기 시작했다.

움막이 네 개뿐이라 다섯, 넷, 넷, 넷으로 나누어 들려 했으나 일꾼들이 다섯 명씩 세 개의 움막을 쓰겠으니 광건 형제가 하나의 움막을 쓰라고 했다. 광건 형제와 같이 생활하는 게 껄끄럽다고 핑계를 댔지만, 광건 형제의 편의를 생각해서 그러는 것임을 광건 형제도 모를 리 없었다. 광건 형제도 일꾼들과 달리 자신들만 해야할 일들이 있었기에 못 이기는 척 수용했다.

23

좋은 배를 만들기 위해서는 좋고 제대로 된 목재를 구하는 게 무엇보다 우선이었기에 광건 형제가 직접 나섰다. 좋은 목재를 구하기 위해서이기도 했지만 나무에 따라 가격 차이가 심했고, 같은 가격이라 해도 어떤 나무를 선택하느냐에 따라 배의 수명과 속도가 달라지기 때문에 직접 챙기지 않을 수 없었다.

광건 형제가 강배를 몰아보기는 했지만 직접 배를 만들어본 건 아니었고, 바닷배는 강배와는 다를 것이기에 조선소에서 제일 이름난 도편수를 찾아가 뒷돈까지 주며 부탁을 했다. 최대한 좋은 재료로 최고의 배를 만들어 달라고, 배 만드는 과정을 자신들에게 하나도 빠짐없이 알려 달라고.

"밸 만들려는 게 아니라 기술을 배우고 싶은 거네?"

도편수는 자신의 기술을 뺏어가려는 줄 알았는지 거부반응을 보였다. 그러자 광석이 재빨리 설레발을 쳤다.

"아, 아닙네다. 배나 모는 사공이 배 만드는 기술은 배와서 뭣 하갔시요. 우린 강배나 몰던 사람이라 바닷배에 대해선 아무 것도 모르니 알아두고 싶어서 기럽네다. 이 탐에 단단한 바닷밸 만들어서 돈 둠 벌어볼까 해서요. 멀리 나갔다가 배가 달못되기라도 하믄 우리가 손을 봐야 하니 배에 대해서 둠 알아두고 싶은 거디요."

"기렇다믄 또 모를까? 아무튼 사람은 제대로 탖아왔수. 배에 대해서는 여기 사잇섬에선 내가 최고니껜."

도편수가 거들먹거리며 받았다. 그러자 광석이 재빨리 술잔에 술을 따르며 도편수를 추켜세웠다.

"기러니까 수소문해서 이렇게 탖아왔디요. 도편수 소문은 여기뿐만 아니라 서안평까디 댜댜해서리 일부러 탖아온 게 아닙네까."

"알갔시요. 바닷돈을 다 긁겠다는데 내가 안 도와둘 순 없디. 그

대신 가끔씩 술이나 한 단썩 내슈."

"예, 예. 여부가 있갔습네까. 도편수 입이 심심티 않게 기름딜할
테니낀 기건 걱뎡 말라요."

광석은 온갖 아양과 입 발린 소리로 도편수를 구워삶았고, 스승
으로 모시겠다고 하여 사제의 인연을 맺었다.

그 다음날부터 도편수를 따라다니며 배 건조에 대한 모든 일들을
파악하고 기억하기 시작했다. 그리고 시간이 날 때마다 기억한 내
용을 글로 옮기기 시작했다. 그렇게 하나씩 얻어들은 것을 적어놓
고, 그걸 항목과 순서에 맞게 배열·정리하고, 세부적이고 자잘한
내용은 따로 정리하며 전체적인 윤곽을 잡는데 1년의 시간이 필요
했다. 그러고도 미진한 것은 도편수를 찾아가 술과 고기를 대접하
며 알아냈다. 그리고 진수식에 맞춰 다섯 권의 책으로 엮어냈다.
『대장선 건조 요결』이란 책이었다. 그 내용이 너무나 방대할 뿐 아
니라 일반인은 들어보지도 못한 용어가 대부분이었고, 그림과 도면
이 많을 뿐 아니라 각 부분마다 세세한 수치까지 기록되어 있어
읽기가 쉽지 않았다. 그러나 책 내용을 이해하는 데는 그리 어렵지
않았다. 용어들을 자세히 풀어놓았고, 별책에 그림을 삽입하여 각
부분의 모양과 수치, 그 이유까지 자세히 설명해 놓았기 때문이었
다. 그러다 보니 한 권으로는 어림도 없어 다섯 권으로 나뉘어 있었
고, 도면과 그림이 수록된 별책이 두 권이나 되었다. 한마디로 대장
선을 비롯하여 다섯 척의 배를 만드는 과정이 총정리 되어 있었고,
전통 한선韓船의 건조법이 망라되어 있었다. 도면과 그림을 빼고 그
내용을 간략히 소개하면 다음과 같다.

1. 목재 고르기 및 건조 준비

배를 만들기 위해 제일 먼저 해야 하는 일은 나무를 선정하고 구하는 일이다.

배를 만드는 재료는 예로부터 소나무를 제일로 손꼽는다. 소나무는 그 자라는 장소의 토질과 햇빛에 따라 다르게 성장하였으므로 춘양목, 적송, 해송, 무송 등으로 구분한다.

춘양목과 적송은 나무의 보굿이 얇고 나무결이 좋으며 옹이가 적은 것이 특징이고, 해송은 비바람을 많이 견딘 나무로 배를 만들어도 널이 터지지 않고 틀어지지도 않아 배를 만들기에 적합하다. 그러나 무송은 보굿이 두꺼우며 나무가 무른 데다가 부패도 잘 되니 배를 만들기에 적합하지 않으므로 피해야 할 나무다. 따라서 해송을 구해다 쓰는 것이 가장 좋다.

그러나 해송을 구하기는 쉽지 않다. 바닷바람 때문에 잘 자라지도 않고, 곧게 자라지도 않아 선재船材로 쓸 수 있는 게 많지 않기 때문이다. 하여 꼭 필요한 부분에만 해송을 사용하고 나머지는 해송과 성질이 비슷한 낙엽송(落葉松. 잎갈나무로 침엽수 중 낙엽이 지고 키가 큰 게 특징)을 쓴다. 따라서 대장선을 비롯하여 나머지 네 척에도 낙엽송을 9할 가량 사용하였다.

배를 만드는 나무는 최소한 5~60년 정도가 된 나무라야 한다. 이러한 대부등(또는 대부동)은 운반에 어려움이 있기 때문에 배 만들 나무만을 전문적으로 골라 자르는 '윈계톱쟁이'가 불함산과 그 주변 산으로 가서 나무를 베어낸 다음 물을 이용하여 패수로 흘려 내려온다. 이러한 작업과정을 적심이라 하고, 물을 통해 오래 흘러 내려온 나무를 수상목水上木이라고 하는데, 배를 건조하거나 집을 지을 때 제일로 손꼽히는 나무다. 배를 만들 때는 곧은 나무만 쓰는 게 아니라 구부러진 나무를 더 많이 쓰니 그 생김새대로 톱으로 켜서 사용한다. 또한 목재는 도면을 토대로 그 쓰임에 맞게 미리 제재하여 사용한다.

그러나 아무리 좋은 나무라 해도 뱃널을 켜려면 나무를 다시 건조해야 한다. 널이 너무 무거우면 배가 가라앉고, 물에 쉽게 불기 때문에 항해에도 어려움이 있기 때문이다. 목재를 건조할 때는 널 사이에다 수숫대를 잘라서 놓고 그 위에다 널을 놓아 바람이 잘 통하게 하여 그늘에서 말려야 나무가 뒤틀리지 않는다.

도편수의 이러저런 설명에 따라 도편수가 손수 켜고 말려놓은 목재들 중에 최고의 것들을 골라 옮겼다.

그러나 목재들을 옮기는 작업이 만만치 않다. 목재 야적장이 넓기는 했지만 용도에 맞는 좋은 나무가 위쪽에 있는 게 아니라 아래쪽에 있을 경우에는 쌓아둔 목재 전체를 다 들어내야 겨우 하나를 찾을 수 있었기 때문이었다. 나무 하나의 길이가 최소 쉰 자[尺]3)가 넘었고, 직경만도 두어 자가 넘으니 한두 사람으로는 꿈쩍도 하지 않는다. 최소 열에서 스물이 달라붙어야 목재를 골라낼 수 있다. 그걸 골라 필요한 곳에 옮기는 데만도 한 달 이상의 시간이 소요됐다. 그나마 둥글고 곧은 통나무들을 밑에 깔아서 지렛대를 이용해

---

3) 도량형은 시대에 따라 다르다. 대체로 도량형은 현대로 올수록 커지는 경향이 있다. 이 글의 시간적 배경이 되는 삼국시대 초기의 한 자는 30cm가 채 되지 않는다. 29.3cm에서 29.5cm쯤 된다. 그러나 현대적인 자의 크기와 계산의 편의를 위해 한 자를 30cm로 잡아 서술하려 한다. 따라서 1/10자인 '치'는 3cm, 1/10치인 '푼'은 0.3cm로 잡는다.

굴리니 옮길 수 있었지 사람 힘만으로는 어림도 없는 일이었다. 또한 사람의 힘만으로 버거울 때는 마소를 부리기도 했다.

나무들을 옮겨놓고, 바닥에 통나무들을 받쳐 뱃바닥을 짓기 시작하는데, 뱃바닥에 쓰일 목재를 용도에 맞게 켜는 일부터 시작한다. 20자 이상 되는 통나무를 일정한 두께로 켜는 일은 고역 중의 고역이다. 둘씩 손을 바꿔가면서 켜도 하루에 두 개 이상 켜기가 쉽지 않다. 톱질하는 사람들 말마따나 '먹은 걸 톱똥(톱밥)으로 다 싼다!' 그렇게 켠 통나무를 옮겨 뱃바닥을 지으니 통나무 재단이 배 건조의 반이라 할 수 있었다.

2. 뱃바닥(또는 저판底板)

뱃바닥은 배를 구성하는 가장 중요한 부분으로서 배밑, 밑판, 본판 등 다양한 이름으로 불려진다. 대장선의 저판은 총 10열로 제작되었는데 모두 맞댄쪽매(판재의 맞댐면을 요철 없이 매끈하게 만들어 이어붙임)와 빗턱이음(연결턱을 톱과 끌로 파내 2단으로 연결하는 방식으로, '▱' 형태로 연결함)으로 결합하였다. 앞은 삐죽하고 옆과 뒤는 직선이라 저판 제작이 끝나면 그 모양은 '⬭▷' 이다. 우리 조선 배는 한나라의 배와는 다르게 바닥이 모두 평평한 형태를 취하는 게 특징이다.

저판을 제작하기에 앞서 부재를 올려놓고 작업을 할 수 있는 '괘'를 설치한다. 괘의 높이는 사람 허리 높이인 2자 3치 정도로 하는데, 괘 위에서 가공되고 조립될 부재의 길이와 저판 제작 이후의 각종 작업 등을 고려한 것이다. 총 네 곳에 설치되는데 특히 중요한 것은 괘를 설치할 때 네 곳의 수평이 잘 맞아야 한다는 점이다.

저판 제작 과정은 크게 세 가지 공정을 거친다.

첫째는 부재를 선별하고 이를 배치하는 작업이다. 각각의 부재 길이는 40자, 너비 한 자 내외, 두께 5치 이상인 선재를 사용한다.

둘째 이음면을 따내고 짧은 부재를 잇는 작업이다. 저판의 연결은 맞댄쪽매 방식으로, 이음은 빗턱이음 방식으로 한다. 연결이나 이음에는 면이 골라야 하므로 주로 톱과 대패를 사용한다. 수밀을 기하고 보다 정밀하게 잇기 위해 이음부에 손톱을 넣어 톱질을 하고, 부재 끝면을 망치로 두드리는 과정을 두세 차례 되풀이한다. 그렇게 두 부재를 제대로 밀착시킨 후 부재 두께의 1/3 크기로 못구멍을 뚫어 나무못을 박아준다.

뱃널의 널조각이 넓으면 짐을 싣고 수심이 얕은 데나 암초가 있는 바다를 지날 때는 배 밑창이 닿아서 넘어오게 되므로 뱃바닥이 갈리게 되는데, 널조각이 좁아야 유수가 있어 갈리는 정도가 완화되기 때문에 널조각은 너무 넓지 않은 것으로 사용하는 게 좋다.

셋째는 이은 저판을 나란히 늘어놓고 맞댄쪽매방식으로 붙여 조립한다. 이 모든 과정은 괘 위에서 진행되는데, 저판 조립 시에는 조임쇠('⌐—⌐'자 형태로 너비에 따라 폭을 조정하여 조이는 쇠)를 이용하여 고정한다. 고정이 완료된 후 부재에 종으로 구멍을 뚫어 대략 3자 3치 간격으로 못을 박아 밀착시킨다.

배 제작 시 가장 중요한 공법 중의 하나가 배의 몸체를 제작할 때 쓰는 아엽파기인데, 양옆의 홈을 파내어 나무와 나무를 붙이는 방법이다. 배의 몸체를 붙이는 방법에는 판자와 판자에 아엽을 파서 붙이는 넓배기와 판자의 끝을 붙이는 동배기가 있다. 동배기는 흔히 있는 이음새 붙이기인데, 넓배기는 배 제작 시에만 사용되는 공법이다. 아엽을 파서 삼판을 올리고, 못구멍을 판 다음 나무못이나 특수 제작한 나무못으로 몸체를 고정하고, 나무틈새를 대나무밥으로 메운다. 대나무밥으로 메움으로써 물이 들어가는 것도 막아주고 또 공간이 생김으로 해서 완충제 역할을 해주기 때문이다.

3. 외판(外板 또는 삼杉)

뱃바닥이 다 만들어지면 양옆에 선체의 벽체를 형성하는 외판을 붙여 배의 몸체를 만드는데, 외판의 단수段數가 배의 규모를 결정하게 된다. 외판은 파도와 맞닿는 부분이기 때문에 파도에 잘 견디는, 재질이 조밀하고 두터운 목재를 사용하는데 대장선에는 모두 저판과 동일한 낙엽송을 사용했다. 또한 배의 선형에 따라 외판이 휘어져 올라가야 하기 때문에 될 수 있으면 자연적인 휨을 가진 부재를 선별하는 게 좋다.

대장선의 외판은 총 11단으로 제작되었다. 제작과정은 선형 본뜨기, 부재 선별, 재단, 조립 순으로 진행된다.

선형 본뜨기는 외판을 제작하기에 앞서 알맞은 너비와 길이를 산출하고, 그에 맞는 부재를 선별하기 위해 하는 공정이다. 또한 윗단과 아랫단의 연결 면을 동일한 모양으로 재단하기 위한 사전작업이기도 하다.

본뜨는 방법은 먼저 외판의 길이와 같은 63자에 폭이 5치의 얇은 판재(일종의 틀)을 외판이 부착될 위치에 임시로 조립한다. 이후 약 1자 간격으로 부착면에서의 높이를 표시하여 선형線形을 본뜬다. 이러한 작업을 토대로 선별된 부재의 크기는 대부분 두께 2치 한푼, 너비 8~12치, 길이 33~40자 가량이며, 저판의 경우와 마찬가지로 충분한 길이의 부재가 없을 때는 두어 장을 빗턱이음 방식으로 연결하여 사용한다.

선별된 한두 장의 부재를 3자 3치 가량 겹쳐지게 배치하고 선형을 본뜬 틀을 그 위에 고정시킨 후 선형을 옮겨 긋는다. 부재가 겹쳐지는 부분은 1단부터 11단까지 모두 빗턱이음으로 부재를 연결한다. 때문에 각 단의 빗턱이음 부분이 동일선상에 위치하지 않고 엇갈리도록 조정하여야 한다.

외판 재단과 빗턱이음의 조립이 끝나면 외판 한 쪽 면에 약 한 자 간격으로 '\/'모양의 배못 구멍을 끌로 판 후, 나무못을 박는다. 이때 외판 하단의 경우는 곧게 파지 않고 약간 기울게 파야 한다.

이후 마무리 작업으로 외판의 표면을 대패로 다듬어준다. 제작이 완료된 외판을 고착시키기 위해서는 다양한 크기의 조임쇠와 외판을 들어 올리는 도르래나 외판을 받칠 수 있는 굄목 등이 사용된다. 그런 다음 조임쇠를 이용하여 선미 또는 선수 방향으로부터 외판을 안쪽으로 당겨 조립 위치에 고정시킨다. 외판을 양쪽으로 당겨주기 위해서 외판 끝단에 틀개(좌우측 끝단에 두 가닥의 줄을 연결하여 나무를 끼워 감아 고정하는 장치)를 만들어 이를 이용한다. 마지막으로 고정된 방향부터 미리 뚫어놓은 못구멍에 배못을 박아 외판 조립을 완료한다.

배못은 피새(피쇠라고도 함. 나무로 만든 못으로, 박달나무나 전나무 같은 나무를 주로 사용함)라는 나무못을 사용하는데 곧은 모양 그대로 박는 것이 아니라 고착 시 완만한 호를 이루며 박힐 수 있도록 중간을 구부려 사용한다.

4. 칸막이(또는 격벽隔壁)

외판을 완성한 후 칸막이를 설치하였다. 칸막이를 만드는 것은 정해진 순서가 있는 것이 아니라 필요에 의해 순서를 바꿀 수 있다. 즉, 칸막이는 다른 작업 후에도 할 수 있다.

대장선에는 총 네 칸이 설치되었다. 부분에서부터 부엌이 있는 투석칸, 화물 적재 공간인 이물장과 한장, 선원들의 침실 공간인 방장을 설치하기 위해 칸막이를 한 것. 이러한 공간들은 멍에를 기준으로 하여 산정되는데 덤불멍에에서 꼴멍에까지는 투석칸, 꼴멍에에서 허리멍에까지는 한장, 허리멍에에서 이물멍에까지는 이물장, 이물멍에에서 타락멍에까지는 방장이 설치된다. 칸막이를 설치할 때 특히 주의를 요하는 것은, 화물 적재 공간인 이물장과 한 장은 칸막이를 설치하기는 하지만 통로를 만들어 서로 연결되게 구성해야 한다는 점이다. 칸막이는 가룡과 더불어 선체의 횡강력을 높이는 역할을 한다.

칸막이는 각각 길이 15자에서 23자, 너비 8치에서 1자 2치, 두께 2치 크기의 부재 일여덟 장을 결합하여 7자 높이로 쌓아 올린다. 칸막이에 사용되는 나무는 역시 낙엽송으로, 부재의 결합은 맞댄쪽매 방식으로 이루어진다. 칸 칸막이 제작 과정은 부재 선별 및 배열 → 재단작업 → 표면다듬기 → 배못 구멍파기 → 조립 순으로 이루어진다.

제일 먼저, 부재를 선별한 후 배열한다. 상단으로 갈수록 길이가 긴 부재를 사용하는데, 재단 후 격벽의 너비에 따라 부재의 순서를 바꾸어 사용하기도 한다. 자재 선별 후 부재의 맞닿는 면을 재단하고 밑단과 윗단의 치수를 산출하여 외판이 올라가는 선형에 맞추어

재단하고 무어(쌓아) 올린다. 또한 칸막이 양쪽 면을 세 구간으로 나누어 한 자 간격으로 엇갈리게 배못 구멍을 뚫어 못을 박을 수 있게 준비해 놓는다. 이는 조립하였을 때 어느 한쪽 방향으로 무게중심이 쏠리는 것을 방지하기 위한 조치다.

조립은 1단을 먼저 저판에 수직이 되게 고착시킨 후 그 위로 부재를 맞대어 1차 고정을 한다. 그 과정에서 부재의 앞 또는 뒷부분에 반듯한 각목을 덧대어 수직이 되도록 한다. 이후 미리 뚫어놓은 구멍에 배못을 박아 고착시키고 부재를 최대한 밀착시키기 위해 조임쇠로 조여 주며, 부재와 부재 틈에 톱을 넣어 맞닿는 면을 켜내는 작업을 한다.

5. 이물비우(또는 선수船首)

이물비우는 파도를 정면으로 받는 부분이기 때문에 두꺼운 목재와 견고한 구조로 제작되어야 하며 동시에 자연스러운 선형이 이뤄져야 한다. 이물비우 구조는 세로형과 가로형이 있는데, 대장선은 장거리 항해에 안전성을 확보하기 위해 가로형으로 제작되었다. 목재는 낙엽송으로 두께는 5치다. 이물바우 제작도 부재 선별 → 선형틀작업 및 재단 → 보정 · 조립 순으로 진행된다.

부재의 너비는 1단이 두 자로 가장 넓고, 그 위로는 대략 6치~1자 5치로 일정치 않다. 부재와 부재의 연결은 맞댄쪽매 방식이며 이물비우 1단 역시 장부맞춤 없이 저판 앞쪽 면에 맞댄쪽매 방식으로 연결한다.

조립에서 좌우 선형이 대칭과 수평을 이루도록 하는 게 중요하며, 이 역시 도면의 치수를 근거로 이루어진다. 조립 방식은 외판 조립 방식과 동일하다. 그런데 아랫단과 맞닿는 면의 경우 연귀자 (직선이 아닌 곡선 형태의 자)로 각을 산출한 후 그와 동일한 각으로 다듬어 주어야 한다. 보정 방식도 외판 보정 방식과 같다. 외판 및 아랫단이 정확히 들어맞았다 싶으면 이물비우 밑에서 외판을 관통하는 구멍을 뚫어 배못으로 고정하여 조립을 완료한다.

6. 가룡加龍

가룡은 멍에 밑에 설치되는 것으로 좌우 외판을 받쳐주는 역할을 하는 횡강력부재橫强力部材다. 이 부재는 좌우 외판의 각 단마다 사각형의 구멍을 뚫어 가로로 설치되며 외판의 벌어짐과 모아짐을 잡아주는 기능을 한다. 가룡의 형태는 대부분 자연스러운 휨을 간직한 원통형의 긴 목재이며, 좌우 양끝만 사각으로 가공한다. 또한 참나무, 소나무, 상수리나무 등 비교적 단단한 것을 사용한다.

조립은 선체 안쪽에서 바깥쪽으로 이루어지며 장부에 기름을 발라 쉽게 끼워지도록 한다. 어느 쪽이든 한쪽 방향으로 완전히 끼워넣고 반대편 장부를 선체로 들어오게 한 후, 먼저 끼워놓은 장부머리 부분을 망치로 타격하여 반대편으로 끼워준다. 마무리로 외판 밖으로 나온 부분은 대략 한 치 정도 남기고 잘라주며, 틈새는 쇄기를 넣거나 박치기를 하여 완료한다.

7. 멍에(또는 가목駕木)

멍에는 최상단 외판에 설치되는 구조물로, 집으로 치면 일종의 대들보다. 좌우 외판을 잡아주어 횡강력을 증강시켜줌과 동시에 너장 또는 갑판 설치, 각각의 위치에 따른 돛대지지, 구획을 나누는 기준이 되기도 한다. 멍에는 배의 종류와 용도 그리고 배의 크기에 따라 설치되는 수가 달라지고 부르는 명칭 또한 다양하다. 대장선에는 배의 크기와 안전성을 확보하기 위해 닻멍에, 호롱멍에, 이물멍에, 동멍에, 허리멍에, 막간멍에, 한판멍에, 수막멍에, 창드레멍에, 고물멍에가 설치되었다.

멍에에 사용되는 수종은 소나무와 낙엽송이다. 멍에 제작 시 특히 주의를 요하는 것은, 닻멍에와 고물멍에는 그 어떤 멍에보다 튼튼해야 하니 다른 멍에들보다 큰 부재를 사용해야 한다는 점이다.

멍에가 제작되면 각 구간별 외판과 고착되는 부분을 따내는데, 물이 고이지 않도록 물매(경사)를 만들어준다. 물매 제작 방법은 먼저 멍에 중앙의 높이(최고점)와 외판이 만나는 지점의 높이(최저점) 차이를 두 치로 결정하고 이를 반지름으로 하여 둥그렇게 깎아낸다.

조립은 고착될 위치별로 외판 턱따기와 멍에 하단 턱따기로부터 시작된다. 외판에 따는 턱이 크기는 멍에의 가로, 세로 크기와 동일하며 멍에 하단과 맞닿은 부분은 따진 외판 턱에 걸릴 수 있게 두 치 가량 '凹'형으로 짧게 턱을 딴다. 멍에 하단의 턱은 외판의 두께와 동일한 너비로 '凹'형의 턱을 딴다. 멍에 하단에도 턱을 따내는 것은 멍에가 좌우로 움직이는 것과 외판이 벌어지는 것을 방지하기 위함이다. 턱을 딴 후 어느 한쪽을 먼저 삽입한 후에 나머지 한쪽을 끼우며, 외판에 따진 턱의 크기가 멍에의 크기보다 작을 경우 멍에를 내려앉히는 것과 동시에 틈에 톱을 넣어 톱질을 한다. 그렇게 멍에와 외판이 꽉 들어맞으면 멍에를 관통하는 못 구멍을 뚫은 후 나무못을 박아 결구한다.

8. 오동

오동은 선미 저판재로 선미 끝부분을 지칭한다. 저판과 동일한 두께의 부재를 장부맞춤(나무의 한 부재部材에는 장부(머리)를 내고 또 다른 부재에는 장부 구멍을 파서 끼우는 맞춤법)하여 연결하였으며 '___／'모양으로 저판에 덧붙인다. 특히 돛을 사용하여 항해하는 범선의 경우는 선미에서 와류渦流의 영향을 많이 받는데 이상적인 연결각을 도출해냄으로써 이를 최소화할 수 있게 해야 한다. 저판재와의 연결은 주먹장맞춤 방식을 사용하며, 장부의 크기는 너비 한 자 내외로 한다.

제작과정은 연결보 보강재 턱따기 → 연결 장부 제작 → 조립 순이다.

연결보 보강재 턱따기는 저판재와 오동의 끝단 좌우를 따내는 작업으로 조립 이후 '___／' 모양의 보강재를 덧붙이기 위한 턱이다. 연결 장부 제작은 저판재와 오동에 장부를 제작하는 작업이다. 장부의 모양은 주먹장맞춤('Ｃ' 형태로 홈을 파서 좌우에서 끼어 넣는 방식)으로 저판재에 암컷 장부를 오동에 수컷 장부를 만들어 조립한다. 특히 오동 끝이 저판보다 조금 치켜 올라가 있기 때문에 장부 제작 전에 부재의 끝단을 조금 올려 재단해야 한다. 조립은 장부를 제작한 후 이를 맞추는 작업으로 주먹장장부의 특성상 측면에서 끼워 넣는다. 부재가 무겁기 때문에 밑단을 설치한 후 도르래로 끌어올려 부재별로 따로 끼어 넣는다. 삽입이 완료되면 측면에서 부재를 관통하는 못 구멍을 뚫어 배못으로 결구한다. 이음부의 보강재를 삽입한 후에도 배못으로 결구한다. 또한 굄목을 오동 아래에 받쳐 밑으로 처지지 않도록 하여 완전히 건조될 때까지 조금도 움직이지 않도록 한다.

9. 널(판板)·종량宗樑·양樑

널·종량·양은 선원들이 배 위에서 활동할 수 있도록 만들어진 갑판이다.

널은 '창막이'라고도 하는데 갑판에 까는 판재다. 종량은 널을 깔기 위해 세로로 설치하는 보고, 양은 종량 사이사이에 가로로 연결되는 보다. 다시 말하면, 종량과 양은 널을 받치는 구조물로서 멍에와 멍에 또는 멍에와 칸막이 사이의 공간에 걸쳐져 그 위에 널을 깔 수 있게 한다. 양은 종량과 외판 사이, 종량과 칸막이 사이, 종량과 멍에 사이 등에 위치하여 일종의 곁가지 역할을 한다.

종량의 이음 연결은 빗턱맞춤과 턱맞춤 방식으로 한다. 양은 종량보다 길이가 작지만 맞춤의 구조는 종량과 동일하다.

10. 호롱(정륜碇輪 또는 닻줄 물레)

호롱은 닻을 내리거나 올릴 때 줄을 감아 돌리는 구조물로, 크게 호롱축, 호롱받침기둥, 호롱손잡이로 이루어진다. 받침기둥과 손잡이는 낙엽송으로 제작하며, 축은 소나무를 사용한다.

11. 난간

난간은 타락 위에 설치되는 구조로 선수부터 선미까지 좌우현에 설치한다.

기술적인 방식은 각 구간 타락에 나무의 한 끝을 다른 나무에 통으로 들어가 끼게 하는 맞춤법인 통넣기를 만들고 활아지(난간)

를 선형에 맞춰 제재한 후 표면 다듬기와 모 깎기를 동시에 병행한다. 고착은 활아지(난간) 위에 구멍을 뚫어 미리 제작해둔 시집말(난간 기둥)을 박고, 구멍을 뚫어놓은 시집말 사이에 활아지를 끼어 넣는다.

12. 수밀작업

수밀작업은 항해 중 선체 내부로 물이 들어오지 않도록 조치하는 작업으로, 건조 마무리 단계에서 이루어진다. 특히 선수와 선미 부분에는 외부뿐만 아니라 내부에서도 대밥(뱃밥)을 먹일 정도로 세밀한 작업이 이루어진다.

대밥으로 쓰이는 재료는 삼나무 껍질을 가공한 것이 가장 많이 사용되며 부재와 부재 사이 틈에 박아 넣는다. 대밥을 박아 넣는 끌을 대끌(알기)라고 하며, 모양새는 일반 끌과 비슷하나 날이 없는 것이 특징이다.

대밥을 먹이기에 앞서 기름을 발라주는데 그 이유는 대밥이 잘 들어가고 주변부의 나무가 쪼개지는 것을 방지하기 위해서다. 보통 대밥은 2~3회 정도 먹이는데, 틈이 많이 벌어진 곳이나 중요 부위는 6회 이상 대밥을 먹이기도 한다.

대밥 메우기가 완료되면 다시 한 번 동식물성 기름을 듬뿍 발라 대밥 틈새를 막아주고, 기름이 완전히 마른 후 선체에 옻칠을 함으로써 수밀작업은 끝난다.

13. 돛대, 돛, 치(또는 타舵), 노, 닻

크기만 다를 뿐 강배와 동일하게 제작되니 생략함.[4]

이처럼 『대장선 건조 요결』은 세밀하고도 체계적으로 기술되어 있었다. 한마디로 범선 건조 기술이 총망라되어 있었다.

태자는 그 책을 보고 놀라는 정도가 아니었다. 책을 한 번 쭈욱 훑어보더니 황급히 덮으며 비밀에 부치라 했다. 건석 형제와 범포를 비롯한 극소수 신하들만 열람할 수 있게 하고, 나머지 사람들의 열람을 금지시켰다. 또한 외부 유출을 막기 위해 태자궁 내 은밀한 곳에 보관하게 했다. 심지어는 광석에게마저도 꼭 필요한 경우를 제외하고는 함부로 열람하지 못하게 했을 정도였다. 극비의 사실이라고 판단했던 모양이었다.

그래놓고 태자는 광석에게 한 가지를 물었다.

"여기에 생략해버린 돛대, 돛, 치, 노, 닻에 대해서도 기록은 해뒀디요?"

"기거야 해뒀디만 정리할 필요가 없을 것 같아 뺏디요."

"기럼 기걸 자세히 기술하여 별권으로 만들라요."

"예? 기거야 배를 아는 사람이믄 누구나 다 아는 사실인데 따로 기록할 필요가 있갔습네까?"

---

4) 배의 제작 과정에 대해서는 국립해양문화재연구소, 『전통선박 조선기술Ⅱ: 고려시대 청자운반선』(국립해양문화재연구소, 2010.)과 『전통선박 조선기술 Ⅲ: 강진 옹기배』(국립해양문화재연구소, 2011.), 김준기(2004), 「돛배의 특성 및 운용」(『한국문화연구 · 9』, 경희대학교 민속학연구소, 2004.)을 참조하였다. 아울러 전통선박의 제작 및 항해에 대해 많은 것을 알려주신 국립해양문화재연구소 강원춘 연구사님께 감사의 말씀을 전한다.

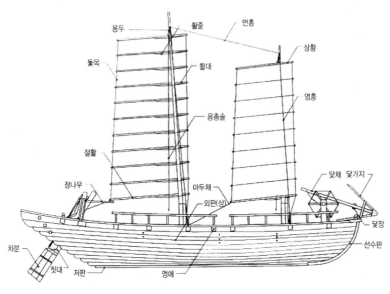

<한선의 구조와 명칭>5)

    광석이 그럴 필요가 뭐 있느냐는 듯 시큰둥히 대꾸하자 태자가
바로 받았다.

    "이 책은 밸 전혀 모르는 사람한테도 필요한 거이고, 그 누가 됐
든 이 책만 보믄 밸 만들 수 있게 해둬야 하니낀 내가 시키는 대로
해두구래. 아무리 기억력이 좋다 해도 오래 가믄 잊어버리니낀 오
늘부터 바로 해두시라요. 기건 기 누구도 할 수 없는, 오딕 광석
선장만이 할 수 있는 일이 아닙매까? 기러니 힘들갔디만 기렇게
해두구래. 내래 이릏게 부탁하갔시요."

    "거 좀 가만히 있으슈."

---

5) 국립해양문화재연구소, 『전통선박 조선기술Ⅱ—고려시대 청자운반선』,
   국립해양문화재연구소, 2010, 26쪽의 그림을 스캔하여 옮긴 것임.

태자의 말에 손으로 툭툭 치며 태자의 명을 받들라고 종용하는 광건에게 짜증을 내더니 광석이 말을 이었다.

"나 탐······. 뱀에 다릴 그리는 격이디 아무 땍에도 쓸모없는 걸 왜 만들라는디 모르갔습네다."

"기렇디 않습네다. 다 뜻이 있어 기러니 기렇게 해듀시라요."

태자가 간곡히 부탁하자 광석도 더 이상 어쩔 수 없는지 한 발 물러섰다.

"알갔시요. 다 알고 있는 거이고······ 기록해둔 것도 있으니낀 시간 날 때마다 정리해두디요."

"아니······ 오늘부터 당장 하시라요. 시간이 디날수록 어렵고 힘드니낀 당장 오늘부터······."

처음엔 부탁조였던 태자의 어조가 어느새 명령조가 되어 있었다. 일단 광석이 수락했으니 바로 밀어붙일 작정인 모양이었다. 그건 어쩌면 광건의 행동 때문인지도 몰랐다. 태자가 부탁을 하자 곁에 섰던 광건이 아우의 몸을 툭툭 치며 조르고 있었고, 형의 말이라면 거부하지 못하는 광석이라 광건의 말은 들을 것이라 판단했던 모양이었다.

"아 거 탐 딘따······ 알갔시요. 기렇게 하갔습네다."

그렇게 해서 별책 한 권이 보름 만에 광석의 손에 의해 제작되었다. 그로서 태자가 바라는 대로, 수미가 모두 갖추어진 『바다 범선 건조법』이 완성되었고, 그걸 태자궁 비밀 장소에 보관하게 되었다. 그리고 그 책만 가지면 도편수가 아니라도 글을 아는 목수라도 범선을 제작할 수 있게 되었다.

24

어느 일터인들 안전사고가 없으랴마는 조선장도 안전사고가 빈발하는 곳이었다.

조선장 밥 삼 년이면 신이 된다는 말이 있을 정도였다. 조선장에서 삼 년 일하면 귀신이 되거나 병신이 된다는 말로, 조선장엔 그만큼 안전사고가 많다는 뜻이었다. 그리고 그 말을 증명이라도 하듯 예비조선공 열다섯 명 중 안 다친 사람이 없었고, 직접 현장에 투입되지 않은 광건과 광석도 찔리고, 베이고, 삐고 멍든 곳이 한두 군데가 아니었고, 쑤시고 결리는 훈장(?)은 훈장 축에도 못 낄 정도였다.

손가락이나 손을 찧거니 베이는 일은 다반사였다. 삐고, 부러지는 일도 흔해서 좀한 건 그냥 넘길 정도였다. 다리가 삐거나 부러진 경우에는 부목을 댄 채 할 수 있는 일을 할 정도였다. 통나무에, 널판에, 망치에, 톱에, 끌에, 자귀에, 도끼에…… 곳곳에 위험요소가 산재해 있어서 아차하면 다치기 일쑤였다. 기초를 놓을 때보다 배가 모습을 갖추어갈수록 몸에는 훈장들이 늘었다. 그러나 목숨을 위협할 정도는 아니었기에 참고 일을 계속했다.

그러다 사잇섬으로 건너간 그해 겨울, 예기치 않은 사고가 났다.

네 척의 뱃바닥을 다 짓고 다섯 척째 뱃바닥을 짓기 위해 조선장 옆 야적장에 쌓아둔 통나무를 옮기려다 사고가 났다. 제일 젊고 몸이 차돌 같이 단단한 차돌이가 통나무를 옮기려다 사고를 당한 것이었다. 통나무를 옮기려 통나무들을 쌓아둔 더미 위에 올랐다가 통나무가 구르지 않게 나무 틈새에 박아둔 버팀대가 빠졌는지 부러졌는지 통나무들이 한꺼번에 굴렀다. 그 바람에 통나무 더미에 올랐던 차돌이가 몸의 중심을 잃었고, 통나무 새에 낀 것이었다.

사고가 나자 조선장에 있는 모든 사람들이 달려들어 통나무를 들어냈으나 통나무를 다 들어내기도 전에 차돌이의 숨이 끊어져 버렸다. 어?! 하는 소리를 마지막으로 말 한 마디도 못하고 숨을 거둔 것이었다.

일이 터지자 광건은 태자도에 급히 알렸다. 태자의 명으로 사잇섬으로 건너왔으니 태자가 알아야 할 것이고, 차돌이 부모가 태자도에 살고 있었기에 장례 절차도 의논해야 했기 때문이었다.

태자도에 알리자 바로 사람들이 달려왔다. 차돌 아비를 비롯해 태자·마석·구명석까지 함께.

"내래 욕심 부리다 아까운 목숨 잃게 했어."

차돌이의 시신을 본 태자가 자책했다. 마치 하기 싫은 일을 억지로 시킨 사람처럼, 위험이 도사리는 곳에 방치해놓고 나 몰라라 했던 사람처럼 모든 책임을 자신에게 돌리며 괴로워했다.

"기게 어띠 전하 때문입네까? 관리 총책을 맡은 소신의 탈못이오니 소신을 벌하여 듀십시오."

태자의 죄책감을 다소라도 덜어드리려고 광건이 죄를 청하자 태자가 펄쩍 뛰었다.

"기게 무슨 소립네까? 신혼의 달콤함마저 포기하고 예까지 와선 온갖 고생을 마다하디 않는 광건이래 충신 중의 충신인데 어띠 기런 말을 합네까?"

"아닙네다, 전하. 소신이 독금만 주의를 기울였다믄 막을 수 있었던 일인데 기러딜 못했으니 모두가 소신의 탈못입네다."

"기딴 소리하디도 말라요. 기러믄 나만 더 못 된 사람이 됩네다.

기러니 행여라도⋯⋯.”

그러나 태자는 말을 마칠 수가 없었다. 차돌 아비가 태자의 말을 자르며 들어왔기 때문이었다.

“전하! 소인이 말씀 둠 해도 되갔습네까?”

차돌이 아버지가 울먹이며 태자를 쳐다보았다.

“예, 기러시디요.”

태자는 차돌 아비를 바라보기 민망한지 차돌 아비와 눈길이 마주치자 곧 고개를 떨구었다. 그러자 차돌 아비가 울먹이며 말하기 시작했다.

“전하! 여자는 자신을 예뻐해주는 사람을 위해 화장을 하고 남자는 자신을 알아듀는 사람을 위해 목숨을 바틴다고 했습네. 소인은 차돌이가 듁고 난 후에야 태자 전하의 참모습을 봤고, 왜 차돌이래 전하의 말씀에 목숨을 바티려고 했는디, 왜 듁을디도 모르면서도 배 멩그는 기술을 배우려 했는디 알게 됐습네.”

차돌 아비는 울음을 삼키며 말을 계속했다.

“소인의 아들 차돌이는 자신을 알아듀는 전하를 위해 목숨을 바틴 것이니 원망도, 미련도, 한도 없을 거이옵네. 또한 자기 듁음에 태자 전하께서 몸소 이렇게 달려온 걸 저승에서도 기뻐하고 있을 겁네. 기러니 자책하디 마시고 가볍게, 소인의 아들놈을 고이 보내듀십시오. 기게 차돌이의 뜻일 겁네.”

그 말에 태자가 눈에 눈물을 가득 담은 채 차돌 아비를 바라보았다.

“태자 전하께 이렇게 대우와 대접을 받았는데 무슨⋯⋯? 차돌이놈의 인생은 헛되디 않았습네. 수십 년 헛된 삶보다 단 일 년이라도 보람 있게 살았으니낀 말입네. 기러니 우리 차돌이래 못 다

한 일들을 여기 계신 분들이 이룰 수 있게 해두십시오. 그 일을 통해 차돌이가 이 세상에 왔다간 보람을 제대로 느낄 수 있게……."

가끔씩 복받쳐오는 울음을 참아가며 올리는 차돌 아비의 말은 모여 있는 모든 사람들을 울리고도 남았다. 특히 사잇섬에 건너와 고락을 함께 했던 예비조선공들은 태자와 광건의 대화를 들으며 벌써부터 눈에 가득 눈물을 담고 있었는데, 차돌 아비 말에 흐흑, 흑 흐느끼고 있었다. 남자로 태어나 힘들게 살아가고 있지만 자신을 알아주고, 자신을 귀히 대해주는 사람들이 있기에 결코 외롭지도 힘들지도 않은 듯했다. 그러던 차에 차돌 아비의 말까지 듣게 되자 울음이 복받치는 듯했다. 그리고 차돌 아비의 말이 끝나기가 무섭게 태자 전하!를 외치며 울음을 터트리더니 통곡을 했다. 슬픔도 서러움도 아픔도 아닌 감격이 물너울 치는 소리였다.

예비조선공들의 눈물길을 따라 차돌의 시신은 태자도로 떠났다. 그러나 광석을 비롯한 배 건조에 참여한 사람은 한 사람도 태자도에 들어갈 수 없었다. 차돌 아비가 말렸다. 장례에 참여하는 것보다, 차돌이 몫까지 다해서 하루라도 빨리 배를 만들어 달라고 당부했기 때문이었다. 대표로 광건만이라도 장례에 참석하고 싶다고 했지만 그것마저 말리며.

그런데 이상한 일은 차돌이 시신이 태자도로 떠난 후에 일어났다. 예비조선공들의 태도가 급변했다. 차돌 아비의 당부 때문이었는지, 태자의 신하 사랑의 모습에 감동했는지 모르지만 배 건조에 박차를 가하기 시작했다. 무슨 약속이나 다짐을 한 것처럼. 그 덕에 생각보다 빨리 첫 번째 배가 완성됐다. 크고 작은 사고도 확연히 줄어 건조 작업에 속도를 낼 수 있었다.

25

무오년(戊午年, 58년) 가을 8월 초순. 드디어 다섯 척의 배가 완성되었다. 광건 일행이 사잇섬으로 건너간 지 1년 반만의 일이었다.

다섯 척의 배를 동시에 진수하기로 한 날에 맞춰 영은 무범 왕자를 비롯하여 마석과 범포 장군, 구명석을 대동하고 사잇섬으로 건너갔다.

"뎡말 고생들 많았시요. 무슨 말이 더 필요하갔시요. 뱁 보니낀 딱 알갔는데……. 내래 두고두고 갚아가갔시요."

영은 진심으로 치하했다. 사건과 사고는 이미 보고를 받았고, 광건으로부터 그간에 있었던 일들을 대충 들었다. 그렇지만 광건의 속성상, 광건은 자신들의 고생담을 감추고 줄이고 눌렀을 것이었다. 그러니 그간 얼마나 많은 일들이 있었겠는가. 얼마나 고생해야 이렇게 번듯한 배를 만들었겠는가. 눈으로 보지 않았지만 그 고생이 보이는 듯했다.

진수에 앞서 영은 건석 형제와 함께 가장 큰 배에 올랐다. 그리고 모든 사람들 앞에서 말했다.

"뎌음 만든 배는 차돌이를 위해 내릴 거이고, 가장 큰 이 배는 너그 형제 배야. 내가 줄 테니낀 마음껏 바다를 누벼보라. 기리고 나도 가끔 태워주고. 알갔네?"

영은 정말로 광건·광석 형제를 위해 만든 배인 만큼 그들에게 줄 생각이었다. 그간 다섯 척의 배를 만드느라 두 형제가 얼마나 고생했는지는 영이 너무나 잘 알고 있었다. 두 형제가 다섯 척의 배를 다 건조했다 해도 과언이 아니었다. 배 건조의 모든 공정에 두 형제가 같이 했을 것이었다. 그러는 중에도 밤과 궂은 날을 이용하여 문자와 문장 공부도 게을리 하지 않을 것이고. 그 결과 가림토문자6)와 한자를 다 습득하여 읽고 쓰는 데 어려움이 없다고 했다. 심지어는 배에 대한 책들을 두루 섭렵하며 빠르고도 든든한 배를 만들어냈다. 그런 모든 지식과 우수한 기술을 집대성한 배가 바로 다섯 번째 배인 만큼 그 배를 두 형제에게 주고 싶었다.

"주군! 말씀만 들어도 세상을 다 가진 것 같습네다."

영과 배에 올라 배를 살펴보던 광석이 대답했다. 말만 들어도 고맙다는 뜻이었다. 그러나 영은 배 주인을 명확히 하기 위해 확실히 매듭을 지어 말했다.

"아니야. 디나가는 말이 아니라 진심이야. 이 배는 내가 두 형제에게 내리는 배야. 기러니 소중히 간딕하라."

영이 정색하며 말하자 형제는 서로를 쳐다봤다. 그리고 광건이 조심스럽게 물었다.

"주군! 딕금 그 말씀이 뎌, 뎡말입네까?"

"이 사람들이 뎡말? 내래 한 일이 없어서 더운 밥 먹고 식은 소리 하갔습메? 이 배가 대장선이고 두 사람 거라니깐 기러네."

"뎌, 뎡말입네까?"

이번에는 광석이 확인하더니 황급히 자리에 무릎을 꿇었다. 그와

---

6) 고조선 시대에 사용됐던 우리 고유의 문자로, 자음과 모음이 한글과 매우 유사하여 한글의 원조라 할 수 있는 문자. 『환단고기』에 전하고 있는데, 『환단고기』 내용을 의심하는 만큼 가림토문자에 대해서도 같은 생각을 갖고 있다. 그렇지만 가림토문자 사용을 의심할 수만도 없을 것 같아 언급하였다.

동시에 광건도 무릎을 꿇으며 소리쳤다.

"주군! 성은이 하해와 같습네다. 이 은혜 잊지 않고 반드시 갚갔습네다. 둑은 후에라도 꼭 갚갔습네다."

"기 무슨 말을 기렇게 합메? 둑어서 갚디 말고 살아서 반드시 갚으라. 알갔습메?"

"예, 주군! 반드시 그리 하갔습네다."

형제가 다시 고개를 숙이며 깊게 절을 했다.

"댜, 이데 주인을 탖았으니 주인을 태우고 진수해야 하디 않갔습네까?"

영은 함께 배를 돌아보던 무범 왕자와 구명석 그리고 마석·범포 장군에게 말했다. 그러자 모두 흡족한 듯 기분 좋게 웃었다.

광건과 광석 두 사람을 태운 채 배를 진수했다. 배에 가득 사방기四方旗와 고기高旗[7], 그리고 삼족오 깃발을 단 채 배는 바다 위에 두둥실 떠올랐다.

"대장선에 탄 기분이 어뜰습메?"

영이 함박웃음을 띠며 물었다. 그러자 그에 대한 대답이라는 듯 광석이 바다 속으로 뛰어들었다. 그 뒤를 따라 광건도 뛰어들었다. 그 기분을 도저히 말로 표현할 수 없다는 뜻이었다. 두 형제는 너무 기뻐 대답하기 곤란하면 숨어버리거나 물속에 뛰어듦으로써 대답을 회피 내지는 대신하곤 했었다. 그러니 지금 물속에 뛰어든 행동은 도저히 말로 표현할 수 없을 정도란 뜻이었다.

그러나 영은 그들이 대답을 듣고 싶었다. 그리고 부탁하고 싶었

---

7) 한자로 '고高' 자가 쓰여진 깃발로, 고구려 또는 고구려왕의 후손임을 상징하는 깃발.

다. 그래서 젖은 옷으로 올라오는 형제에게 짓궂을 정도로 말했다.

"오늘만은 말로 대답하라. 안 기러면 이 밸 뺏어버리갔어. 기러니 날래 대답하라."

"주군! 우리 같은 놈들에게 이렇게 기쁜 일이 언데 있었갔습네까? 이런 기분을 느껴보지도 못했는데 기걸 어뚷게 말로 하갔습네까? 주군께서 가르쳐듀신 후에 대답하라고 하십시오."

광석의 말.

"기래? 대답하디 못 하갔다 이 말이디? 기럼 벌이라도 달게 받갔네?"

"예. 벌이라믄 어떤 벌이라도 받갔습네다. 탸라리 벌을 내려듀십시오."

광석의 대답.

"기래. 기건 광건도 마찬가디갔디?"

"예. 기러하옵네다, 주군."

"기래 기렇담 이 배에 날 태우고 신모굴 한 번 갔다오야."

영은 그간 마음속에서만 키워왔던 계획을 신하들에게 털어놓았다.

"기, 기 무슨 말씀입네까?"

광건이 정색을 하며 물었다.

"기게 내 소원이야. 두 형제가 이끄는 이 밸 타고 건너, 패수를 가로질러 신모굴에 찾아가 내 손으로 수신젤 한 번 드리는 거. 기거 한 번 하게 해달라."

"주군! 한 번이라니 당치도 않습네다. 기런 일이라믄 우리래 매년 한 번씩 모셔다 드리갔습네다. 주군께서 우리 형제에게 내린 배니 반은 주군 거 아니갔습네까? 기러니 날따만 말씀해 듀십시오.

언제라도 모시갔습네다."

"언제라도?"

"예. 기러합네다."

"알갔네. 기러면 내래 날을 잡아서 곧 알릴 테니낀 오늘부터 준비하고 있으라."

"예. 알갔습네다."

이렇게 하여 배 다섯 척이 완성되던 날 신모굴 행차 계획은 세워졌다.

26

영이 건석 형제에게 대장선을 주어야겠다는 마음을 먹은 것은 차돌이 장례 때였다.

차돌이 사망 소식에 영이 사잇섬을 다녀오겠다고 하자 모든 신하들이 말렸다. 사잇섬은 고구려군 공격 위험이 높을 뿐 아니라 다국적인多國籍人이 모여 있는 곳이라 호위에 어려움이 있다는 것이었다. 또한 일개 조선공造船工을 위해 태자가 직접 움직인다는 건 좋지 않은 선례를 남기게 된다는 이유였다. 타지에서 고생하는 조선공을 위로하겠다는 뜻은 충분히 이해하지만 선례를 남기면 앞으로의 처신이 힘들어진다고 반대했다. 그러나 영은 끝내 물러서지 않았다. 차돌이 죽음을 위로하는 한편 손수 장례를 치러줌으로써 조선공들의 위상을 높여주고 싶었다. 조선공들은 태자도의 미래를 책임질 사람들이었기에 그 어떤 사람들보다 우대하고 싶었다.

그러나 영이 사잇섬으로 가려는 진짜 이유는 다른 데 있었다. 차돌이 시신 수습도 수습이지만 건석 형제와 조선공들의 생활상을 직접 확인하고 싶었다. 아무 문제없이 잘 지내고 있으니 걱정 말라고 기별하고 있긴 했지만 그럴 리가 없었다. 녹봉 형식의 쌀은 사잇섬으로 보내지 않고 가족들이 사는 집에 지급하고 있어 사잇섬에 보내는 양식이란 겨우 입에 풀칠할 정도였다. 광건 형제는 너무 많다고, 남는다고 하여 일부는 반납까지 하고 있었다. 넉넉하지 않은 태자도 경제 사정을 알고 허리띠를 졸라매는 게 분명했다. 어쩌면 조선공이 아니라 노예처럼 비참하게 살고 있을 지도 몰랐다. 그러나 그들을 그렇게 살게 해서는 안 됐다. 그들은 태자도의 존립을 책임지고 있는 사람들이면서 태자도의 미래였다. 그들이 어떤 배를 어떻게 만드느냐에 따라 태자도의 존립자체 및 태자도의 미래가 결정될 수 있기 때문이었다. 외적으로부터 태자도 방어가 군사적인 면에서 태자도의 존립 근거라면 조선술과 무역은 경제적인 면에서 태자도의 존립 근거라 할 수 있었다. 따라서 그들을 단순한 일꾼이나 기술자로 봐서는 안 될 것이었다.

그렇게 사잇섬으로 건너간 영은 제일 먼저 조선공들의 숙소를 둘러보았다. 역시 예상대로 노예나 다름없는 삶을 살고 있었다. 비좁은 움막에서 겨우 잠을 자고 있었고, 먹는 것도 죽지 않을 정도인 것 같았다. 그건 건석 형제도 마찬가지였다. 아니, 오히려 건석 형제가 조선공들에 비해 한참 열악한 삶을 살고 있는 것 같았다. 본을 보이기 위해서일 것이었다.

겨울인데도 배를 만들다 남은 목재로 얼기설기 얽은 집이라 벽에 바람구멍이 숭숭 뚫려 있었다. 바닥도 짚이 아닌 쓰다 남은 나뭇조각을 깐 위에 가마니를 덮어놓고 있었다. 땅굴이나 움집보다도 못했다. 화로나 불을 땔 만한 기구도 없었다. 깔고 덮을 자리도 마땅치 않은 건 물론이었고 한 마디로 사람이 사는 집이 아니라 마구간이나 개집처럼 보였다. 그런 집에서 겨울을 나려다간 동사할 것 같았다.

먹는 것도 부실하기는 마찬가지였으니 가운데 집에 솥덕을 걸어놓고 밥을 지어먹는 것 같은데 쌀이 아닌 보리와 조를 섞어 먹고 있었고, 반찬이라 해야 두장(된장과 간장이 혼합된 형태의 장)에 침채(김치)가 전부인 것 같았다. 육고기야 구하기도 힘들고 값도 비쌀 테지만 바닷가인 만큼 바닷고기나 젓갈은 구하기 어렵지 않을 것이고 비싸지도 않을 텐데도 그것마저 아끼는 것 같았다. 어쩌면 그런 걸 사올 시간마저 아끼고 있는지도 몰랐다. 하여 영은 그걸 걱정하며 물었다.

"이릏게 살믄서 배나 데대로 만들갔네?"

"……?"

"잠을 달 자야 다음날 일을 할 거이고, 먹는 걸 데대로 먹어야 힘을 써서 일을 할 거 아님메? 이런 데서 어뜧게 단잠을 자고, 이릏게 먹어서야 어띠 일을 하갔습메. 잠도, 먹는 것도 다 부실한데 어띠 일을 하갔냐 이 말임메."

"기건 걱뎡하디 마십시오. 뭐 호강할래고 온 거이 아니닣습네까? 딕금 고생이 나듕엔 낙이 되갔디요. 기런 마음은 우리 형제뿐만 아니라 다른 사람들도 마탄가디니낀 걱뎡 마십시오."

"기렇디만 오늘이 있어야 내일이 있는 게 아님메? 기러니 돈이 둄 들더라도 집도 따뜻하게 하고 먹을 것도 넉넉히들 먹으며 살기요. 내래 기 뎡도는 충분히 지원해듈 테니낀."

"아닙네다, 전하. 닥금도 넉넉합네다. 다만 우리 스스로 보람을 탓고댜 이러는 것뿐입네다."

"기래도 이건 아니디. 뎌 조선공들이 기냥 조선공들입메? 조선기술을 배워다 우리 태자돌 살릴 사람들이야. 기러고 또 둘은 어떻고? 내가 가댱 존경하는 을 대로의 아들이댜 내가 가댱 아끼는 사람들이 아닙네까. 기러니 기에 합당한 대우래 해듀고 싶어서 기러니 기렇게 하기요."

영은 진심을 담아 자신의 뜻을 전했다. 최고의 대우까지는 아니더라도 충분하고 넉넉한 대우를 해주고 싶었다. 아니, 최소한 사람답게 살며 기술을 습득하게 하고 싶었다. 그 때문에 여기까지 찾아온 게 아닌가. 영은 자기가 여기까지 온 이유를 말하고 싶었으나 참았다. 지금은 사고로 목숨을 잃은 차돌이를 추모해야 할 때인 만큼 초점을 흩뜨리고 싶지 않았다.

그런 영의 마음을 읽었는지 광석이 영의 말을 받았다.

"뎡말 고맙습네. 전하께서 기렇게 관심을 가뎌 듀시고 말씀해 듀시니 없던 힘도 납네. 기렇디만 여기 걱뎡은 마십시오. 우리 두 형제가 어뚷게든 내년 여름까디는 떡 하니 배 다섯 척을 만들어 낼 테니낀요. 기것도 천하 제일로……."

"기래, 고맙습메. 나도 기럴 거라 믿어 의심치 않고. 기렇디만 뱰 만드는 것보다 자네들과 우리 조선공들의 건강이 더 중요합메. 기래야 뱰 몰고 온 바달 누비고 다니고, 기래야 배 만드는 기술을 다른 사람들한테 전하디. 안 기런가? 결국 뱰 만드는 것도 사람이고 뱰 몰고 다니는 것도 사람이니 사람이 가장 중요하고 가장 큰 재산 아닙메? 내 말 알아듣갔읍메? 기러니 이뎨부터라도 뭄 탱겨서 살기요.”

영의 말에 감격했는지 두 사람은 눈을 씀뻑였다. 그 모습을 보던 영은 문득 생각 하나를 떠올렸다.

‘기래, 대장선이래 건석 형제한테 듀면 좋갔네. 고생했으니낀 맘껏 바달 누벼보라고 말이야. 기러고 기 밸 타고 신모굴도 한 번 다녀오고 말이디. 기러믄? 기야말로 일석이조갔구만.’

영은 자신도 모르는 새에 이런 결정을 내리고 말았다. 미리 계획했거나 생각했던 건 아니었지만 그 계획은 그 어떤 계획보다도 알차 보였고 가슴 설레게 했다. 가끔은 이렇게 즉흥적인 생각이 인생과 세상을 바꾸기도 하는 모양이라는 생각이 들기까지 했다.

행차 준비

27

신모굴 행차 준비는 결코 만만한 일이 아니었다.

태자의 호위 문제 때문이었다. 태자의 호위를 위해 많은 인원이 한꺼번에 움직여야 하고, 이동거리도 만만치 않았다. 뱃길 6백리에 육로로 8백리 길이었다. 하루 반나절을 배로 이동한 후 다시 육로로 그 이상을 이동해야 하니 미리 살피고 준비할 일이 한두 가지가 아니었다. 섬 안에서야 큰 위험이 없어 호위무사 보철 혼자면 족했지만 섬을 벗어나는 순간 위험에 노출될 수밖에 없었다. 태자도에서는 허가 받은 군사들을 제외한 그 누구도 무장을 할 수 없었기에 안전이 보장되어 있었다. 그러나 뭍으로 나가면 달랐다. 마음만 먹으면 누구나 무장할 수 있고, 언제 누가 태자의 목숨을 노릴지 알 수 없었다. 특히 중실씨들의 손이 뻗혀 있을 수도 있었다. 그러니 호위 문제가 해결되지 않는 한 신모굴 행차는 언감생심 꿈도 꿀 수 없는 일이었다.

차돌의 시신을 수습하기 위해 사잇섬 행차 때와는 차원이 달라도 한참 달랐다. 그때는 태자도가 외부에 크게 알려지지 않은 때였고, 태자의 존재감도 크지 않았을 때였다. 그러나 지금은 달랐다. 태자도와 태자가 조선반도뿐만 아니라 대륙 전역에 알려져 있었다. 그때도 수행원에 호위군사까지 합쳐 백 명에 가까운 인원이 움직였는데 지금은 그 몇 배의 인원이 움직여야 할 것이었다. 단순한 행차가 아니라 패수를 타고 극동대혈까지 올라가 수신제를 봉행하려면 최소한 3백이 넘는 인원이 움직여야 할 것이었다. 그 인원이 움직이려면 철저한 사전준비가 필요했다.

바다 건너는 일은 별 어려움이 없었다. 범포 장군 밑에는 야간 항해가 가능한 사공들이 제법 있었고, 건석 형제도 야간 항해를 얼마간 익혔으니 밤이든 낮이든 항해가 가능했다. 또한 패수와 바다가 만나는 용머리(현재의 용암포 주변) 주변엔 포구가 많아서 대장선을 정박하는데 어려움은 없을 것이었다. 물때가 안 맞아 포구 안에 정박이 어려우면 포구 앞에 있는 섬에 닻을 내렸다가 물때를 기다렸다 입항하면 될 일이었다. 그러나 다음부터가 문제였다.

무사히 바다를 건너 포구에 닻을 내린다 해도 극동대혈까지 가려면 선결해야 할 난제들이 한둘이 아니었다.

먼저, 배로 극동대혈까지 갈 수가 없었다. 배를 타고 극동대혈로 가려면 고구려의 수도인 국내성을 끼고 가는 길밖에 없었다. 국내성이 패수가에 자리 잡고 있고 고구려는 수군을 활용하여 패수를 방어하고 있었다. 특히 모본왕 시해 이후 국내성의 경계를 강화했다는 말이 심심찮게 들리고 있으니 패수를 이용하여 극동대혈까지 이동한다는 건 상상도 할 수 없는 일이었다. 설혹 고구려 수군에게 발각되지 않는다 해도 패수 상류에 있는 극동대혈까지 대장선이 갈 수가 없었다. 상류엔 수심이 얕은 곳이 많아, 나룻배 이상의 큰 배 이동이 곤란했다.

결국 용머리 해안까지는 배로 이동하고 그 다음은 육로를 이용해야 하는데 육로 이동이 쉽지 않을 것이었다. 용머리에서 국내성으로 나 있는 길을 따라 이동하다간 고구려군에게 발각될 것이기에 반대편 길을 이용해야 하는데 반대편에는 길이 없었다. 산길을 이용하든지 길을 새로 내야 할 것이었다. 극동대혈까지 산길을 아는 사람도 없었다. 바우나 다른 길잡이들도 그 길을 모른다고 했다. 따라서 산길을 이용하기 위해선 현지답사가 필수적이고, 산길이 없다면 길을 낸 후 가야 할 것이었다.

산길을 이용하려면 타고 갈 말과 짐을 실어나를 마차나 수레가 있어야 했다. 또한 식량과 음식 조달을 위한 계획도 세워둬야 했다. 산골 마을에 대규모 인원이 먹을 양식이 있을 리 없었고 음식도 마찬가지일 것이었다. 현지 조달이 어렵다면 태자도에서 그 모든 걸 가지고 가야 하는데 그건 광건의 영역 밖의 일이었다. 광건이나 광석이 할 수 있고, 해야 할 일이란 배로 안전하게 태자를 용머리까지 모셔갔다가 다시 모셔오는 일이었다. 그 외의 일은 능력 밖이었다. 그런데도 자꾸만 신경이 쓰였다. 태자를 안전하게 모셔야 한다는 생각이 광건을 그냥 놔두질 않았다. 좀이 쑤셔서 견딜 수가 없었고, 가만히 앉아 있으려니 손까지 떨렸다.

견디다 못한 광건은 광석을 찾아갔다. 그리고 자신의 고민을 털어놓자 광석이 깜짝 놀라며 대답했다.

"안 기래도 나도 기게 걱졍 돼서리 형을 탖아갈까 생각하고 있었수."

광석도 그 일 때문에 고민하고 있었다는 말에 광건은 놀라지 않을 수 없었다. 광석이 누군가. 어떤 문제를 느긋하게 처리하는 성미가 아니지 않은가. 그런 그가 태자 행차 때문에 고민하고 있다는 게 광건에겐 낯설었고, 광석도 이제 어른이 되었구나 싶자 다시 보지 않을 수 없었다.

"기래? 넌 어뜿게 했으믄 둏갔네?"

"나라고 벨 수 있수? 짐 진 놈이 팡(쉴 곳) 찾아간다고, 짐 진 사람한테 물어봐야디."

"짐 진 사람이라니?"

"아, 누군 누군요? 마석 장군이랑 범포 장군이디."

"두 장군이 왜?"

"탐, 형도 답답하우. 생각 둄 해보시라요. 구명석이래 기런 경험이 없으니낀 할 수 없을 거이고, 기럼 남은 건 두 사람 아닙네까?"

"기게 기렇게 되네?"

"기런디 아닌딘 가보면 알 수 있을 테니 앞장 서시구래."

"어딜?"

"아, 가까운 마석 장군네 집 먼뎌 들렀다 거기 없으믄 범포 장군네 집엘 가봐야디요. 거기도 없으믄 포구로 나가보믄 있갔디요."

광건은 광석의 말이 맞다고 생각하여 마석 장군네 집으로 찾아갔다. 마침 두 사람이 마석 장군네 집에 있다가 반색을 하며 맞았다.

"마팀 둏 왔네. 안 기래도 사람을 보낼까 하던 탐이었네."

마석 장군이 어서 들어오라며 재촉했다. 그리고 두 사람이 방에 들어서자 바로 말을 꺼냈다.

"안 기래도 전하의 호위 때문에 걱정하고 있었네. 이동수단과 이동경로가 명확해야 호위 계획을 세울 텐데 기게 명확하디 않아서 말일세. 자네들은 패수에서 사공일을 했으니낀 둠 알디 않을까 해서……."

그러더니 건석 형제를 번갈아 바라보았다.

"우리라고 뭘 알갔습네까? 뱃길은 이용할 수 없으니 육로를 이용해야 할 텐데, 육로야 우리도 깜깜이긴 마탄가디디요."

"허긴, 기렇갔구만. 기럼 어떡한다?"

"어떡하긴 뭘 어떡합네까? 우리가 먼뎌 갔다 와야디요."

"우리가?"

"기럼 누구래 갔다오갔시오? 짐 딘 놈이 팡 탖는 거 아닙네까?"

광석의 대답에 두 사람이 말없이 고개를 끄덕였다. 그러더니 범포 장군이 말했다.

"안 기래도 기런 의견을 나누고 있었네. 기럼 전하께 말씀드려 내일이라도 한 번 다녀오는 게 둏갔구만."

"기래. 기러자고. 동선과 체류할 곳, 체류 시간 등 세부적인 사항을 몰라서는 호위가 어려울 기야. 기러니 당장 내일이라도 한 번 답사해보는 게 둏갔어. 답사하믄서 자세한 계획을 세우고. 자네들 생각은 어떤가?"

"우리도 같은 생각을 하고 여길 탖아온 것입네다. 기러면 전하께 말씀드려서 최대한 빨리 답사를 떠나기로 하시디오."

"기래. 기렇게 하자고. 주군께는 우리가 보고할 테니 자네들은 언뎨라도 떠날 수 있게 준비해두게."

"예. 알갔습네다. 기러면 기렇게 알고 준비하갔습네다."

"기래. 기래놓고 저녁은 우리 집에서 먹기로 하세."

"예. 기렇게 하갔습네다."

광건은 광석과 함께 옴팡포(조선반도 쪽이 아니라 요동반도 쪽으로 움푹 들어갔다고 붙여진 명칭)에 매어 두었던 대장선을 태자도 중심 포구인 몽돌포로 옮겨놓고 범포 장군댁으로 가 보니 구명석도 함께 와 있었다. 무슨 얘기를 하고 있었는지 모르지만 방안 분위기가 무거워 보였다.

건석 형제가 인사를 마치고 자리에 앉자 명이 박사가 먼저 물었다.

"우리도 답살 가고픈데 두 장군과 우리까지 다 섬을 비우는 게 불안해서 기러는데 자네들 생각은 어떤가?"

그러나 광건이나 광석은 대답할 수가 없었다. 그건 자신들이 판단할 문제가 아니었다. 그런 문제는 위에서 결정해서 알려주면 그만인 문제였다. 대장선으로 용머리까지 실어다주는 일까지가 자신들의 일이었지 그 이상 관여해선 안 될 것 같았다. 하여 광건이 말했다.

"기 문젠 저의 형제가 결정하거나 조언할 문제가 아닌 것 같습네다. 저흰 결정하는 대로 따르갔습네다."

광건의 말을 석권이 바로 받았다.

"자네네 배에 태울 사람을 결정하라는 기야. 서로 가갔다고 싸우니 배 주인이자 도사공인 자네한테 물어보고 결정하라고 주군께서 기래서. 기러니 날래 태울 사람을 결정하라."

광건이 주위를 둘러보자 모두들 조용히 고개를 끄덕였다. 그러자 광석이 나서며 말했다.

"기럼 석권 군사만 남아 있으면 되갔네요. 석권 군사래 병법도

능하고, 무술도 뛰어나고, 병사들 부리는 것도 빼어나니 일당백 아닙네까? 기러니 군사만 남고 다 같이 가시자우요."

"뭐, 뭐야? 나만 남고 다? 기럼 난 뭐네? 남들은 다 새 배 타고 유람가는 데 나만 남아서 여길 디키라고?"

석권 군사가 소리를 지르자 기다렸다는 듯이 명이 박사가 받았다.

"기러게 내래 뭐라 핸? 넌 가봐야 소용 없다고 했디? 구비래 냄셀 잘 맡고, 내래 소릴 잘 듣디만 너는 소리 디르는 일 말곤 할 줄 아는 게 없으니 남아 있으라 안 핸? 기러니 소리 디르디 말고 기냥 여기 있으라."

"이 귓구멍에 말 좆을 처박을 새끼, 말하는 거 보라. 좋은 건 다 댜기가 탱기고 나쁜 건 다 나한테 떠넘기고……. 내래 이래서 이 상통들하곤 상종도 안 할라고 했디 어쩌다 내 팔자가 이 모냥인디 알다가도 모르갔다, 뎡말."

석권 군사가 푸념 아닌 푸념을 하자 그때까지 가만히 있던 구비 박사마저 석권 군사의 오금을 박았다.

"우리가 유람 가네? 다 주군을 모시기 위해 가는 거 아니네? 긴데 넌 가봐야 무용지물 아니가 무용지물? 아까 명이래 말했듯이 유람 가는 기 아니야. 기러니 넌 여기 남아서 주군을 디키라."

"이 새낀 왜 나서서 디랄이네. 불 난 집에 부태딜도 유분수디 기딴 소린 와 하고 디랄이네, 디랄. 기래 난 안 갈 테니깐 이것만은 분멩히 하라. 너그 식구딜만 데려오고 우리 식구딜 안 데려 왔다간 한 놈도 살아남디 못할 테니깐 기리 알라."

그 말을 끝으로 석권 군사는 입을 다문 채 씩씩거렸다.

광건·광석 형제가 무슨 말인가 싶어 마석 장군을 돌아보자 마석 장군이 자초지종을 알려줬다.

태자께서 이번에 가서 이동 경로와 호위 문제를 점검하는 외에, 도성에 있는 구명석의 가족에 대해서 알아보는 한편 가족을 찾아 데려오라고 했다고. 그래서 구명석이 같이 가게 됐다고.

일이 이쯤 되자 농담조로 얘기한 광석이 난처해져 버렸다.

"내래 기런 사정도 모르고서리……."

광석이 머리를 긁적이며 석권 군사를 쳐다봤으나 석권 군사는 말이 없었다.

"군사께 죄송하게 됐습네다. 자초지종을 먼저 들었으믄 이런 일이 없었을 긴데……. 용서하시라요."

광석이 진심으로 사과했다. 그러자 입을 다물고 있던 석권 군사가 비로소 입을 열어 말했다.

"아니오. 광석 대장의 말이 그른 건 아니잖소. 사실 저 두 놈이 여기 있어 봐야 쓸모없는 놈들이니깐 데려가는 기 오히려 낫디오. 또한 성질 급한 내래 가봐야 일이나 그리티디 도움이 안 될 거야요. 기러니 저 두 놈 데리고 댤 다녀오시라요."

석권 군사가 꼬였던 속을 풀어내며 말을 했다. 그러자 모든 일은 광석의 말과 같이 결정되어 버렸다.

그러나 석권 군사는 못내 아쉬운지 반주로 내놓은 술을 거의 혼자 다 마셨다. 하기야 자기 눈으로 가족의 생사를 확인하고 데려오고픈 마음이 쉽게 가라앉을 리 없었다.

28

몽돌포에서 승선한 사람은 여섯 명이었다. 구비와 명이, 마석과 범포, 광건·광석 형제였다. 여기에다 미리 타고 있던 사공 넷과 무사와 군사 20명을 태우니 서른이었다. 배가 커서 아직도 그만큼은 더 탈 수 있을 것 같았다.

승선에 앞서 태자 주제로 무사 귀환을 비는 제를 지냈다.

배 앞에 상을 차려놓고 밥과 떡, 과일과 채소, 술을 올린 후 선장인 광건이 절을 했다. 상에 올렸던 술잔을 내려 바다에 세 번 뿌린 후 다시 술잔을 채워 올렸다. 이제 희생제물을 바칠 순서였다.

흙으로 빚어 만든 말[토제마土制馬]의 목을 베어 바다에 던지고 몸통은 흙에 묻은 후 다시 절을 했다. 원래는 말의 목을 베어 그 피를 배에 뿌리며 무사 안녕을 기원해야 했지만 말을 감당할 수 없어 흙으로 빚어 만든 말로 대신하고 있었다.

토제마를 희생 제물로 바친 광건이 절을 두 번 하고 물러나자 광석과 마석·범포, 구비·명이가 차례대로 절을 했다. 그리고 나서 다시 광건이 두 번 절을 했다. 그러자 제를 주관하는 석권이 상에 올렸던 음식들을 조금씩 잘라내어 상에 올렸던 술잔에 담아 바다에 뿌렸다. 이로서 의식은 끝났다.

상에 올렸던 음식들이며 과일들을 내려 조금씩 나눠먹으며 무사 귀환을 비는 덕담들이 오갔다.

"텻 항해이자 텻 임무 수행이니 무사히 달 다녀오게. 무엇보다 무사 귀환이 텻때임을 닛디 말고."

태자가 광건 형제의 손을 잡은 채 무사 귀환을 주문했다. 그러자 광건 형제를 대표해 광건이 받았다.

"달 알갔습네다, 주군."

"기래, 기래. 내래 둘을 안 믿으믄 누굴 믿간?"

태자는 자랑스럽게 말하고 나서 구비와 명이를 돌아보며 말했다.

"됴심히, 무사히 잘 다녀오기요. 기러고 가족들 다 모셔와서 내 마음 속의 빚을 청산할 수 있게 해듀고."

"명심하갔습네다, 주군."

명이의 대답과 함께 고개를 숙이는 두 사람을 바라보는 태자의 눈엔 따뜻한 눈물이 고여 있었다. 자신을 위해 가족을 버린 구명석에 대한 고마움도 있겠지만 자신으로 인해 고통 받았을 구명석의 가족에 대한 미안함도 담겨 있는 듯했다. 그래놓고 한 마디를 잊지 않고 했다.

"기래. 내가 부탁하디 않아도 어련히 알아서 하갔디만 석권 군사네 가족도 달 부탁하갔소."

"예, 주군."

두 사람은 다시 고개를 숙여 답했다.

그렇게 두 사람과 인사를 마친 태자는 마석·범포 두 장군에게 다가가 손을 잡았다. 무슨 말인가를 할 것 같은데 끝내 말을 하지 않았다. 마주잡은 두 손으로 전하려는지, 눈빛으로 말을 하는지 손을 잡은 채 눈만 바라보았다. 그러더니 손을 가만히 놓으면 낮게 말했다.

"내래 무슨 말을 하갔습네까? 달 다녀오시라요."

"예, 주군."

그게 끝이었다. 그러더니 곧바로 돌아서며 말했다.

"자, 이제 떠나시구래."

그 말을 기다렸다는 듯이 광석이 외쳤다.

"배 타시구래. 날래 배 타시구래. 배 떠납네다."

광석의 외침에 모두 배에 오르기 시작했다.

광석을 마지막으로 모든 사람이 배에 오르자 밧줄이 풀렸고 드디어 출항했다. 광건 형제와 사공들이 장대로 배를 밀어 포구에서 떨어내자 두 명의 사공이 노를 저어 배의 방향을 잡더니 앞으로 나가기 시작했다.

바로 그때였다.

태자 옆에 선 채 입을 굳게 다물고 있던 석권이 벼락같이 소리를 질렀다.

"무사하디 못 했다간 내래 가만 안 뒤갔어. 기러니 무사히 닫 다녀오라. 내래 두 사람 몫까디 다 하고 있을 테니낀."

그러자 기다렸다는 듯이 손을 흔들며 구비가 대답했다.

"기래, 이놈아. 우리 걱정 말고 주군이나 닫 모시라. 우리 없다고 천방지축 날뛰디 말고. 물가에 어린 애 내놓은 것처럼 마음이 안 놓여서 발이 떨어디딜 않는다."

"뎌, 뎌, 간나새끼 갔다오기만 해봐라. 내래 뎌 놈의 코를 뭉개버릴 테니낀."

"기래. 코든 귀든 니 마음대로 하게 해뒬 테니낀 주군 닫 모시고 태자도도 닫 디키라."

석권의 말을 명이가 받으며 손을 흔들었다.

"저 놈의 쌍통들을 기냥……. 갔다 오기만 해봐라, 내가 기냥 두나."

석권의 이 가는 소리에 배는 점점 바다로 나가고 있었다. 그리고 바다로 얼마간 나가자 돛이 올랐고, 돛이 오르자 배는 빠른 속력으로 바다를 가로지르기 시작했다.

그 모습을 태자도 사람들이 지켜보고 있었다.

이산가족 찾기

29

용머리 해안에 배를 댄 일행은 각자의 길을 서둘렀다.

멀고 위험한 길을 다녀와야 할 구비와 명이가 먼저 말을 타고 출발했다. 말은 용머리에 사는 협력자들이 구해온 것으로, 좋은 말은 아니었지만 도성까지 다녀오기엔 충분한 말들이었다.

무사 여섯과 병사 넷도 구비·명이와 함께 출발했다. 애초에는 무사 여섯만 대동하기로 했는데 안전을 고려하자며 마석이 우기는 바람에 병사 넷도 부득불 함께 갈 수밖에 없었다.

뽀얀 먼지를 일으키며 말이 달려 나가자 마석이 걱정스러운 듯 입을 열었다.

"살아 있기만 해도 좋을 텐데……."

사실 구명석의 가족이 살아 있을 거라고 생각하는 사람은 거의 없었다. 구명석이 태자와 함께 도망친 사실을 안 중실휘와 그 일당들이 가만두지 않았을 것이라고 생각하고 있었다.

그러나 구명석은 가족이 살아있을 것이라 철썩 같이 믿고 있었다. 자신들이 을지광 집에 간 후 종적을 감췄으니 가족들도 상황 판단하여 피했을 것이라고. 아니면 을지광이 모종의 조치를 취했을 것이라 판단하고 있었다. 을지광이 갑작스레 세상을 떠나지 않았으면 그에 대해 얘기했을 것이라고 생각하고 있었다. 바우 어머니를 성 밖으로 안전하게 피신시킨 후 도성을 떠났듯이 자신들의 가족에 대해서도 모종의 조치를 취해놓고도 입을 다물었을 가능성이 있었다고 봤다. 생사가 불확실한 상황이라 공치사를 하기 싫어 말을 하지 않았을 것이라고.

그런 생각을 하고 있었기에 구명석은 늘 도성에 한 번 다녀왔으면 했다. 가족들이 살아있다면 어떻게든 데리고 오고 싶었고, 죽었다면 유해라도 수습해주고 싶었다. 그래야 태자도에 정을 붙일 수 있을 것 같았다. 태자도에서의 삶이 불안정하고 불안했을 때는 그러저런 생각을 할 수 없었다. 당장 직면한 문제들을 해결하느라 가족을 그리워할 시간조차 없었다. 더군다나 셋이 한 집에 살다보니 한 사람의 문제가 셋의 문제가 되는 경우가 많았고 그걸 해결하느라 딴 생각할 여유가 없었다. 그런데 태자도의 상황이 안정되고, 태자도에 대한 소문이 퍼져 타지는 물론 타국에서까지 사람들이 몰려오기 시작하자 가족에 대한 그리움은 커져 갔다. 특히나 일가족을 이끌고 태자도로 들어오는 이주민들을 볼 때면 가족 생각이 절실했다.

"우리 가족들은 달 있갔디?"

작년 가을 어느 날, 낭두봉에 올라 섬으로 들어오는 사람들을 살피던 명이가 부지불식간에 던진 이 말이 도화선이 됐다. 그 말에 평상시 같으면 걸쭉한 욕과 농담을 쏟아낼 석권이 가라앉은 목소리로 받았다.

"길쎄……. 달 있길 빌어야갔디."

그도 이주민들을 보며 가족들을 생각하고 있었던지 바다 건너 도성 쪽을 바라보며 한숨을 내쉬었다.

그러자 구비도 마음이 쓰린지 석권과 함께 도성 쪽을 바라보며 깊은 한숨을 내쉬었다.

셋은 말없이 도성 쪽을 한 동안 바라다보았다.

그 침묵의 빛깔은 그 어떤 색보다도 짙었다. 말로 표현할 수 없는 빛깔들이 침묵으로 뿜어져 나오고 있었다. 그러나 그 빛깔은 오래 지속될 수 없는 것이었다. 감상은 그들을 나약하게 만들 수 있었기에 냉큼 제자리로 돌아올 수밖에 없었다.

"달 있을 기야. 며칠 전 꿈속에서도 달 있노라고, 걱뎡 말라고 오마니래 내게 기랬어."

석권이 상념들을 털어내며 말했다.

"기래. 달들 있고말고……. 내래 괜한 소릴 해설랑……."

명이도 석권의 말에 동조하며 복잡한 머리를 털어내듯 고개를 끄덕이며 말했다. 그러나 구비는 아무 말 없이 도성을 바라보다 불쑥 말했다.

"우리 한 번 갔다 올까? 멀디도 않댛네. 마음만 먹으믄, 사나흘이믄 갔다 올 수 있댛네."

그 말에 셋은 또 다시 말없이 무언가를 골똘히 생각하기 시작했다.

또 다시 침묵. 이번 침묵은 무거움이 느껴지는 침묵이었다. 말로는 표현할 수 없는 무게감이 셋을 짓누르는 듯했다.

그러기를 잠시. 무거운 침묵을 뚫고 낮고 무겁게 시 읊는 소리가 퍼지기 시작했다.

風急天高猿嘯哀(풍급천고원소애)
바람은 세고 하늘은 높고 원숭이 울음 슬프니
渚淸沙白鳥飛廻(저청사백조비회)
물은 맑고 모래는 흰데 물새 날아 돌아오네.
無邊落木蕭蕭下(무변락목소소하)
가없는 나뭇잎 우수수 떨어지는데
不盡長江滾滾來(부진장강곤곤래)
끝없는 장강은 도도히 흐르네.

명이가 웅얼거리기 시작한 시가 구비를 거쳐 석권에 이르기까지에는 많은 시간이 걸리지 않았다. 같은 마음을 시에 담아 조용히 읊고 있었다. 너무나 귀에 익은 시였다.

萬里悲秋常作客(만리비추상작객)
만리타향 슬픈 가을에 항상 나그네 신세
百年多病獨登臺(백년다병독등대)
한평생 병 많아 홀로 누대에 올랐네.
艱難苦恨繁霜鬢(간난고한번상빈)
온갖 고생으로 흰머리 센 것을 심히 한스러워하니
潦倒新停濁酒杯(요도신정탁주배)[8]
늙고 쇠약해져 흐린 술조차 끊었네.

---

8) 두보의 시 「등고登高」다. 시대적으로 볼 때 소설 속의 시간보다 한참 후에 지어진 시지만, 상황이나 심정이 비슷한 것 같아 인용했다.

셋은 시를 읊고 나서도 한 동안 그 자리에 서 있었다. 시로는 도저히 풀 수 없는 마음을 또 다시 침묵으로 달래며.

그런데 그런 그들의 모습을 조용히 지켜보는 눈이 있었다. 영이었다. 영도 태자도로 들어오는 유민들을 살피기 위해 마침 낭두봉에 올랐다 이 모습을 봤던 것이었다.

구명석이 산에서 내려가자 영은 구명석이 서있던 곳으로 가 한참을 서있었다. 구명석의 마음을 헤아리려는 듯. 자신의 마음이나 구명석의 마음이 다르지 않음을 확인하려는 듯.

30

일행은 도성 밖에 말을 매어두고, 두엇씩 인원을 분산하여 성안으로 들어갔다. 그리고 성으로 들어가자마자 석권의 집 먼저 찾아갔다.

그런데 어찌 된 일인지 집이 엉망이었다. 누군가가 집안을 발칵 뒤집어 놓은 것 같았다. 사람은 살지 않는지 마당엔 풀이 무성해서 뭐가 불쑥 튀어나올 것 같았고, 거미줄이 무성한 게 사람들의 발길이 전혀 없었던 듯했다.

구비와 명이네 집도 마찬가지였다. 그러나 누구한테 마음 놓고 물을 수도 없었다. 자신들의 신분이 알려지는 순간 위험해질 것이기 때문이었다.

"일은 있었군 기래. 세 집 다 같은 꼬라딘 걸 보믄 말이야."

구비의 말에 명이가 받았다.

"기렇디? 긴데 피신 먼뎌 한 건디, 닫혀갔는디 알 수가 있어야디. 기래야 뭘 하든 하디."

"기거야 한 번 알아보믄 되디."

"어뜧게? 우리래 신분을 밝힐 수가 없댆네."

"기러니낀 머릴 써야디. 머리래 장식이네?"

구비가 코를 벌름거리며 씨익 웃었다.

"개코 평수 넓히는 걸 보니 뭔 수가 있긴 있구나?"

"담깐만 기다려보라. 이 형이 한 수 알켜듈 테니낀."

그러더니 줄곧 범포 장군 밑에 있었던 무사 하나를 부르더니 은밀히 말했다.

"우리래 얼굴이 팔려서 기러는데…… 얼굴 알려디디 않은 너가 가서 이웃들에게 물어보라."

"……?"

"우리 식구들이며 명이·석권이래 가족이 어뜧게 됐는디. 살았는디 둑었는디, 살았으믄 어디로 갔는디? 우리 가족들 행방을 물어보고 오라. 신분이래 탄로나믄 안 되니낀 최대한 은밀히. 알갔네?"

"예. 알갔습네다."

그렇게 무사를 보내놓고 명이와 구비는 가만히 있질 못했다. 서성이기도 하고, 왔다 갔다 하며 대문 쪽에 온 신경을 모으고 있었다. 기다림의 시간만큼 긴 게 또 있을까. 일각여삼추 一刻如三秋란 말을 실감하는 듯했다.

그런데 한 시진 만에 돌아온 무사의 말에 둘을 당황하지 않을 수 없었다.

이웃들의 말을 들어보니 구명석이 옥에서 나온 지 보름 만엔가 가족들을 이끌고 야반도주했다는 것이었다. 세 가족이 짠 듯이 하룻밤 새에 사라졌다고. 그리고 며칠 없어 군사들이 들이닥치더니 집안을 다 뒤집어 놓았고, 구명석의 집에 출입하는 자는 역모죄로 다스릴 것이니 절대 출입하지 말라고 출입금지령을 내렸다는 것. 그 후 사람들은 구명석의 집을 피해 다녔고, 구명석을 본 사람은 하나도 없다고.

집안 몰골과 이야기를 종합할 때, 구명석이 을지광의 집에서 우산으로 들어가던 날 가족들도 어디론가 피신했다는 말이었다. 그렇다면 을지광이 구명석의 가족을 피신시켰다는 말이었다.

"혹시 바우 오마니래 어디 살았는디 들어본 적 있네?"

"길쎄……. 성 밖 어딘가에 숨어 디냈다는 정도만 알고 있디 기 이상은 모르디. 귀담아 듣딜 않았으니낀."

"기래? 기럼 낭팬데……. 이럴 둘 알았으면 오기 전에 바우라도 만나서 뚐 알아보고 올 걸."

"기러게 말야. 아무튼…… 성안엔 없는 듯하니 성 밖으로 나가 댗아보자."

말을 마치고 움직이려는 구비를 명이가 잡으며 말했다.

"담깐만. 기렇다고 무작정 나갈 게 아니라 성 안에서 뚐 더 알아 보댜. 위험하기야 하갔디만 기게 낫디 않갔네?"

"아니야. 을지광 대로가 피신을 시켰다믄 우산禹山 반대쪽 어디에 피신시켰을 기야. 기래야 안전할 테니낀. 우리래 우산으로 들어간 걸 뻔히 알면서 우산 쪽으로 피신시켰을 린 없갔디."

"기래. 듣고 보니 기럴 것 같긴 한데……."

명이도 자신이 없는지 말을 끊었다. 그러자 구비가 말했다.

"기럼 우산 반대쪽 농가農家들 먼저 탖아보고 없으믄 내일 다시 성에 들어오댜. 피신시켰다믄 성 밖으로 피신시켰을 기야."

머뭇거리던 명이도 구비의 말이 맞다고 생각하는지 두 말 없이 구비의 말을 따랐다. 더 늦으면 성문이 닫힐 것이고, 성안에서 잘못 움직였다간 의도치 않은 일을 당할 수 있었다. 그글피 낮까지는 용머리에 도착해야 했기에 시간도 많지 않았다. 그러니 가능성이 높은 곳부터 찾아보는 게 시간을 줄이는 방법이었다.

성을 나와 우산 반대쪽에 있는 마을들을 뒤져봤으나 가족들의 행적을 찾을 수가 없었다. 이웃 사람들의 얘기로 봐선 몸을 피한 건 분명한 것 같은데 행방이 묘연했다.

밤이 깊어져 더 이상 찾아다닐 수 없게 되자 고갯마루에 있는 주막으로 갔다. 늦은 저녁이라도 먹고 잠을 자자면 주막에 갈 수밖에 없었다.

명이는 그냥 마을에서 유숙을 했다가 날 밝으면 다시 찾아보자고 했지만 구비의 생각은 달랐다. 밤을 이용해서 찾을 수 있는 방법은 주막에 든 사람들에게 가족의 행방을 묻는 것이었다. 특히 고갯마루에 있는 주막엔 내일 도성으로 들어갈 사람과 저녁에 도성에서 나온 사람들이 많을 테니 도성 관련 소문을 들을 수 있을 것이었다. 그들에게 정보를 파악하는 게 자신들이 뛰어다니는 것보다 나을 수 있었다.

주막에 도착하여 밥을 주문하며 묵을 방을 물었다. 주인은 밥은 새로 지어드릴 수 있지만, 방엔 이미 손님들이 들어 있어서 일행이 같이 잘 방은 없다고 했다. 그러자 구비가 같이 안 자도 되니깐 내쫓지만 말라고 대답했다. 그래놓고 일행을 모아 말했다.

"오히려 달 됐네. 각자 다른 방에 들어가 우리 가족들의 행방과 성 안팎의 소식들을 듣기로 합세. 그러다 우리 가족 얘기를 듣게 되걸랑 우리한테 바로 알려주고."

구비의 계획에 따라 무사와 군사들이 각기 다른 방으로 들어갔다. 여름밤이라 방에 머무르는 사람은 많지 않았지만 밤이 깊으면 자기 방으로 들어갈 테니 그때 구명석 가족의 행방을 탐문하기로 하고.

밤이 깊어 모두 방에 들었지만 명이와 구비는 잠을 이룰 수가 없었다. 마당에 있는 사람들과 얘기를 나누며 가족들의 행방을 탐문해 봤지만 아는 사람이 없었다. 중실씨들이 정권을 장악한 후 도성을 빠져나간 사람이 어디 한둘이냐고, 수백 수천은 도성을 빠져나갔을 것이라고. 그러니 어디 있는지 정확히 모르고선 찾기 힘들 것이라고.

그런 맥 빠진 소리만 듣고 잠자리에 누웠으니 잠이 올 리 없었다.

"아무래도 패수에서 바늘 찾기인 것 같다?"

자리에 누운 채 명이가 물었다. 그 소리를 듣는 순간, 구비도 비슷한 생각을 하고 있었다. 어디에 사는지 정확한 위치를 모르고선 찾을 수 없을 것 같았다. 사람들 말마따나 넓디넓은 고구려 땅에서 찾기도 쉽지 않을 텐데 동서남북 어딜 가도 몸을 숨길 수 있고, 특히 북방으로 가서 몸을 숨겼다면 찾을 길이 없었다. 그러나 희망의 끈을 놓아서는 안 됐다. 아직 시간이 남아 있으니 최대한 찾아봐야 했다. 그런 생각을 하고 있는데 명이가 그런 맥 풀리는 소리를 하자 구비 속이 부르륵 끓었다.

"기게 무슨 소리네? 이제 겨우 반나절 찾아놓고 기런 소리할 거믄 애초에 탗아 나서딜 말았어야디.”

구비가 강하게 나오자 명이가 볼멘소리를 했다.

“기게 아니라 어디로 갔는디 모르잖네.”

“기딴 소리 말라. 늙은 부모가 계신데 어디로 가갔네? 가도 남똑
으로 갔을 기야.”

명이의 말에 통을 놓기 위해 남쪽으로 갔을 거라 말해놓고 구비
는 몸을 발딱 일으켰다. 정말 남쪽으로 갔을 것 같았다.

한겨울에 늙은 부모와 어린 아이들을 이끌고 북쪽으로 갔을 리는
없었다. 아무리 판단력이 없다 해도 한겨울에 북방으로 가는 건 죽
으러 가는 일이 아닌가. 그러니 가더라도 남쪽으로 내려갔을 것 같
았다. 고구려 남쪽 지방이나 백제나 삼한 땅으로.

“뎡말 남똑으로 가디 않았을까?”

“기건 또 뭔 소리네? 한겨울에 나갔으니 여기 없으믄 남으로 간
기야 당연하디. 길티만 남으로 갔건 북으로 갔건 이 주변에 없으믄
마탄가디디. 우리가 탗디 못하믄 어디 있든 마탄가디 아니네.”

명이의 말에 구비는 다시 몸을 눕혔다. 명이의 말처럼 남이건 북
이건 어디 있는지 모르면 마찬가지였다.

“다른 방에서도 연락이 없는 걸로 봐선 오늘은 글른 모냥이네.
뚬 더 시간을 갖고 탗아봐야 하는데 시간에 쫓기고 있으니 탗을
수가 있갔네?”

“기렇긴 하디만 어떨 수 없디 않네? 우리가 바우터럼 한 달이나
자릴 비울 순 없디 않아.”

명이는 바우가 그 어머니를 찾기 위해 한 달이나 도성 안팎을
뒤졌던 일을 들춰냈다. 그러고서도 겨우겨우 찾았다고 하지 않았던

가. 을지광 대로가 얼마간 단서를 줬는데도 말이다. 그러니 아무런 단서도 없이 닷새 동안에 가족을 찾는다는 건 정말 명이의 말마따나 패수에서 바늘 찾기나 다를 바 없다는 생각이 들었다.

둘은 더 이상 할 말이 없어 조용히 입을 다문 채 누워 있었다. 그러나 잠은 오지 않았다. 어딘가에 떠돌고 있을, 자신들을 버리고 혼자 도망쳐 버린 가장을 원망하며 구차한 생을 이어가고 있을 가족들을 생각하노라니 잠을 이룰 수가 없었다.

몸을 뒤척이며 한숨을 쏟아내던 둘이 잠든 것은 새벽녘이었다. 희미하게 밝아오는 새벽빛이 어둠을 걷어내고 있을 때였다. 누가 먼저랄 것도 없이 잠시 잠깐 잠이 들었다. 그리고 새벽과 함께 일과를 서두르는 장사꾼들의 부산한 움직임에 눈을 떴다. 겨우 몇 각의 쪽잠을 잔 셈이었다.

몸은 천근만근이고 하품이 쏟아졌으나 다시 말 위에 올랐다. 시간을 아껴야 했다. 이제 사흘 안에 찾지 못하면 빈손으로 돌아갈 수밖에 없었다. 태자의 명으로 움직이는 처지고 수신굴까지 갔다오는 다른 일행들이 있어 더 이상 시간을 지체할 수가 없었다.

아침을 먹는 둥 마는 둥하고 우산 마을을 이 잡듯 뒤졌다. 둘로 나눴던 탐문조를 넷으로 나눠 찾아봤으나 행적은 묘연했다.

다음날은 우산 쪽 마을을 뒤져봤지만 마찬가지였다. 행적은 고사하고 그런 사람들을 봤다는 사람마저 없었다. 그 다음날은 도성 아래쪽 마을들까지 찾아봤지만 찾을 수가 없었다.

"도성 주위엔 없는 것 같아. 더 이상 뒤져봐야 소용없어. 기러니 다음에 충분한 시간을 갖고 탖기로 하댜."

날이 저물자 구비가 탐문을 중지하자고 말했다. 그러나 명이는 선뜻 대답할 수 없었다. 더 이상 헤매봐야 부끄러움과 좌절감만 커질 뿐임을 그도 모르는 게 아니었다. 다음을 위해서라도 이 정도로 마치는 게 좋겠다는 생각도 들었다. 그러나 구비가 먼저 그런 말을 하고 나서자 괜한 오기가 돋았다. 며칠 전까지만 해도 맥 빠져 하는 자신을 닦달했던 구비가 아닌가. 이렇게 쉽게 포기할 거였으면 애초 나서지 않았어야 하지 않는가. 끝까지 찾아봐야 포기를 해도 할 수 있을 것 같았다. 그러나 더 이상 오기를 부릴 수가 없었다. 구비가 막았기 때문이었다.

"명이야, 오늘까디 탖아보고 없으믄 이데 도성 주변은 포기해야 하디 않간? 기러니 기만 하댜. 미련이라도, 핑계라도 남겨둬야 다시 탖으러 올 수 있디 않간?"

"기게 뭔 개빽다구 같은 소리네?"

"이 사람아, 기래야 다시 탖으러 나설 용기가 생기디. 다 탖아봐도 없었다고 생각해 버리믄 어뜧게 다시 탖아 나서갔나? 안 할 말로 시간에 쫓겨 다 탖아보디 못했으니 다시 한 번 탖아보자는 마음이라도 낼 수 있디 않갔네. 우리가 됐든 석권이가 됐든……."

"……."

"기러고 우리 부모래 뉘고, 우리 각시래 누구네? 중실씨 손아귀에서 벗어났다믄 틀림 없이 살아 있을 기야. 기렇디 않아?"

명이는 할 말이 없었다. 구비가 하는 말은 자신의 말이었기 때문이기도 했지만 말을 하며 구비가 울고 있었기 때문이었다. 뒤로 돌아서 있었지만 구비는 울고 있는 게 분명했다. 뒤로 돌아선 이유가 울기 위해서, 자신에게 눈물을 보이지 않기 위해서임을 명이는 잘 알고 있었다.

명이도 뒤로 돌아서서 조용히 눈물을 흘렸다. 생각 같아선 펑펑 울고 싶었다. 구비를 끌어안고 대성통곡이라도 하고 싶었다. 그래야 꽉 막힌 속이 조금이라도 뚫릴 것 같았다.

그러나 그럴 수가 없었다. 명이의 말마따나 미련이든 핑계든 남겨두기 위해 참아야 했다. 다시 찾아봐서 없거든 우리 눈물이라도 쏟으며 펑펑 울고라도 오자고, 다시 찾아 나설 꼬투리라도 남겨두기 위해서 눈물을 아껴야 했다.

"간나 새끼, 지 할 말 다 해놓고 돌아서는 버릇은 언제 들인 거네? 아무튼 못 된 딧만 배워가디고서리……."

명이는 돌아서 있는 구비를 향해 목소리를 높였다.

"가댜우. 담에 와서 다시 탖기로 하고. 주군께서 이번 한 번으로 끝내갔네? 탖을 때까디 다녀오라고 성활 부릴 테니 미련은 남가둬야디, 안 기래?"

명이는 자신에게 하고 싶은 말을 구비에게 하며 먼저 앞으로 나서 버렸다. 구비가 마음을 추스를 시간은 줘야 할 것 같았다.

신모굴로 가는 길

31

한편, 명이와 구비가 도성을 향해 떠난 후 마석과 범포도 서둘러 떠날 준비를 했다. 나흘 사이에 이동 조건과 경로, 숙박 조건 등 안전한 호위를 준비하기 위해서 서둘러야 했다. 국동대혈로 가는데 사흘, 돌아오는데 하루 반을 잡았으니 시간적 여유가 없었다. 특히나 육로를 탐색해야 하는 마석은 초행길이라 아무런 정보도 대책도 없는 상황이었다.

물에 익은 범포는 광건 형제와 함께 배를 타고 가기로 했고, 물에 대해선 젬병인 마석은 육로로 가기로 했다. 둘이 다른 길을 가며 국동대혈國東大穴 입구인 상해방촌上海放村까지 가는데 걸리는 시간과 이동의 편의성, 호위의 안전성 등을 확인해 보기로 한 것이었다. 사흘 후 저물 때 상해방촌 입구에서 만나기로 하고 길을 나섰다.

배에는 광건 형제와 범포, 그리고 세 명의 무사가 탔다. 그리고 마석과 나머지 무사·병사들은 말을 탔다.

먼저 범포 일행을 태운 배가 떠났다. 상류로 거슬러 올라야 하는 일이라 쉽지는 않을 터였다. 그러나 패수에 대해서는 두 번째 가라면 서러워할 광건 형제가 타고 있어서 걱정할 필요는 없었다.

돛을 올리고 강을 거슬러 오르기 시작한 지 한 나절쯤 지나자 강폭이 좁아지며 물살이 세지기 시작했다. 광건 형제는 익숙하게 물살을 피하며, 지그재그로 방향을 바꾸기도 하면서 앞으로 나갔다. 마침 가을에 접어들고 있어서 맞바람이 아닌 뒷바람이 불고 있어서 노를 저을 일은 거의 없었다.

해가 설핏 해지자 광석이 밥을 짓기 시작했다. 무사에게 시키라 했지만 광석은 범포를 비웃었다.

"익숙한 저도 가끔씩 실수를 해서 뱃바닥을 기슬리기도 하고 불을 내기도 하는데, 익숙하디 않은 사람 시켰다간 배를 타 태워 먹으라고요? 기런 걱뎡 마시고 장군은 경치 기궁(구경)이나 실컷 하시라요. 장군은 펭생 살아도 이런 기궁 못 해 볼 테니낀 눈이 터지게 봐 두시라요."

광석의 너스레에 범포는 웃지 않을 수 없었다. 말을 해도 구김살 없고 입담이 좋아 듣는 사람을 웃게 만드는 재주를 가진 녀석이었다. 그러니 형수가 된 을지광 대로의 큰며느리가 시동생을 좋아하고, 그 아이들도 의붓아비보다 녀석을 더 따르는 눈치였다.

그렇다고 광건이 아내나 의붓자식들에게 따돌림 당하거나 대우를 못 받는 건 아니었다. 오히려 아내나 의붓자식들에게 존경받고 있었다. 아이들에 대한 관심과 애정을 아이들도 느끼는지, 아이들은 광건을 친아버지 이상으로 따르고 좋아했다. 사정을 모르는 사람이 보면 친아버지와 아들들로, 그것도 아주 다정하고 애정 넘치는 부자간으로 볼 정도였다. 그만큼 광건은 모범적이고 다정다감한 사람이었다.

그런데 광석이 나타나면 아이들은 광석에게 매달렸다. 우스개 잘하고 아이들 수준에 맞는 놀이도 잘 했고, 무엇보다 '아바디보다 작은아바디가 더 좋디?'란 말로 세뇌를 시키고 있었기 때문이었다. 한 마디로 광석은 상대의 심리를 누구보다 잘 알고 있었고, 그걸 적절하게 활용할 줄 알았다. 사람 사귀고, 비위 맞추는 데는 귀재라 할 만했다. 그에 비해 광건은 묵직하면서도 곧고, 그러면서도 속정 깊은 다정다감한 사람이라 할 수 있었다.

사실, 을지광 대로가 광건에게 자신의 함자에 큰아들의 휘까지 뱃사공인 광건에게 줄 때 범포는 을지광 대로를 이해할 수 없었다. 아들로 삼아 며느리를 새로 맞이하겠다는 마음이야 이해하고도 남았다. 그러나 자신과 죽은 아들의 이름까지 붙여주는 건 지나치다고 생각했다.

그러나 을지광 대로가 돌아가신 후 보인 광건과 광석의 행동이나 그 후의 행적을 짚어보면 왜 을지광 대로가 그랬는지 이해하고도 남았다. 자신보다 일 년 빨리 그들을 보아온 을지광 대로의 판단은 결코 잘못되지 않았음을 알 수 있었다.

자신의 함자에 큰아드님의 휘를 일개 뱃사공에게 주겠다고 하자 범포는 마석에게 을지광 대로를 말려보라고 했었다. 그러자 마석이 웃으며 말했다.

"나도 처음엔 기분이 별로 둏디 않았다. 텨음 보는 사공 놈한테 내 이름자를 떼어 주갔다는데 둏아할 사람이 어디 있네. 기렇디만 두고 보니 을지광 대로가 보통사람이 아니란 걸 알게 됐디. 자네도 두고 보면 알게 될 기야.”

그 말뜻을 을지광 대로가 돌아가신 후에 느낄 수 있었다. 그리고 그런 속성을 알게 되자 둘을 함부로 대할 수가 없었다. 그들은 사공일지 모르지만 충분히 대우를 받고 대접을 받아 마땅한 사람들이었다. 그런 그들을 첫눈에 알아본 을지광 대로는 과연 혜안의 소유자라 할 수 있었다.

한 동안 부산스럽게 움직이더니 광석이 갓 지은 밥을 찌개와 함께 차려놓았다. 언제 마련했는지 야채까지 수북히 내놓았고 두장에 젓갈까지 가지런히 담아냈다.

“형님! 먼녀 밥 먹고 교대해듈 테니낀 팀이나 흘리고 있으라요.”

광석이 숟가락을 들고 먼저 밥 먹는 체하며 광건에게 소리쳤다. 그러자 광건이 입화살을 날렸다.

“밥 먼녀 먹었다간 밸 산 위에 올려버릴 테니낀 알아서 해.”

“아, 늦게 태어났다고 밥도 먼녀 못 먹나?”

“밥 먼녀 먹고 싶으믄 먼녀 태어나디.”

“아, 나 먼녀 태어날래고 했는데 형님이 새치기했디 않아요? 아바디 말도 못 들었수? 댝은놈이 먼저 태어나야 집안에서 웃음이 떠나딜 않았을 텐디 하는 말 말이야요. 기러니 형님이 새치기한 게 맞디 않아요.”

“저, 저 놈으 주둥아릴 주먹으로 막던디 해야디 시끄러워서 밸 못 몰갔네.”

그러더니 잡고 있던 키를 놓아두고 밥상자리로 와 버렸다.

“이뎨 키 안 댭아도 꺼떡 없는 델 들어왔구만 기래.”

그런 말을 하면서 광석이 주변을 돌아보더니 후다닥 뛰어가 키를 잡으며 소리쳤다.

"아, 아무리 밥을 먼뎌 먹어도 기렇디. 여울에서 킬 놓아두고 밥 먼뎌 먹갔다고 내빼는 뱃놈이 어뎄소?"

"기러니 성 놀리믄 안 되는 기야. 성 놀려 먹으면 이뎨 우리 집엔 얼씬도 못하게 할 테니까니 기리 알라. 조캐들 보고 싶어 둑을 걸?"

그 소리엔 광석이 아무 대꾸도 없었다. 평상시에도 그걸 무기로 써왔던지 찍소리 없이 키를 잡았다.

"장군! 시장하실 텐디 식사하시디요."

광건이 순가락을 건네주며 말하자 범포가 광석을 턱으로 가리켰다.

"아아, 저 놈 말만 기렇디 늘 뒤에 먹는 걸요. 먼뎌 먹고 바꾸댜고 해도 더운 밥 먹다가 입턴당 뎬다고 늘 난릴 티디요. 기래서 무슨 말을 해도 밉디가 않아서 댜꾸 놓아두다 보니 장난기만 늘어서 큰 일입네다. 댜, 드시디요."

범포가 순가락을 잡자 광건이 재빨리 제 순가락으로 밥을 떠 강물에 던지며 비념을 했다.

"하백 신이여, 우릴 살피소서. 유화부인이여, 우릴 돌보소서."

하백과 유화부인에게 고수레를 하는 모습을 보고 있자니 그는 더도 덜도 없는 고구려인임을 느끼게 했다.

32

마석 일행은 강변을 따라 패수를 거슬러 올라갔다.

강을 옆에 끼고 난 길은 고르지 못했다. 중간 중간 길이 끊겨 있기도 했고, 산길을 돌아야 하기도 했다. 따라서 길을 간다기보다는 강 옆으로 길을 내는 일을 하고 있다고 보는 게 맞았다. 그나마 큰 산이 없어서 다행이었지 큰 산이라도 막아선다면 돌아갈 길마저 막막할 정도였다. 하기야 이 길이 좋았다면 일 년에 한 번 동맹제를 지내기 위해 왕이 행차할 때 이 길을 택했지 강 건너편의 길을 택할 리 없었다.

애초 마석은 왕이 행차하는 길을 가보고 싶었다. 말만 들었지 국동대혈에 가본 적이 없었고, 그 길을 밟아본 적도 없었다. 그래서 그 길을 달려보고 싶었고 그 길로 태자를 모시고 싶었다. 그러나 만약을 대비해야 했다. 중실씨들이 태자가 국동대혈을 찾을지도 모른다고 판단하고 있다면 그에 대한 대비를 해놓았을 수 있었다. 따라서 그 길을 이용한다는 건 위험을 자초하는 일이었다. 그래서 일부러 그 길을 버리고 반대편 길을 택했던 것이었다. 지금은 그 무엇보다 태자의 안전을 우선시할 때였다.

있는 길은 달리고, 없는 길은 찾으면서 50여 리를 가니 나루가 보였다.

마석은 말을 세우고 나루와 마을을 살펴보기로 했다. 나루가 있다면 마을도 있을 터였다.

나루는 쪽배들이나 드나들 수 있을 만큼 작았다.

"나루가 있으니껀 마을도 있을 기야. 마을을 살펴보댜."

마석은 일행을 이끌고 나루에서 난 길을 따라 언덕에 올랐다.

언덕 위에서 내려다보니 여섯 호의 작은 마을이 언덕을 바람막이 삼아 옹코리고 있었다. 일반인들이 사는 마을이 아니라 사공이나 강을 삶의 터전으로 삼아 사는 사람들의 마을인 것 같았다.

그보다 큰 마을이 있을지도 모른다는 생각에 마을로 들어가 사람을 찾았다. 그러나 사람들이 보이질 않았다. 이상한 일도 다 있다 싶어 마을을 다 돌아봤으나 사람이 하나도 없었다.

하는 수 없이 말에서 내려 마을 가운데 있는 집에 들어가 보았다. 사람의 흔적은 있는, 사람이 사는 집은 분명해 보이는데 사람은 없었다.

"왜 사람들이 없디? 분명 사람이 사는 집 같은데……."

그러자 한 병사가 나서며 말했다.

"밭에 나갔을 겁네다. 지금이 강냉이 수확털이거든요. 강냉이 털엔 강아지 손도 빌리고 싶을 정도란 말이 있을 만큼 바쁘거든요. 기러니 주변엘 살펴보믄 강냉이 밭이 있을 겁네다."

"기래? 자넨 어뜧게 기걸 아는가? 혹시 이 고장 출신인가?"

"아, 아닙네다. 소인 고향은 우리가 가는 상해방촌 근방입네다. 고향엘 가고 싶은 마음에 지원했습네다."

"기래? 기럼 딘닥 알려듀디 기랬나? 괜한 시간만 낭비했디 않나. 기럼 여긴 이 마을 말고는 마을이 따로 없갔구만 기래."

"예. 기릴 겁네다. 이런 곳엔 대부분 화전민이나 도망자들이 삽네다. 기러니 사람이 많딘 않디요."

"도망자라?"

"예. 꼭 범법 행위를 한 사람이 아니고 장군터럼 도성이 싫어서 몸을 숨기는 사람들도 있습네다. 때론 정인과 함께 살기 위해 도망티는 사람도 있구요."

"기래. 기렇갔디. 어느 시대, 어느 나라에서든 몸을 피하는 사람이 어디 한둘이갔네? 세상에 염증을 느끼는 사람 또한 한둘이어야디."

마석은 자신도 모르게 한숨을 내뱉고 말았다. 이 마을에도 자신과 같은 신세의 사람이 살고 있겠구나 싶자 갑자기 가슴이 답답했다. 그래도 자신은 당골포구에서 사람들과 어울리며, 사는 맛이라도 보며 살았지만 이런 곳에 사느라 그런 맛도 제대로 못 볼 거란 생각이 들자 답답하지 않을 수 없었다. 감옥살이나 다름없지 않은가.

그러다 마석은 한 가지 생각을 떠올렸다. 태자의 신모굴 행차 때 이 사람들을 태자도로도 데려가면 어떨까 하는 생각이었다. 모든 사람이 응하지는 않겠지만 원하는 사람만이라도 태자도로 데려가서 함께 어울리며 살고 싶었다. 자신처럼 이들에게도 삶의 의미와 재미를 찾아주고 싶었다.

마석은 그때부터 나루가 있는 마을을 꼼꼼히 살폈다. 어떤 마을은 제법 규모 있고 주민들도 많았지만 대부분은 십여 채 정도의 가난하고 안쓰러운 마을들이었다. 그런 마을을 지날 때면 사람들을 찾아봤으나 대부분 사람들이 없었다. 밭에 갔거나 배를 타고 나간 것 같았다.

그렇게 200여 리를 가다 날이 저물어 노숙을 하게 됐다. 저녁을 챙겨먹고 노숙을 하기에 앞서 마석은 상해방촌 출신이라던 병사를 불러 물었다.

"자네 말일세. 태자 전하껜 내가 고할 테니 강가마을 사람들을 설득해 보갔나?"

"……?"

병사는 뜬금없는 마석의 말에 눈만 껌벅였다.

"자네가 태자도에서의 삶을 얘기해서 강가마을 사람들 중에서 태자도에 가고 싶어 하는 사람들을 뽐 튜려보란 말일세. 그리 되다면 태자 전하 행차 때 그 사람들을 태자도로 데려갈 수 있을 테니낀 자네가 수골 돔 해달란 말일세."

"소, 소인이요?"

"왜 자신이 없네?"

"기, 기게 아니라 미천한 소인이 어떻게 기런 일을……?"

"미천하긴? 기러고 미천한 사람은 왜 사람들을 설득하디 못하네? 내가 생각하기엔 자네가 딱 적격이야. 자넨 이미 경험이 있으니 그 경험을 바탕으로 설득한다믄 그 어떤 사람보다 설득하기가 둏을 것 같은데……. 안 기래?"

"장군! 소인은 일자무식의 병삽네다. 어떻게 기런……?"

"아니디. 좀 뎐에 내가 말하디 않안? 자네가 적격자라고. 기러니 자네가 이 일을 맡아서 처리해듄다믄 내래 태자 전하께 상신해서리 상을 내리도록 하디. 어뜬가?"

병사가 잠시 골똘히 생각하더니 조심스레 물었다.

"기럼 언제 장군과 헤어지게 되는 겁네까? 내래 고향에 가서 부모님을 만나 뵙고 싶어서리……."

"기건 걱정 말게. 해방촌까디는 같이 가고 우리가 태자도로 돌아갈 때부터 일을 수행하믄 되네. 해듀갔네?"

"예. 기렇다믄 한 번 해보갔습네다."

"기래, 고맙네. 자넬 뎡말 달 데려왔구만. 아니디, 아니디. 내가 데려온 거이 아니라 자네가 자원했으니낀 뎡말 달 왔네. 뎡말 달 왔어."

마석은 큰일 하나를 해냈으니 홀가분한 마음으로 잠자리에 들 수 있을 것 같았다. 어쩌면 태자의 이번 행차는 단순한 행차가 아니라 태자도를 발흥시킬 계기가 될 것 같은 느낌이 들었다.

범포 일행도 날이 어두워지자 나루에 배를 대고 노숙할 준비를 했다. 5리만 안쪽으로 들어가면 마을이 있다고 했지만 노숙하기로 했다. 왔다 갔다 하는 게 번거롭기도 했고, 무엇보다 자신들의 신분이 노출될 위험성이 있기에 주의하는 게 좋을 것 같았다.

7월이지만 밤엔 추울 것이라 하여 광석이 모닥불을 피웠다. 그리고는 강 주변에 무성한 갈대들을 베어다 깔았다.

"이 뎡도면 되갔디요?"

광석이 범포를 보며 빙긋 웃었다.

"됐네. 이 뎡도믄 노숙이 아니라 아랫목에 댜는 것보담도 윗길일세."

범포가 죽을 맞춰줬다. 그러자 광석이 범포에게 다가오더니 은근한 어조로 물었다.

"장군, 제 할 일은 다 했으니 마을에 댬깐 다녀오면 안 되갔습네까?"

"마을엘?"

"예. 댬깐이믄 됩네다. 눈썹이 휘날리게 다녀오갔습네다."

그 말이 끝나기가 무섭게 광건의 목소리가 날아들었다.

"안 돼. 엉뚱한 딧하디 말고 기냥 있어."

"형은 기런 걸 기냥……."

"안 된데도 길쎄."

광건이 광석의 말을 자르며 다가왔다.

"딕금 우리가 놀러 왔네? 지엄하신 태자 전하의 명을 받고 기명을 수행하고 있는데 여자라니? 꿈도 꾸디 말라."

"누가 여잘 만난댔어? 오랜만에 어뚷게… 달 살고 있는디 몰래 살페보고 올래는 거디."

"아무튼 여기서 한 발도 움딕이디 말라. 안 기랬다간 기냥 콱!"

범포는 형제가 하는 양을 더 지켜보기 뭐해 광건에게 물었다.

"광석 선장이 지금 어딜 가갔다는 기요?"

"아, 아닙네다. 아무 데도 안 갈 테니 마음 쓰디 마시라요. 내 말 명심해."

광건이 쐐기를 박아놓고도 마음이 안 놓이는지, 광석을 한 번 쏘아보더니 제자리로 돌아갔다.

광석이 제자리로 돌아가 눕는가 싶자 범포가 광석에게 나지막이 물었다.

"선장이 디금 가려는 데가 어드메요? 뎡말 여잘 만나러 가려는 기요?"

"아, 아닙네다. 장군까디 왜 이러십네까? 전 지금 묵돌골[墨石谷] 촌장을 돔 뵙고 오려는 것입네다."

"묵돌골 촌장은 왜?"

"기 어른이 댜꾸 부탁을 해서요."

"뭘?"

"우리 형제가 태자도에 들어가기 전부터 을지광 대로를 한 번 뵙게 해달라고 했드랬시오."

"을지광 대로는 왜?"

"그것까디 자세히 모르디만 꼭 한 번 만나게 해달라고 해서 마침 이 나루에 내린 김에 다녀올까 했디요."

"기 촌장에게 예쁜 딸이 있고?"

범포가 짓궂게 웃으며 물었다.

"장군까디 뎡말 왜 이러십네까? 내래 딕금은 비록 홀몸이디만 각시까디 있었던 놈인데, 이렇게 큰일을 하믄서 한눈팔았다간 천벌을 받습네다."

"뭘, 천벌까디야? 기래 다녀오려믄 얼마나 걸리갔나?"

"왔다 갔다 십리니낀 한 시진이믄 충분하디요."

"기래? 기럼 똥 누러 가는 턱하고 날래 다녀오기오. 기 대신 늦어선 안 되니낀 뎨 시간에 와야 하네."

"여부가 있갔습네까? 기럼 다녀오갔습네다."

그러더니 일어서서 뒤쪽으로 걸어갔다.

"어디 가네?"

"똥 싸러. 먹었으니낀 싸야디. 똥 안 싸고 사는 재주 있시요?"

그러더니 아주 바지춤까지 내리며 어둠 속으로 사라졌다.

그런데 똥을 눌 시간이 한참이나 지나도 동생이 나타나지 않자 광건이 광석을 찾아 난리를 쳤다. 그러더니 범포에게 다가와 따져 물었다.

"장군, 기어코 허락을 해줬습네까? 기만큼 소인이 말리는 걸 다 보시고서도요?"

"내가 무슨 허락을 했다 기럽매? 똥 누러 갔다가 그 길로 간 모양이디."

"나 이런……. 이럴 게 아니라 소인도 닶시 다녀오갔습네다. 닮못했다간 난리가 날 거야요. 기러니 소인이 가서 닮아와야디요"

"기럼, 가는 길에 나도 같이 갑세."

"장군도요? 곤하실 텐데 기냥 쉬시디요."

"아니오. 나도 심심한데 바람이나 쫌 쐬고 오디 뭐."

"뎡말 같이 가시갔습네까?"

"뎡말이디 않고? 자 앞댱서시구래."

그렇게 해서 범포는 광건과 함께 마을로 가게 됐다. 그런데 마을로 들어서기도 전에 광석이 뛰어오고 있었다. 어둠 속이라 명확하지는 않았지만 혼자가 아니고 누군가와 함께 인 것 같았다.

"뎌, 뎌, 뎌런 놈을 봤나? 기어코 일을 뎌질렀구만 기래."

광건은 기가 찬지 동생을 멀건히 바라봤다. 그리고 동생이 다가오자 급히 물었다.

"결국 촌장한테 들킨 거네?"

"보면 몰라요? 날래 뛰어가서 배나 대시구래. 난 처잘 데리고 갈 테니낀."

"아, 알갔다."

처음 기세로는 광석을 패대기칠 듯하더니 광건이 일행을 앞질러 뛰어가며 대답했다.

그 걸에 범포도 뛰기 시작했다. 사연이야 어찌 됐건 일단 피하는 게 상책이란 생각이 들었기 때문이었다.

나루로 뛰어가면서 뒤를 돌아보니 횃불이 어지럽게 날리는 게 사람들이 쫓아오는 것 같았다.

"날래 뛰라요. 사람들이 쫓아옴메."

범포는 누구랄 것도 없이 빨리 뛰라고 외치며 형제 뒤를 쫓았다.

숨이 턱까지 차오를 때쯤 나루가 보였다.

"날래 배 타라우. 날래!"

범포는 고함을 질렀다. 그런데 나루에 도착해서 보니 무사며 병사들이 이미 배를 있었고, 밧줄까지 다 풀어놓고 대기중이었다.

광석이 재빨리 배에 오르더니 여자를 잡아끌어 배에 태웠다.

"됐시오. 이데 장군만 타믄 됍네."

광석이 말하며 손을 내밀었으나 범포는 광석의 손을 탁 치며 말했다.

"됐네. 여자나 달 탱기게."

범포는 나는 듯이 배에 오르며 한 소리를 덧붙였다.

"오늘 일을 제대로 말하디 않았다간 살아남디 못할 둘 알게."

숨이 차서 말도 제대로 할 수 없었지만 그 말을 하지 않고선 화가 풀리지 않을 것 같아 쏘아붙였다. 그러자 광석이 역시 숨을 헐떡이며 대답했다.

"기럼요. 내래 하나도 숨기디 않고 말씀드리갔습네. 기러니 됨만 기다려듀시라요."

그러는 사이에 횃불들이 나루에 다가왔다. 그리고 그 속에서 한 남자의 화가 치민 목소리가 들려왔다.

"혼인 날짜 받아놓고 외간 남자와 도망치는 벱이 어딨네? 기러고도 애비가 무사하길 바래? 내래 니 애빌 기냥 두디 않을 기야. 알갔네?"

그런 목소리 뒤에 또 다른 목소리도 들려왔다.

"간난아, 달 살라. 애비 걱정 말……."

그러나 그 소리는 오래 가지 못했다. 누군가가 사내를 걷어찼는지, 잡아끄는지 말도 다 마치지 못한 채 멈췄다.

"일이 어떻게 된 거야요? 달못 했으믄 일 날 뻔하디 않았네."

배가 나루에서 벗어나 강을 거슬러 오르기 시작하고, 숨도 어느 정도 골라지고, 횃불도 점점 멀어져 가자 범포가 광석에게 물었다.

광석의 말은 예상 밖이었다.

여자는 촌장 딸이 아니라 촌장댁에서 일하는 머슴의 딸이라 했다. 촌장 아들이 자꾸만 간난이를 넘보며 그 가족을 못살게 굴어서 을지광 대로한테 신원하려 했다고. 그런데 뜻하지 않게 을지광 대로와 광석이 태자도로 급히 떠나게 돼서 그 소원을 들어주지 못했다고. 그러나 광석은 그 이후에도 태자도를 오가는 사공들에게 부탁해서 간난이 상황을 파악하고 있었다고. 그런데 강제로 혼례 날을 잡았다는 소식을 듣게 되자 어떻게든 간난이를 구할 생각이었다고. 그랬는데 오늘 마침 이 나루에서 하룻밤을 묵게 되자 구하러 갔었다고.

"기럼 일부러 이 나루에 밸 댔구만 기래?"

얘길 다 듣고 난 범포가 정색을 하며 물었다.

"아, 아닙네다. 어느 나루에 대든 다녀올 생각이었습네. 남자가 불알 탸고 있으면서 기런 일을 모른 톄하믄 기걸 어디 남자라고 할 수 있갔습네까? 기래서 혼차 됴용히 처리할래고 했는데 일이 꼬이는 통에 이리 소란을 폈습네. 죗값은 단단히 받을 테니 주군께만 비밀로 해듀십시오. 주군께서 알믄 여자 하나 때문에 명을 어겼다고 생각하디 않갔습네까? 기러니 기거만 막아듀시라요."

광석은 진지하게, 열정적으로 자신의 의지를 드러냈다. 농담하고 우스개 할 때의 목소리와는 전혀 다른, 비장함까지 서려있었다. 그런 광석의 모습과 목소리를 듣고 있노라니 다시 을지광 대로가 왜 광건·광석 형제를 총애했는지 알 것 같았다. 옳은 일이라면, 자기 능력 안에서 해결할 수 있는 일이라면 목숨마저도 아끼지 않은 이들을 어찌 사랑하지 않을 수 있단 말인가. 범포는 돌아가자마자 광석과 간난이란 여자를 태자께 데리고 가서 오늘의 무용담을 고할 생각이었다. 태자께서도 기쁘게 듣고, 기쁘게 맞을 것 같았다.

"알갔네. 그 문제는 나둥에 다시 얘기하기고 하고……. 기나더나 밤에 밸 몰다가 사고라도 나는 거 아닌가?"

걱정스러워 묻자 키를 잡고 있던 광건이 대답했다.

"패수야 손금보다 훤하니 큰 문젠 없네다만, 가면서 이것저것 살펴봐야 하니 다음 나루에 밸 대갔습네."

"기래도 되갔네? 촌장집에서 뚗아오디 않갔네?"

범포가 걱정스럽게 묻자 광석이 그새 원기를 회복했는지 자신 있게 대답했다.

"그 치딜은 농사나 짓는 사람이라 배에 대해선 뎐혀 모릅네. 기러고 지 놈들이 오믄 뭐가 겁납네까? 장군에 최고 무사들이 이릏게 있는데. 기건 걱뎡 안 해도 될 겁니다요."

광석의 말에 범포는 피식 웃고 말았다. 광석은 웃지 않고는 못 견디게 만드는 재주를 가진 사람임이 분명해 보였다.

범포 일행은 묵돌골 나루에서 출발하여 상류 쪽으로 하나 위에 있는 나루에 배를 대고 잠을 잤다. 그런데 광석이 말이 옳음을 증명이라도 하듯 개미새끼 하나 얼씬거리지 않았다. 망을 보기로 한 광석은 천하태평으로 눕자마자 잠을 자 버려서 보는 사람들을 웃게 했다. 덕분에 처녀만 두려움에 떨며 뜬눈으로 밤을 새웠다.

다음날, 아침을 먹고 배를 띄웠다. 상류로 갈수록 물살이 세지고, 여울도 많아서 노를 젓기도 하고, 장대로 밀기도 했지만 그런 곳은 많지 않아서 별 어려움 없이, 예정보다 빨리 도착했다.

34

양 갈래로 나뉘었던 일행이 상해방촌에서 다시 만난 것은 다다음 날 해가 설핏할 때쯤이었다.

마석 일행도 별다른 어려움 없이 목적지에 도착했다. 중간에 산이 가로막혀 있어 몇 번 돌기도 했고 길이 끊겨 길을 찾느라 헤매기도 했지만 시간에 맞춰 목적지에 닿을 수 있었다. 나루와 나루 곁에 있는 마을을 돌아보느라 조금 늦긴 했지만 그런 셈치고는 빨리 도착한 편이었다.

범포 일행은 벌써 도착해 있었는지 조금 늦게 도착한 마석을 놀리는 일로 마석을 맞았다. 그런데 범포 일행엔 여자 하나가 늘어 있었다. 마석은 궁금해서 범포에게 물었으나 범포는 웃으며 태자도에 가면 자세히 들려주겠다고 하며 말을 아꼈다.

둘로 나뉘었던 일행이 다시 모이자 바로 굴을 찾아 나섰다. 상해방촌 출신 병사가 앞장섰다. 그리고 대충 극동대혈의 위치를 확인한 마석은 상해방촌 출신의 병사를 집으로 보냈다. 가족을 만나기 위해 불원천리 달려온 그가 아닌가. 이산가족은 구명석만이 아니지 않는가. 마석은 구명석의 가족 찾기가 성공하기를 비는 마음을 담아 쌀과 고기, 술을 얼마간 덜어내 그 병사 손에 들려 보냈다.

주민들은 신성한 곳에 산다는 자부심이 대단했다. 특히 10월 동맹제가 열릴 때면 마을에 왕뿐 아니라 문무백관이 다 모이는데 그 장관은 보지 않고서는 상상도 할 수 없을 정도라 했다.

마을 어귀에서 조금 안쪽으로 들어가니 두 개의 골짜기로 나뉘었다가 얼마 안 가서 다시 합쳐졌다. 거기에 두 개의 산봉우리가 우뚝 솟아 있고 바로 그 산자락의 허리 부분이 국동대혈이었다. 동굴 어귀는 높이가 30척, 폭이 80척 정도로 남쪽을 향해 벌려 있었다. 굴 앞에는 평평한 땅이 5백 평 가량 있어서 몇 백 명은 충분히 모일 수 있을 것 같았다.

동굴 앞에서 패수를 바라보니 지나가는 배가 손에 잡힐 듯하고 패수의 잔물결이 은빛 비늘로 반짝이고 있었다.

거기서 다시 산 서쪽을 돌아 한 80여 보 가량 더 올라가니 또 하나의 용암동굴이 있었다. 동굴의 높이가 20척, 폭이 70척 정도로 서쪽으로 치우친 남향이었다. 굴천장이 둥그렇게 휘어져 있었고 바닥은 평평했다.

동굴 입구 반대쪽에 커다란 구멍이 있어 말 그대로 '하늘과 통하는 신성한 동굴'이었다. 이를 통천혈通天穴 또는 통천동通天洞이라 한다고 했다. 동굴 안에는 평평한 자연석이 놓여 있었는데 그걸 동맹제 때 제단으로 사용한다고 했다.

동굴을 돌아본 일행은 산을 내려왔다. 그 사이 해방촌 출신의 병사는 벌써 집에 갔다 왔는지 일행을 기다리고 있었다. 그를 본 마석이 바로 출발하자고 했다. 구비·명이와 약속한 시간에 맞춰 가려면 바로 출발해야 했다. 이번 답사는 극동대혈까지의 길을 확인하기 위한 목적 외에 구명석의 가족을 찾아 나선 길이기도 했다. 구비와 명이가 가족을 찾았는지 궁금해서 잠시도 시간을 지체할 수가 없었다.

35

가족 찾기를 포기한 구비와 명이는 다음날 새벽 당골포를 향해 출발했다.

갈 때와는 다른 무게감으로 몸이 무거웠다. 말도 주인의 기분 상태와 무게감을 느끼는지 거친 숨을 몰아쉬었고 발도 무거웠다. 한 번 정도 쉬면 될 거리였지만 세 번씩이나 쉬었다. 사람도 말도 지치기는 매한가지였다.

구비와 명이는 엊저녁 이후 말 한 마디 나누지 않았다. 용머리로 출발하기 전이나 떠나면서, 또는 쉬는 중에라도 무슨 말을 할 것 같은데 말 한 마디 없었다. 서로 약속이라도 한 듯 침묵으로 일관하고 있었다.

용머리에 닿아서도 마찬가지였다. 그러저런 상황을 알 리 없는 사공 둘이 달려 나오며 반갑게 인사를 해도 고개만 끄덕일 뿐 말은 하지 않았다. 그러더니 곧장 주막으로 향했다.

"술 좀 내오구래."

구비가 주인을 향해 처음으로 입을 열었다. 그리곤 또 다시 침묵.

둘은 말도 없이 주거니 받거니 술만 마셨다. 안주로 나온 우럭 조림은 손도 대지 않았다.

얼마 없어 취기가 오르기 시작하는지 눈동자가 풀리기 시작했다.

그새 술을 두 동이나 비우고 있었다.

통세(변소)라도 가려는지 구비가 몸을 일으키다 비틀거렸지만 명이는 구비의 얼굴만 쳐다볼 뿐 말이 없었다. 몸의 중심을 겨우 잡은 구비가 통세엘 다녀오자 이번엔 명이가 일어섰다. 일어서자 취기가 확 오르는지 비틀대더니 평상에 의지해 몸을 바로 잡은 뒤, 뒷간으로 갔다. 그리고 돌아와 다시 술을 켜댔다. 술 마시기 내기라도 하는 사람들처럼 마시기만 하더니 어느 순간 명이가 모로 쓰러졌다.

구비가 무릎걸음으로 다가가 명이를 보더니 말했다.

"먼녀 자. 나도 멧 잔 더 마시고 잘 테니깐."

푸우, 한숨을 쉬며 잠시 앉아 있더니 구비도 명이 곁에 누웠다. 그렇게 둘은 대낮부터 술에 취해 주막 평상에서 잠이 들었다.

사실, 둘은 어젯밤에 술을 마시려고 했었다.

가족을 버린 죄책감과 살았는지 죽었는지 모를 가족에 대한 미안함에 잠을 이루지 못하는 것 같았다. 눈을 감고 누웠지만 잠이 올 리 없었다.

"댜네?"

"아니. 댬이 안 와."

"기렇갔다. 어느 눈에 댬이 오갔네."

"술이라도 한 잔 할까?"

"길쎄……. 내일 새벽에 떠나야는디……."

"기렇디? 술 마시고 먼 길을 갈 순 없갔디?"

"기래. 탐댜. 대신 용머리에 도착하거든 바로 술 마시러 가댜."

"기러댜. 긴데…… 석권이래 놔두고 오길 달 했디? 기 놈 왔으믄 난리가 났을 긴데."

"기래서, 기걸 예상하고 돌주먹이래 빠뎌둔 거디 뭐."

"기랬갔디? 올 마음만 있었으믄 누가 말리갔어? 아예 짐 싸들고 가갔다고 덤볐을 기야. 기런데 이런 일이 있을 뚤 알고 빠딘 거디."

"기래. 기 친구래 이미 예상하고 있었던 기야."

둘이 한숨을 푸욱 쉬더니 다시 말이 없었다. 눈을 감은 채 혼자 생각에 빠져들었다.

명이는 가족이래야 아내와 이제 아홉 살이 됐을 아들 하나가 전부였다. 그 밑에 아이가 없었던 건 아니었다. 아들과 딸이 하나씩 더 있었다. 그런데 둘 다 첫돌을 넘기지 못하고 죽었다. 자식농사는 반농사란 말을 증명이라도 하듯 일찍 가버렸다. 부모님도 안 계셨다. 아버지는 그가 태어나기 두 달 전에 전사했고, 어머니도 열일곱에 잃어 버렸다. 위로 누나 둘과 형 하나가 있었지만 모두 멀리 살고 있어서 가족의 범주에 넣을 수 없을 정도였다.

구비 가족도 단출하긴 마찬가지였다. 어머니와 아내, 그리고 일곱 살이 됐을 아들과 집 나올 때 옹알이를 하던 딸 하나가 있었다. 아버지는 일찍 병사했고, 누나 하나에 여동생 둘이 있었지만 모두 출가했다. 그러니 그의 가족도 총 다섯이었다. 그렇다고 구비에게도 자식이 없었던 건 아니었다. 구비도 가운데로 딸과 아들 하나씩 잃었다. 딸은 백일도 못 넘기고 열병으로 죽었고, 아들은 돌 잔칫날 무얼 잘못 집어먹었는지 갑자기 숨을 쉬지 못하더니 뻣뻣이 굳어갔다. 구비가 침통을 꺼내 혈을 찔러보고 등을 두드려 봤으나 소용없었다. 그 일로 구비는 약재와 침술에 대해 더 깊이 매진했다. 아버지의 병사로 병과 약재에 대한 공부를 시작했고, 자식들을 차례로 잃게 되자 의학을 통해 사람들의 목숨을 구하고 싶었던 것이었다.

이런 둘에 비해 석권은 장남이라 가족이 많았다. 부모님이 다 살아계셨고 아내와 아이 셋이었다. 여덟 살이 됐을 딸과 여섯·네 살이 됐을 아들이 둘이었다. 누나 둘은 모두 출가했고, 남동생과 여동생은 아직 어려서 석권과 함께 살고 있었다. 그러니 가족이 도합 여덟이나 됐다. 그래서 석권이 그 누구보다 가족 걱정을 많이 했었다. 그 때문에 이번 이산가족 찾기에 나서지 않았고, 나서지 못하게 했던 것이었다. 어떻게든 가족을 찾겠다는 의지와 의욕이 강할수록 무리수를 두게 될 것이고, 그리 되면 일이 꼬일 수 있었기에 빠지고, 빼려 했던 것이었다. 석권이 직접 나서는 것보다 명이와 구비가 처리하는 게 오히려 나을 것 같았기 때문이었다.

둘은 누운 채 가족을 생각하다 몸서리를 치기도 했고, 한숨을 쉬기도 했고, 돌아눕기도 했고, 바로 눕기도 했다. 그러나 일체 말은 없었다. 서로에게 자신의 복잡한 심경을 얘기해본들 가슴만 더 아프기만 할 뿐이란 사실을 서로 잘 알고 있는 것 같았다. 그렇게 몽상몽상 거리다 새벽녘에야 잠시 눈을 붙였다 바로 일어나서 길을 나섰던 것이었다. 그러니 용머리로 돌아오는 발길이 무거울 수밖에 없었고, 돌아오자마자 술에 취해 곯아떨어진 것이었다.

36

용암포로 돌아와 구비와 명이 소식을 전해들은 마석은 범포에게 돌아갈 준비를 부탁하고 주막으로 갔다. 낮술에 취해 널브러져 있는 두 사람을 보자 상황을 짐작할 수 있었다.

"언데부터 술을 마신 거네?"

마석이 주막 주인에게 물었다.

"기, 기게…… 미시뜸부털 겁네다."

"잠은? 잠은 언데부터 잤고?"

"두 동이나 마셨을까? 안주라도 갖다드리래고 와 보니 벌써 듀무시고 계셨시요."

"밥은 먹디도 안했갔다?"

"예. 오댜마댜 술을 달래더니 마시기 시작했시요."

"으음, 알갔네. 내가 깨우기 전까딘 댜게 놔두라. 댜야 뭘 하든 하디. 푹 댜게 그늘이나 돔 멩글어듀라."

"예, 알갔습네다."

마석은 주막주인에게 셈을 치르고 포구로 돌아왔다. 그리고 출항 준비를 마치자 다시 주막으로 갔다. 그리고 두 사람을 깨웠다.

그러자 명이가 먼저 일어나 주섬주섬 옷을 매만지며 물었다.

"지금 멫 점이나 됐습네까?"

"저 해 디는 걸 보고도 모르갔는가? 자네들 안 일어나는 통에 물때를 놓텨 버리디 않았나."

마석은 짐짓 노한 목소리로 뱉었다. 그들의 마음을 것 같았기에 부러 그랬다. 그들의 쓰리고 아픈 속을 차단하고 싶었다. 그들 때문에 출항시간을 놓친 것으로 하여, 딴생각을 못하게 만들고 싶었다. 자신들 때문에 일정이 어그러졌다고 해야 거기에 신경을 쓰느라 가족에 대한 생각을 차단할 수 있을 것 같았다.

"기, 기래요? 기럼 깨우시디 기랬습네까?"

명이가 당황해하는 꼴을 보자 이번에 마석이 나서며 쐐기를 박았다.

"깨우는 것도 한두 번이라야디. 기럼 내가 안 깨워서리 딕금까디 잤단 말이네? 이거이 어디 무서워서 살갔나? 대낮부터 술을 먹고 곯아 떨어디딜 않나, 갈 시간이 돼서 깨우니 화를 내딜 않나, 이뎬 깨우디 않았다고 몰아붙이니 나 이거야 원 탐……. 내 이럴 둘 알고 범포 기 쌍통에게 기냥 가자고 해도 말 안 듣더니……. 이뎨 태자 전하께 무슨 이욜 댈 거네? 난 모르갔으니 알아서들 하라."

마석은 화가 잔뜩 난 얼굴을 쌩하니 돌려 버렸다. 그리고 곁눈질로 그들을 지켜봤다. 그러는 줄도 모르고 둘이 멍한 얼굴로 둘이 멍한 얼굴로 서로를 바라봤다. 그러기를 잠시. 누가 먼저랄 것도 없이 둘이 동시에 평상에서 일어섰다. 그러더니 명이가 소리를 질렀다.

"가세. 날래 가세. 일단 밸 타놓고 문졜 풀어보세. 달못 하다간 뎡말 밸 놓티고 말 거야."

그 말엔 구비도 서둘러 주막을 나섰다.

그러나 술이 덜 깬 발걸음이라 제대로울 리가 없었다. 비틀거리고 휘청거렸다. 넘어지거나 자빠지지 않고 걸어가는 게 신기할 정도였다.

포구에 당도해보니 배는 이미 떠날 준비를 마치고 있었다. 닻까지 풀어놓고 떠나려 하고 있었다.

"댬깐! 댬깐! 선장 잠깐! 우릴 태와야디. 우릴 놔두고 가면 안 되디."

명이가 바뻬, 비틀대며, 고래고래 고함을 질렀다.

"댬깐! 댬깐만! 나도, 우리도 같이 가자우."

구비도 명이에 질세라 비틀대며 소리를 질렀다.

어떻게든 배를 타려고 허둥대는 그들의 몸짓은 돈 주고 봐도 아깝지 않을 정도였다. 그 모습을 보는 마석은 씁쓸하게 웃지 않을 수 없었다. 모르긴 해도 태자도에 도착할 때까지 둘은 자신들이 지은 죄를 생각하느라 가족 생각을 잊을 것이었다.

수신제隧神祭 거행

37

무오년(戊午年, 58년) 음력 8월 28일.

드디어 태자는 궁에서 나온 후 처음으로 신모굴을 향해 길을 나섰다. 궁을 떠난 지 5년 만이었다.

새벽부터 태자도는 술렁거렸다. 몽돌포에는 얼마 전에 진수한 범선 세 척이 세워져 있었다. 대장선에는 태자의 자리와 무범 왕자의 자리, 그 둘을 호위하기 위한 군사들이 타고 있었고 온갖 깃발들이 꽂혀 나부끼고 있었다. 그리고 다른 한 배엔 제물祭物과 제기祭器, 기타 물품이 실려 있었고 병사들이 타고 있었다.

일꾼들과 병사들은 어젯밤에 못 다한 일들을 서둘러 정리했다. 태자도 역사상 한 번도 없었던 일이라 태자도 주민들도 새벽부터 나와 구경하고 있었다. 처음 있는 진귀한 구경거리를 놓치고 싶지 않았던 것이었다.

날이 밝고 묘시가 지나자 군사들이 도열하기 시작했다. 태자궁뿐만 아니라 몽돌포까지 도열한 군사는 어림잡아도 백 명은 넘을 것 같았다. 중간 중간에 무관들이 섞여 있었고 무관들 주변에는 삼족오 깃발과 고高 자 깃발이 바람에 휘날리고 있었다.

군사들이 다 도열하자 태자궁에서 사람이 나오기 시작했다. 제일 먼저 나온 사람은 바우였다. 늘 사냥꾼 복장이나 평상복을 입고 있었는데 말끔한 무관복으로 갈아입고 있어서 자세히 보지 않으면 바우인지도 모를 만큼 그는 달라져 있었다. 그가 나서자 군사 몇이 다가가 그의 명령을 듣더니 쏜살같이 포구를 향해 달려갔다. 무언가를 전하러 가는지 부리나케 뛰어갔다.

바우 뒤로 나선 사람은 얼마 전 왕자가 데리고 온 무사들이었다. 그들은 무관복을 입지는 않았지만 말쑥한 새 옷으로 갈아입고 나서자 그들 또한 다른 사람처럼 보였다.

그렇게 하나둘씩 태자궁에 사람들이 보이기 시작하는가 싶더니 드디어 구명석과 마석·범포·병택이 나왔다. 그 뒤에 두 사람이 함께 나왔는데, 태자와 무범 왕자였다.

태자도 태자였지만 무범 왕자는 알아볼 수가 없을 정도였다. 낡고 헐어빠진 옷을 벗고 말쑥한 무복에 전립까지 쓴 모습은 다른 사람처럼 보였다. 역시 품위가 있는 사람이어서 그런지 당당하고도 훤칠한 모습은 과연 왕재다운 기운이 엿보였다.

그러나 뭐니 뭐니 해도 태자의 모습은 화려하면서도 당당했다. 오방색 무복을 갖춰 입고 전립을 쓴 태자의 모습은 그야말로 완전히 다른 사람처럼 보였다. 복장뿐만이 아니었다. 태자의 걸음마저도 완전히 달라져 있었다. 무거우면서도 당당한 걸음은 태자가 아니면 감히 상상도 할 수 없을 만큼의 무게감이 실려 있었다.

"태자 전하를 뫼시어라!"

마석이 소리치자 군사들이 일제히 화려하게 장식된 가마 주위를 둘러쌌다. 그와 함께 깃발을 든 군사들이 가마 앞으로 나가 도열했다.

태자가 구명석의 호위 속에서 융단을 밟으며 걸어와 가마에 올랐다. 태자와 함께 걸어온 무범 왕자도 같은 가마에 올랐다.

그러자 대기하고 있던 구명석과 마석·범포가 말에 오르더니 태자의 가마 앞뒤에 섰다.

"태자 전하께서 행차하신다!"

마석이 소리를 지르자 태자와 무범 왕자의 가마가 들렸고, 천천히 태자궁을 나서기 시작했다.

태자의 행렬이 태자궁을 나서자 태자도 백성들이 일제히 나와 태자를 연호했다.

"태자 전하, 만세! 태자 전하, 만세!"

누가 시키지도 않았는데 그들은 손을 들어 올리며 태자의 만세를 기원했다. 태자의 행렬을 보는 자체만으로도 소속감과 자긍심을 느끼는지 태자궁에서 몽돌포까지의 길가는 흥분의 도가니였다.

태자는 가마에 앉은 채 백성들에게 일일이 답례를 했다. 손을 흔들어 주기도 했고, 고개를 끄덕여주기도 했다. 그러다 몽돌포 앞에 이르자 태자가 가마를 멈추게 했다.

"주군! 무슨 일이옵네까?"

앞서 가던 마석과 범포가 달려와 물었다.

"장군들, 내래 백성들과 함께 걷고 싶소."

"주군, 그건 아니…….."

"기렇게 해듀시라요. 이 섬에서야 무신 일이 있갔시오. 기러고 저리 환호하는 백성들을 모른 채 하는 건 도리가 아닐 듯 싶습네다. 기렇게 해듀시라요."

"기렇디만……."

마석이 머뭇거렸지만 범포는 달랐다.

"알갔습네다. 기렇게 모시갔습네다."

범포는 그러기를 기다렸다는 듯이, 그럴 줄 알았다는 듯이 바로 무사들에게 명령을 내렸다.

"태자 전하께서 걸어서 가시갔단다. 좌우에서 호위하라!"

무사들이 태자 주위를 둘러싸자 범포가 태자에게 말했다.

"준비 됐습네다. 내리시디요.

태자와 왕자가 내리자 호위무사들이 두 사람을 에워쌌다. 군사들은 백성들의 접근을 막기 위해 칼집과 창대로 백성들을 막았다.

"일 없으니끼 놔두라. 백성들이 없으믄 내가 어띠 있을 수 있갔네. 기러니 놔두라."

군사들이 칼집과 창대를 거뒀으나 백성들은 만세만을 외칠 뿐 가까이 접근하지는 않았다. 그러자 태자가 백성들에게 다가가 손을 잡아주었다. 백성들은 고개를 들지도 못한 채 눈물을 흘렸다.

"이제 소인은 듁어도 여한이 없습네다. 태자 전하 만수무강하시라요."

한 노인은 고개도 들지 않은 채 눈물을 흘리며 주워섬겼다.

"기래, 고맙구려. 노인도 오래오래 이 섬에 살면서 복락을 누리시구래."

"성은이 하해와 같사옵네다."

또 한 번은 어미 등에 업혀 있는 아이를 보며 물었다.

"아이가 똘똘하게 생겼구려. 이제 몇 살이나 되누?"

"이데 돌이 갓 지나 둑을 고빈 넘겼습네다."

"기렇구만. 내래 아이한테 돌 선물을 하고 싶으니 내가 다녀온 후 태자궁으로 한 번 데려오시오."

"전하, 망극하옵네다. 만세, 만만세를 누리십시오."

이렇듯 태자는 백성들을 만나며 천천히 포구로 내려갔다.

한 쪽 백성들만 만날 수 없기에 양쪽을 고루 오가며 백성들을 위무하고 백성들을 보듬었다. 백성들은 이제 죽어도 여한이 없습네다란 말과 성은이 하해 같습네다란 말을 되풀이했다. 만세, 천만세, 억만세를 누리라는 기원도 이어졌다.

배 앞에 이르자 사공들이 도열해 있었다. 그들 중 광건과 광석이 앞으로 나서더니 군례를 올리며 말했다.

"대장선 선장 광건과 광석, 주군께 인사 올립네다."

"기래. 무복을 입으니 이제야 대장선 선장답구만 기래. 내래 안전하게 듀갔다?"

아닌 게 아니라 광건과 광석도 평복을 벗고 무관복을 입고 있었다. 단순한 사공이 아니라 대장선 선장, 아니 수군을 담당하는 장군이었으니 태자 행차를 담당하기 위해서는 당연히 무관복을 입고 있어야 했다. 범포가 총괄책임자라면 광건과 광석은 실무책임자라 할 수 있었다.

"예. 주군! 최선을 다해 모시갔습네다. 배에 오르시디요."

광건과 광석의 안내로 태자와 무범 왕자가 배에 오르자 그 뒤를 따라 구명석, 마석, 범포, 바우와 보철, 호위무사들이 배에 올랐다.

광건과 광석은 배에 오른 태자와 무범 왕자를 배 중앙에 마련되어 있는 각자의 자리에 앉혔다. 그런 후에 광석이 대기해 있던 사공들에게 외쳤다.

"출항 준비! 출항 준비들 하라!"

그 말에 떨어지기 무섭게 사공들이 제자리에서 일사분란하게 움직였다. 그것은 마치 잘 조련된 군사들을 동원해 진법을 구사하는 것만큼이나 멋있고 감탄스러웠다. 그런 모습을 본 적이 없는 태자나 주위 사람들이 모두 감탄할 정도였다.

"이례 광건·광석 형제에게 수군뿐만 아니라 바다를 다 맡겨도 되갔구만 기래."

태자가 흡족한 미소를 띠우며 말하자 곁에 섰던 범포가 받았다.

"기렇습네다, 주군! 소장도 텨음 볼 때 깜짝 놀랐습네다. 어디서 기런 걸 보고 배울 데가 없는데 기 모든 걸 두 형제가 만들어냈으니 놀랄 수밖에요. 수군뿐만 아니라 바다를 다 맡겨도 되갔다는 주군의 말씀은 지당하면서도 온당하십네다. 어느 수군이 이보다 일사분란하고 절도가 있갔습네까? 이 모든 것이 광건·광석 선장의 공이라 생각합네다."

"기렇디요? 역시 범포 장군은 눈과 뜻이 저와 딱 같습네다. 기래서 범포 장군과 마석 장군을 믿고 모든 걸 맡기고, 난 다른 일을 할 수 있는 거 아닙네까?"

태자가 소리 내어 웃었다. 마치 그 웃음을 웃기 위해 말을 한 사람처럼. 모든 게 흡족해서 웃지 않고는 못 견디겠다는 듯. 그러기 위해서 이번 행차를 하는 것처럼.

그 웃음이 멈추자 광건이 물었다.

"주군! 출항 준빌 마텄습네다. 출항해도 되갔습네까?"

"기래요. 갑세다."

태자의 명이 떨어지자 광석이 다시 사공들을 향해 외쳤다.

"출항! 출항하라!"

그 소리에 또 일사불한하게 사공들이 움직였다.

닻을 걷어 올리는 사람, 장대로 배를 미는 사람, 노를 내리는 사람, 닻줄을 푸는 사람……. 각자 제 위치에서 움직이는가 싶더니 배가 움직이기 시작했다.

그러자 포구에 모여든 백성들이 태자 전하 만세를 다시 외치기 시작했다. 마치 전선을 이끌고 전장에 나가는 대왕을 전송하는 것 같았다.

배는 백성들의 만세 소리에 떠밀려나가듯 천천히 바다를 향해 방향을 틀기 시작했다. 그리고 잠시 후 드디어 신모굴을 향해 돛을 올렸다.

38

무범은 태자와 나란히 앉아 바다를 바라보고 있었다.

내륙에서 태어나 내륙에서 자라서 바다는 낯설어야 마땅한데 바다가 낯설지 않았다. 파란 하늘을 배경으로 파랗게 누워있는 바다가 너무나 멋있고 황홀했다. 세상에 이보다 투명하고 맑은 게 있을까 싶었고, 바람에 실려 오는 짠내가 답답한 가슴을 뚫어내는 것 같았다. 마치 태초부터 이곳에서 살았던 것 같은 친숙함과 기시감에 몸이 떨릴 정도였다.

그러나 가만히 생각해보면 바다만 그런 게 아니었다. 태자와 그 수하들 역시 마찬가지였다. 처음 보는 순간 전생이나 그 이전 생에서부터 함께 살아온 사람들처럼 친숙함이 느껴졌었다. 그건 종교적인 어떤 것이 아니었다. 피를 타고 흐르는 원초적인 그 무엇이었다. 그래서 그들을 처음 만나는 순간 같이 살 수밖에 없는 운명임을 느끼게 했다.

　그런 익숙함과 친숙함 또는 운명적인 느낌 때문이었을까. 무범은 태자도로 잘 들어왔구나 싶었고, 그게 자신의 운명이라 생각하게 됐다. 그리고 그 첫 느낌은 잘못된 게 아니었다. 태자를 비롯한 태자 주위의 사람들은 한결같이 자신과 익숙한 사람들처럼 느껴졌고, 오래 전부터 같은 뜻을 키우며 살았던 사람들처럼 동질감이 느껴졌다.

　태자는 태자여서가 아니라 사람을 끄는 능력을 가진 사람이었다. 덕불고필유린德不孤必有隣이란 말은 태자에게 딱 들어맞는 말이었다. 그는 덕을 소유하고 있었다. 그 덕은 바로 자신을 낮추고 상대를 높여 함께 공존하고자 하는 생득적인 것이었다. 무범은 태자를 처음 만났을 때 그걸 느낄 수 있었다.

　태자는 무범에게뿐만 아니라 다른 사람들에 대해서도 마찬가지로 대했다. 바우나 광건 형제에게 지극 정성을 들이는 것이나 어부나 뱃사공, 심지어는 이주해온 사람들에게 쏟는 관심과 정성은 노력에 의해 길러지는 게 아니었다. 핏속을 타고 흐르는 원초적 품성 같은 것이었다. 그래서 태자를 곁에서 본 사람들은 태자에게 빠질 수밖에 없었고, 태자를 신뢰하고 존경하지 않을 수 없었다.

　그뿐만이 아니었다. 태자는 너른 가슴의 소유자이면서 열린 사고를 가진 사람이었다. 음주로 인한 신하들과의 충돌에 이은 석고대죄 사건은 태자의 속성을 극명하게 보여주는 예라 할 수 있었다. 자신이 직접 겪거나 목격하지는 않았지만 알음알음 들은 내용만 가지고 판단해도 그의 속성을 알 수 있었다. 그리고 자신과 첫 만남 때 술 대신 차를 마시며 자신과의 약속을 지키는 모습을 보고 감동하지 않을 수 없었고 그에게 빠지지 않을 수 없었다.

또한 공은 밑으로 내리고, 과는 자신이 싸안으려는 그의 가슴은 바다만큼이나 너른 것이었다. 뿐인가. 모든 일을 혼자 결정하지 않고 의논 과정에서 해결책을 찾으려는 그의 태도는 신하들에게 주인의식과 주체의식을 심어주고도 남았다. 혼자 결정함으로써 생기는 신하들과의 간격과 괴리감을 철저히 줄이고 있었다. 그래서 바우나 광건·광석 형제가 스스로 노력하여 최고의 관리로 커나갔고, 구명석이나 마석·범포만으로도 태자도를 완벽하게 다스리고 있었다. 태자의 눈치를 보거나 태자에게 잘 보이기 위해서 일하는 게 아니라 자신이 해야 할 일이라 여기고 스스로 판단해서 행동했다. 그리고 그 결과에 대해서는 책임을 졌다. 따라서 태자가 명령을 내리는 일은 거의 없었다.

태자가 하는 일이란 상대방이 하는 얘기를 귀담아 들어주고, 거기에 상대가 신명낼 수 있는 말이나 응원 정도를 끼워놓는 정도가 전부였다. 그런데도 그 효과는 그 어떤 명령이나 닦달·응징보다도 훨씬 컸다. 열여덟 살의 태자가 구사할 수 있는 통치방법이 아니었다. 수년 또는 수십 년 나라를 통치해본 고수들이나 쓸 만한 방법이었다. 나라를 다스려본 적도 없고, 정사에 참여해 본 경험도 없는 태자가 그런 통치방법으로 쓴다는 건 타고난 군왕임을 증명하고도 남았다.

넉 달 전, 처음 만난 자리에서 태자는 분명 자기와 친구가 되자고
말했었다. 그 말을 듣는 순간 무범은 얼떨떨했었다. 난민이나 다름
없는 자신과 같은 사람에게 그런 대접은 과분한 것이었다. 자신은
멸망한 낙랑의 왕자, 보기에 따라서는 망국민이나 유민에 불과했다.
그런 자신을 벗으로 삼겠다는 말은 파격이었다. 그러나 그는 진지
했다. 지나가는 소리처럼 하는 소리가 아니었다. 무범은 그의 진지
함을 거부할 수가 없었다. 거부하기에는 너무 진지하고 정중했다.

"망년지우忘年之友란 말도 있지 않습네까? 나이만 잊을 게 아니라
신분도 조국도 잊고 벗으로 삼고 싶습네. 기러니 제 뜻을 받아두
십시오."

결국 무범은 그의 뜻을 받아들이기로 했다.

그런데 거기서 끝이 아니었다. 말로는 벗이라 하면서 그를 빈객賓
客으로 대우했다. 구명석보다 우위에 둠은 물론 깍듯한 예로 대했
다. 그게 부담스러워 하루는 조용한 어조로 물었었다.

"태자께서는 제가 부담스럽습네까?"

그러자 태자는 깜짝 놀란 표정으로 되물었다.

"기게 무슨 말씀입네까? 제가 귀공께 무슨 실수라도 더딜렀습네
까?"

"아, 아닙네다. 그게 아니라 정반대입네다. 태자께서 왜 저를 빈
객 대우를 하는지 이해할 수 없어서 묻는 말입네다."

"기거야 공은 제 벗이자 낙랑국 왕자가 아닙네까? 그러니 마땅히
그에 합당한 대우를 받으셔야디요."

"기게 기렇디가 않습네다. 태자께는 이미 가근한 신하들이 있고,
그들을 기반으로 하여 태자도를 다스려야 한다고 생각합네. 기런

데 저를 빈객 대우하심은 신하들에 대한 예가 아닐 것입네다."

"당치도 않습네다. 신하는 신하고 벋은 벋이 아닙네까? 어띠 벋과 신하를 같이 대한단 말입네까?"

"기렇디만 저는 기런 대우가 부담스럽고 불편합네다. 기러니 저를 신하로 삼아 부려 듀십시오."

"큰일 날 말씀입네다. 벋을 신하로 삼는 사람도 있습네까? 공은 저와 동등한 존재이자 동격입네다. 기러니 행여 기런 말씀 마십시오. 자꾸 기러시믄 저를 믿디 못해서 기러는 둘 알갔으니 이후로는 절대 기런 말씀 마십시오."

그런 일이 있고나서 며칠 후, 태자는 신하들과 마주 앉은 자리에서 뜻밖의 말을 했다.

"마침 다 모였으니 한 가지를 밝히갔시오. 바로 양무범 공에 대한 일입네다. ……오늘부터, 내 벋인 양무범 공을 상상공上相公으로 삼고자 합네다. 상공보다 위에 있는 분이란 의밉네다. 그러니 기렇게 알고 앞으로는 상상공이라 칭하고 기에 합당한 예를 갖춰듀기 바랍네다."

"예, 주군! 달 알갔습네다."

신하들은 마치 그 말을 기다렸다는 듯, 자신들의 주청을 태자가 수용해준 것에 감사한다는 듯이 바로 대답했다. 그래서 그날부터 무범은 상상공이 되었다. 그 어떤 관직 체계에도 없는 상상공이란 직책은 재상보다도 위에 있는 사람이란 뜻이었다.

그날부터 모든 중요한 회의에 무범을 꼭 참석시켰고, 중요 결정 사항은 반드시 무범과 상의한 후에 결정했다. 또한 태자와 나란히 걷게 하고 같은 자리에 앉게 했다. 한 마디로 태자와 동등한 존재임을 명확히 했다.

태자의 뜻이 그렇게 확고하자 신하들이나 백성들도 그에 합당하게 대우를 해줬다. 상상공이란 태자와 대등한 존재란 의미로 통하게 된 것이었다. 그래서 이번 행차 때도 태자와 나란히 걸었고, 배에도 태자 바로 좌측에, 높이와 크기가 같은 그의 좌석을 마련해 두고 있었다.

"상상공께선 무얼 그리 골똘히 생각하십네까?"

무범이 바다를 보며 태자와의 지난날들을 되새기고 있자니 곁에 앉아 있던 태자가 다정하게 물었다.

"아, 아닙네다. 거녀 하늘과 바다가 하도 보기 좋아서 잠시 빠져 있었습네다."

"하긴 저도 마탼가딥네다. 이렇게 평화롭고 맑은 날에 바다를 건너 수혈을 찾아간다는 게 믿기디 않습네다. 5년 전, 궁에서 도망틸 때는 이런 날이 있을 둘은 상상도 못했드랬디요."

태자는 아련한 눈빛으로 바다를 바라보았다. 회한과 그리움이 가득 담긴 눈빛이었다. 아마도 지난 5년을 돌아보는 것 같았다.

무범은 그런 태자를 위해 자리에서 일어섰다. 혼자만의 시간을 갖게 해주고 싶었다. 그래야 좀 더 성숙한 시간을 키울 수 있을 것 같았다. 그런 왕자의 등에 태자가 조용히 말을 뿌렸다.

"이제 이룧게 살아야 하갔디요? 이 바다에서 이룧게……. 기렇디만 상상공과 고굉股肱들만 곁에 있어둔다믄 나는 이 바다에서의 날들을 두려워하거나 후회하디 않을 겁네다. 이 바다에서 내 생을 마틴다 해도, 내 운명이 기거뿐이라 해도 겸허히 받아들일 겁네다."

그 말에 왕자의 눈뿐만 아니라 속까지 다 젖고 있었다. 그렇지만 태자는 자신의 그런 말이 상대의 속까지 적신다는 사실은 아직 모르고 있는 것 같았다.

39

날이 어두워지기 시작하자 대장선은 염전지대 앞에 도착했다. 그러나 배를 용머리에 접안시키지는 않았다. 배에서 하룻밤을 보낸 후, 내일 아침 일찍 신모굴을 향해 출발하기로 되어 있었기에 용머리엔 내일 아침 밀물 때에 맞춰 들어가기로 되어 있었다. 물때도 물때지만 호위를 고려하여 내린 결정이었다. 결국 용머리 앞에 있는 무인도에 대장선을 정박하여 하룻밤을 보냈다.

그렇게 배 위에서 하룻밤을 보내고 날이 밝자마자 배를 용머리에 접안했고, 대장선이 용머리에 닿자마자 태자 일행은 배에서 내려 미리 대기하고 있던 말에 올랐다. 짐들은 마차와 배에 나눠 실은 후 뒤따르기로 하고 태자를 비롯한 일행은 바로 출발하게 돼 있었다.

용머리에는 용머리대로 사람들이 모여 있었다. 태자의 행차와 대장선을 비롯한 범선을 구경하기 위해서였다. 그러나 미리 파견한 태자도 군사들에 의해 철저히 통제되고 있어서 북적거리거나 혼잡스럽지는 않았다.

태자와 무범, 마석과 범포, 병택과 보철, 구명석과 바우 그리고 호위군사들이 일제히 먼지를 일으키며 신모굴을 향해 달렸다. 어둡기 전에 중간기착지에 닿기 위해서는 서둘러야 했다.

사전 답사에 참여했던 병사들은 첨병으로 이미 출발한 상태였다.

그 뒤를 마석과 열 명이 전위대로 나섰고, 범포와 바우를 비롯한 열 명의 군사가 후위로 빠졌다. 그리고 태자와 무범의 전후좌우에는 구명석과 병택·보철을 비롯하여 삼십여 명의 군사들이 호위를 했다. 무범을 호위했던 군사들도 전부 호위대에 포함되어 있었다. 한 달 가까이 반복훈련을 했고 긴장해선지 군사들의 눈빛은 그 어느 때보다 빛났고 대열을 갖추고 이동하는 모습은 일사불란 그 자체였다.

포구를 빠져나가 들길로 접어들자 속력을 내기 시작했다. 그 모습에는 드넓은 산야를 누비고 다니는 고구려의 웅혼雄魂이 깃들여 있었다. 섬사람들이 아니라 늘 산야를 배경으로 말을 달리던 사람들처럼 거침이 없었고 막힘도 없었다. 70여 명이 한 덩이가 되어 거칠 것 없이 산길을 내닫는 모습은 역동성 그 자체였다.

그렇게 한참을 달리던 말의 속도를 늦춘 것은 침엽수가 빽빽한 숲으로 들어간 후였다. 전위를 맡고 있는 마석이 속도를 늦췄기 때문이었다.

"이데 숲에 들어섰으니 남의 눈에 띄지 않을 거이고, 이데 곧 산길로 접어드니 속도를 늦춰야 합네다."

마석이 영과 무범 앞으로 오더니 속도를 늦춘 이유를 말했다.

"알갔습네다. 장군 뒤만 졸졸 따라가갔습네다."

"기런 말이 아니라……."

"압네다, 달 압네다. 장군은 농을 진담으로 받아들이니 기게 탈이라믄 탈이디요."

영이 싱긋 웃으며 말하자 마석도 따라 웃었다. 둘 다 싱그럽고도 포근한 미소였다.

첨병과 전위대의 안내를 받으며 산길을 따라 이동했다. 가끔은 강가를 따라 가기도 했지만 대부분 강이 보이지 않는 산길을 돌아야 했다.

출발한 지 두 점쯤 지나 늦은 아점을 먹었다. 말도 물을 먹이고 군사들도 쉬게 했다. 그 외에는 발길을 멈추지 않고 산길을 걸었다. 가끔은 바윗길을 오르기도 했고, 또 가끔은 겨우 마차가 다닐 만큼 좁은 길을 가기도 했다. 사전답사를 하지 않고 첨병과 전위대의 안내가 없다면 엄두도 낼 수 없는 길도 있었다. 그러나 마석 장군을 믿었기에 느긋한 마음으로 길을 갈 수 있었다.

산중의 해는 꼬리가 짧았다. 해가 서산 위에 떠있구나 싶었는데 깜박 어스름이 내리기 시작했다. 그러자 태자가 걱정할까봐 마석이 영에게 달려오더니 상황을 보고했다.

"메틸 사이에 해가 많이 땁아진 거 같습네다. 나루까던 10리도 안 남았으니 걱뎡 안하서도 됩네다."

"걱뎡은요? 장군이래 계시는데 뭘 걱뎡하갔습네까? 기러니 우리 걱뎡 마시고 계획대로 움딕이라요."

"예! 알겠습네다, 전하! 댬시만 기다리시믄 곧 숙영지로 모시갔습네다."

마석이 다시 앞으로 달려가자 영이 무범을 돌아보며 물었다.

"걱뎡은 고사하고 둥기만 한데……. 긴데 탐, 상상공도 이런 경험이 있습네까? 가을 이런 시간에 산길을 가본 경험 말입네다."

"아닙네다. 소신은 텨음입네다."

"기렇군요. 난 여러 번 있었디요. 소금장사래 하믄서. 긴데 이런 시간이 되믄 왜 기런디 댜꾸만 외로워딥네다. 외로워딜 이유도 없는데도 댜꾸만."

"정이 많아서 기릴 겁네다. 기래서 다정多情도 병이라 하디 않았습네까?"

"기럼 상상공도?"

"이런 시간에 이런 곳을 디나보디는 않았디만 가을이란 자체가 사람을 외롭고 쓸쓸하게 만드는 것 같습네다. 특히나 가족이 기립디요."

"어, 내래 괜한 얘길 했나 봅네다."

"아닙네다. 기렇디만 기런 감정을 느낀다는 것 자체가 마음이 다소 안정되어 있고 평안하다는 뜻이디요. 불안 초조하고 쫓길 땐 기런 감정마뎌도 느낄 수가 없으니낀 말입네다. 오늘 실로 오랜만에 기런 감정을 느껴봅네다. 모두 다 전하의 은혜디요."

"탐, 별말씀을……. 기러고 보믄 상상공은 사람 무안하게 만드는 남다른 재줄 가딘 것 같습네다. 무슨 말을 해도 마디막엔 상대를 무안하게 멩그니 말입네다."

"기렇습네까? 저에게 기런 재주가 있다믄 전하께는 상대를 감동시키고 가슴 덧게 멩그는 재주가 있디요. 저는 벌써 전하의 얘기를 듣는 순간 마음이 덧기 시작했습네다."

"또 사람 무안하게……."

"아닙네다. 진즉에 드리고 싶은 말씀을 딕금에사, 전하께서 말씀하시니 속엣말을 꺼내는 겁네다."

둘의 나누는 이야기는 내려앉는 어둠만큼이나 쓸쓸한 것이었다. 가을 저녁에 느끼는 외로움만큼 사람을 가라앉히는 게 없을 테니까. 그러나 둘의 대화는 어둠을 몰아내는 새벽빛처럼 신선하고 맑은 것이기도 했다. 신뢰감과 동질감을 느끼는 그들의 감정은 그 어떤 새벽빛보다도 맑고 투명한 것이기 때문이었다.

그런 대화를 나누며, 가을 저녁을 피부로 느끼며 한 식경쯤 가자 불빛이 보이기 시작했다. 한두 개의 불빛이 아니라 산불이라도 난 듯 환하게 불을 밝혀놓고 있었다. 아무래도 상해방촌 출신 병사가 기다린다는 나루인 모양이었다. 당골포구와 상해방촌 중간 지점인 것 같았다.

"다 왔습네다, 전하."

"긴데 불은? 그 병사가 밝힌 겁네까?"

"기러합네다, 주군! 우리가 늦어디댜 기다리다 못해 불을 밝혔답네다."

"기럼 기 병사부터 부르시디요. 내가 만나봐야 하디 않갔습네까?"

"예, 알갔습네다."

마석이 병사를 데려오자 태자가 반가이 맞으며 말했다.

"고생했네. 이름이 뭔가?"

"이름은 따로 없습고, 초복에 태어났다고 초복이라 하옵네다, 전하."

"기런가? 기럼 상해방촌 출신이니 해방이란 이름은 어떤가?"

"감사할 따름입네다, 전하."

"기래. 자네 같은 병사가 있다는 게 기쁘고도 댜랑스럽네. 오늘부턴 군관으로 나를 위해 힘써주게."

"전하, 성은이 하해와 같사옵네다."

군사가 땅바닥에 손을 대고 넙죽 절을 했다. 그러자 태자가 웃으며 말했다.

"하하하, 해방이 자넨 오늘부터 군관일세. 군관이 군례를 올려야디 절이라니……. 하하하!"

태자의 말에 모두들 웃었다. 그러자 엉겹결에 넙죽 절을 했던 해방이 일어서더니 다시 군례를 올리며 우렁차게 말했다.

"군관 해방이, 태자 전하께 충성을 다하갔습네다."

"기래, 기래. 인사야 어찌 하든 무슨 상관인가? 충성을 다하갔다는 그 마음이 중한 거디. 하하하!"

그러더니 마석을 돌아보며 말했다.

"마석 장군, 해방일 어디에 배속시키렵네까?"

"예, 주군. 군사와 범포 장군 등과 의논해서 결정하갔습네다."

"기래요. 기렇디만 해방이래 내 곁에 두고 싶은데 가능하갔습네까?"

"예, 알갔습네다. 주군!"

마석의 대답에 태자는 웃으며 해방을 돌아보더니 말했다.

"해방이 자네 이데부터 고될 기야. 정신 바짝 챠려서 날 도우라. 알갔네?"

"예, 전하! 목숨을 바텨 충성을 다하갔습네다."

"기래, 기래. 자넬 보니 내 마음이 다 든든해지네 기려."

영은 그렇게 해방을 군관으로 진급시킨 후 해방의 안내로 나루 주변에 사는 사람들을 만났다. 모두 50여 명으로 나이든 사람보다는 젊은 사람이 많았고, 아이들도 몇 명 있었다.

나루 주변 사람들은 영 일행이 당도하기가 무섭게 무릎을 꿇고 고개를 숙이더니 꼼짝을 않고 있었다. 그들에게 다가간 태자가 부드러운 음성으로 말했다.

"일어나기요. 모두 일어나기요."

태자가 말했으나 모두들 꼼짝을 안 했다. 해방이 미리 단단히 일렀음이 분명해 보였다. 그러자 태자가 해방을 돌아보며 눈짓을 했다.

"모두 일나시라요. 태자 전하께서 얼굴을 뵙고자 하십네다. 기러니 모두 일어나서 얼굴을 드시라요."

해방의 말에야 머뭇거리며 자리에서 일어난 사람들이 고개를 들었다.

태자는 그들을 일일이 돌아보고 난 후 해방에게 말했다.

"특별한 사연을 가진 사람들일 게 분명하니, 해방 군관은 그 사연들을 달 파악해서 보고하게. 내가 직접 만나봐야 할 사람은 따로 말하고."

"예. 알갔습네다, 전하!"

그렇게 나룻가 유민들을 만나고 잠시 쉬고 있자니 한 떼의 말들이 뒤따라왔다. 노숙을 위해 준비한 물품들이며 식량을 실은 말들이었다.

나룻가 유민들이 자기 집으로 가자고 졸랐으나 태자는 사양했다. 군사들과 함께 있을 것이고, 노숙할 준비가 됐으니 걱정 말라고 해서 돌려보냈다. 그러나 유민들이 손수 지은 저녁만은 물리지 않았다. 그것마저 물린다면 유민들의 정성을 거부한다는 인상을 줄 수 있었고, 시간이 늦어 저녁을 지을 시간도 없었기 때문이었다.

유민들이 최고의 양식과 최고의 반찬을 준비했을 텐데도 조와 수수를 섞은 밥은 거칠었고 반찬도 변변치 않았다. 그렇지만 맛있게들 먹었다. 시장이 반찬이기도 했고, 야외에서 불을 밝히고 먹는 음식이라 그런지 맛도 있었다.

막사에서 잠을 자고 길을 나서기 전, 태자는 해방에게 다시 부탁을 했다.

"이 사람들을 한 사람도 빠짐없이 잘 탱기게. 기게 군관이 할 일임을 멩심하라."

태자는 떠나기에 앞서 다시 한 번 유민들과 인사를 나누고 난 후 상해방촌을 향해 말을 몰았다.

40

상해방촌에 닿은 것은 해가 서쪽으로 기울기 시작한 때였다.

육로를 이용한 영 일행이 먼저 닿아 상해방촌 사람들을 만났다. 개중에는 태자를 알아보고 눈물을 흘리는 사람도 있었다. 그러나 중실씨의 눈을 의식해선지 말은 아꼈다. 이에 영이 마석에게 말했다.

"장군, 여기 사는 사람들 듕에도 우리와 함께 하고자 하는 사람이 없갔습네까? 해방이네를 비롯한 사람이 꽤 있을 듯한데……."

"예. 알갔습네다, 주군! 파악해서 함께 가고댜 하는 사람들을 돌아갈 때 데려 가도록 하갔습네."

"기래요. 이들도 내가 보살펴야 할 백성들인 만큼 잘 살펴서 처리해 두세요."

"예, 주군!"

영의 명을 받은 마석은 군사들을 풀어 마을 사람들에게 태자의 뜻을 전했다. 아울러 내일 낮에 태자도로 돌아갈 것이니 함께 가고 자 하는 사람은 나루로 모이게 했다.

그러고 있자니 강을 타고 올라온 배들이 당도했다. 그렇게 해서 모든 준비를 마치고 잠자리에 들었다. 그날도 해방촌 사람들이 손수 지어다 바친 밥을 저녁으로 먹었다.

다음날 새벽. 어스름을 뚫고, 제물과 제기를 가지고 수혈隧血로 향했다. 그리고 제단으로 사용하는 돌 위에 제물을 진설하고 제를 올렸다.

제는 석권의 집전으로 차분하면서도 경건하게 진행되었다.

먼저 수신(隧神, 유화부인의 상징이자 신모神母의 상징인 여성의 형상을 나무로 깎아 만든 신상神像)을 모시는 의례를 진행했다. 영이 나무로 새로 깎은 수신을 제단에 올림으로써 새로운 수신을 모신 것.

그런 후에 수신을 모셔 패수가로 내려가 비로소 수신을 위한 제를 올렸다. 이 의례에는 영 일행을 비롯하여 상해방촌 사람들도 대거 참석했다. 경건한 분위기 속에서 엄수된 의식은 향을 피워 사악함을 없애는 것에서부터 시작되었다. 또한 패수의 물로 제단을 깨끗이 정화하고 수신을 씻어내는 관수의식灌隧儀式이 거행되었다. 그런 후에 절을 하고 축문이 고했다.

유세차維歲次 무오戊午 구월九月 신해辛亥 초하루 임신壬申. 고구려 추모왕의 증손 태자 영影은 신모神母께 삼가 고합네다.

선왕이신 모본왕의 태자로 응당히 대왕이 되어 매년 신모께 제를 올려야 하는데, 간악한 중실中室 무리들의 농간으로 왕위에 오르지 못하고 쫓기는 신세가 되었고, 그로 인해 단 한 차례도 제를 올리지 못하였음을 용서하시옵소서. 그러나 그런 환난 중에도 신모의 은혜와 도움으로 목숨을 보전하였고 이제 날을 잡아 맑은 술과 몇 가지 음식과 과일로 제를 올리오니 흠향歆饗하옵소서.

신모시여!

하늘과 땅의 이치를 어긴 자들은 매년 시월이면 신모께 제를 드리겠지만 저는 그럴 수 없는 상황이라 그날을 기약하기가 어렵사옵니다. 그렇지만 신모를 모시고자 하는 저의 마음은 변함이 없어, 오늘 여기 모신 수신隧神을 늘 모시고 다니면서 제가 머무는 신당神堂에서 매년 제를 바치고자 하옵네다. 그러니 저의 정성을 미쁘게 생각하시어 찾아주시옵소서. 그리하여 하늘과 땅의 이치를 어긴 자들의 제보다 저의 제를 먼저 받아주시옵소서.

이제 선왕들께서 행했던 대로 당신을 모셔와 패수에서 제사를 지내오니 함께 하시옵고, 군신과 만백성들이 당신을 칭송하며 함께 즐길 수 있게 도와주시옵소서. 또한 미충微忠한 저와 신하들, 그리고 백성들을 굽어 살피소서.

신모시여,

당신의 은혜와 음덕으로 새로운 세상을 열 수 있게 도와주시옵고, 하루 빨리 모든 것들이 제자리로 돌아갈 수 있게 도와주시기를 간절히 축원하옵니다.

신모시여, 가여운 저와 신하들, 그리고 백성들을 굽어 살피소서.

상향尙饗

축문을 고한 후 처음 참례한 무범을 비롯하여 신하들이 술을 권하고 배례하는 제차로 제의를 마쳤다.

원래는 무당에 의해 굿이 진행되었어야 했다. 천지의 생성 및 이승과 저승의 구분, 인간 세계의 삶을 그린 후 동명왕신화를 창하는 의식이었다. 그 의식을 통해 참석한 모든 사람들이 몇 날 며칠간 음주가무를 즐겼었다. 한 마디로 축제가 벌어졌었다. 그러나 그 의식은 생략할 수밖에 없었다. 그런 의식을 행할 수 있는 무당도 없었을뿐더러 거기에 오래 머무를 수가 없었기 때문이었다. 그 대신 간단하나마 축으로 그런 의식을 대신했다. 그건 많은 논의 끝에 결정한 의식 절차였다.

제가 끝나자 음복이 진행되었다. 그러나 영은 술을 마시지 않았다. 술잔을 입에 대어 음복하는 형식을 취하긴 했지만 술을 마시지는 않았다. 그 대신 신하들과 백성들에게 술과 음식을 내려 먹고 마시게 했다.

해가 중천으로 떠오르자 영 일행은 다시 말에 올랐고, 건석 형제와 배를 타고 왔던 사람들은 다시 분승하고 용머리로 향했다. 상해방촌까지는 꼭 필요한 인원만 온 관계로 용머리로 가서 하룻밤을 보낸 후에 태자도로 돌아갈 계획이었다.

영 일행이 용머리로 돌아가기에 앞서 상해방촌 사람 중에 50여 명의 사람들이 태자 일행과 함께 가기를 희망해서 그들도 배에 태워 뒤따르게 했다. 이로써 이번 행차를 통해 100여 명의 새로운 사람들이 태자와 함께 하게 되었다. 처음 300명 남짓이던 태자도 백성이 이로써 1000명에 육박하게 되었다.

바닷길을 열다

41

신모굴 행차로 100여 명이 대거 유입되면서 태자도는 예전과 다른 활기가 넘치기 시작했다.

새로 이주해 온 사람들이 겨울을 나기 위해서는 무엇보다 집이 필요했다. 움막 형태의 집이 아니라 구들과 방을 갖춘 집을 짓자니 일손이 부족했다. 그렇다고 생업에 종사하는 백성들을 징발할 수도 없는 일이라 영은 우선 이주해온 사람들과 병사들을 집 짓는데 동원했다.

몽돌포 주변과 태자궁 주변에 100여 채의 집을 짓게 했다. 이번 행차 때 데려온 사람들뿐만 아니라 기왕에 이주해 온 사람들도 집이 없기는 마찬가지였기에 그들에게 집을 지어줄 생각이었다. 자의든 타의든 이제 태자도 백성인 만큼 그들에게 삶의 보금자리를 만들어줄 생각이었다.

대공사가 시작되자 섬은 새벽부터 저녁까지 들썩거렸다. 가끔은 밤까지 뚝딱거리는 소리가 들리기도 했다. 다행히 가을이라 비도 내리지 않았고 청명한 날이 계속되고 있어 공사는 빠르게 진척되고 있었다.

영은 거의 매일 공사 현장에 나가 집을 짓는 사람들과 군사들을 격려하는 한편 주변 백성들을 만났다. 그리고 그들의 소리를 듣고 그들의 행동양식을 익혔다. 태자궁에 틀어박힌 채 백성들과 유리된 삶을 살지 않기 위해, 백성들의 삶과 양식을 몸으로 익히기 위해 노력을 경주했다. 그러노라니 당장 필요한 것들을 알게 되었다.

집을 짓기 위해서는 목재를 들여오는 수밖에 없었다. 한두 채라면 모르지만 100채의 집을 짓는 대단위 공사를 하자니 태자도 산에 있는 나무로는 어림도 없었다. 결국 용머리를 통해 불함산(백두산)에서 벌목한 목재를 들어와야 했다. 그 일을 상해방촌 출신들과 나루 근처에 살던, 새로 짓는 집에 살게 될 사람들이 담당하겠다고 했다. 영은 그 뜻을 선뜻 받아들였다. 그렇게 함으로써 공짜로 집을 얻는다는 부담감에서 벗어날 수 있게 해주고 싶었기 때문이었다.

그러나 거기서 끝이 아니었다. 앞으로 계속 목재가 필요할 테니 이 기회에 불함산으로 들어가 벌목해 용머리에 보관했다가 필요할 때 옮겨다 쓰자고 했다. 그러나 그것만은 선뜻 허락할 수가 없었다. 첩첩산중에서 제대로 먹지도 못했던 사람들이 그런 험한 일을 감당하지 못할 것 같았다. 또한 이제 막 태자도에 들어온 사람들을 부려먹는다는 인상을 주고 싶지 않았다. 그러나 그들도 물러서지 않았다. 감옥 같던 곳에서 빠져나올 수 있는 것만도 감지덕지인데 공짜로 집까지 받는 염치없는 사람이 되고 싶지는 않다고 했다. 또한 벌목이란 아무 때라도 할 수 있는 일이 아니라 낙엽인 진 겨울 동안

해야 할 일이기에 지금 때를 놓치면 다시 일 년을 보내야 한다고 고집을 부렸다.

결국 단 한 번뿐이라는 전제를 달고 그들의 뜻을 받아들였다. 목재도 목재였지만 태자도에 보탬이 되고자 하는 그들의 뜻을 물리기가 어려웠기 때문이었다. 태자도에 뿌리를 내리고 소속감을 가지려는 그들이 아닌가. 태자도를 위해 뜻있는 일을 함으로써 당당한 태자도 주민으로 거듭나고자 하는 그들의 뜻은 그만큼 끈질기면서도 단단한 것이어서 물리기 힘들었다.

대단위 공사를 하려니 많은 인원과 장비, 노임이 필요했다. 영은 그걸 감당하기 위해 소금 장사를 하며 모아둔 돈을 다 투여했다. 마석과 범포도 가지고 있는 돈이며 재물까지 팔아 힘을 보태주었다. 영의 뜻을 안 그들은 기쁜 마음으로 전 재산을 내놓았다.

그 소식을 들은 광건·광석 형제가 찾아왔다. 그리고 자신들도 동참하겠다고 했다. 그러나 영은 선뜻 그들의 뜻을 받아들일 수가 없었다. 그들의 돈은 가치가 다른 돈이었다. 같은 액수라 할지라도 같은 가치의 돈이 아니었다. 그 돈은 온갖 천대를 감수하며, 피땀 흘리며, 먹을 거 안 먹으며, 형제가 한 푼 두 푼 푼푼이 모은 돈이었다. 그 돈을 받을 수가 없었다. 그러자 광건이 말했다.

"돈을 가지고 있어봐야 섬에서 쓸 일이 있어야지요. 돈이야 또 벌믄 되디 않습네까?"

"기래도 기 돈이 어떤 돈인데……. 험한 물길을 헤치며 번 돈 아닙네까?"

그러나 두 형제의 뜻은 확고했다. 뜻있게 쓰고 싶다는 것이었다.

"안 할 말로, 우리 같은 놈들이 주군과 을지광 대로가 아니었다믄 어뜩게 딕금처럼 살 수 있었갔습네까? 형은 감히 터다볼 수조타 없는 마누랄 얻었디, 아이들도 공짜로 얻었디, 대장선 선장으로 남들 다 우러러 보디……. 저 또한 기렇구요. 기러니 우리한테 더 필요한 게 뭐 있갔습네까? 기러고, 이데부터 주군께서 우릴 먹여 살릴 텐데 무슨 걱정이 있갔시오?"

광석이 처음엔 진지하게, 나중에는 너무 심각하다 싶었는지 농담처럼 던진 말은 진심에서 우러나온 소리였다. 또한 그 말은 광건·광석 형제에게만 해당되는 말이 아니었다. 영을 비롯한 모든 사람들에게 해당되는 말인지도 몰랐다. 서로가 서로를 만나지 못했다면 오늘과 같은 날은 있을 수 없었을 것이었다. 알 수 없는 힘에 의해 서로를 만났고, 오묘한 조화로 오늘이 있게 됐으니 모든 걸 내놓는다 해도 아까울 게 없었다. 어쩌면 공짜로 얻어진 삶이라 할 수 있었다. 그걸 망각한 채 살고 있었던 것이었다. 현실에 파묻혀 살다 보니 잊고 있었던 걸 광석이 들춰낸 것이었다.

광석의 말을 들은 영은 그들의 뜻을 막을 수 없을 것 같았다. 더 이상 막는다면 그들이 서운해 할 것 같았다. 자신들은 이런 일에 동참할 수 없는 존재냐고 화를 낼 수도 있었다. 그러니 그들의 마음을 받아들여야 했다. 그렇지만 그들의 돈은 다른 데 쓰고 싶었다. 그 방법을 한참 동안 생각했다. 그리고 뜻을 정하자 형제에게 말했다.

"기래요. 광석 선장 말이 맞는 거 같습네다. 기걸 잊고 있었네요. 공짜로 얻었고 감히 생각할 수 없는 걸 얻었는데 뭘 바라갔습네까? 그 마음을 알았으니낀 기렇게 하시라요. 광석 선장 말처럼 앞으로 삶이야 내래 책임디디요 뭐."

영은 형제의 뜻을 받아들이겠다는 뜻을 밝힌 후 덧붙였다.

"기렇디만, 선장들 돈은 집 딛는데 쓰디 말고 양식 구하는데 씁세다. 안 기래도 양식이 부독하던 탐이니낀 그 돈으로 양식을 구해다 사람들을 먹여 살리자우요. 우리래 집을 디어주고, 선장 형제래 양식을 데 주면 백성들이 더욱 좋아하디 않갔시요? 기러니 대장선 끌고 가서 양식을 가득 싣고 오라요. 고구려든, 한나라든, 부여든, 백제가 됐든 어디든 가서 양식을 구해오시구래. 그 길에 교역할 길도 탖아보고……. 이 돕은 섬에서 모든 걸 다 구할 수 없으니 교역으로 먹고 살아야 하디 않갔습네까? 네 말 알갔시요?"

"예, 주군. 무슨 말씀인디 달 알갔습네다. 우리 형제가 바닷길을 열어 보갔습네."

"기래, 바닷길 한 번 열어 봅세다. 한나라가 서역 길을 열었다믄 우린 바닷길을 한 번 열어 보댜우요."

영은 기분 좋게 형제의 뜻을 받아들임과 동시에 형제에게 새로운 임무도 부여했다. 안 그래도 인구가 늘자 식량과 물품들이 부족해 걱정이었는데 그걸 해결할 길이 열린 셈이었다. 또한 그 일을 수행할 적임자는 바로 건석 형제였다.

대장선이 출항하는 날, 영은 신료들을 거느리고 몽돌포로 나갔다.
배가 보이지 않을 정도로 짐들을 가득 싣고 있었다. 금방이라도 배가 가라앉을 것만 같았다.

"딤을 뎌릏게 많이 실으믄 배가 가라앉디 않습네까?"
영은 걱정이 돼서 범포를 쳐다보며 물었다.

"선장들이 다 알아서 했을 겁네. 선장들이 여러 사공들과 의논해서 한 일이니낀 걱뎡하실 필욘 없을 것 같습네. 기러고 뎌것보

다 더 많은 딤을 싣고도 바다를 제 집 드나들 듯 하는 사람들 아닙
네까?"

"뎌보다 더 싣기도 합네까?"

"예. 가끔은 소장도 겁낼 만큼 싣고 다니기도 합네다."

"기래요? 기래도 걱뎡스워서……."

"걱뎡 마십시오. 대장선 선장들이 어떤 사람들입네까? 기간 준비
하는 거 못 보셨습네까? 주군께서도 혀를 내두르디 않았습네까?"

"기건 기릏디만……."

범포의 말에 영은 더 이상 말을 할 수가 없었다. 사실, 이번 항해
를 준비하는 광건과 광석을 보면서 여러 사람이 놀랐었다. 얼마나
열성적인지 밤잠도 제대로 자지 않는 것 같았다. 또한 세밀하게 하
나하나 따지면서 선적하는 모습엔 보는 사람마다 혀를 내두를 정도
였다.

애초 영은 건어물 약간을 싣고 갈 줄 알았다. 양식을 구하러 가는
길이긴 했지만 빈 배로 가진 않을 거란 생각은 하고 있었다. 그러나
태자도에서 뭍으로 싣고 갈 만한 물목이 거의 없었다. 기껏해야 건
어물 정도였다.

그러나 광건 형제는 달랐다. 바다에선 흔하지만 내륙으로 들어가
면 다 귀한 물목들이라며 바다에서 나는 모든 것들을 사들이기 시
작했다. 양식을 구하러 가는 길이 아니라 태자도 물목들을 팔러가
는 것 같았다.

물고기를 대량으로 구매하여 간을 해서 싣기도 했고, 말린 바닷
고기며 해초들을 사들여 차곡차곡 배에 실었다. 해초에 따라서는
염장을 해서 싣기도 했다. 심지어는 문어와 전복, 해삼, 조개류까지

말려 실었다. 한 마디로 태자도에서 나는 모든 해산물들을 다 저장해서 실었다.

그러다 보니 시간이 다소 지체될 수밖에 없었다. 그걸 아는지 형제는 잠도 제대로 자지 않으면서 일에 매달렸다.

"동생이래 어디 가고 혼차 계십네까? 이러다가 출항도 하기 전에 앓아눕는 거 아닙네까?"

어느 날 밤, 횃불을 켠 채 말린 해초들을 선적하고 있는 형제를 노고를 치하할 겸 위로하기 위해 찾아가 말을 붙였다. 광석은 보이지 않고 광건만 배에 싣는 물목들을 일일이 점검하고 있었다. 그래서 광건에게 물었다.

그러자 광건이 장부를 접으며 허리를 숙였다.

"주군, 나오셨습네까? 광석이래 배에서 물목 쌓는 작업을 하고 있습네다. 소신이 가서 데려오갔습네다."

"아니. 일하는 데 방해되게 기럴 필요 없습네다."

"기래도……. 왔다가신 걸 알면 서운해 할 텐데요."

"하긴……. 다른 사람도 아니고 닦은선장 안 만나고 갔다가 그 입에서 무슨 소리가 나올지 원. 기러세요. 가서 얼굴 둠 보댜고 하세요."

"예. 기럼."

광건이 배에 오르고 얼마 안 있어 배에서 광석의 목소리가 터져나왔다.

"주군께서 어뜷게 이 시간에……. 내래 보라고 오셨구만요."

광석이 배에서 뛰어내리더니 영을 향해 뛰어오며 말했다.

"기래. 내래 누굴 탖아오갔수? 다 닦은선장 보러 왔디."

"기럼요. 이 야심한 시각에 주군께서 눌 보러 오셨갔습네까?"

광석은 인사를 꾸벅하며 넉살 좋게 주워섬겼다.

"고생이 많습네다. 내래 두 선장을 보니 마음이 든든합네다."

"별 말씀을……."

광건은 고개를 숙이며 받는 데 비해, 광석은 농으로 툭 받았다.

"이딴 건 일 툭에도 못 끼디요. 걱뎡 마시라요. 이런 건 눈 감고도 하는 일이니낀."

"기래요? 기럼 어떤 게 일 툭에 끼는 겁네까?"

"살아있는 말을 싣거나 정원 넘치는 피난민들 싣는 게 힘든 일이디요."

"말 싣는 건 그렇다 치더라도 피난민 싣는 게 와 힘듭네까?"

"다 실어주디 못하고, 다 실었다간 배가 가라앉을 것 같으니낀 힘든 일이디요."

광석은 웃으며 말했지만, 그 웃음 속에는 말로 표현할 수 없는 아픔을 담고 있었다. 또한 그런 아픔마저도 웃음으로 차단하려는 인간적인 따뜻함과 매력이 숨겨져 있었다. 그게 바로 광석이었다. 그래서 출항하기 전에 꼭 광석을 보고 싶어서 일부러 포구에 나왔는지도 몰랐다.

"주군, 나오셨습네까?"

영과 일행이 포구에 나타나자 광석이 뛰어와 인사를 했다.

"기래. 출항 준비는 다 됐습네까?"

"예. 안 기래도 주군을 기다리고 있었습네다."

그렇게 광석과 인사를 주고받고 있자니 광건이 뛰어와 인사를 했다.

"이롷게 와 주셔서 광영입네다."

"광영까디야 무슨? 올 둘 다 알고 있었으믄서……."

영이 농을 하자 광건은 무안한지 얼굴을 붉히는데 반해, 옆에 있던 광석은 한 술 더 떠서 설레발을 쳤다.

"기럼은요. 주군께서 오디 않았으믄 밸 안 띄을 생각이었습네다. 주군께서 뒷배가 돼 듀시고, 바람이 되어 밀어듀셔야 가디 우리 힘으로 어뜿게 가갔습네까?"

"기래요, 기래. 아무튼 광석 선장의 넉살스러운 건 알아둬야디요. 그런 기지와 재치로 꼭 배에 가득 양식을 싣고 오시라요."

영도 함박웃음으로 화답하고 두 사람의 장도를 빌어줬다.

"태풍이 없을 때라곤 하디만 됴심히 잘 다녀오시라요. 양식도 중하디만 두 사람의 안전이 제일이니 최대한 안전히 항해하고……. 아무튼 내래 두 사람만 믿고 편안히 기다리고 있갔시오. 기래도 되갔디요?"

"기러믄요, 기러믄요. 기건 걱정 마시라요. 내래 있으니 믿으셔도 됩네다. 마음 푹 놓고 기다리고 계시라요."

광석이 웃으며 대답했다.

"기래요. 성질이 서로 다른 형제가 한 배에 타서 걱정은 다소 됩네다만, 내래 광건 선장만 믿습네다."

영이 광건을 바라보며 짓궂게 말을 하자 광석이 바로 되받아 쳤다.

"기게 무신 말씀이십네까? 이 광석 선장을 믿는다고 해야디 어띠 광건 선장을 믿는다고 하십네까? 주군께선 아딕도 이 대장선의 선장을 모르십네까? 이 배 선장은 바로 접네다. 기러니 이 광석 선장한테 부탁을 해야디요."

"기, 기래요? 언제부터 이 배 선장이 광석 선장이 됐습네까? 이 배 선장은 형인 광건 선장이 아닙네까?"

"예? 탐, 주군께서는 몰라도 너무 모르십네다. 이 배의 실질적인 권한은 다 이 광석에게 있습네다. 기렇디요, 형님?"

"신소리 기만하고 날래 떠날 채비나 하라."

광건이 옆에 섰다가 동생의 팔을 툭 치며 말했다. 그 말엔 광석이 냉큼 대답했다.

"옛! 선장! 출항 준비하갔습네다."

그러더니 잽싸게 몸을 돌려 배를 향해 뛰어갔다. 그 모습에 영과 일행은 다시 크게 웃으며 잘 다녀오라고 소리를 질렀다. 그러자 광석이 돌아다보며 꾸벅 인사를 하고 다시 뛰었다.

광건도 때를 가릴 줄 알고 자신의 일에 충실하려는 동생이 기특한지 배로 뛰어가는 동생을 보며 빙그레 웃었다.

42

예상보다 광건과 광석이 늦어지고 있었다. 아무래도 첫 교역이라 생각만큼 쉽지 않은 것 같았다.

집들은 거의 마무리 단계에 있었다. 태자도 인원이 총동원됐다고 해도 과언이 아닐 정도로 매달린 덕이었다. 이제 양식만 싣고 온다면 큰 어려움 없이 겨울을 날 수 있을 것 같았다. 그래서 날마다 바다를 바라보며 대장선이 돌아오기만 기다렸다. 그런데 배는 오지 않았다. 사나흘에 한 번씩 바람이 불고 파도가 쳐서 항해하기에 어려움이 있을 것 같았다. 바다의 겨울 날씨는 늘 그 모양이니 아무래도 겨울이 지나야 돌아올 것 같았다.

그러던 그 해 세모의 어느 날이었다. 오랜만에 바다가 잔잔했다. 사나흘 동안 몰아치던 바람도 자고 파도도 한결 온순해져 있었다. 오늘쯤은 돌아올까 싶어 바다를 몇 번이나 바라봤으나 배는 보이지 않았다.

오늘도 안 오는구나 싶어 어둠이 내리기 시작하자 태자궁으로 돌아가려는데 낭두봉에서 망을 보던 병사가 헐레벌떡 뛰어왔다.

"전하, 태자 전하, 배가 오고 있습네다."

병사의 말을 들은 영은 한달음에 몽돌포로 달려갔다.

그리고 추위도 잊은 채 기다리고 있으려니 바람을 가득 받은 돛이 보이기 시작했다. 분명 대장선이었다.

"오네, 와. 더기 뎡말 온다고."

영은 자신도 모르게 소리를 질렀다.

"예. 주군! 해를 넘기디 않고 돌아오네요."

범포가 감격한 목소리로 받았고 주위에 있던 사람들이 모두 축하의 인사를 했다.

"내가 축하받을 일이 아니디요. 축한 대장선 선장들이 받아야디요."

영은 모든 공을 광건 형제에게 돌리고 싶었다. 궂은 날씨와 추위에도 아랑곳하지 않고 물건들을 팔았고 양식을 구했을 터였다. 그 노고를 그들에게 오롯이 돌려주고 싶었다. 자신이 축하를 받게 되면 그 공을 가로채는 것 같았다. 공은 상대에게 책임은 자신이 지는 게 자신이 견지해야 할 자세가 아닌가.

"주군의 뜻을 닫 알갰습네다."

범포를 대신하여 옆에 섰던 명이가 대답했다. 그러자 나머지 사람들도 고개를 끄덕이며 그에 동조했다.

배가 가까이 와서 눈에 보일 정도가 되자 영은 깜짝 놀라지 않을 수 없었다. 갈 때보다 한참 더 배가 가라앉아 있었다. 이물이 조금 보일 뿐 배가 거의 물속에 잠겨 있었다. 배 옆구리에 물이 찰랑거리고 있어 금방이라도 배가 가라앉을 듯 위태로워 보였다.

"뭘 녀릏게 많이 실어서 배가 가라앉을 것 같디 않습네까?"

범포를 돌아보며 묻자 범포도 놀란 듯이 대답했다.

"소장도 녀릏게 많이 실은 건 텨음 봅네다. 아무리 무거운 쌀을 실었다고 하디만 녀릏게까디 싣다니…… 욕심이 너무 과한 것 같습네다."

"으음……"

영은 입을 굳게 다물었다. 그만큼 안전 항해를 강조했건만 욕심이 너무 과한 것 같았다. 해서 광건 형제의 과욕을 미리 막아야 할 것 같았다. 앞으로도 많은 항해를 계속해야 할 텐데 그냥 두었다간 참사를 당할 수 있었다. 과욕은 결국 참사로 이어질 뿐이었다.

제나라 환공은 과욕을 경계하기 위해 계영배戒盈杯란 술잔을 썼다고 하지 않는가. 7할이 넘으면 스스로 술이 넘쳐 더 이상 채워지지 않는 잔 말이다. 그만큼 과욕을 경계함으로써 오패의 하나로 우뚝 서지 않았는가. 또한 역사상 과욕이 부른 참사가 어디 한둘인가. 어찌 보면 인간사의 모든 갈등과 참사는 과욕에서부터 시작된 게 아닌가. 그래서 공자께서도 제나라 환공을 본받기 위해 노력했고, 과유불급을 강조하여 중용의 도를 강조하지 않았던가. 이번 기회에 광석 형제의 과욕을 경계시켜야 할 것 같았다.

배가 닿자마자 광석이 뛰어내려 영에게 달려왔다.

"주군! 다녀왔습네다. 강령하셨습네까?"

광석은 언제나처럼 환히 웃고 있었다. 그러나 영의 굳은 얼굴을 눈치 챘는지 멈칫했다.

"달 다녀왔습네까? 기런데 큰 선장은 와 안 보입네까?"

찾지 않아도 광건이 곧 나타나겠지만 조바심이 난 영이 물었다.

"배 다 대면 올 겁네다. 긴데……."

광석이 옆에 서 있는 구명석을 바라보며 눈으로 물었다. 무슨 일 있었냐고, 무슨 일이 있냐고. 그러나 구명석이나 마석·범포도 굳은 얼굴로 바라보기만 했다. 평상시와는 전혀 다른 표정들을 하고 있었다.

그러고 있자니 광건이 배에서 내려 달려왔다.

"다녀왔습네다, 주군! 기간 강녕하셨습네까?"

"기래요. 수고했습네다. 기런데 하나 묻고 싶습네다. 더렇게 많은 짐을 실으면 위험하디 않습네까?"

영은 단도직입적으로 물었다.

그러자 광건이 머리를 긁적이며 대답했다.

"양식이라 무거워서리……. 기렇다고 두 번 갔다올 수는 없고 해서……."

"기래요? 기럼 한 가디만 묻갔습네다. 공자께서는 디나틴 자장子張과 부족한 자하子夏 중 어느 편이 낫다 했습네까?"

"기야, 과유불급過猶不及이라고 했디요."

"기래요. 오늘 제가 하고 싶은 말이 그 말입네다. 과유불급. 기런데 두 선장은 너무 과욕을 부린 것 같습네다. 기러다가 달못되면 배가 가라앉을 수도 있고……, 기렇게 된다믄 여기 남은 사람들은 또 어띠 되갔습네까? 기걸 생각해봤습네까? 이번 한 번만 항해하고 다음부턴 항해 안 할 겁네까?"

"주군! 저희들 생각이 땳았습네다. 자신감과 의욕만 앞세우다 보니 과했던 것 같습네다."

광건이 기어드는 소리로 답했다.

"바로 기겁네다. 앞으론 이번 일을 교훈 삼아서 절대 욕심을 부리디 마시라요. 내래 당부하갔습네다. 배를 보는 순간 가슴이 털렁 내려앉았습네다. 두 선장이 달못된다믄 그 어떤 일을 이룬다한들 무슨 의미가 있갔습네까? 내래 더 이상 내 곁에 있는 소중한 사람들을 잃고 싶디 않습네다. 기러니……."

영은 목이 메여 더 이상 말을 이을 수 없었다. 자신 때문에 목숨을 잃은 아지와 소용 떠오르자 목이 멨던 것이었다. 그 전철을 이제 다시 밟고 싶지 않았다.

43

첫 항해 석 달 동안 광건·광석 형제가 이룬 공은 실로 컸다.

제일 먼저 충분한 식량을 싣고 옴으로써 식량 걱정을 던 것이었다. 인구가 급증하여 겨울나기가 걱정이었는데 그 걱정을 던 것은 무엇보다도 큰 성과였다. 3백 명 남짓하던 태자도 인구가 천 명에 육박하여 식량대란이 예상됐었는데 한시름 놓게 된 것이었다.

배가 가라앉기 직전까지 과적했던 이유도 그 때문이었다. 두 번에 나누어 싣고 올 수도 있었지만 날씨가 변덕스러운 겨울이라 두 번이나 항해하는 건 어렵다고 판단하여 위험을 감수했던 것이었다. 식량이 부족하면 민심이 사나워질 수밖에 없고, 그 모든 책임을 태자가 감수해야 하니 그걸 막아볼 생각으로 위험을 무릅쓰고 강행했던 것이었다. 그런데 태자는 대장선 두 선장의 목숨이 더 중요했기에 광건과 광석을 나무랐던 것이었고.

다음으로 대륙 곳곳을 두루 돌아다니면서 태자도를 알린 것도 이번 항해의 성과였다. 고구려 강역뿐만 아니라 부여, 숙신은 물론 한나라에까지 태자도를 알린 것이다.

비록 태자도는 고구려에 속한 하나의 섬이긴 하지만 중실씨의 허수아비인 궁宮과는 별개의 정통정권이 태자도에 존재하고 있음을 알린 것이었다. 태자도는 태자 영에 의해 다스려지는 자치의 섬임을 분명히 한 것이었다.

이는 광석을 비롯한 많은 사람들의 노력에 의한 것이었다. 해산물을 파는 과정에서 자연스럽게 알려진 게 아니라 광석을 비롯한 상인들이 일부러 알린 것이었다. 그들은 물품에 태자도 자랑을 끼어 팔았고, 물품보다 태자도 알리기에 더 열을 올렸다. 값싸고 질 좋은 상품을 통해 태자도를 각인시킨 것이었다. 그렇게 해야만 자신들이 아닌 다른 상인들이 오더라도 그에 합당한 대우를 해줄 것이었기에 태자도 알리기를 무엇보다 우선시했다. 그 결과 돌아올 때는 제법 많은 사람들이 태자도와 그들을 기억해줬다. 태자도와 교역하겠다는 상단과 도가都家가 나설 정도였다. 당장 내년 봄부터 물량을 공급해달라고 청하는 곳도 있었다.

셋째로 뱃길을 일목요연하게 정리한 것도 이번 항해의 성과였다. 대부분 뱃길은 사공들의 경험에 남아 있을 뿐이었다. 그러다 보니 경험을 하지 않고서는 뱃길을 알 수가 없었고 항해술이 널리 퍼질 수 없었다. 그런 단점을 보완하기 위하여 이번 항해에 이용했던 뱃길을 정리했다. 글과 그림으로 항해도를 정리하는 한편, 항해에 필요한 제반사항들을 기록했다. 항해할 때 주의해야 할 사항들까지 꼼꼼히 정리해두었다. 광건과 광석의 혜안과 노력 덕이었다. 심지어는 노래로 되어 있는 항해가航海歌와 뱃노래까지 적어놓음으로써 대륙으로 통하는 뱃길을 정리해 놓았다. 그리고 항해 과정에서 볼 수 있는 섬과 대륙의 모습과 특징, 둘 사이의 거리 등을 상세히 기록함으로써 글만 알면 항해할 수 있게 했다.

넷째로 요동반도와 산동반도에서 대륙으로 통하는 길을 정리한 것이었다. 요동반도는 고구려의 강역이요, 산동반도는 이제 한나라의 강역이 됐지만, 두 반도는 한나라뿐만 아니라 부여, 숙신과도 연결되는 요충지였다. 또한 그곳에선 나라와 상관없이 교역이 이루어지고 있었다. 나라는 변하지만 장사와 교역은 변하지 않는다는 진리를 말해주고 있었다. 낙랑이 멸망하기 전에 그랬듯이 두 곳은 중개무역을 통해 부를 축적하고 있었다. 낙랑이 대륙과 대륙을 연결하는 대륙 요충지라면 두 반도는 대륙과 해양을 연결하는 해륙 요충지였다.

각각 고구려와 한나라 땅이긴 했지만 한나라, 부여뿐만 아니라 숙신이나 백제까지 무역을 하고 있었다. 심지어는 신라에서도 상인들이 드나들고 있었다. 대륙과 반도, 심지어는 섬의 물목들이 넘쳐나고 있었다. 없는 게 없을 정도였다. 물품뿐 아니라 노예를 중심으로 한 인간시장까지 펼쳐지고 있었다. 그런 요충지에서 한나라, 부여, 숙신까지 이어진 길을 파악하는 건 중요한 일이었기에 그걸 파악하느라 귀환이 다소 늦어진 것이었다.

광건·광석 형제의 이야기는 야화 못지않았다. 석 달 남짓의 경험은 평생토록 이야기해도 마르지 않을 것 같았다. 하기야 패수를 따라 오가던 이들이 대륙 깊숙이 다녀온 경험은 새로울 수밖에 없었다. 듣는 사람들도 그건 마찬가지였다. 마석과 범포를 제외하고는 대륙 깊이 가 본 적이 거의 없는 사람들이었다. 더군다나 새로운 문물과 상품들이 즐비한 시장을 중심으로 대륙을 다녀본 적이 없는 사람들이었다. 그런 그들에게 새로운 세계에 대한 모험담은 그 자체로 흥미진진한 것이었고 천계 여행天界旅行만큼이나 환상적인 것이었다.

그렇게 사흘 넘게 여행 경험을 얘기하던 광석이 문득 생각난 듯이 한 인물에 대해 얘기했다. 갈사국에 있었던 왕자의 난에 대한 얘기와 그 때문에 쫓겨난 부여인섭夫餘仁燮에 대한 얘기였다.

"왕자 중 그나마 재빨리 몸을 피해 살아남긴 했디만 그 생활이 이루 말할 수가 없었시오. 우리가 여유가 있었으믄 도와두고 싶을 정도였시오."

그러자 태자가 급히 물었다.

"기 왕자 어디 있었시오?"

태자가 하도 다급하게 묻는 통에 말을 꺼냈던 광석뿐만 아니라 모여 있던 모든 사람이 놀랄 정도였다.

"기, 길쎄요? 기게 어디였시오? 돌아오는 길이었으니 요동 끝다락이었디요?"

광석이 애매한 듯 형 광건을 돌아보며 물었다.

"기랬디. 바다에서 멀디 않은 곳이었으니낀 중산(中山. 현재의 단둥[丹東] 펑청시[風城市] 부근) 어디뜸인 것 같은데……. 소신도 자세한 건 기억나디 않습네다."

"달 기억해보라요. 어디만인디?"

광건이 기억을 되살리며 부여 왕자의 위치를 알린 후, 부여 왕자를 모셔오기 위해 기울였던 노력에 대한 애기와 그곳을 떠나던 날 찾아갔던 일까지 대충 알렸다. 그럴수록 태자가 더 안달 나했다. 그러자 광석이 나서며 말했다.

"아 탐, 내래 기 내용을 기록해 뒀을 겁네다. 이름은 인섭, 어질 인 자에 불꽃 섭 자라 했습네다."

"기럼 부여인섭이갔구만요. 날래 가서 기 기록을 가뎌와 보라요."

태자의 명에 광석이 집으로 뛰어가 이번 항해에 관한 기록을 가져왔고, 부여인섭에 대한 내용이 공개되었다.

부여인섭의 이야기를 듣더니, 태자는 그를 태자도로 데려오고 싶어 했다. 동질감 때문이었을 것이었다. 무범 또한 같은 마음인지 태자와 마찬가지로 흥분하는 것 같았다. 그러나 태자처럼 표현은 하지 않았다. 엎혀사는 주제에 비슷한 처지에 있는 사람에게 관심을 보인다 한들 어쩔 방법이 없었을 것이었다. 그러나 태자가 관심을 보이며 광석을 재촉하자 왕자는 태자의 마음을 누구보다 잘 알겠다는 듯 의미심장하게 고개를 끄덕이고 있었다. 동병상련의 정이란 그런 것인가 보았다.

"무범 왕자 생각은 어뜧습네까? 우리가 모셔 와야 하디 않갔습네까?"

"정리상은 기러한데, 겨울이라 날씨가……."

"아닙네다. 내래 도망 다니며 한겨울을 넘겨본 사람입네다. 딕금 우리가 도와듀디 않으면 기 부여인섭은 이 겨울을 나디 못할 디도 모릅네다. 그러니 딕금 모셔 와야 합네다."

"훌륭한 뜻이긴 합네다만 신하들과 의논해 보심이 둏을 듯합네다. 기런 연후에 대책을 세우는 게 둏디 않갔습네까?"

"알았시오. 기럼 당장 내일이라도 회의를 소집해야갔시오."

뜻을 정한 태자는 다음날로 신하들과 의견을 나누었다. 태자의 뜻을 안 신하들은 태자의 뜻대로 하시라고 일임해 주었다.

"기럼 배가 가당 큰 문젠데, 선장들 생각은 어떻습네까? 딕금 모셔오는 건 불가능합네까?"

태자가 간절한 어조와 눈빛으로 광건과 광석에게 물었다. 그러자 광건과 광석은 머뭇거리지 않을 수 없었다. 불가하다고 말하고 싶었지만 태자의 간절함 때문에 감히 그런 말을 입에 담을 수가 없는 것 같았다. 태자가 명을 내린다면 목숨을 걸고서라도 갔다 오겠지만, 태자가 그런 명을 내릴 리는 없었다. 신하들의 목숨을 자신의 목숨만큼이나 소중히 생각하는 태자가 아니던가. 태자는 그것 때문에 갈등하고 있음이 분명했다. 그걸 알고 있기에 광석이 나섰다.

"주군께서 허락만 해듀신다면 다시 다녀오갔습네다."

그 말엔 광건도 고개를 끄덕였다.

"기걸 말하는 게 아닙네다. 한 사람, 그것도 잘 모르는 사람을 위해 선장 두 분을 위험에 빠트릴 수는 없습네다. 내 말은 겨울에도 안전하게 항해할 방법이 있는가를 묻는 것입네다. 섬과 섬 사이를 돈다든가, 육지 가까운 곳으로 항해하는 방법이 있는가를 묻는 겁네다."

"주군! 우린 대부분 연근해 항행 합네다. 만약의 사태를 대비하기 위해서이기도 하디만 지형지물을 이용하기 위해서이기도 합네다. 기러니 날만 달 고른다면 큰 어려움 없이 다녀올 수 있습네다."

"기 날이 언제라고……. 날마다 파도가 하얗기만 한데……. 이런 날씨에 바다에 나갔단 일각도 견디기 어려울 게요."

"기렇디만은 않습네다. 삼한사온이라 했으니 바람이 단 날을 택해 움직일 수 있습네다. 기러니 우릴 믿고 다녀올 수 있게 허락만 해두신다면 다녀오갔습네다."

"아, 아닙네다. 기나긴 행상에서 돌아온 게 메칠이나 됐다고……. 아무래도 봄에나 움직이는 게 둏을 거 같습네다. 괜히 한 달 먼뎌 움직이려다 불상사를 당할 수도 있으니 한 달 정도만 기다렸다가 움직이기로 합세다."

태자는 그쯤에서 말을 정리하려는 것 같았다. 그러자 광건이 지나가는 말처럼 한 마디를 던졌다.

"어떠면 기 왕자가 먼뎌 탓아올지도 모릅네다."

"기, 기 무슨 말이오?"

"사실…… 주군께 말씀드리딘 않았디만 그 왕자 분을 모셔올라고 했었습네다. 기러나 그 분이 혼자만 올 수 없다고, 당신을 따르는 신하들과 헤어질 수 없다고 해서 포기했었습네다. 기러니 어떠면 자구책을 강구하고 있을지도 모릅네다. 기 왕자 분 뒤에도 충성스럽고 지혜로운 신하들이 있었기에 딕금껏 살 수 있었고, 거기까디 오디 않았갔습네까? 기러니 오히려 기다려 보는 것도 한 방법일 것 같습네다."

"기렇디만 거기서 여길 어뜿게 오갔습네까? 뱃길도 익숙하디 않을 텐데."

"기건…… 무범 왕자께서도 오디 않았습네까? 뜻이 있으면 길은 있을 겁네다. 기러고 여기 오는 길은 조선반도뿐만 아니라 요동, 산동 사람들이 거의 알고 있으니 크게 걱정하디 않으셔도 될 듯합네다."

"기, 기래요? 기렇다믄 다행이고. 혹시 큰 선장과 무슨 약조라도 있었던 게요? 돔 자세히 말해보라요."

"약조 같은 건 없었습네다. 다만, 주군께서 사람을 귀히 여기기고 천하의 인재들을 예로 모시고 있다는 말을 했을 뿐입네다. 기러니 마음만 있다믄 오디 않갔습네까? 이데 여기 상황이야 어디에서나 알고 있으니 말입네다."

"기건 그렇긴 하구만요."

태자는 한숨을 푸욱 쉬며 아쉬움을 달래는 듯했다.

신하들은 그 모습을 조용히 바라보고 있었다. 이러지도 저러지도 못하는 그 마음을 신하들이라고 모를 리 없었다. 또 한 동안 밤잠을 못 자면서 혼자 괴로워하겠거니 생각하고 있었다.

그러나 그런 날은 그리 길지 않았다. 광건의 예측이 맞음을 증명이라도 하듯 부여인섭이 태자도에 들어왔기 때문이었다.

부여인섭의 합류

44

부여인섭 관련 회의를 마친지 닷새째 되던 날이었다. 낭두봉에서 북소리가 울려 퍼졌다.

한 번씩 일정하게 끊어 울리는 게 배 한 척이 포착됐다는 신호였고, 징소리가 들리지 않는 게 위험 상황은 아니란 뜻이었다. 곧이어 낭두봉에서 말 한 필이 나는 듯 달려오더니 태자궁 앞에 섰다.

태자궁 앞에는 이미 북소리를 들은 구명석이 나와 있었다. 말이 태자궁 앞에 서자 석권이 말에서 뛰어내리는 병사를 보고 물었다.

"무슨 일인가?"

"예. 배 한 척이 보입네다."

"어디쯤이네?"

"예. 아딕 멀리 있긴 한데 우리 쪽으로 오는 것 같습네다."

"기래, 알갔다. 계속 감시하라."

"예, 군사. 기럼 가보갔습네다."

병사가 군례를 마치고 돌아서려 할 때쯤 마석과 범포도 태자궁을 향해 달려왔다.

"이 날씨에 배라니요?"

범포가 달려오며 석권에게 물었다.

"배 한 텩이 우리 섬으로 온답네다. 아딕 멀리 있으니 계속 감시하라 했습네다."

"알갔습네다. 긴데 건석 형제래 왜 안 보입네까?"

"길쎄요. 벌써 포구로 나갔나 안 보입네다."

석권이 말을 마치자 옆에 섰던 명이가 태자궁을 돌아보더니 조용한 목소리로 말했다.

"두 형제가 아무래도 우리 몰래 뭔갈 꾸미고 있는 거 같습네다."

"꾸미다니? 뭘 말이네?"

석권이 소리를 지르자 명이가 재빠르게 태자궁을 돌아보더니 석권을 나무랐다.

"목소리 둠 낮튜게. 전하께서 들으시믄 어뗘려고?"

그러자 석권도 아차 싶은지 목소리를 낮추며 다시 물었다.

"뭘 꾸민다는 게야?"

"길쎄…… 기것까던 나도 모르갔데만 요듬 두 형제가 바쁘게 움딕이는 게 아무래도 뭔갈 꾸미는 것 같아서 하는 말이야."

그 말엔 마석이 나서며 받았다.

"박사께서도 눈티 태셨기만요. 내가 보기에도 뭔가 이상하긴 했습네다."

"이상하다니요? 뭐가요?"

"길쎄, 댤은 모르갔디만 뭘 준비하는 것 같았습네다."

그러자 석권이 입을 다문 채 가만히 서 있는 구비를 돌아보며 물었다.

"개코! 너래 됴용히 있는 걸 보니 뭔가 알고 있디?"

"알긴 내가 뭘?"

"안 기랬으믄 너가 됴용히 있간? 기러니 감튜디 말고 날래 불라."

"내가 뭘 감튠다는 기야? 생사람 닶디 말라."

그러더니 태자궁을 향해 들어가려 했다. 그러자 석권이 앞을 막아서며 다시 물었다.

"사실대로 말하라. 안 기러믄 전하께 말씀드리고 말갔다."

"거 탐! 내래 뭘 감튠다고 이러네? 내가 알고 있다믄 가만히 있갔네? 벌써 전하께 고했디."

"퍽이나……. 너도 한 통속이디?"

"이 간나가 왜 또 발광이네. 난 모른다고 하디 않안? 나도 궁금해서 둑갔는데……."

그러더니 스적스적 태자궁을 향해 걸음을 옮기기 시작했다. 구비도 낌새는 챘는데 건석 형제가 무슨 일을 벌이려는지 구체적인 내용은 아직 모르는 눈치였다. 안 그랬다면 입을 다물 리 없었다.

"간나, 뭔가 알고 있구만 기래."

석권의 말에 명이가 바로 받았다.

"기래, 기런 것 같네. 나녀럼 낌새 탰는데 정확한 건 모르는 것 같은데."

그 말에 마석과 범포도 고개를 끄덕이고 있었다. 뭔가 있음이 확실하다는 뜻이었다.

그 시각. 건석 형제는 뒷개에 있는 창고에서 선적할 물품들을 살피고 있었다. 부여인섭 관련 회의는 별다른 결론 없이 끝났지만 광건과 광석은 회의를 마치자마자 항해를 위해 만반의 준비를 하고 있었다. 비록 부여 왕자를 모시러 가는 길이라 해도 빈손으로 오갈 수는 없었기에 싣고 갈 물품들을 다른 신료臣僚들 몰래 준비를 하고 있었다. 열흘 안에 부여 왕자가 오지 않으면 자신들이 다녀올 생각이었다. 태자야 말리겠지만 그게 태자를 위하는 일임을 알기에 비밀리에 강행할 계획으로 준비하고 있었다.

그렇게 항해 준비를 위해 추위도 잊은 채 물목들을 준비하고 있는데 북소리가 울린 것이었다. 파도가 높아 항해할 만한 날씨가 아니었다. 낭두봉에서 북소리가 울려 바다를 바라보니 배가 보이지 않았다. 급히 말을 타고 낭두봉에 오르니 배 한 척이 태자도를 향해 떠오고 있었다.

급히 말을 몰아 낭두봉을 가로질러 몽돌포로 달려갔다. 그러나 북소리를 듣자마자 발진했는지 새로 건조한 배 한 척은 보이지 않았다.

"출항 준비 마티고 대기중입네다."

건석 형제의 말이 멈춰서자 병사 하나가 달려오더니 외쳤다. 그러자 광건이 대답했다.

"아님메. 다른 배가 갔으니 우리 배까디 나갈 필욘 없을 기야. 기러니 다시 닻을 내리라."

"예! 알갔습네다, 장군."

병사가 달려가자 광석이 광건을 바라보며 물었다.

"혹시 부여 왕자래 아닐까요?"

"길쎄……. 기룽기만 하다믄 다행이고."

"데발 기릏게만 됐으믄 돟갔습네다. 기러믄 이 겨울에 생고생 안 해도 될 거 아닙네까?"

"기렇디? 기래야 간난이 곁에 있을 거 아니네?"

광건이 광석을 놀리듯 말하자 광석이 기다렸다는 듯이 쏘아붙였다.

"거 간난이 같은 소리 하디 말고 형이나 형수하고 딸 하시라요. 왜 애가 안 서는 겁네까? 고자유 아니믄 벌써 씨가 마른 거유?"

"거, 못 하는 소리가 없다. 때가 되믄 다 생기갔디."

"환갑 진갑 다 디나서? 형수 곁에 가디도 못하는 거 아니유? 안 기러믄 애가 안 들어설 리 없디 않슈?"

"너, 형수 앞에서 혹여나 기런 소리 말라. 안 기래도 애가 안 선다고 치성 드리는 모양이니낀. 기러니 괜한 부담듸디 말라. 내래 아들 둘이 이미 있닪네."

"형, 혹시 기래서 앨 안 갖는 기야? 아들들 키우는데 방해될까 봐?"

"아니래도. 너그 형수가 치성 드린다는 말 못 들언?"

"형수 몸만 달믄 뭐해. 형이 형수 몸에 씰 제대로 뿌려야디."

"치성 드리는 마누랄 내가 모른 턱하갔네? 나도 다 노력하고 있으니낀 쫌만 더 기다리라."

"알았수. 이번 겨울에 우리 형이 애나 맹글게 뎌 배에 부여 왕자나 와버렸으믄 돟갔다."

"기러게."

대답하며 바다를 바라보는 광건의 얼굴엔 수심과 기대감이 교차하고 있었다.

45

인섭이 탄 배가 몽돌포 가까이 다가오자 제일 먼저 알아본 것은 다름 아닌 광석이었다.

"아, 아니? 부여 왕자가 아닙네까?"

배에 타고 있는 인섭을 먼저 알아본 광석이 놀라며 소리를 질렀다. 그러자 광건이 앞을 바라보며 물었다.

"어디? 어디?"

광건이 허둥대며 잠시 배를 살펴보더니 춤이라도 출 듯 소리를 질렀다.

"와, 왕자! 왕자가 맞구나, 왕자가 맞아. 날래 전하께 알리라, 날래."

광건은 놀람과 반가움에 누구에게랄 것도 없이 소리를 지르며 인섭네 배 쪽으로 뛰어갔다. 광석도 광건을 따라 뛰었고.

배가 접안했다 싶자 광건이 배에 뛰어오르더니 인섭의 손을 덥석 잡으며 인사를 했다.

"어서 오십시오 이 궂은 날씨에 어떻게? ……뎡말 딸 오셨습네다. 안 기래도 조만간 왕자를 모시러 갈래고 준비를 하고 있었습네다."

"별말씀을요. 이렇게 환대해 듀시는 것만도 고마운데……."

인섭의 답례에 곁에 섰던 광석이 인섭의 손을 잡으며 받았다.

"아닙네다. 뎡말로 왕잘 모시러 갈래고 모든 준비를 해뒀습네다. 날씨만 똥아디믄 출발할래고. 오늘도 기 준비를 하던 탐이었습네다."

"기렇습네까? 뎡말 뭐라 감사를 드려야 할디……."

인섭은 두 사람의 말이 빈말이 아닌 것을 확인하고 감사의 말을 전하고 싶었으나 말이 나오지 않는지 말을 끊었다.

"감사라니요? 당티도 않습네다. 댜, 어서 내리시디요."

광건이 잡은 손을 끌며 내리라고 하자 인섭이 뒤를 돌아보았다. 배에 쪼그리고 앉은 철근이 눈에 눈물을 가득 담은 채 고개를 끄덕이고 있었다.

인섭이 두 사람의 손을 잡고 배에서 내리려는데 다급한 말발굽소리가 들렸다. 대여섯 필의 말이 포구를 향해 쏜살같이 달려오고 있었다. 영과 무범, 그리고 신하들이었다.

"어, 마팀 뎌기 태자 전하께서 오시는기만요."

"예? 태자 전하라니요? 어떻게 전하께서?"

"우리가 기별해뒀습네다. 안 기래도 목이 빠뎌라 기다리고 있었구요."

"이런 황송할 데가……."

인섭이 감격했는지 말을 맺지 못하자 건석 형제가 인섭의 팔을 잡아 배에서 내리는 걸 도왔다. 배에서 내린 세 사람이 자리에 선 채 말들이 달려오는 모습을 바라보았다.

그리고 잠시 후, 말이 포구에 닿자 영이 말에서 뛰어내리더니 건석 형제와 함께 서 있는 인섭에게 달려가더니 확인절차도 거치지 않고 인섭을 덥석 껴안았다. 마치 헤어졌다 다시 만난 형제나 친구를 껴안 듯 스스럼이 없었다. 파격 중의 파격이었다. 보통사람으로서는 상상도 할 수 없는 행동이었다. 그러더니 떨리는 목소리로 말했다.

"달 오셨습네다. 이제야 다리 뻗고 잠을 자게 달 수 있갔습네다.

왕자 애기를 듣던 날부터 하루도 마음이 편틸 않았고, 모셔오고 싶어서 밤잠을 옳게 못 이루었는데, 이렇게 탓아오셨으니 이보다 더 기쁜 일이 어딨갔습네까? 달 오셨습네다. 어서 오시라요."

영은 상대의 반응이나 감정을 살피기보다 자신의 감정에 충실하고 있었다. 그만큼 감정을 주체하기 힘든 것 같았다. 그건 동병상련의 정을 뛰어넘는, 영의 인간미를 가감 없이 드러내는 행동이었다. 상대가 어리둥절할 만큼 영의 행동은 거침없었고, 파격적이었다.

"혹? 태자 전하십네까? 이 태자도를 다스리시는 태자 전하가 맞습네까?"

인섭이 영의 품에서 벗어나며 어리둥절한 목소리로 물었다.

"예, 기렇습네다. 내래 바로 태자 영입네다."

"예? 기럼……."

말과 동시에 인섭이 몸을 숙여 예를 갖추려 하자 영이 막으며 말했다

"아, 아닙네다. 예는 무슨 옙네까? 우린 형제나 다름없습네다."

"기, 기래도 처음 뵙는데 어떻게……?"

"아닙네다. 왕자께선 나를 텨음 볼디 모르디만 난 이미 왕자를 수백 번도 넘게 그렸습네다. 기러니 걱정 마십시오. 날씨도 안 똫고 튜운데 먼 길 오느라 고생하셨으니 날래 갑세다. 날래 가서 몸 먼져 녹이시디요."

영은 붙잡은 인섭의 손을 놓지 않고, 어서 가자고 손을 잡아끌었다.

"아무리 기렇다 해도 예는 갖춰야……."

"예는 무슨 옙네까? 우리 형제라 하디 않았습네까? 기러니 날래 가자우요."

영은 끝내 예를 표하려는 인섭의 손을 놓지 않음으로써 자신의 의지를 표현하고 있었다. 그러고는 인섭의 손을 잡아끌며 좌우에게 명했다.

"왕자를 모시라요. 모시고 날래 올라갑세다."

그런 영의 행동을 무범과 구명석, 마석과 범포는 뜨거운 눈으로 바라보고 있었다.

46

인섭은 모든 게 어리둥절하기만 했다. 광건 선장을 찾아온 그를 게 보자마자 태자가 덥석 안자 놀라지 않을 수 없었다. 도저히 생각 지도 못한 일이라 어떻게 처신해야 좋을지 판단할 수 없었다.

애초 인섭 일행이 태자도로 향한 것은 광건 선장의 말 때문이 아니었다. 광건 선장이 태자도에서 어느 정도 영향력을 갖고 있는 지 가늠할 수 없었다. 단순히 태자도를 거점으로 장사나 하는 상인 이거나 상인에 소속되어 있는 배의 도사공쯤으로 생각했었다. 그래 서 태자도에 대한 정보들을 수집하기 시작했다.

정보들을 수집한 결과, 태자도는 생각보다 매력적인 곳이었다. 고구려 태자 자리에서 쫓겨난 영 일행이 머무르는 곳으로, 태자의 따뜻함에 섬사람들은 물론 뭍의 백성들도 태자를 존경하고 있었다. 또한 태자도의 상황이 널리 알려져 태자도로 들어가는 사람들도 많다고 했다. 인재에 대한 예우도 깊어 낙랑국 왕자 양무범뿐만 아 니라 많은 인재들이 들어가 있다고 했다.

그러나 인섭은 망설이지 않을 수 없었다. 그 섬으로 들어간다는 것은 부여와의 완전 단절을 의미했다. 비록 도망자 신세이긴 했지만 어엿한 부여의 왕자가 작은 섬에 갇혀 지낼 수는 없었다. 또한 태자와 양무범이 있는 곳으로 들어가 본들 찬밥 신세일 가능성이 높았다. 인재를 예우한다지만 자신은 인재가 아니었다. 수하에 인재 몇이 있었지만 잘못하면 불청객이 될 수 있었다. 불청객 정도가 아니라 찬밥 신세가 될 수도 있었다.

그런데 중산의 겨울은 생각보다 추웠다. 실제적인 추위보다 심리적인 추위를 감당하기 어려웠다. 중산은 부여의 도읍보다 남쪽이니 실제적인 추위는 그다지 심한 편이 아니었다. 문제는 심리적인 추위였다. 가슴을 파고드는 추위에 비하면 살을 파고드는 추위는 추위도 아니었다. 아무도 모르는 타국에서 돈 한 푼 없이 겨울을 나려니 견딜 수 없는 추위가 엄습했다. 그 추위는 따뜻한 인간의 정이 아니면 막을 수도 녹일 수도 없는 추위였다.

그런 추위에 떨다가 광건 형제를 만나자 마음이 크게 요동쳤다. 그들이 보여준 따뜻한 미소와 말은 마음을 따뜻하게 했다. 도성을 떠나온 후 처음 맛보는 것이었다. 버림받았다는 생각에 떨고 있는 사람에게 그보다 더 큰 위안은 없었다. 그런 위안을 준다는 건 상대도 그와 같은 경험을 했거나 하고 있을지도 모른다는 생각을 갖게 했다.

"태자도에서 왔다고 했습네까?"

"기러합네다."

"태자도에 대해선 많이 들어봤디만 태자도에서 온 사람은 텨음입네다. 기래, 거기 삶은 어떻습네까?"

"아실디 모르갔습네다만, 태자께서도 고구려 왕실에서 쫓겨 거기 머물고 계십네다. 왕자와 크게 다를 바가 없다 하갔디요. 차이라믄 태자께서는 그 섬에서 창궁을 날아오를 준비를 하고 있다는 게 다를 뿐이갔디요."

"다시 날아오를 준비를 하고 있는 게 다르다?"

"기렇습네다. 기러니 왕자께서도 태자도로 가셔서……."

"아, 아닙네다. 혼자 몸도 아니고 군식구들까지 이끌고 의탁하려면 그에 합당한 급부가 필요하갔디요."

"급부라니요? 당치도 않습네다. 태자께서는 인재들을 통해 웅비하려 있습네다. 기러니 왕자와 일행을 모셔 가면 버선발로 나와 맞을 겁네다. 기러니 기런 걱뎡은 안 하셔도 될 겁네다."

"아무리 기렇다 해도……. 아무튼 달 알갔습네다. 둄 더 생각해 본 후에 연통을 놓갔습네다."

그게 마지막이었다. 태자도로 떠나던 날 형제가 다시 인섭을 찾아왔지만 인섭은 만나주지 않았다. 출타 중이라고 거짓을 알리게 했다. 마음이 정리되지 않은 상황에서 만나봐야 별 의미가 없을 것 같았다. 또한 한낱 무역선 선장에 불과한 사람에게 자신의 거취 문제를 의논하는 것도 자존심 상하는 일이었고, 그의 말을 얼마만큼 믿어야 할지도 의심스러웠다. 말하는 품이나 태도로 봐서는 단순한 무역선 선장은 아닌 듯했으나 전적으로 신뢰할 수는 없었다. 무역선 선장이 힘이 있으면 얼마나 있으랴 싶었다. 그런 그에게 꼬여 자신과 수하들을 맡길 수는 없었다.

그렇게 광건을 보내고 광건에 대해 알아봤더니 그는 생각보다 태자도의 핵심인물이었고, 태자의 측근이기도 했다. 그의 말이라면 믿을 만하다는 게 대체적인 평이었다.

인섭은 후회스러웠다. 이번에도 너무 신중함만 앞세우다가 기회를 놓친 것 같았다. 또한 사람을 인품이나 역량으로 판단하지 않고 지위나 직책 같은 외적인 요소로 평가함으로써 사람을 잃은 것 같아 조바심이 일었다. 생각해보니, 지금까지 자신 곁에서 자신을 도왔던 이들은 한결같이 버려진 존재들이었다. 철근을 제외한 모든 이들은 변변한 이름조차 없는 이들이 아닌가.

마방을 운영하며 각종 정보들을 수집해주어 도성에서 무사히 빠져 나올 수 있게 도와주는 한편, 자신의 비밀서찰을 대왕에게 알리기 위해 죽음을 무릅쓰고 다시 도성으로 들어갔다가 주작군이 도성으로 몰려들고 있음을 알리기 위해 도성문 앞에서 자결한 덕돌이.

비상한 기억력으로 모든 걸 기억했다 알려주는 한편, 길잡이로 안전한 길로 안내하여 인섭뿐만 아니라 일행의 목숨을 구해준 짝귀.

명궁으로 벌테·들보·짝귀와 함께 늘 자신의 안전보다 타인의 안전을 먼저 생각하고 타인의 목숨을 지켜준 꺽지.

타고난 괴력으로 위급한 순간을 무사히 넘길 수 있게 도와주었을 뿐 아니라 험한 일을 도맡아 처리해줬고 묵묵히 있다가 꼭 필요한 순간엔 결단력을 발휘하여 앞장섰던 들보.

산적 두목이었다가 마음을 바꿔먹고 자신의 휘하에 들어와 하얼빈에서의 한겨울을 무사히 넘기게 도와주는 한편, 하얼빈에서의 정착을 도와줬던 석호.

그 외 만수군으로 자신을 호위했던 이들이나 석호 휘하에 있던 산채 사람들 모두가 버려진 들꽃이나 잡초 같은 사람들이었다. 그런 사람들 때문에 아직까지 목숨을 부지하고 있고 최후의 순간에는 그들의 목숨 값으로 살아남지 않았는가. 그런 사실을 망각하고 광건의 지위나 행색만을 따져 그를 멀리 한 건 자신의 존재근원과 이유를 잊은 것이나 다름없었다. 또한 하얼빈 군사와 단둘이 도망친 후에는 어떤가. 그때도 이름 없는 존재들의 도움으로 목숨을 부지하지 않았던가. 또한 이제 자신은 그들과 다를 게 없는, 버려진 존재가 아닌가. 인섭은 자신의 오만과 편견에 치가 떨렸다.

47

초미의 상황이라 군사가 인도하는 대로 가는 수밖에 없었다. 무슨 말이든 할 것 같았고, 무슨 말이든 하고 싶은데 서로 약속이나 한 듯 아무 말도 하지 않았다. 말을 하는 순간 모든 게 끝장나기라도 할 듯 입을 잠그고 있었다.

하루를 달려 마방에 들어서도 마찬가지였다. 군사는 들어가시디요, 식사하시디요란 말 외에는 다른 말을 일체 하지 않았다. 인섭이 무얼 묻기라도 할까봐 일부러 피하는 것 같았다. 그런 낌새를 챈 인섭도 말을 삼갔다. 말이 필요 없는 상황에서 말을 하면 불필요한 감정만 자극할 뿐이란 걸 알고 있었기에 말을 아꼈다. 그러나 진짜 이유는 모든 걸 군사에게 맡기니 알아서 하라고 일임하고 있음을 알리고 싶었기 때문이었다. 절대적으로 군사를 믿고 군사가 하자는 대로 하겠다는 의지를 묵언으로 보여주고 싶었다. 말이 필요한 순간이 되면 자연스레 군사가 먼저 말을 꺼낼 것이었다.

마방이나 숙소에서 길을 다 파악했는지 길을 가면서는 길을 묻는 일도 없었다. 마치 모든 길을 다 아는 사람처럼 앞을 향해 달리기만 했다. 잠잘 때를 제외하곤 마방에 있지 않는 게 이동로를 확인하기 위해 다리품을 팔고 있는 것 같았다.

닷새를 달리고 또 달렸다. 엉덩이가 아프다 못해 진물이 날 정도였다. 어디를 거쳐 어디까지 왔는지도 몰랐다. 다만 분명한 것은 남쪽으로 이동하고 있다는 것이었다. 좀 더 정확히 말하면 남동쪽으로 가고 있었다. 하루에 5백리씩만 달렸다 해도 벌써 2천5백리를 달린 셈이었다. 그렇다면 고구려나 한나라 지경 어디쯤일 텐데 그에 대해서도 말이 없었다.

닷새째 저물녘이었다. 성 밖 마방에 들더니 군사가 드디어 잠갔던 입을 열었다.

"전하, 요동(遼東. 현재의 요양시遼陽市 일대)입네다."

"요동이라믄? 한나라 땅이 아닙네까?"

"한나라 땅도, 고구려 땅도 아닌 곳이라 할 수 있디요. 명목상으론 한사군이 설치되어 있어 한나라 땅이라 할 수 있디만 한나라 힘이 미티딜 않는 곳이디요. 기렇다고 고구려 땅도 부여 땅도 아닙네다. 한나라와 힘겨루기를 하고 있어 아딕까디는 군사들을 주둔시키디 못하니 기 어느 나라 땅도 아니디요. 기래서 여기로 온 겁네다."

군사의 말을 들은 인섭은 할 말이 없었다. 치밀하게 계획하고 준비하고 실행하는 그의 성격을 알기에 더 이상 얘기할 필요가 없었다고 해야 맞을지도 몰랐다. 그러다 문득 한 가지 의문이 솟았다. 하여 물었다.

"기럼 혹시 여기래 집결집네까?"

"기렸습네다. 하얼빈에 도착하는 순간 여길 집결지로 정해 뒀었습네다. 만약 단 한 명이라도 살아남은 사람이 있다믄 여기로 오갔디요."

"기럼 기곳이 어딥네까? 기곳으로 가봐야 하는 거 아닙네까?"

"예. 기건 걱뎡하디 마십시오. 전하를 안전한 곳에 모셔두고 기곳을 살페볼 생각입네다. 기러니 됴금만 더 탐아듀십시오."

"알갔소. 기건 기런데……."

인섭은 물으려다 말고 말을 삼켜버렸다. 지금 묻지 않아도 때가 되면 군사가 알려줄 것이기에 앞선 질문은 삼가는 게 좋을 것 같았다.

"아니요. 알갔으니 군사가 알아서 하시라요."

"예, 전하. 기럼 댬시만 쉬고 계십시오. 소신은 묵을 곳을 됨 탖아보고 오갔습네다."

"묵을 곳이라니요?"

"당분간 묵을 곳을 탖아봐야디요. 전하를 여기에 모실 순 없디 않갔습네까? 사람들 눈도 있고 호위문제도 있어 안전한 곳을 탖아볼까 합네다."

"알갔시요. 군살 믿고 기다리고 여기 꼼땍 않고 있을 테니 달 다녀오시라요."

인섭은 군사를 안심시켰다. 군사가 편안한 마음으로 일을 할 수 있게 도와주고 싶었다. 자신이 여유를 보여주지 않으면 군사는 자신을 걱정하게 될 것이었다. 그 걱정은 조바심을 자극할 것이고, 조바심을 갖게 되면 일을 제대로 처리할 수 없을 것이었다. 정신적·시간적 여유를 갖고 느긋하게 일을 하게 하려면 자신의 여유로운 모습을 보여주는 수밖에 없었다.

"예. 기럼 소신 다녀오갔습네다."

그렇게 나간 군사는 하루 종일 들어오지 않았고, 다 저녁이 돼서야 돌아왔다. 아무래도 갔던 일이 잘 되지 않았는지 풀죽은 모습이었다.

다음날도 마찬가지였다. 아침에 나가더니 다 저녁때 돌아왔다. 역시 별다른 소득이 없었던지 얼굴이 밝지 않았다.

사흘째 되던 날이었다. 아침을 먹고 나가더니 한낮이 되기 전에 돌아왔다.

"전하, 집을 구했습네다. 기러니 이데 기 집으로 가시디요."

군사의 안내로 도착한 집은 마을에서도 제법 떨어진 곳에 있는 외딴집이었다. 농촌마을에서 흔히 볼 수 있는 초가집이 아니라 나무로 지은 집이었는데, 심마니나 사냥꾼이 살았음직한 집이었다. 그러나 동산 위에 있어 마을이 한눈에 내려다보여 마을에서 들어오는 사람을 감시하는 데는 더없이 좋은 곳이었다. 또한 뒤쪽이 산과 연결되어 있어 만약 위급한 상황이 발생한다면 바로 산을 타고 도망칠 수 있을 위치였다. 하얼빈 산채에 살 때 인섭이 기거했던 집과 흡사한 위치였다. 아무래도 인섭의 신변을 염려하여 얻은 집인 것 같았다.

"전하, 닭시면 됩네다. 기러니 독금만 더 기다려듀십시오. 소신이 수일 내에 살만한 집을 마련해 보갔습네다."

군사가 송구한 듯 말했으나 인섭은 오히려 그러는 군사가 부담스러웠다. 자기와 군사가 기거할 집으로는 과분했으면 과분했지 결코 좁거나 초라하지 않았다. 지금 상황에서는 오히려 번듯한 집에 산다는 게 과욕일 것 같았다.

"아닙네다, 군사. 과유불급過猶不及이라 했습니다. 기러니 집에 대해선 더 이상 신경 쓰디 말고 집결지나 달 살페보시디요. 왔다가 기냥 돌아가게 해선 안 되니 말입네다."

인섭은 진심을 담아 말했다. 이제 자신의 안전은 얼마간 확보됐으니 자신보다 자신을 위해 목숨을 바치려 했던 사람들을 생각해야 할 때인 것 같았다. 그게 섬김을 받는 사람의 도리고, 그게 자신을 위해 목숨을 바쳐 싸웠던 사람에 대한 예의일 듯했다.

"무슨 말씀인디 달 알갔습네다. 딕금부터는 집결지를 눈여겨 보갔습네다."

"기래요. 기래 뒤셔야 내래 마음을 놓고 기다리디요."

"예, 전하. 분부 받잡갔습네다."

그러고 나서 한 열흘쯤 지난 어느 날이었다. 집을 나선지 한 시진도 안 돼서 사람들이 뛰어오는 발자국 소리가 들렸다. 방에서 책을 읽던 인섭은 반사적으로 칼걸이에 걸어둔 칼을 집어 들었다.

"전하! 전하! 예 계십네까?"

인섭을 찾는 목소리. 하도 다급하고 숨찬 목소리라 누군지 알 수 없었으나 그 목소리는 군사의 목소리가 아닌 게 분명했다. 아무리 다급해도 군사가 그리 큰 목소리로 인섭을 부를 리 없었다. 그렇다면 다른 누군가의 목소리인데 다급하면서도 숨찬 목소리였고 인섭 또한 당황해선지 언뜻 목소리의 주인이 떠오르지 않았다. 하여 섣불리 방을 나갈 수는 없어 벽에 붙어선 채 바깥소리에 귀를 기울였다.

"전하! 소신 벌테이옵네다. 전하!"

그 말을 듣는 순간 인섭은 자신의 귀를 의심하지 않을 수 없었다.

벌레라니? 벌레가 살아있다니? 벌레가 살아 돌아왔다니? 믿을 수가 없었다. 그러나 잠시 후, 모든 게 밝혀졌다. 발자국 소리가 어지럽게 다가오는가 싶더니 역시 다급하고 숨찬 목소리가 들려왔다.

"전하! 소신 망치옵네다. 전하, 안에 계시옵네까?"

망치라고? 망치가 살아있다고? 망치가 살아돌아왔다고? 인섭은 당장이라도 뛰어나가고 싶었다. 더 이상 의심할 여지가 없었다. 벌레가 먼저 뛰어왔고, 곧이어 망치가 뛰어왔다면 두 사람 다 무사히 돌아왔다는 뜻이었다. 두 사람은 하얼빈 산채에서 자신의 목숨을 지키기 위해 산채에 남았던 사람들이 아닌가. 그 둘이 앞서거니 뒤서거니 뛰어왔다는 것은 군사를 만나 자신이 여기 있음을 확인하고 뛰어온 게 분명해 보였다.

그러나 섣불리 그들의 말을 믿을 수는 없었다. 다급하고 숨찬 목소리라 목소리도 정확하지 않은데 함부로 방을 나설 수는 없었다. 하여 인섭은 칼을 뽑아 오른손에 쥐고 문에서 떨어졌다. 문을 열고 뛰어드는 순간 바로 공격할 태세를 갖추었다.

"전하! 소신 군사이옵네다. 아이고, 숨탸 둑갔네."

잠시 후 군사의 목소리가 들렸다. 그 소리는 군사의 목소리가 분명했다. 아무리 숨찬 목소리라 할지라도 그 목소리마저 헷갈릴 수는 없었다.

"벌레 장군과 망치 장군이 돌아왔습네다. 기 사지에서 살아 돌아왔습네다. 소신도 믿기디 않았디만 두 장군이 확실합네다. 기러니이데 문안인사를 받으시디요."

그 말에 인섭은 더욱 밖으로 나설 수가 없었다. 그들을 사지에 버려두고 자신만 살겠다고 도망치지 않았는가. 그런 그들이 살아 돌아왔다고, 반갑다고, 뛰쳐나갈 수는 없었다. 부끄럽고 죄스러워 얼굴을 마주할 자신이 없었다.

"전하! 둘만이 아닙네다. 군사들 십수 명도 함께 왔습네다. 기러 니 이예 문을 여시디요."

그러나 인섭은 칼을 던져놓고 두 손으로 문고리를 꽉 붙잡았다. 제발 아무도 들어오지 말았으면 싶었다.

"난 기런 사람들 모릅네다. 기러니 들일 생각도, 들어올 생각도 마시라요."

인섭은 자신도 모르는 새에 이런 말을 하고 말았다. 그렇게 기다리던 두 사람이 돌아왔는데, 왜 갑자기 그런 말을 했는지 모르겠지만 그들의 얼굴을 볼 면목이 없었다. 살아있으니 다행이고, 살아있다면 다른 데 가서 다른 삶을 살았으면 싶었다. 자신과 같은 주군을 만나 다시 죽음 앞에 방치되는 일이 없었으면 싶었다.

"전하, 어띠 기런 망극한…… 비록 소장들이 전하를 제대로 모시디 못했다 해도 어띠 기런…….."

망치의 목소리였다. 그새 숨을 골랐는지 그 목소리는 망치의 목소리가 분명했다.

"전하! 어띠 이러십네까? 독금 전까디만 해도 기렇게 기다리던 두 사람이 돌아왔는데 어띠 이러십네까?"

이번에는 군사의 목소리. 영문을 모르겠다는 듯, 이해할 수 없다는 듯 떨리는 목소리였다.

"사지에서, 자기만 살갔다고 도망틴 사람이 어띠 주군이라 할 수 있갔시요? 난 두 장군을 기 산채에 버린 사람이고, 기 두 사람은 기 순간 이미 둑었소. 기러니 둑은 사람과 만나기 싫소."

인섭은 터져 나오는 울음을 손으로 막으며 소리를 질렀다. 제발 자신을 원망하며 떠나기를 바랐다. 그러나 밖에서 들려오는 소리는 정반대였다.

"기럼 옳습네다. 주군에게 버림받은 놈이 어띠 주군과 한 하늘 아래 살갔습네까? 자결하여 하늘로 가갔습네다. 기게 하얼빈에서 피를 흘리며 듁어간 동료와 부하들에 대해 속죄하는 길이니 기렇게 하갔습네다."

그 말과 동시에 칼을 뽑는 소리가 들렸고, 군사의 다급한 목소리가 동시에 터져 나왔다. 다른 사람이라면 몰라도 벌테는 능히 자신을 위해 죽을 수 있는 사람이었다. 자신을 위해 벌써 목숨을 걸었던 게 몇 번이고, 자신의 말이라면 죽는 시늉까지 하는 사람이 아닌가. 그런 그가 주군에게 버림을 받았으니 죽음인들 두려워할 리 없었다.

"벌테 장군! 여가 어디라고 칼을 뽑는 거요?"

"군사는 나서디 마시라요. 내래 주군에게 버림받았으니 선택할 수 있는 건 듁음밖에 없습네다. 기러니 됴용히 듁게 해두시라요."

"장군!"

칼을 들어 올리는지 군사의 목소리가 터져 나왔다. 바로 그 순간이었다.

"멈튜라! 벌테 장군이래 멈튜라!"

인섭은 자신도 몰래 문을 열고 뛰어나가며 소리를 지르고 말았다.

벌테가 꿇어 앉은 채로 칼을 거꾸로 들고 있었고, 군사가 그런 벌테의 두 손을 잡고 있었다.

"무엄하다. 아무리 주군이 변변티 못해도 주군의 명도 없이 주군 앞에서 자결이라니. 당댱 칼을 거두디 못할까?"

인섭은 꿇어앉아 있는 벌테에게 감히 다가갈 수 없어 선 채로 하늘을 올려다봤다. 자신을 위해서라면 죽음도 두려워하지 않는 그. 벌써 몇 번째 목숨을 내걸고 있는가. 그런 그에게 감히 다가갈 용기가 없었다. 하여 뜨거운 눈물을 감추기 위해 하늘을 올려보는 수밖에 없었다.

48

벌테와 망치, 그리고 열두 명의 병사가 돌아온 다음날부터 철근·망치·벌테는 매일 집결지로 정한 두물머리(태자하 太子河가 일시적으로 두 갈래로 나눠졌다 합치는 곳. 현재의 샤투오지[西沙坨子] 서쪽)로 나가 사람들을 기다렸다. 가끔 군사가 빠지기도 했지만 망치와 벌테는 단 하루도 빠지지 않고 나갔다. 날이 밝으면 나갔다가 날이 저물어서야 돌아왔다. 그러나 한 달을 하루 같이 매일 기다렸지만 더 이상 집결지에 나타나는 사람은 없었다.

"걸어서 와도 딕금뜸은 도착했을 긴데…… 아무래도 이데 더 올 사람이 없는 것 같습네."

그렇게 기다린 지 한 달째 되는 날 벌테가 먼저 입을 열었다.

"우리 둘과 같이 온 병사들 외엔 살아남은 사람이 없는 거 같습네다. 석호 장군과 들보·꺽지·짝귀도 다 전사한 모양입네다. 기러니 이데 여길 떠야 할 거 같습네다."

"여길 뜨다니 기게 무슨 말입네까?"

벌테의 말을 이해할 수 없어 인섭이 물었다. 그러자 망치가 벌테를 대신해 대답했다.

"기건 벌테 장군의 말이 맞습네다. 집결지가 이미 노출되어 있어 여는 안전하디 못합네다. 애초 보름만 기다려보다는 걸 벌테 장군이 우겨서 한 달로 댭았던 거입네다."

그러자 인섭은 군사를 돌아보았다. 벌테와 망치 두 사람은 산채에 남아 인섭을 호위하고 있었던 만큼 전장 상황을 제대로 파악하지 못할 수 있었다. 그러나 군사는 전장 상황을 명확히 알고 있을 테니 정확한 판단을 내려주기를 바랐다. 아니, 군사가 두 사람의 판단이 잘못 됐음을 알려줬으면 싶었다. 그런데 군사가 무겁게 고개를 끄덕이는 게 아닌가.

"군사! 우리가 여길 떠나버리믄 탾아온 사람들은 어뗘란 말입네까? 2천5백리 멀고 먼 길을 목숨 걸고 탾아온 기들을 버리댠 말입네까?"

"전하! 기들을 버리댠 말이 아니라 더 이상 올 사람이 없다는 말입네다. 고정하시고 냉정을 탾으셔야 합네다. 이곳에 더 이상 머무는 건 적진 한가운데 머무는 것이나 다름없습네다. 기러니 이데 결단을 내리셔야 합네다."

"난 기릏게 못합네다. 어띠 켜릴 수 있단 말입네까? 군사, 군사가 돔 말려듀시라요. 벌테 장군이래 댤못 판단하고 있다고 말해듀시라요."

그러나 군사는 무거운 침묵으로 대답을 대신했다. 그 모습은 하얼빈을 떠나 이곳까지 올 때의 모습과 닮아 있었다. 너무나 괴롭고 고통스러우니 말하지 않게, 침묵할 수 있게 도와달라고 부탁하고 있었다. 그런 군사의 침묵을 보자 인섭은 숨이 막혀왔다. 자신의 힘으로는 도저히 어쩔 수 없는 바윗돌에 눌려버린 것 같았다. 벗어나려고 발버둥 칠수록 점점 무겁게 짓누르는 무게감을 감당하기 어려웠다. 그러나 지금이 아니면 다시는 기회가 없을 것이기에 인섭은 있는 힘을 다해 버티며 하나의 조건을 내걸었다.

"똫습네다. 뎡 기렇다믄 열흘만, 앞으로 열흘만 더 기다려 봅세다. 늦게 도착하는 사람들이 있을디 모르닪습네까? 기러니 더도 말고 열흘만 더 기다려보댜우요."

신하들에게 애걸했다. 그렇게 해서라도 단 한 명이라도 더 합류할 수 있다면 바랄 게 없을 것 같았다. 그 많던 병사들을 하루 만에 다 잃었다는 게 믿어지지 않았고 어떻게든 그들이 찾아올 것 같았다. 그래서 시간을 끌고 싶었다. 주군으로서의 체통보다 단 한 명이라도 더 구하고 싶었기에 다른 방법이 없었다.

인섭의 뜻에 따라 열흘을 더 기다려봤지만 단 한 명도 나타나지 않았다. 군사와 망치·벌테 장군의 판단이 맞았던 것이었다. 그러나 거기서 끝이 아니었다. 쫄배 쪽의 연락을 받았는지, 한나라가 개입했는지 요동군 태수 이름으로 인섭과 군사를 찾고 있었다. 현상금을 내걸었다는 소문까지 있었다.

결국 인섭 일행은 거처를 옮기는 수밖에 없었다. 언덕 위의 작은 집에서 몸을 빠져나와 동남쪽으로 길을 잡아 유랑길에 올랐다. 그나마 앞을 내다본 군사의 대비로 유랑길에 있었지, 성안에 살고 있었거나 마방이나 객관에 살고 있었다면 붙잡히고 말았을 것이었다. 앞을 내다볼 줄 모른 채 하나에 집착하거나 머뭇거리는 게 얼마나 위험한 일인지 깨달은 것은 물론이었다.

어디를 거쳐 왔는지도 모르게, 몇 날을 길 위에서 헤맸는지 기억하기도 싫을 정도로 헤매고 헤맨 끝에, 계절이 두 번이나 바뀐 후에 자리를 잡은 곳이 중산이란 곳이었다. 무슨 생각에 군사가 거기 자리를 잡았는지 인섭은 묻지 않았다.

그때쯤 인섭은 말을 잃고 있었다. 말을 하기 싫었다. 군사나 벌테, 망치에게 묻는 것도 다 귀찮았다. 인섭의 물음은 한결같이 그들을 난처하게 만드는 것 같았고, 자신의 말 때문에 자책하고 괴로워하는 그들을 보는 것도 참기 힘들 만큼 괴로웠다. 하여 사육당하는 가축처럼 그들이 주면 먹고, 그들이 시키는 대로 따라 하며 목숨을 연명하고 있었다.

꿈이나 목표도 없었다. 살아 숨쉬고 있는지조차 의심스러울 정도로 인섭은 물 밑에 가라앉아 있었다. 그런 인섭 앞에 광건 형제가 나타났으니 인섭은 그 어떤 결정도 내릴 수가 없었다. 또 다시 의욕을 가졌다가, 기대했다가 좌절하고 무너져 가라앉기 싫었다. 그건 죽음보다도 못한 것이었다. 그래서 그냥 가라앉은 상태로 가만히 있고 싶었다. 물 위로 떠올라본들 바뀌지 않을 상황이 두려웠다.

그런데 막상 광건 형제가 떠나고 나자 마음이 급변했다. 놓친 것에 대한 미련이 아니었다. 군자표변이라 했듯, 상황에 맞게 변화하고, 변화를 통해 새 삶을 살아야 하는데 그 기회를 놓친 것 같아 조바심이 났다. 평생 군사와 벌테, 망치의 등골을 빨아먹으며 살 수는 없는 노릇이었다. 그건 그들을 위해서도 자신을 위해서도 결코 바람직한 일이 아니었다. 발이 밑바닥에 닿았다는 감촉이 느껴지는 지금, 무릎을 구부렸다 힘차게 물 위로 솟아오르지 않으면 다시는 기회가 없을 것 같았다.

인섭은 바로 군사에게 태자도로 갈 배편을 알아보라고 했다. 그러나 태자도로 갈 배가 없었다. 하루에도 몇 번씩 변덕을 부리는 겨울 날씨를 감당할, 태자도까지 가겠다는 배도 사공도 없다는 것이었다. 목숨보다 소중한 게 뭐 있냐고 고개를 젓는다고.

하는 수 없이 가지고 있던 돈을 헐어 고깃배를 한 척을 구입하게 했다. 어떻게든 태자도에 들어가야 한다는 생각에, 또 때를 놓치면 이제 길이 없다는 초조감에 백방으로 사공을 구하라 했다. 그러다 태자도로 들어가려고 요하에서 왔다는 뱃사람을 만났다. 바다를 다녀본 경험은 없었으나 배를 다룰 줄 알고, 태자도에 들어가려고 뱃길을 알아뒀다는 말에 그를 사공 삼아 배를 띄웠다. 바닷길과 파도에 익숙하지 않아 사흘 동안 바다를 헤맨 끝에 겨우 태자도에 닿을 수 있었다.

작은 고깃배를 타고 사흘 동안 바다를 표류하다시피 하여 태자도에 내렸으니 몰골이 말이 아니었다. 추위를 막기 위해 누더기들을 두르고 있었고, 제대로 먹지도 못했고, 얼굴도 씻지 못했는데도 태자도에 도착하는 순간 그는 마음을 놓을 수 있었다. 태자도에 무사히 닿았다는 안도감 때문이 아니라 그런 몰골로 나타난 그들을 대하는 병사와 군관의 태도가 차갑지 않았기 때문이었다.

처음엔 고깃배에 사람들을 잔뜩 타고 있는 걸 보고 다소 놀라고 긴장하는 듯했다. 그러나 광건을 찾고 자신의 이름을 대자 바로 존대하며 깍듯이 대해줬다. 그리고는 광건을 찾아 발 빠르게 움직여 주었다. 그 모습을 보고 있자니 마음이 놓이면서 자신의 판단이 잘못되지 않았음을, 광건이 생각보다 훨씬 중요인물임을 알 수 있었다.

그런데 광건이 문제가 아니었다. 복장이나 좌우에 거느린 사람들로 보아 태자임이 분명해 보이는 청년이 허겁지겁 달려오더니 덥석 인섭을 껴안았다. 그리고는 몇 년 만에 다시 만난 형제나 벗이라도 되는 냥 인섭을 환대했다. 예를 갖추려 해도 한사코 마다하며 어서 가자고 잡아끌었다. 파격적인 정도가 아니라 몽매간에 그렸던 사람을 맞는 듯이 스스럼이 없었고 진정성이 듬뿍 담겨있었다. 그런 모든 게 얼떨떨했고, 어리둥절했다. 꿈인 것처럼 현실감이 없었다. 그런 일이 현실에서 어떻게 일어날 수 있겠는가. 꿈이라면 제발 깨지 말았으면 싶었다. 사람에게서 느끼는 따뜻함을 누리고 싶다는 생각보다, 더 이상 사람들로 인해 상처받고 가라앉기 싫었다.

49

안내를 받으며 들어선 태자궁은 평범한 기와집이었다.

궁이라 부르고 있었지만 일반인의 집이나 다름없어 보였고, 규모도 크기 않을 뿐 아니라 현판도 없었다. 태자가 거주하는 집이라 태자궁이라 부르고 있는 모양이었다.

대문도 일반 민가와 마찬가지였고 정원까지 다 합쳐도 백여 평정도밖에 안 될 것 같았다. 안채와 별채가 따로 있긴 했지만 열 칸남짓의 집이었다. 다른 점이 있다면 군사들이 철통같이 경계하고 있다는 점이 다를 뿐이었다.

안으로 들어서니 너른 방이 나타났다. 정전正殿으로 쓰는 방인지 2단으로 구성된 열 평 남짓의 방이었다. 그곳에서 본격적인 환영행사가 이루어졌다.

먼저 태자도의 중요인물들을 소개했다. 양무범, 마석과 범포, 병택, 구명석, 광건과 광석, 바우 등이 인섭과 인사를 나눴다. 복장은 제각각으로 태자와 양무범을 빼고는 관복이 아닌 평복을 입고 있었고 마석과 범포, 장군 복장을 하고 있었다.

인섭도 자기를 수행하고 있는 철근과 망치, 벌테를 소개했다. 그러자 태자가 세 사람에게도 깍듯이 대했다.

"일단 이 정도로 정리하고, 음식이 마련됐을 테니 가시디요. 먼 길 오시느라 식사도 제대로 못 했을 텐데 너무 오래 시간을 끈 것 같습네다. 어서 가시디요."

태자는 모든 게 깍듯했다. 상대를 배려하는 게 몸에 배어 있는 듯했다.

인섭은 그런 태자의 행동을 보면서 놀라지 않을 수 없었다. 배려심도 배려심이었지만 총기며 상대에 대한 신뢰감도 빼어났다. 한마디로 군주의 자질을 갖추고 있었다. 자신과는 정반대의 성품과 능력을 가지고 있었다. 그런 그를 보고 있자니 놀랄 수밖에 없었다. 태자가 왜 중실씨에게 쫓겨났는지도 알 것 같았다.

50

밥상엔 죽이 준비되어 있었다. 냄새로 보아 바닷고기와 해산물로 끓인 죽인 것 같았다. 큰 대접에 그득그득 담긴 죽을 보니 군침이 돌았다.

"급히 준비하느라 변변티 않고, 딱딱한 음식보다는 부드러운 음식이 동을 듯하여 죽을 준비했습네다. 원기 회복에도 동은 음식이니 드셔보십시오.”

태자 곁에 서있는 구비란 이가 설명했다.

“고맙습네다. 우리 뱃속 상황까지 이렇게 고려해 듀시니 뭐라 할 말이 없습네다.”

“별 말씀을요. 댜, 어서 드시디요. 바닷가 음식이 입에 맞을디 모르갔습네다.”

이번엔 태자가 걱정스럽다는 듯이 말했다.

“일 없습네다. 중산에서 일 년 가까이 살아서 이데 바닷사람이 다 됐습네다. 그리고 바닷음식이 입에 맞기도 하구요.”

“기러시다믄 다행입네다. 시장하실 텐데 앉아서 어서 드시디요.”

태자가 자리를 권하며 재촉했다. 인섭은 태자가 권하는 자리에 앉았다. 그런데 죽 그릇이 많지 않았다.

“긴데 우리만 먹습네까?”

“예. 우린 벌써 먹었고…… . 곧 저녁이라 기때 같이 드시기로 하고 먼뎌 요길 하시디요. 먼 길 오시느라 시장하실 테니 어서 드시라요.”

그렇게 권하며 태자가 좌우를 둘러보자 좌우에 늘어섰던 신하들이 모두 자리를 떴다. 인섭은 또 한 번 태자의 배려심을 보는 것 같았다. 자신들이 포구에 왔다는 말을 듣자마자 죽 먼저 준비시켰던 것이었다. 배가 고플 것이라 짐작하고 따뜻하면서도 속이 부대끼지 않게 죽을 준비했던 것이었다. 일이 어떻게 진행되든 우선 따뜻하게 배를 채워주는 게 우선이라는 생각했던 모양이었다. 그건 배를 주려본 이만이 가질 수 있는 따뜻한 마음이었다. 끼니때는 아니지만 배고픈 자에게 그보다 더 귀한 건 없을 것이란 판단에서 급히 죽을 준비하게 했을 것이었다. 그런 태자의 마음이 느껴지자 죽이 그냥 죽으로 보이지 않았다. 그 죽은 가뭄 끝의 단비나 생명수처럼 느껴졌다. 그런 죽을 마주하자니 몸뿐만 아니라 마음마저도 촉촉해지는 것 같았다. 먹지 않아도, 보고만 있어도 배가 부르는 것 같았다.

"태자 전하! 과분한 대접에 몸 둘 바를 모르갔습네다."

"기 무슨 말씀입네까? 어서 드시디요. 요기 먼저 한 후에 예를 갖춰도 늦디 않습네다. 어서 드시라요."

태자가 숟가락까지 집어주며 권하는 통에 더 이상 시간을 끌 수가 없었다.

"예, 기럼……. 달 먹갔습네다."

죽은 맛있었다. 정성이 가득 담겨 있었다. 부드러우면서도 담백했고, 담백하면서도 고소했다. 그 맛은 예전에 맛보지 못했던 것이었다. 궁에 있을 때도 먹어보지 못한 귀한 맛이었다. 맛을 음미하며 먹고 싶은데도 입에 떠넣기가 무섭게 목을 타고 흘러내렸다.

"진귀한 음식 고맙습네다. 태어나고 텨음 맛보는 죽입네다."

"기렇다면 다행입네다. 원기 회복에 둏은 전복과 해초로 쑨 죽입네다. 이 죽 드시고 날래 힘을 내셔야디요."

"고맙습네다. 반드시 힘을 내서 태자 전하 곁에서 도움이 되도록 하갔습네다."

"원, 별 말씀을요. 왕자께서 멀리서 이렇게 와듀신 것만으로도 제겐 천군만마를 얻은 것이나 다름없습네다. 기러니 부담 갖디 마시고 마음 편히 계십시오. 자자, 어서 드시디요."

태자의 권유에 따라 죽 한 그릇을 뚝딱 해치웠다. 잘게 다져놓은 게 있는 것 같기는 한데 부드럽게 넘어가는 게 여울을 지나가는 물과 같았다. 시장이 반찬이란 말을 실감할 수 있을 정도였다. 그런데 너무 급히 먹어선지, 너무 오랜만에 먹어선지 물이 당겼고 위가 아릿거렸다. 빈속에 죽이 들어가자 그것마저도 부담스러운 모양이었다.

들여온 숭늉으로 입을 헹구고 나자 태자가 말했다.

"더 드렸으면 좋갔는데 그럴 수 없음을 양해해 듀십시오."

"기게 무슨……."

"구비 공이 위를 보호하고 몸을 보하기 위해선 기렇게 해야 한답네다. 물도 더 이상 드리디 못하게 밖에서 통제하는 모양입네다. 빈속에 갑자기 많은 음식을 드려선 안 된다고요."

그러나 밖에서 물을 통제하는 건 구비 공일지 몰라도, 구비 공의 조언을 받아들이고 그에게 맡긴 것은 태자일 것이었다. 그러니 인섭과 그 일행에 대한 모든 조치는 태자가 직접 하는 것이나 다름없었다.

"아, 예……. 기렇디만 더 먹고 싶어도 먹을 수가 없을 것 같긴 합네다. 빈속이라서 기런디 속이 쓰립네다. 기런데…… 그 구비 공은 원래가 의원입네까?"

"아, 아닙네다. 의원은 아닌데 의술과 약을 둄 알디요."

"기렇습네까? 의원이 아닌데도 기러려던 걸 정확히 알고 있는 걸 보니 보통 의술은 아닌 듯싶습네다."

"길쎄요. 이런 말하긴 뭣하디만 구비 공이 없었으면 나도 5년 전 겨울을 무사히 넘기디 못했을 겁네다. 구비 공이 제 병을 알고 동굴에서 빼내 듀었고, 그 덕에 여기까지 와서 댜릴 댭게 되었디요."

"기랬습네까? 태자 전하께서는 곁에 훌륭한 인재들을 두고 계신 것 같군요. 기게 다 태자 전하의 인품이 빼어나고 덕이 있기 때문이 갔디만."

"별 말씀을요. 인덕이 돔 있는 편이긴 하디요."

"디나틴 겸손이십네다. 제가 보기엔 태자 전하의 덕과 인간애가 두루 안 미치는 데가 없는 것 같습네다."

인섭의 말은 빈말이 아니었다. 태자의 덕은 이제 태자도에 머무르고 있지 않았다. 태자도에서 넘쳐 대륙에까지 퍼져가고 있었다. 덕불고필유린이란 말이 결코 허언이 아님을, 명불허전임을 증명하고 있었다. 또한 태자의 덕화德化는 태자도를 변모시키고 있음이 분명해 보였다. 포구에서 만난 병사들의 행동과 태자궁으로 오면서 만난 사람들의 행동은 그걸 증명하고도 남았다.

영주인瀛洲人의 표착

51

태자도의 봄은 바람에서부터 왔다. 기온은 아직 겨울이나 다름없었지만 바람의 방향이나 훈기만은 확실히 바뀌어 있었다.

남풍이 불기 시작하고 바람이 잦아들자 몽돌포는 바빠지기 시작했다. 아직은 두꺼운 겨울옷을 입고 있었지만 사람들의 움직임에는 활기가 넘치고 있었다. 이제 배를 띄워 무역에 나설 때가 된 것이었다.

그렇게 한참 분주하던 1월 하순의 어느 날이었다. 하늘이 어두워지며 바람이 불기 시작하더니 사흘간이나 바람이 불었다. 섬사람들의 말로는 이 계절에 좀처럼 없는 일이라 했다. 바람신이 노했거나 상서롭지 않은 일이 일어날 징조라고, 바람신이나 하늘에 제를 올려야 한다고 입을 모을 정도였다. 모두가 바다에 기대어 사는 사람들이라 바람에 대해서는 누구보다 민감했다. 그런 사람들이라 벌써 바닷가에 나가 제를 올리거나 비념을 하는 사람들도 있었다. 바람이 아침부터 불어서 고기잡이를 나간 사람이 없는 것만으로도 다행이라며 안도의 한숨을 내쉬기도 했다. 이런 날씨에 바다에 나갔다간 살아 돌아오기 어렵다고.

그러나 무역에 나설 배에 화물들을 싣는 일만은 멈출 수가 없었기에 몽돌포는 정상적으로 움직이고 있었다.

그렇게 별다른 사건과 사고 없이 바람이 자기만을 기다리고 있는 있을 사흘째 저물녘이었다. 갑자기 낭두봉 망루에서 북소리가 울렸다.

하나, 둘, 셋, 넷, 다섯

북소리는 다섯 번씩 반복되고 있었다. 북소리와 거의 동시에 징소리와 고각소리도 울렸고, 노란 깃발도 올랐다. 북소리가 다섯 번씩 반복된다는 것은 배가 다섯 척이란 것이고, 노란 깃발은 바다에 이상 징후가 있다는 표시였다. 적으로 보이는 배 다섯 척이 태자도를 향해 항해하고 있다는 뜻이었다. 조용히 하루를 마감하려던 태자도가 삽시간에 술렁거렸다.

태자도의 배들은 돛대 끝에 노란 깃발을 달고 있어서 쉽게 구분할 수 있었다. 작은 쪽배들을 제외한 모든 돛단배들은 출항할 때 반드시 노란색 깃발을 돛대 위에 꽂아야 했다. 그리고 입항할 때도 가시거리에 들어오기 전에 노란 깃발을 꽂았다. 그것으로 태자도 배를 구분하고 있었다. 그런데 노란 깃발을 꽂지 않은 돛배가 다섯 척이나 태자도로 온다는 것은 비상상황이었다. 한두 척이면 또 모를까. 다섯 척이 한꺼번에 몰려온다는 것은 결코 무시할 수 없는 일이었다.

범포의 지휘 아래 모든 군사들이 전투대형을 갖췄다. 침략을 위한 배이거나 불순한 목적을 가진 배라면 섬에 닿기 전에 조치를 취해야 했다. 군사들이 전투대형을 갖춤과 동시에 몽돌포와 잇개(몽돌포와 바로 붙어 있다고 붙여진 명칭), 뒷개(잇개 뒤쪽에 있다고 붙여진 명칭)에서도 배들이 돛을 올렸다. 몽돌포에서 대기 중이던 대장선과 해룡호(범포가 예전부터 타고 다니던 배)에는 광건과 범포가 승선하여 사공들과 군사들을 지휘했다. 한편 잇개와 뒷개에 정박 중이던 네 척도 모두 발진했다. 차돌호(서안평 조선소에서 죽은 차돌의 이름을 딴 새 배)에는 광석이, 신모호(대장선과 함께 수신제에 동행했던 새 배)에는 석권이, 하늘호(서안평에서 거조한 새 배)와 바다호(역시 서안평에서 새로 건조한 배)에는 각각 마석과 병택이 버티고 있었다. 배에는 궁수弓手와 검사劍士, 그리고 만약의 사태를 대비해 도부수刀斧手들까지 타고 있었다. 적선은 다섯 척이었지만 새로 건조한 배들을 전선戰船으로도 사용가능할 지를 시험하기 위해 여섯 척 모두를 발진시킨 것.

배의 모습이 선명히 보일 정도로 태자도에 접근해오자 태자도 배들이 상대편 배를 에워쌌다. 돛이 군데군데 찢어져 있고 화물들도 뒤엉켜 있는 게 바람에 표류하는 배인 것 같았다. 화물들이 실려 있고 사공들만 보이는 게 심지 않은 무역선인 것 같긴 했지만 경계를 늦출 수는 없었다. 그래서 만약의 사태에 대비하여 사방에 궁수들을 배치한 채 배를 붙여갔다.

제일 먼저 상대 배에 접근한 해룡호의 범포가 상대 배에 말을 걸었다.

"어디서 어디로 가는 뱀매?"

범포가 소리를 지르자 상대가 대답했다.

"ᄇ름 따문에 ᄋ더레 와수다. ᄋ디가 어느 지경이꽈?"[9]

---

9) 바람 때문에 여기로 왔습니다. 여기가 어느 지경입니까?

상대에게서 돌아온 말은 도무지 알아들을 수 없는 말이었다. 북방 말 같기도 하고 남방 말 같기도 한 것이 한 번도 들어본 적이 없는 말이었다. 그러자 범포가 다시 소릴 질렀다.

"무슨 말인디 못 알아듣갔으니 조선말로 다시 말해보라."

그러자 상대 배들끼리 한참이나 고성이 오가더니 가장 큰 배에서 늙은이 하나가 나서며 물었다.

"여가 어딥네까?"

그 말에 범포가 목청껏 소리를 질렀다.

"여긴 태자도다. 태자도라고 들어봤네?"

"우린 그런디 몰릅네다. 풍랑을 만나 여까지 불려 왔습네다. 기러니 밸 고틸 동안만 있게 해듀시라요."

배 안을 살펴보니 바람에 고생을 했는지 몰골이 말이 아니었다. 사공들이 아니라 난민이라 할 수 있을 만큼 초췌해 보였다. 그러나 확인 절차가 필요했기에 몇 가지 문답이 계속됐다. 상대편 사공이 조선말에 익숙하지 않은지 더듬거리고 한참을 생각한 끝에 하는 말이라 시간이 걸릴 수밖에 없었다. 그러나 알아야 할 건 알아야 다음 조치를 취할 수 있기에 끈기 있게 대화를 이어나갔다. 그들이 하는 말은 대충 이랬다.

자기네는 남쪽 영주란 섬에 사는 사람들로 요동반도로 교역하러 가는 도중 풍랑을 만나 이곳에 표류했다는 것이었다. 하여 이 섬에서 배를 손 본 후에 떠나려고 접근 중이라고 했다. 각 배마다 사공과 웃동무, 화장 등 열 명 내외가 타고 있을 뿐 다른 사람은 없다고 했다.

그러는 중에도 범포는 매의 눈으로 상대 배들을 살폈다. 그들의 말이 사실인지를 확인하는 것 같았다. 그러더니 명을 내렸다.

"우리가 앞장설 테니 따라오라!"

그러자 상대가 알았노라고, 따라가겠다고 했다.

52

범포는 앞에서 상대 배들을 몽돌포로 유도했다. 그리고 나머지 다섯 척 모두는 상대 배들을 둘러싼 채 호위하게 했다. 만약의 사태에 대비하기 위해 모두 전투태세를 갖추게 함은 물론이었다.

배가 몽돌포에 진입할 때까지 상대는 별다른 움직임을 보이지 않았다. 선공先攻을 한다면 포구에 진입하기 전에 할 텐데 전혀 그런 조짐은 보이지 않았다.

범포가 탄 해룡호와 광건이 탄 대장선이 몽돌포에 닻을 내릴 때까지 나머지 넷 척은 상대 배를 엄중감시하며 몽돌포 입구에 대기했다. 그리고 상대 배에서 모든 사람들이 내리고, 태자도 군사들이 배를 수색하고 난 후에야 뱃머리를 돌려 원래 자리로 돌아갔다.

상대 배는 그리 크지 않았고, 몽돌포에 정박중이던 모든 배들을 이미 다른 곳으로 이동시켜놓은 상태라 전부 몽돌포에 정박하게 했다. 이는 만약을 대비하기 위해 구비와 명이, 그리고 철근이 상의하여 내린 결정이었다.

배에 올라 상대 배를 수색했던 군사들이 아무 이상 없다고 보고하자 범포가 명을 내렸다.

"모든 군사들에게 경계령을 해제하고, 각기 부대로 돌아가라고 하라.”

범포의 말에 범포의 말에 포구에 대기 중이던 군사들이 돌아갈 채비를 시작했다.

그러자 범포도 사공들을 이끌고 몽돌포 위에 새로 지은 지휘소로 향했다. 군사들이 사공들을 삼엄하게 경계한 것은 말할 필요도 없고,

지휘소에 도착한 범포는 먼저 사공들이 밥을 먹었는지부터 물었다. 오래 표류한 게 아니라 견딜 만하다는 답변이 돌아왔다.

“기럼 밥은 톰 이따가 먹기로 하고 먼녀 남쪽에 있다는 섬이 어디뜸에 있고, 딕금 어딜 가던 길이었소?”

범포의 물음에 그들은 한참이나 말을 늘어놓았다. 더듬거리며 한참 동안 말을 끊었다 잇는 게 그들은 조선말에 익숙한 것 같지는 않았다. 가끔은 한나라말을 뒤섞기도 하는 게 조선말은 겨우 의사소통하는 정도인 것 같았다. 그러다 보니 시간이 길어질 수밖에 없었다.

이틀 전에 산동을 거쳐 요동으로 가던 중 바람을 만나 표류하기 시작했단다. 다행히 태자도를 발견하고, 섬에서 배를 손 본 후에 떠나려고 했다고 그 말을 전하는 데도 한참이 걸렸다. 싣고 온 물품이며 교역품을 알아내자 저녁때가 다 돼 버렸다.

“안 되갔소. 일단 밥 먼녀 먹고 다시 얘기합세다.”

범포는 일단 자리를 정리했다. 나머지 것들은 밥을 먹이고 난 후 물을 생각으로 일어서려 했다. 그런데 도사공인 듯한 중늙은이가 급히 무릎을 꿇으며 말했다.

“우릴 어떵(어떻게) 할 거명(거며)…… 듁이지만 말아 듀십시오.”

“허허허. 절대 안 듁이고 무사히 돌려보낼 테니 걱정 말고 저녁이

나 양껏 먹으시오."

범포는 자신의 인상이 그렇게 무섭게 보이나? 아니면 안면이 너무 굳었었나? 생각하며 웃는 낯으로 지휘소를 빠져나왔다.

지휘소에서 태자궁을 향하면서 범포는 영주란 곳에 호기심이 당겼다.

영주는 조선반도에서 천리 밖에 있는 섬이라 했다. 진시황이 불로초를 캐기 위해 동남동녀 천 명을 파견했다던 곳으로, 삼신산의 하나인 영주산이 있는 섬이라 했다. 바다 한가운데 우뚝 솟아있어 신비롭기 그지없는 섬이라 했다. 전설로만 듣던 영주 섬이 최근 비로소 대륙에 알려지게 됐다. 신라와 백제, 왜와 교역하다 최근 들어 고구려뿐만 아니라 부여, 한나라와 교역하면서부터였다.

화하족들은 섬나라 오랑캐란 뜻으로 주호州胡라고 부른다고 했다. 그러나 그 명칭은 자기네가 중원을 차지하고 있고 자기네를 제외한 모든 나라를 오랑캐라 칭하는 화하족 중심의 명칭일 뿐 주호라 할 이유가 없었다. 영주산이 있는 섬이니 영주라 부르는 게 적당할 것이었다.

들리는 말로는 3천여 명 정도의 야만인이 사는 미개지라 했는데 오늘 직접 그들을 만나보니 그들은 야만인도 미개인도 아니었다. 비록 아랫도리를 입지는 않은 채 윗도리로 아래를 가리고 있었고, 거친 가죽옷을 입고 있었지만 야만스럽지도 미개해 보이지도 않았다. 다소 투박하긴 했지만 예를 갖출 줄 알고, 조선말에 화하족들의 말까지 하고 있었다. 특히 얘기하는 도중에 빛내는 눈빛은 예사롭지가 않았다. 상대의 마음을 꿰뚫어 볼 것 같은 눈빛은 매서우면서도 깊었다. 또한 눈빛이 마주치자 가만히 눈을 내리는 행동은 야만과는 거리가 멀었다.

그러나 범포의 마음을 뒤흔든 것은 그런 게 아니었다. 그들의 배와 항해술이 놀라웠다.

먼저 배는 자신들의 배보다 훨씬 날렵하고 빨랐다. 이물 부분에 덕판을 덧대 사람이 탈 수 있게 했으나 앞부분이 사각이 아닌 삼각이었다. 물살을 가르기 쉽고 물살이나 파도의 저항을 최대한 줄이기 위한 조처였다. 그러니 돛이 찢어지고 돛대가 온전하지 못한 데도 빠른 속도를 내고 있었다. 그런 반면 배의 중간부는 항아리처럼 불룩 해서 짐을 많이 실을 수 있게 함은 물론 배의 균형을 잡는 역할을 하고 있었다. 무슨 나무를 썼는지는 모르겠지만 이물과 고물 그리고 허리 부분에 각각 다른 나무를 쓴 듯했다. 나무의 색깔과 무늬가 달랐다. 그런 정도의 배를 만들 정도의 기술을 가지고 있다면 야만인이라 할 수 없었다.

범포가 놀란 것은 그뿐만이 아니었다. 그들의 항해술은 안정적이면서도 빼어났다. 파도를 타고 넘는 게 바다를 항해하는 게 아니라 잘 닦인 도로를 마차가 질주하는 것만큼이나 부드럽고 매끄러웠다. 특히 배 안을 살피기 위해 배를 붙이라는 명령에 돛의 방향으로 속도를 조절하며 접근시키는 기술은 배에 대해서는 나름대로 자신을 갖고 있던 범포마저도 놀랄 정도였다. 파도와 물살, 그리고 바람의 방향과 세기까지 완전히 계산하지 못한다면 감히 생각할 수도 없는 항해술이었다. 그리고 파도와 물살을 가르며 배를 가까이 붙인 후에 상대의 속도에 맞춰 지근거리에서 대화를 하는 데는 혀를 내두를 수밖에 없었다.

그런 생각을 하는 것은 범포만이 아닌 듯했다. 대충 상대를 확인한 후 몽돌포로 돌아가자고 명을 내렸는데도 광건과 광석 형제는 멍한 눈으로 상대 배들을 바라보고 있었다. 자유자재로 바다를 누비고 다니는 그들이 놀랍고도 부러운 모양이었다. 어쩌면 도사공말 한 마디에 대장선 뒤로 빠지면서 재빨리 대형을 갖추는 일사불란함과 정교함에 놀랐는지도 몰랐다.

훌륭한 배와 빼어난 항해술로 바다를 누비고 다니며 반도뿐만 아니라 대륙과도 교역하는 그들은 바다의 제왕이라 할 만했다. 또한 일찍이 교역의 중요성을 깨닫고 많은 나라와 교역하는 그들은 결코 야만이도 미개인도 아니었다.

범포는 그런 그들의 존재가 궁금해 견딜 수가 없었다. 그러나 말이 잘 통하지 않아 답답했다. 하여 시간을 갖고 그들의 이야기를 듣는 것은 나중에 하기로 하고 우선 태자께 보고해야 할 것 같아 심문을 마쳤다. 파손 정도로 보아 배를 수리하자면 제법 시간이 걸릴 테니 그 동안 그들을 잘 대접하여 환심을 사서 배 건조법과 항해술을 배워두고 싶었다. 그런 자신의 마음을 전하기 위해 태자궁을 향해 걸어갔다.

그런데 문제가 있었다. 자신이 그것들을 배워둔다 해도 큰 소용은 없을 듯했기 때문이었다. 자신은 전문적인 사공도 아닐뿐더러 이미 오십이 넘은 늙은이였다. 그러니 배워둔다면 젊고 총기있는 사공이 배워두어야 할 것이었다. 그래야 건조술과 항해술을 제대로 활용할 수 있고, 태자도 발흥에 일조를 할 것이었다. 그 적격자는 바로 광건과 광석이었다.

그러나 그들이 어떻게 나올까가 미지수였다. 자신과 같은 눈으로 상대의 기술을 알아차리고 배우려 덤빈다면 모를까 억지로 그 일을 맡길 수는 없었다. 호기심이 많고 적극적인 면을 가지고 있긴 해도 그들은 아직까지 용머리나 오가는 사공에 불과했다. 비록 한 번 대륙으로 무역을 나가보긴 했지만 그들이 어떤 사고와 자세를 가지고 있는지는 알 수 없었다. 만약 그들이 거부한다면 태자도 강제하지는 못할 것이었다. 고집이 보통은 넘은 이들이 아닌가.

범포는 절호의 기회를 놓칠 것 같아 조바심이 일었다. 그러자니 마음은 벌써 태자궁에 가 있었지만 발걸음은 무겁기만 했다.

53

그러나 범포의 걱정은 그야말로 기우였다.

태자궁 앞에 다다르자 광건과 광석이 범포를 기다리고 있었다. 그냥 기다리는 정도가 아니라 발을 동동 구르고 있었다. 범포가 조금만 늦게 왔다면 지휘소까지 찾아오려 했던 모양이었다.

"어서 오시라요, 장군. 수고하셨습네다."

범포를 보자 광석이 먼저 인사를 하며 달려왔다. 그에 질세라 광건도 같이 달려왔다. 둘이 달려오는 품을 보자 뭔가 부탁이 있어 보였다. 왜 그런지 그들의 몸동작에서 무슨 부탁을 하기 위해 달려오는 것 같은 느낌이 들었다. 특히 광석의 아양기 묻은 웃음을 흘리며 달려오는 게 그런 느낌을 갖게 했다.

"무슨 일입네까?"

범포는 일부러 시치미를 떼며 물었다. 그들이 자신에게 부탁할 일이란 뻔했다. 영주 사공들에 대한 궁금증일 것이었다.

"무슨 일은요? 장군을 기다리고 있었디요."

"아니, 왜 나를?"

"기걸 뎡말 몰라서 묻습네까?"

광석이 답답하다는 듯 짜증 섞인 목소리로 물었다.

"뭘 말이요? 아닌 밤중에 홍두깨라더니 밑도 끝도 없이 무슨 말입네까?"

범포는 갈 데까지 가 볼 생각으로 뻗댔다.

"아, 기 사람들 말입네다. 오늘 표류한 사람들."

"기 사람들이 왜요?"

"아 챰, 답답하십네다. 장군도 다 보시디 않았습네까?"

광석이 미치겠다는 표정으로 범포에게 바짝 달라붙으며 물었다.

"뭘 말입네까?"

범포가 계속 뻗대자 광석이 말 좀 해보란 듯이 형 광건을 쳐다봤다. 그러자 광건이 나서며 범포에게 물었다.

"장군. 기 사람들 언데 보낼 생각이십네까?"

"기거야 내가 어띠 결정합네까? 주군께 고해서 그 결정에 따라야디요."

"아니, 기런 게 아니라……."

광건이 드디어 자신들의 속마음을 드러냈다.

영줏사람들의 배가 탐날 뿐 아니라 그들의 항해술도 너무도 배우고 싶으니 당분간 그들과 배를 태자도에 묶어둘 수 없느냐는 것이었다. 자신들이 배를 꼼꼼히 살펴보고 그들의 항해술을 배울 시간을 갖게 해달라고 했다. 무슨 이유와 핑계를 대든 그들은 한 달 정도만 붙잡아달라고.

"길쎄요. 기거야 내가 결정할 일이 아니라……."

그러자 광석이 범포의 말을 자르며 답답하다는 듯이 말했다.

"장군. 오늘 따라 와 이러십네까? 장군도 이미 보디 않았습네까? 기런데도 왜 모른 테하십네까?"

"딕금 무슨 말을 하고 있는디 모르갔소."

그러자 광석이 드디어 화가 난 듯이 목소리를 높였다.

"안할 말로, 기런 배를 갖고 기런 항해술을 배워둬야 장군도 든든할 게 아닙네까? 어디 우리만 돟다고 이러는 겁네까?"

그러더니 광석은 한 술 더 떠서 자신들이 그 영줏사람들과 동행하며 항해술을 배우고 싶으니 동행할 수 있게 힘을 좀 보태달라고 했다. 자신들이 태자께 그런 건의를 하거든 필요성을 강조해서 동행할 수 있게 도와 달라고.

"길쎄요. 기것 또한 주군께서 결정할 일이라 내가 왈가왈부할 일은 아닌 듯싶소만……."

범포가 끝까지 버팅기자 광석은 아예 자리에 주저앉을 것 같았다. 맥이 풀려서 서 있지 못하겠다는 표정이었다. 믿었던 사람이 엇박자를 놓자 미치겠다는 몸짓이었다. 아니, 이런 맹탕이 어떻게 군사들을 지휘하고 수군을 통제하겠다는 건지 모르겠다는 듯이 멍한 눈길로 바라보았다.

"아무튼 장군께서 우리 형제의 뜻을 알고 있으니 둠 도와 듀십시오. 이런 기회가 아니면 언제 또 기휠 얻갔습네까? 기러니 둠 도와 듀시라요."

광석과 달리 광건은 끝까지 포기하지 않고 끈질기게 부탁을 했다. 범포는 그제서야 얼굴 표정을 바꾸며 넌지시, 밑밥을 던지는 마음으로 말했다.

"우리가 보고하믄 주군께서 그 정도는 먼뎌 알아탸리디 않갔시오? 일단 들어가서 오늘 있었던 상황이나 보고 드리기로 합세다."

"아니, 장군! 들어가기 전에 대답하시라요. 기렇디 않으면 우린 태자궁에 들어가디 않갔시오."

광석이 범포의 표정 변화를 눈치 채지 못했는지, 짐작하면서도 확답을 들으려는지 고집을 세웠다.

"기 대답은 들어가 보면 알 거 아니요?"

범포는 웃으며 광석을 잡아끌었다. 그러나 광석은 완강했다.

"기릏게 구렝이 담 넘어가듯 얼버무리디 마시라요. 확답을 듣기 전엔 한 발자국도 움딕이디 않갔소."

광석은 팔을 뿌리치며, 확답을 듣기 전에는 움직이지 않겠다는 뜻을 분명히 했다. 결국 범포는 광석에게 질 수밖에 없었다. 잘못하다간 광석의 입에서 험한 소리가 나올 수 있었고, 광석이 정말 삐치기라도 한다면 그걸 제자리로 돌려놓기에 애를 먹을 것이기 때문이었다.

"아, 알갔소. 주군께서 기다리고 있을 테니 날래 들어갑세다."

범포는 광건과 광석 형제의 눈이 자신과 다르지 않고, 어떻게든 영줏사람들과 같은 배를 갖고 싶어 하고, 그들의 빼어난 항해술을 배우고 싶어 한다는 사실을 확인하자 기쁘지 않을 수 없었다. 그들이 목을 매어 부탁하는 것은 사실 자신이 부탁하고 싶었던 게 아닌가. 그들의 의지를 알고 싶어 일부러 심술궂은 늙은이 흉내를 내본 것이 아닌가. 그런데 그들이 끝까지 포기하지 않고 덤벼들자 기쁘기 한량없었다.

범포는 자신의 부탁에 의해서가 아니라 태자 스스로 결정한 것처럼 모양새를 갖추고 싶었다. 그래야 그들이 태자를 더 믿고 따를 것이었다. 태자의 빼어난 혜안과 추진력을 알아야만 그들이 태자를 더욱 존경하고 따를 것이었다. 주군에 대한 충성심은 그런 데서 생기는 게 아닌가. 그것을 이번 기회에 심어주고 싶었던 것이었다. 그야말로 일석이조라 할 수 있었다.

범포는 일부러 태자를 알현하지 않고 광건 형제와 곧장 회의장으로 들어갔다. 자신의 말을 듣는 순간, 태자가 먼저 나설 것이었다. 태자 또한 광건 형제 못지않게 관심을 가질 것이고, 그 일을 광건 형제에게 맡길 것이었다. 범포는 태자를 믿고 있었다. 긴 시간 동안은 아니었지만 성군으로서의 자질을 충분히 가지고 있는 태자가 이런 일을 그냥 넘길 리는 없었다. 어쩌면 광건 형제보다 더 간절하게 나올지도 몰랐다.

54

영은 놀라지 않을 수 없었다.

야만인이라고 생각했던 영주인이 그런 배와 항해술을 가지고 있다는 게 놀라웠다. 그러나 더욱 놀라운 것은 영주 배를 인도하기 위해 잠시잠깐 출동했던 범포와 광석 형제의 보고가 하나의 오차도 없이 일치한다는 점이었다. 긴장 속에서 잠시 본 것을 바탕으로 그들의 배와 항해술의 우수성을 파악해낸 게 믿기지 않을 정도였다. 범포는 상대를 직접 만나봤고 심문이라도 해봤지만 광건과 광석은 잠시 그들의 행동과 항해를 봤을 뿐인데 범포만큼이나 정확하게 그들의 우수성을 지적해내는 데는 혀를 내두를 수밖에 없었다.

"기럼 이데 어뜯했으믄 뽕갔습네까?"

범포와 광건·광석의 보고를 다 듣고 난 후, 영은 자신의 마음을 숨긴 채 좌우에 물었다. 자신이 나서서 해결책을 제시하기보다 신하들과 의논한 후 결정하는 모양새를 취하고 싶었다.

생각 같아서는 당장 자신이 나서서 그들을 만나보고, 그들과 함께 생활하며 그들의 기술을 배우고 싶을 정도였다. 그러나 그건 자신의 일이 아닌 듯했다. 범포의 일도 아닌 듯했다. 그건 바로 광건과 광석의 일인 것 같았다. 그렇지만 자신의 마음을 발설해서는 안 됐다. 광건과 광석이 먼저 나서줬으면 싶었다. 총기도 있고 나이도 젊으니 그들이 배워둔다면 앞으로 두루 쓰일 것이고, 특히 광석을 통해 태자도 사공들과 조선공들에게 널리 퍼져나갈 것이었다.

"주군, 외람됩네다만 그 일은 소장이 알아서……."

범포가 먼저 입을 열었다. 그러나 범포의 말은 곧 잘리고 말았다. 범포 곁에 서 있던 광석이 나서며 범포의 말을 막아버렸다.

"아니되옵네다, 주군. 이 일을 우리 형제에게 맡겨 듀십시오."

일이 제대로 돼 가는구나 싶어 영이 광석을 바라보며 물었다.

"맡겨 달라니요? 기게 무슨 말입네까? 자세히 말해 보라요."

"먼뎌, 최대한 시간을 끌어, 한 달만이라도 그 사람들을 여기 붙잡아 듀십시오. 기러면 그 사이에 소신들이 그들의 배 특성을 파악함은 물론 그들과 사귀어 항해술을 배우갔습네다."

"한 달에 말입네까?"

"예. 한 달이믄 될 것 같습네다. 기런 다음……."

광석이 말을 끊더니 형 광건을 돌아보았다. 그 다음은 광건에게 고하라는 것 같았다. 회의에 앞서 형제가 의견을 나눈 모양이었다. 그러자 광건이 앞으로 나서며 말하기 시작했다. 평상시 느긋하고 여유롭던 태도와는 달리 다소 서두르는 품이 흥분하고 있거나 초조한 듯했다. 얘기하면서 더듬거리기도 했다.

광건과 광석이 서로 번갈아 가면서 보완하고 보충한 계획은 크게 세 가지였다.

첫째는 영주 배를 한 달 정도만 태자도에 붙잡아 달라는 요구였다. 그러면 그들과 접촉하며 그들의 배에 대해 소상히 파악함은 물론 항해술을 습득하겠다는 것.

둘째는 그들이 출항할 때 동행하게 해달라는 요청이었다. 마침 무역선을 띄우기 위해 화물들을 적재하고 있어, 한 달 후면 다 실을 수 있을 것 같으니, 그들과 함께 보내달라는 것이었다. 그러면 그들과 동행하며 그들의 항해술을 익힘은 물론 항로까지 파악하겠다는 것.

셋째는 이번 기회에 영주까지 다녀올 수 있게 해달라고 했다. 많은 시간이 소요되고 낯선 곳이라 위험하기는 하지만 이런 기회가 아니면 다시 기회를 찾기 어려우니 허락해 달라고 했다. 영주까지의 항로며 백제, 삼한, 영주까지의 교역로까지 파악해서 오겠다는 것이었다. 그리되면 다양한 교역로를 확보함은 그들과도 교류할 길을 틀 수 있을 것이라고.

광건과 광석의 얘기를 들은 영은 기뻤다. 자신보다 더 멀리 내다보고 행동하려는 그들이 존경스럽기까지 했다. 그러나 마냥 기뻐할 수만은 없었다. 첫 번째와 두 번째 요구는 당장이라도 허락할 수 있었다. 그러나 세 번째 요구는 쉽게 결정할 수 없었다. 영주까지는 삼천리가 넘는 험하고 험한 바닷길을 가야 하고, 오가는 데만 반년 이상이 걸린다고 했다. 그 일은 위험한, 죽음을 감수해야 하는 일이었다. 그런 일에 광건과 광석을 투입하자니 망설여질 수밖에 없었다.

광건과 광석은 이제 단순한 뱃사공이 아니었다. 태자도의 무역을 관장하는 어엿한 관리였고 태자도 수군을 지휘하는 장군이었다. 더군다나 광건은 을지광 대로의 아들이자 그 며느리의 남편이기도 했다. 그들에게 그런 위험한 일을 맡길 수는 없었다. 그렇다고 그들의 말마따나 절호의 기회를 놓칠 수도 없었다. 이율배반적 상황이 괴로웠다.

영은 머뭇거리지 않을 수 없었다. 그러자 광건과 광석 형제는 이번이 아니면 다신 기회가 없을지도 모른다며 허락해 달라고 졸라댔다.

"범포 장군, 두 사람의 청을 어떻게 생각하십네까?"

영은 결국 생각다 못해 범포에게 조언을 구했다. 범포라 해서 별다른 방안이 있을 리 없겠지만 그의 생각이 어떤지를 알고 싶었다. 최종적인 결정은 자신이 내린다 해도 범포의 생각을 들어두는 게 좋을 것 같았다. 또한 범포는 누구보다 자신의 마음을 잘 읽어내니 이 문제를 자신의 입장에서 얘기해 줄 것 같았다.

영이 범포에게 묻자 모든 시선이 범포에게 쏠렸다. 특히 광건과 광석은 범포에게 날카로운 눈빛을 보냈다.

"소장이 생각하기엔……."

범포가 무겁게 입을 열었다. 그러고는 광건과 광석을 돌아보더니 말을 이어갔다.

"두 사람의 얘기나 청이 타당하다고 생각합네다. 천재일우를 놓쳐서는 안 되고, 그 기회를 살릴 사람은 두 사람이라 생각합네다.

다만⋯⋯."

범포는 말을 끊었다. 그리고는 광건과 광석의 표정을 살피는가 싶더니 헛기침을 한 후 말을 이었다.

"영주로 가기 전에 요동으로 한 항차航次 갔다오는 게 좋을 듯합네다."

범포는 두 사람을 적극적으로 지지하고 나섰다. 아예 두 사람이 영주로 가는 걸 기정사실화하고 있었다. 다만, 영주로 가기 전에 다른 사공들을 이끌고 한 항차를 다녀온 후 가는 것이 낫겠다는 의견이었다.

그 이유는 양식 구해와야 하기 때문이라 했다. 태자도에 양식이 부족한 만큼 양식 수송을 먼저 한 후에 원거리 항해를 나서는 게 바람직하다고 했다. 또한 요동까지의 항로를 아는 사람이 두 사람 뿐이니 다른 사공들에게 항로를 알려주고 가야 두 사람이 없더라도 식량을 조달할 수 있고, 다른 배들을 이용해 무역을 할 수 있을 것이라 했다.

그러나 범포의 의견은 거기서 끝이 아니었다. 광건과 광석을 뛰어넘어 새로운 제안까지 했다. 영주까지의 항해에는 대장선만 가는 것보다 선단을 꾸려서 가는 게 좋겠다는 것이었다.

지금까지 모든 무역은 대장선을 통해 이루어진 만큼 광건과 광석 외에는 항로를 아는 사람이 없다는 것. 그러니 이번 기회에 다른 사공들을 동행시킴으로써 광건과 광석이 개척한 항로를 익혀두게 해야 한다고. 그리 되면 조선반도와의 항로를 익힘은 물론 영줏사람들의 빼어난 항해술을 익힐 수 있어 새로운 교역로를 확보할 수 있을 것이라 했다.

"기러니 멧 턱으로 선단을 구성하는 게 바람직하며 선단에 물품을 선적하는데 얼만큼의 시일이 필요한지 확인한 후, 그 날짜에 맞춰 일을 진행시키는 게 둏을 듯합네다. 소장이 영줏사람들을 만나보니 우리가 댜기넬 둑일 줄 알고 바짝 긴장해 있으니 출항날짜는 우리가 조정 가능할 듯합네다."

범포는 이 말로 자신의 말을 매듭지었다. 이번 기회에 아예 해상 무역을 적극적으로 해보자고 덤비고 있었다.

영은 당황스럽지 않을 수 없었다. 혹을 때려다 혹을 붙인 격이었다. 영은 범포가 원거리 항해의 위험성에 대해 언급해줄 것이라 생각하고 있었다. 그리고 어떻게든 광건과 광석을 막아줄 것이라 기대하고 있었다. 그러나 그에 대해서는 아무런 언급도 하지 않았다. 두 사람을 영주로 보내는 것은 너무나 당연한 일이고, 그 일에 모두 발 벗고 나서야 한다고 강조하고 있었다.

범포가 그렇게 나오자 그 누구도 토를 달고 나오는 사람이 없었다. 단 한 사람이라도 위험성에 대한 지적을 해줬으면 싶었다. 그러면 그걸 빌미삼아 결국 광건과 그리고 범포를 말려보겠는데 그런 움직임은 전혀 없었다. 해서 하는 수 없이 그 문제를 직접 언급했다.

"한 번도 가 본 덕 없는 멀고 먼 바닷길을 반 년 동안이나 오가야 하는데 위험 요소는 없갔소?"

영은 일부러 위험 요소란 단어에 힘을 주며 물었다. 누군가가 영의 마음을 알아차리고 나서주기를 바라면서. 그러나 되돌아온 말을 정반대였다.

"위험 요소가 없다고 할 수는 없습네다. 기렇디만 세상에 위험하디 않은 일이 어딨갔습네까? 사는 일 자체가 모두 위험한 일이라

할 수 있갔디요. 길티만 위험하다고 할 일을 안 할 수는 없디 않갔
습네까? 범포 장군이 말씀하셨듯이 천재일우입니다. 이런 기휠 놓
칠 순 없디 않갔습네까?”

범포의 말에 고무돼선지 광석이 나서며 쐐기를 박아 버렸다. 그
의 말은 영에게 하는 말이 아니라 좌우에 늘어선 신료들을 향한
말이라 할 수 있었다. 더 이상 이 문제에 대해 왈가왈부하지 말아달
라는 당부나 다름없었다. 그러니 그 누가 나서서 가타부타할 수가
없었다. 결국 광건과 광석, 범포의 뜻대로 일은 매듭지어지고 있었
다.

대항해大航海 준비

55

광석은 춤이라도 추고 싶었다.

태자도로 들어온 순간부터 가슴 속에서 키워온 망망대해를 항해할 수 있게 된 것이었다. 이제 패수에서 손님이나 짐들을 실어 나르는 뱃사공이 아니고, 요동에 나가 쌀을 구해오는 심부름꾼도 아니었다. 자신이 직접 참여해 건조한 대장선을 몰고 선장으로 망망대해를 누비게 된 것이었다. 그건 형도 마찬가진지 회의실에서 나오자마자 광석을 얼싸안으며 흥분된 목소리로 외쳤다.

"됐어! 이제 됐다고!"

"기래, 형! 됐고말고."

광석도 형을 얼싸안고 감격의 눈물을 흘렸다. 이제 남자로 세상에 태어난 보람을 찾을 수 있을 것 같았다. 둘은 한동안 눈물로 감격과 기쁨을 나눴다. 그러던 형이 갑자기 몸을 떼며 말했다.

"이제 가보다. 빨리 알래야디."

"……?"

"아버디 을지광 대로께 이 기쁜 소식을 제일 먼텀 알려야디."

"어, 기래. 기래야디."

광석은 형과 함께 낭두봉으로 올랐다. 태자궁 바로 뒤에 있는 을지광의 무덤을 향해.

"아바디! 다 들으셨디요? 우리래 우리가 멩근 밸 타고 망망대헬 누비게 됐습네다. 아바디께서 늘 꿈꿔온 바달 누비게 됐단 말입네다. 기래서 제일 먼뎌 탖아왔시요. 기쁘시디요?"

절을 하고 나서 형은 한동안 을지광의 영혼과 대화를 나눴다. 대답도 없고 반응도 없는 일방적인 대화였지만 형은 눈물로 전언했다.

"걱뎡도 되갔디요. 기렇디만 걱뎡 마시라요. 우리래 건이나 곤이텨럼 전장에 나가는 거이 아니라 바닷길을 열기 위해 떠나는 거이니 아무 탈 없이 돌아올 겁네다. 기러고 우리가 뉩네까? 부모도 모른 태 살아왔디만 기 누구 못디 않게 살아오디 않았습네까? 아바딘 우리가 텨음 요동에 나갈 때도 걱뎡했디만 아무 탈 없이 돌아오디 않았습네까? 기러니 걱뎡 마시라요."

그렇게 형은 한동안 혼자 전언을 했다. 자식들을 멀리 보내는 부모가 걱정함직한 말들을 하나씩 들춰내며 아무 걱정 말라고 했다. 그리고 이번 대항해를 기점으로 아버지가 꿈꿨던 강한 태자도를 만들겠다는 다짐도 했다. 그렇게 평상시와는 다르게, 정말 친아버지에게 그간 밀렸던 말이라도 하듯 장황하게 혼잣말을 했다. 그러던 형이 갑자기 을지광 대로의 말을 듣기라도 했는지 전혀 딴소리를 했다.

"예? 광석이래 장개 말입네까? 기것도 걱뎡 마시라요. 아바디도 돟아하는 간난이래 있디 않습네까? 떠나기 전에 장개들고 아이까디 만들디 않으믄 안 데려 가갔습네다. 기러믄 되갔디요? 알갔습네다. 기릏게 하갔습네다."

광석은 멍했다. 간난이와 혼례라니?

"딕금 뭔소리하는 거네? 간난이와 어떤다고?"

광석이 언성을 높이며 따지자 형은 휘뜩 광석을 돌아보며 부르륵 화를 냈다.

"딕금 아버디와 얘기 중이댆네. 둠 됴용히 있으라."

그러더니 예의 영혼과의 대화를 계속했다.

"예, 달 알갔습네다. 아바딜 대신 해서 형인 제가 기렇게 하갔습네다. 기러니 기건 걱뎡마시라요. 예, 떠나기 전에 다시 탖아와 뵙갔습네다. 아니, 기 전에 와야갔군요. 뎌 놈 장개들이기 전에 탖아뵈야 하니낀."

그러더니 자리를 털고 일어섰다.

"뭔 무당 놀이네? 기딴 수작으로 날 어띠 해볼 생각인 거 같은데 꿈 깨시라요."

광석이 형을 노려보며 소리를 질렀지만 형은 아무 대답도 없이 산을 내려가기 시작했다.

"뎡말로 날 장개들일 생각이네? 기것도 간난이한테? 간난인 기러려고 데려온 게 아닌 걸 형도 달 알댆네. 긴데 이 무슨 귀신 씨나락 까먹는 소리네?"

그쯤하면 뭔가 대답을 할 것 같은데 형은 아무 말도 없이 산을 내려가기만 했다. 말도 섞기 싫으니 자신의 뜻을 따르라는 뜻이었다.

"형 뎡말 이럴 거네? 이럴래고 날 여까디 끌고 온 거네? 을지광

며 늙은일 빌어서 날 듀뎌앉힐래고? 기딴 수작에 내가 놀아날 것
같네?"

광석은 일부러 을지광에 대해 모진 말을 뱉어냈다. 그렇게 혼례
문제가 아닌 을지광 모욕에 대한 일로 다툼으로써 형의 관심을 다
른 데로 돌려 버리려 했다. 그러면 그 일로 둘이 한동안 냉전을 할
것이고, 그러면 혼례 문제도 당연히 시들해질 것이었다.

그런데 형은 어떤 반응도 보이지 않았다. 광석은 가슴이 덜컥 내
려앉았다. 을지광에 대해 거슬리는 얘길 한 마디라도 하면 즉각 반
응을 보이던 형이 끔쩍도 않았기 때문이었다. 그만큼 형은 다른 데
전혀 관심을 보이지 않았다. 소란이 일건, 마찰이 생기건, 충돌이
있을지라도 오로지 동생 장가들이는 일에만 집중하겠다는 뜻이었
다. 그런 형의 속성은 광석이 누구보다 잘 있었다. 그래서 이번 일은
형을 이기지 못할 것 같은 질긴 예감이 들었던 것이었다.

56

"삼춘 장개가요?"

대항해 준비를 하느라 며칠 만에 큰집에 들렀더니 조카 놈이 물
었다.

"기, 기 무슨 말이네?"

광석이 놀라 더듬거리며 묻자 조카 놈이 짓궂게 웃으며 대답했다.

"아바디와 오마니가 하는 소릴 다 들었시요."

"뭐라고?"

"어디 떠나기 전에 장개간다고 말입네다."

"아바디와 오마니가 기런 말을 하데?"

"예. 기래서 오마니래 준비하고 있시요. 삼춘 장개보낼 준비."

"나 이거야 원."

광석은 민망하기도 하고 형에게 화도 나서 사랑채 앞에서 소리를 질렀다.

"들어갑메."

문을 벌컥 여니 형수가 일어서며 인사를 한다. 그 인사가 다른 때와는 사뭇 다른 건 말할 필요도 없고.

"무슨 일인데 이 야단이네?"

형은 예상이나 한 듯, 기다리고 있었던 듯, 앉은 채로 물었다.

"딕금 뭘 하댜는 거네까?"

생각 같아선 존댓말이 아닌 반말로 형을 닦아세우고 싶었지만 형수가 있어 그러진 못하고 반말도 아니고 존댓말도 아닌 어중치기 말로 던졌다.

"뭘 말이네?"

형이 시치미를 뚝 떼고 되물었다.

"딕금 날 강제로 장개보낼래는 거요? 떡 둘 사람은 생각도 않고 있는데 왜 딤챗국 먼뎌 마시냔 말입네다. 조캐가 기랬시요, 장개가냐고?"

"기거이 이미 결정된 일 아니네? 돌아가신 아바디 소원이라는데, 형인 내가 아바딜 대신해 장개들이라는데 기럼 어떻하간?"

"댜꾸 아바디 핑계대디 마시라요. 돌아가신 아바디가 무슨 말을 한단 말입네까? 다 형의 술수디."

"기게 무슨 말이네. 기럼 내가 아바디 말도 안 듣고 이런단 말이네? 넌 이 형을 기 정도로밖에 안 봤네?"

형이 정색을 하며 되쏘았다. 그 말엔 광석도 멈칫할 수밖에 없었다. 형 말마따나 형이 그런 잔머리를 쓰거나 없는 말을 지어낼 사람은 아니었다. 그렇다고 아버지가 정말 형에게 말했을 리는 만무했다. 돌아가신 사람이 산 사람에게 어떻게 말을 하며, 왜 하필 그때 그런 말을 했다고 우기는 건지 이해할 수가 없었다. 무당이라면 또 모를까 형은 그런 재주를 가진 사람이 아니었다. 다른 사람들은 다 그런 능력을 가진다 해도 형은 그런 능력을 가질 만한 사람이 아니었다.

"기래요, 삼촌. 아무런들 뎌이가 아바디까디 팔갔어요? 삼촌하고 뎌이가 뜻을 이루게 된 게 기쁘고, 먼 길 가게 된 게 걱뎡도 돼서 아바디래 뎌이에게 현신하셔서 기런 말씀을 하셨을 거야요. 기러니 삼촌도 기 뜻을 따르는 게 좋디 않갔어요?"

형수까지 한 통속이 되어 광석을 졸라댔다. 광석이 나타날 걸 미리 예상하고 그렇게 하기로 양주가 짰거나 어쩌면 짜고 있는 중에 광석이 나타난 것인지도 몰랐다.

"형수까디 왜 이러십네까? 내래 기럴 마음이 없다닿습네까?"

광석이 형수 앞이라 큰 소리는 내지 못하고 난감한 듯 말꼬리를 사리자 그에 힘을 얻었는지 형이 밀어붙였다.

"기럼 간난이래 왜 데려온 거네? 뎌렇게 남의 집 더부살이 시킬래고 데려왔네? 기런 위험을 감수하믄서 데려올 땐 생각이 있었을 게 아니네?"

"기거야 간난이래 너무 딱해서 기랬던 거디. 원티 않는 사람한테 시집가서 고생할까봐.”

“기렇다믄 원하는 사람한테 시집가서 행복하게 살게 해듀어야디.”

“기, 기건 또 뭔 소리유?”

광석은 덜컥 내려앉는 가슴을 억누르며 물었다.

“몰라서 묻네? 간난이래 너한테 시집오고 싶어 한단 말이다. 기럼 아바디 기런 당부를 들어놓고 당사자에게 물어보디도 않고 일을 추진하갔네?”

“나 이거야 원……”

광석은 할 말이 없었다. 간난이까지 자신과의 혼례를 기정사실화하고 있다면 더 이상 도망칠 곳이 없었다. 대답을 않거나 잘 모르겠다고 애매하게 넘기기만 했어도 그걸 핑계 삼아 혼례를 미루거나 거부할 수 있었다. 아니, 최소한 대항해 후로 미룰 수 있었다. 그런데 간난이가 자신과 혼인하겠다고 대답까지 해버렸으니 더 이상 핑계 댈 것도, 도망칠 곳도 없었다. 그러니 입을 다물 수밖에.

사실, 광석도 간난이를 마음에 두고 있었다. 혼례를 생각 안 해본 것도 아니었다. 그런 마음이 없었다면 그런 위험을 무릅쓰면서까지 구출하지 않았을 것이었다. 태자도로 데려올 땐 나름 생각이 있었다. 그러나 혼례는 이상이 아니라 현실이었다.

살집은 문제없었다. 형과 함께 살던 집이 있었다. 형이 장가들어을 대로 집으로 옮긴 후 현재까지 혼자 살고 있으니까. 문제는 당장 먹고 살 게 없다는 것이었다. 그렇다고 형에게 마냥 손을 벌릴 수도 없었다. 혼례 전이야 홀몸이니 형에게 빌붙을 수 있을지 몰라도, 가정을 꾸리고 나서까지 그럴 수는 없었다. 자신이 형에게 손을 벌리는 일도 낯 뜨겁겠지만 간난이에게 고통을 안겨주기 싫었다. 안 그래도 남의 집 머슴 딸로 살며 눈치 보며 살았음은 물론, 온갖 수모와 고통을 다 겪었을 텐데 시집와서까지 그런 삶을 살게 할 수는 없었다. 하여 대항해 후 돈을 좀 모으게 되면 형네 집에서 데려올 생각이었다. 그런데 형은 그런 광석의 마음도 생각하지 않고 혼례만 하라고 밀어붙이니 답답하다 못해 밉기까지 했다. 평상시엔 동생의 마음을 제 마음인 양 잘만 읽어내더니 이번 일에서만큼은 그 반대니 환장할 지경이었다.

"아바디가 너 장개들 때 듀라고 남겨둔 돈과 패물이 있으니 넌 딴 생각 말고 혼례 티를 준비나 해."

형이 광석의 마음을 읽고 있었는지 드디어 마지막 패를 까뒤집었다.

"돈과 패물?"

"기래. 아바디가 내 혼롓날 부르시더니 너 장개들 때 듀라고 이걸 듀시더라."

형이 소매에서 주머니 하나를 꺼내더니 광석 앞으로 밀었다.

"뎡말 아바디래 이걸 나한테 남겼단 말이네?"

"기렇대도. 아바디가 어떤 사람이네? 기러니 아바디 뜻에 따르라. 기게 널 총애했던 아바디께 보답하는 길이야."

광석은 할 말이 없었다. 눈물만 주르륵 흘러나왔다. 하여 광석은 후다닥 밖으로 나와 버렸다. 가난한 눈물을 형수한테 보일 수 없었다. 아버지가 그런 걸 남겼든, 형이 형수와 의논하여 아버지로부터 받은 패물을 자신에게 넘기려 하든 결론은 마찬가지였다. 아버지, 형, 형수에게 고맙고 미안하여 더 이상 그 자리에 있을 수 없었다.

신발도 제대로 신지 못한 채 밖으로 나서려는데 이번엔 작은조카가 따라오며 물었다.

"삼촌, 내 동생은 언제 생겨? 내가 다 키워줄게."

자신이 아이를 낳게 되면 작은조카인 너가 다 키워야 할 건데 기를 수 있겠냐고, 그러지 않으면 자신은 아이를 낳지 않겠다고 농담했던 걸 기억했다가 작은조카가 따라오며 말했다. 녀석까지도 광석의 혼례를 기정사실화하고 있었다.

57

광건이 기지를 발휘해, 아버지의 말인 것처럼 꾸며 광석의 마음을 얼마간 잡기는 했으나 문제는 그 다음이었다. 당사자인 간난이의 마음을 확인해야 밀어붙이든 떠밀든 할 수 있었기 때문이었다. 떡 줄 사람은 생각하지도 않는데 김칫국부터 마실 수는 없었다.

간난이 마음을 확인하자니 어쩔 수 없이 아내와 상의할 수밖에 없었다. 간난이에 대해서는 광석으로부터 들을 만큼 들어 알고 있었고 인사를 나누기도 했지만 그 이상의 접촉은 삼가고 있었다. 제수 될 사람을 함부로 만날 수도 없었고, 상대도 자신을 어려워하는 것 같아 일정한 거리를 두고 있었다. 그러니 혼례 얘기를 하려면 아무래도 거리감이 적은 아내가 나서는 편이 나을 것 같았다.

"이번 대항해 전에 광석이래 장갤 들여야 하갔는데…… 신부 될 사람의 마음을 확실히 몰라서리……."

저녁상을 물린 아내가 주전부리를 들고 오자 광건이 조심스레 말을 꺼냈다. 그 말에 아내가 빙긋 웃으며 광건을 쳐다봤다.

"왜 웃는 겁네까? 내래 못할 말이라도 했소?"

광건이 무안해서 헛기침을 하며 묻자 아내가 반문했다.

"뭘 물어보갔다는 겁네까?"

"당사자의 마음이 어떤디, 기걸 알아야 광석일 밀어붙이든 메어티든 할 거 아닙네까?"

"기래, 삼촌 마음은 확인해 봤습네까?"

"기거야……. 기건 내가 알아서 하갔디만, 신부 될 사람이 문제디요."

"기래, 삼촌은 뭐라던가요?"

"기건…….”

광건은 며칠 전에 있었던 일을 얘기했다. 꿈에 그리던 대항해를 하게 된 게 기뻐 형제가 아버지 묘소를 찾았던 얘기. 묘소를 찾았다가 대항해를 나서기 전에 어떻게든 광석을 장가들여야겠다는 생각에 순간적으로 아버지를 팔아 광석의 마음을 얼마간 잡은 얘기. 그러나 광석이 거부하더란 얘기.

말을 다 들은 아내가 다시 빙긋이 웃으며 말했다.

"삼촌이 문제디 간난인 걱뎡 안 해도 될 겁네다."

"……?"

광건은 아내의 얼굴을 가만히 쳐다보았다. 여간 해선 단정적으로 얘기하지 않는 그녀가 단정적으로 어조로 말할 땐 그만한 이유가 있을 것이었다.

"내가 다시 한 번 간난이한테 확인해 보갔디만, 간난인 벌써 오마니한테 오마니라 부르고, 나와 동서한테 형님이라 부르는데요."

"기래요? 언데, 언데부터 기렇게 불렀시요?"

"여 와서 얼마 안 있어서요. 터음엔 어색했는디 아예 부르디 않더니…… 한 번 부르고 나선 계속 기렇게 부르고 있시요."

"기래요? 기럼 달 됐네요. 당신이 계수씨한테 한 번 물어보구래. 기러믄 난 광석일 단속할 테니껀."

"알갔습네. 기러시디요. 기 일이라믄 우리도 이미 겪은 일인데……."

"……?"

광건이 의아해하자 아내는 아버지와 어머니가 자신들 두 동서의 혼례를 주선할 때 얘기를 꺼냈다. 가려운 델 긁어주었으니 시원하기도 했지만 한편으론 부끄럽고 미안했던 기억을 떠올리며 수줍게 웃었다.

그리고 며칠 후, 아내의 예상대로 간난이는 이미 광석과 혼인할 마음을 가지고 따라왔음을 확인했다.

"기러믄 이데 광석이 마음만 정하믄 되는데……."

"삼촌은 아마도 피하려 할 겁네다."

"기건 또 무슨 소리요?"

"삼촌이래 간난이가 고생할까봐 혼례를 미루는 것 같았습네다. 왜 있닪아요. 간난이래 남의 집에서 눈칫밥 먹으며 벼라별 수몰 다 겪으며 살았는데 또 기런 삶을 살게 할 수 없다는 기런 마음 말입네다. 삼촌이래 겉으론 아무 근심 걱정 없는 턱하디만 속이 깊어서리 기것 때문에 고민하고 있을 겁네다."

"기걸 당신이 어뚷게?"

"애들 하고 놀아두는 걸 보고 알았디요. 애들과 놀 땐 속도 없는 사람터럼 굴다가도 돌아서선 많은 생각을 한다는 걸 알았디요. 기래서 삼촌이 믿음딕스러웠구요. 삼촌이 요듐 아이들 먹을 걸 사오디 않는 것도 장개들 밑천 탱긴다고 기러는 거 같구요. 한 푼이라도 아껴서 장개들 마음에 조카들 볼 때마다 미안해 하는 거 같았습네다."

"기래요? 어릴 때부터 봐온 나보다도 당신이 광석이래 마음을 더 달 아는 것 같구만요. 기래, 이데 어뜷하믄 둏갔습네까?"

"뭘 어뜩해요? 기건 우리가 책임뎌야디요. 기러고…… 이거래 당신과 혼인할 때 시부모님께 다시 받은 건데…… 아무래도 소옹 아가씨한테 듀려고 마련해둔 거 같았습네다."

아내가 미리 준비해뒀는지 허리춤에서 주머니 하나를 꺼냈다.

"기게 뭡네까?"

"당신과 혼인할 때 받은 패물입네다."

"예? 기걸 어뜷게?"

광건은 놀라지 않을 수 없었다. 어떻게 자신이 받은 패물을 동서한테 줄 생각을 하는지 이해할 수가 없었다.

"나야 이미 애들 아비와 혼인할 때 받았댢습네까? 기것도 과분한데 이거까디 내가 가디고 있을 순 없디요. 기래서 동서 보게 되믄 듈라고 따로 탱겨놓았던 거입네다. 기러니 기건 걱뎡 마시라요."

광건은 아내의 마음 씀씀이에 눈물이 날 것 같았다. 아내가 아니라 어머니로 광석의 혼례를 준비하고 있었으니 감동하지 않을 수 없었다.

"아닙네다. 나도 광석이 혼례 때 듈라고 옛날부터 따로 모아둔 게 있습네다. 기것만 있어도 혼례 준비며 살림 탸리는데 부족하디 않을 겁네다. 기러니 기건 들여놓으시라요."

"기 무슨 말씀입네까? 이 패물의 주인은 소첩이 아닙네다. 잠시 소첩이 맡아 있었을 뿐. 이데야 제 주인을 탓아가는 거고, 기래야 시부모님과 소옹 아가씨 뜻에 부합될 겁네다. 기러니 기렇게 하세요. 패물은 이걸로 듀고, 당신이 모아둔 건 살림 내는데 쓰게 하믄 될 거 아닙네까?"

"아무리 기래도……."

광건이 아내에게 너무 미안해 아내의 패물을 선뜻 받지 못해 망설이고 있는데 마침 광석이 찾아왔고, 그 자리에서 아내의 도움으로 쐐기를 박았다.

쇠뿔도 단김에 빼야 한다고, 광석의 마음을 확인한 지 보름 만에 광건네 대청에서 혼례를 치렀다. 아내와 어머니의 주도로 성대하게 치렀다.

어머니는 마지막 일이니 조금도 소홀함이 없게 하라고 곳간 문을 열었고, 아내도 하객들이 섭섭지 않게 해야 한다고 주머니 끈을 풀었다.

"광석이 혼인 후엔 굶을 생각입네까?"

광건은 어머니와 아내를 말렸으나 들은 체도 안했다.

"큰일을 앞두고 쫀쫀하게 굴면 마魔가 끼는 법이다. 혼례도 혼례디만 먼 길 무사히 다녀올 수 있게 빌기 위해서라도 백 사람 천 사람한테 대접해야디. 기래야 앞길이 훤해디디."

어머니는 어머니대로 대항해의 무사귀환을 빌기 위해서라도 사람들에게 보시를 해야 한다고 광건이 나서지 못하게 했다.

"삼촌 기 성정에 우리 아이들 혼례 때 가만 있갔시요? 기러니 아이들 혼례 때 미안하디 않기 위해서라도 제대로 티뤄듀야디요."

　아내는 아내대로 아들들 혼례 때를 들먹이며 광건의 말은 들은 체도 안했다.

　손 큰 두 여자 때문에 태자도가 다 들썩일 정도였다. 닷새 동안 태자도 사람들을 다 불러 대접하고 일일이 챙겨주고서야 혼례를 마무리 지었다. 살아온 환경이 달라선지, 광건이나 광석은 엄두도 낼 수 없을 정도였다.

출항제出港祭

기미년(己未年, 59년) 사월 초사흘. 드디어 선단이 영주로 출항하는 날이었다.

그 동안 영주 뱃사람들과 함께 요동으로 건너가 태자도의 물품들을 내다팔았고, 쌀도 실어왔을 뿐 아니라 그들의 건조술과 항해술도 얼마간 익혔다. 그게 두 달 동안 광건 형제가 한 일이었다. 다른 사람들 같으면 어림도 없었겠지만 두 사람의 열의와 노력 때문에 가능한 일이었다. 사람들이 혀를 내두를 정도였다. 특히 광석은 신혼의 단꿈마저 포기하면서까지 대항해 준비를 하여 많은 사람들로부터 고자 아니냐는 놀림도 받았고 역시 광석이라는 칭찬도 들었다.

출항시간이 가까워지자 몽돌포는 인파로 뒤덮였다. 본격적인 썰물이 나는 진시辰時에 출항하기로 되어 있었기에 몽돌포는 새벽부터 분주히 돌아가고 있었다. 그리고 출항시간이 가까워지자 사람들이 몰려들기 시작했다. 떠나는 사람들과 전송하는 사람들로 발 디딜 틈도 없었다. 백성들도 진귀한 구경거리를 놓치지 않기 위해 일손을 놓고 아침 일찍부터 몽돌포에 몰려들었다. 늦게 나온 사람들은 포구에서 약간 떨어진 마을 뒷동산에 자리를 잡은 채 몽돌포에서 벌어지는 일들을 눈에 담고 있었다.

영과 무범, 인섭이 행차하자 드디어 무사 안녕을 기원하는 굿이 시작되었다.

바다신과 산신뿐 아니라 세상의 모든 신과 통한다는 영험한 무당이 북을 치며 굿을 시작했다. 날과 국國을 섬긴 후 굿을 하게 된 사연을 섬겼다. 그리곤 요왕신을 불러들여 요왕신의 힘과 능력을 풀어냈다. 가끔씩 왼손에 들고 있는 북을 치며 웅얼거리듯, 낭송하듯, 노래하듯 이어갔다. 영, 무범, 인섭이 삼헌관이 되어 제상祭床 앞에 앉아 경건하게 굿에 동참했고, 그 모습을 포구에 있는 모든 사람들이 집중해서 지켜보고 있었다.

무당이 가끔씩 두드리는 북은 일반적인 북과는 달랐다. 일반적인 북은 나무로 테두리를 두른 후 좌우 양편에 쇠가죽과 말가죽을 덧씌워 소리를 낸다. 그러나 무당이 쓰는 북은 달랐다. 좌우 양편에 가죽을 두르지 않고 한쪽에만 가죽을 대고 있었다. 왼손에 들고 다니며 칠 수 있게, 몸을 자유자재로 움직일 수 있게 손잡이가 달려있는 북이었다. 이 북은 사람들에게는 작게 들리지만 신들에게는 크게 들리게 하는 힘을 가진 북으로 알려져 있었다. 그래서 제작과정뿐만 아니라 형상과 크기도 다른 북과는 달랐다.

이 북은 나무 중에서 가장 단단하다는 벼락 맞은 나뭇가지를 잘라다 깎고, 다듬고, 휘어 만든 북이었다. 제작 기간만도 최소한 5년이 걸린 북이었다. 벼락을 맞은 나무는 바짝 말라 있어서 따로 말릴 필요는 없지만 잔가지들을 자르고 깎고 다듬어 휠 수 있는 최대한 휜 다음 가죽 끈으로 고정하여, 부러지지 않게 물을 주며 휘기를 3년 가까이 한다. 휘어지면 좀 더 휘고, 좀 더 휘고 하면서 원형으로 만다. 그런 후 양끝을 테두리와 같은 굵기로 다듬어 쇠가죽으로 동여맨 후에도 부러짐을 방지하기 위해 다시 물을 축이며 응달에서 1년간을 말린다. 그 과정이 끝나면 테두리 양쪽에 홈을 파서 아교를 잔뜩 먹인 자작나무 가지로 만든 손잡이를 박는다. 그러면 북의 기본적인 틀은 갖추어진다.

그 틀 위에 수백 번을 무두질한 쇠가죽을 입혀 북을 만든다. 쇠가죽이 너무 두꺼우면 소리가 맑지 않고, 너무 얇으면 소리가 흩어지고 가죽이 찢어질 수 있기에 2년 동안 수백 번을 두드리고 무두질한 가죽이다. 한 마디로 정성과 인고 속에 다듬어진 가죽이라 할 수 있었다.

그러나 그것으로 끝이 아니었다. 북 테두리에 돌아가면서 붉은색으로 귀갑문龜甲紋을 그려놓는다. 이 때 북은 단순한 북이 아니라 태양의 상징물로 거듭나며, 인간이 아닌 신을 위한 울림통으로 변하게 된다. 거기에다 테두리 사방에 구멍을 뚫어 청, 백, 적, 흑색 실에 방울들을 매단 줄을 늘어놓는다. 그리고 북 한가운데 황색 원을 그려놓는다. 동서남북과 중앙이란 오방五方이 갖춰지는 것이다. 그러니 이 북은 영험한 무당만이 가질 수 있는 무구巫具로 태양 자체이자 하늘과 땅, 온 우주의 기운이 결집된 총체인 것이다. 영험한 무당은 이런 북을 울리면서 하계에 있으면서도 상계에 자신의 소리를 알리고, 또한 상계의 소리를 북소리를 통해 하계에 전달하기도 하는 것이었다.

북의 크기도 일반적인 북보다 한참 크니 그 크기에 따라 하계의 소리를 상계에, 상계에 소리를 하계에 전달하는 정확도가 달라진다고 믿었다. 하여 무당들은 될 수 있는 한 큰 북을 가지려 하지만 그 북을 들고 다니며 굿을 할 수 있을 정도가 돼야 하기 때문에 아무나 큰 북을 가지고 다닐 수는 없었다. 자신이 감당할 수 있는 크기와 무게가 있으니 북의 크기만 봐도 그 무당의 신통력을 알 수 있다는 것이었다.

무당은 늑대 머리로 만든 모자와 오방색 실과 장식, 그리고 늑대 이빨을 주렁주렁 매단 무복巫服을 입고 있었다. 얼굴은 하얗게 칠한 후 이마에서부터 햇살이 번지듯 오방색 선으로 선명하게 그려놓았다. 사람이 아니라 귀신 형상이었다. 그 모습만으로도 군중을 압도하고도 남았다. 어떤 인간, 어떤 전사가 이보다 신성하고 강할까 싶을 정도였다. 잡귀들은 무당의 형상만 봐도 무서워서 범접하지 못하고 도망칠 것 같았다.

천제와 요왕(용왕) 그리고 하백을 초대하여 그들의 위대한 능력과 신성한 다스림을 칭송한 후 자비로운 은혜를 빌었다. 그들의 도움 없이는 단 하루도 살 수 없기에 가련한 인간을 불쌍히 여겨달라고, 천제의 손자요 하백의 외손인 동명왕의 후손들을 도와달라고 빌고 또 빌었다. 그런 후에 바람신인 영등을 초대하여 무사히 항해할 수 있게 도와달라고 빌었다. 순풍으로 배를 밀어달라고, 영등의 도움이 없다면 어떻게 망망대해를 건널 엄두를 내겠냐고 자비를 빌었다. 북을 치며 노래와 춤으로 신들을 기쁘게 하기도 했고, 요령을 흔들며 어리광을 부리기도 했다.

그리고 신들을 돌려보내기에 앞서 제물을 바치기 위해 사지를 묶어 놓은 말 앞으로 다가갔다. 그리고 말 앞에서 한참 주문을 외더니 날 선 칼로 말의 목을 따 피를 받아다 제단 주변에 고루 뿌린 후 삼헌관에게 세 번 절을 하게 했다. 그리고는 다시 노래와 춤으로 신들을 돌려보냈다. 말을 대신하여 흙으로 빚어 만든 토우土偶의 목을 베어 바치기도 했지만 이번 출항제出港祭에는 말의 목을 베어 제단에 바쳤다. 건석 형제를 비롯한 선단의 무사 항해와 영줏사람들의 무사귀환을 비는 제인 만큼 토우가 아닌 실제 말을 희생제물로 바치기로 했던 것이었다.

무당이 제의를 마치자 광건과 광석을 비롯한 사공들이 제단에 절을 하고 제물을 바쳤다. 그 뒤로 영주에서 온 사공들, 이번 항해에 동행하는 사람들이 차례로 절을 하고 제물을 바쳤다. 광건 형제와 사공들을 보호하기 위해 동행하는 무사들이었다. 그들도 빠지지 않고 절을 하고 인정을 걸었다. 그 인원만도 50명에 이르렀다.

출항제가 끝나자 드디어 항해에 나서는 사람들이 영과 무범, 인섭에게 예를 올린 후 도열했다. 그러자 영이 말했다.

"이번 뱃길은 딕금까지 한 번도 가본 덕 없는, 멀고도 험한 삼천 리 바닷길을 건너는 일인 만큼 한 티의 방심도 허용될 수 없는 길이요. 기러니 조금도 긴장을 늦튜디 말고, 무사히 다녀오길 바라갔소. 이번 항해로 우리 태자도는 이제 드넓은 바닷길을 열어 대륙뿐만 아니라 백제와 삼한 그리고 더 넓게는 신라나 왜와도 교역하게 될 것이고, 그들 나라에 우리 태자도를 알리게 될 것이요. 아무뚜록 천제와 용왕, 그리고 영등의 도움으로 무사히 달 다녀오시오. 그 외에 무얼 더 바라갔소. 시종 무사하게 다녀오길 빌갔소."

말을 마친 영은 떠나는 사람들의 손과 어깨를 일일이 잡아주며 무사 귀환을 당부했다. 그 뒤에 무범, 인섭, 구명석, 범포와 마석, 병택, 철근, 망치, 바우, 벌테가 뒤따르며 일일이 배웅했다.

영주 뱃사공들에게도 똑같이 배웅을 했다. 그들은 비록 영주 사람들이기는 했지만 이번 항해에 길잡이자 안내자였다. 또한 그들은 새로운 항로와 신기술을 전해줄 전수자이기도 했다. 그래서 영을 비롯하여 무범과 인섭, 태자도 관리들은 그들이 태자도에 머무는 동안 그들을 극진히 대우했고, 떠날 때가 되자 귀한 선물로 그들을 치송했다. 또한 광건과 광석은 그들과 돈독한 우애를 맺어두고 있었다. 신이든 사람이든 관계를 맺고 교류하며 정성을 들이면 마음을 여는 것이 아니던가.

환송인사가 끝나자 영이 광건에게 고개를 끄덕였다. 그러자 광건이 좌우에 명을 내렸다.

"출항한다. 이제 모두 승선하라!"

광건의 명령에 몽돌포구가 갑자기 분주해졌다. 사공들은 출항 준비를 하느라 바삐 움직였고, 환송 나온 사람들은 환송 나온 사람들대로 이별의 정을 나누기 위해 서둘렀다.

사실 이번 항해는 전장에 나가는 일이나 다름없었다. 한 번도 가본 적이 없는 바닷길을 가는 것이고, 기간도 최소 반년에서 일 년이 걸리는 항해였다. 잘못 하면 영원히 돌아올 수 없는 길을 나서는 것이었다. 하여 이별은 진할 수밖에 없었다. 그런데도 광건과 광석의 가족들은 덤덤했다. 을지광의 며느리와 손자들, 이젠 광석의 마누라가 된 간난이도 사람들 틈에 끼어 있었다. 그러나 그들은 광건과 광석을 가만히 지켜보기만 할 뿐 별다른 움직임은 없었다. 누구보다 두 형제를 믿었고, 두 형제가 아니면 누구도 할 수 없는 일을 하는 것이기에 뿌듯한 마음으로 조용히 지켜보고만 있었다.

"출항 준비 완료!"

가장 멀리 있는 배에서부터 출항 준비 완료를 외치기 시작했다. 길잡이로 나설 영주 사람들이 탄 배에서 울려나오는 소리였다. 그것을 신호로 여기저기서 출항 준비 완료란 소리가 울려왔다. 그러자 영주 도사공이 영 곁으로 다가오더니 공손히 예를 올리며 하직 인사를 했다.

"이데 가야갔습네다. 고마왔습네다. 언제 다시 볼 수 있을디……기렇디만 살아 있으믄 또 봐질 거난 그때 다시 봅세다."

영은 더듬거리는 도사공의 말을 차분히 들었다. 말을 하지 않았다 해도 도사공의 얼굴과 눈빛을 보며 그 마음이 어떤지를 대충 짐작하는 것 같았다. 이별의 자리에서 하는 말이란 게 그저 그렇지 않은가.

"기래. 달 가시라요. 살아 있으믄 다시 안 보갔소?"

그러자 도사공이 머리를 숙여 깊은 인사를 했다. 그 머리 위에 영은 부탁의 말을 뿌렸다.

"우리 신하와 사람들 잘 부탁합네다. 안전히 갔다올 수 있게 도와 듀시라요."

도사공은 조금 전보다 더 깊이 인사를 한 후 돌아섰다. 그러자 도사공과 한 배에 타기로 한 광석이 인사를 했다.

"주군! 다녀오갔습네다."

"기래. 무사히 달 다녀오라요."

영이 무슨 더 할 듯하더니 입을 다물었다. 광석에 이어 광건도 이별인사를 올렸기 때문이었다.

"소신도 다녀오갔습네다. 기럼."

광건은 지금 떠나지 않으면 못 떠날 사람처럼 예를 올리자마자 몸을 돌리더니 성큼성큼 걷기 시작했다. 그런 광건에게 태자가 급히 말했다.

"기, 기래. 광건 선장도 달 다녀오라요."

"예, 주군."

광건은 돌아서서 짧게 대답한 후 다시 돌아서더니 배를 향해 걸어갔다. 이별은 짧을수록 좋음을 광건은 잘 알고 있는 듯했다. 그런 광건의 뒷모습을 영은 한참 동안 바라보았다. 보내기 싫은 정인을 보내는 사람처럼 영은 멀어져가는 두 사람의 모습을 조용히 바라보았다. 그런 영의 모습을 영 주위에 선 사람들뿐만 아니라 몽돌포구에 모인 모든 사람들이 지켜보고 있었다.

59

선단이 출항하는 모습은 인섭에게 든든하면서도 부러운 것이었다.

섬사람들을 먹여 살리기 위해 배마다 짐들을 가득 싣고 망망대해로 떠나는 광건 형제의 모습은 그 어떤 출정보다 든든했다. 그들은 무기를 들고 다른 세력이나 나라를 빼앗기 위해 나서는 게 아니라, 서로에게 필요한 것들을 바꾸고 나누기 위해 나서는 길이 아닌가. 서로를 죽여야만 하는 것이 아니라 서로 살리고 살기 위해 떠나는 것이었다. 그걸 생각하니 너무나 든든했다. 산채 사람들과 하얼빈 사람들을 먹여 살리기 위해 무역에 뛰어들었던 자신과 같은 길을 가는 사람들을 보고 있자니 감정의 진폭이 클 수밖에 없었다.

그러나 그 길은 죽음의 길일 수도 있었다. 해상에 산재해 있는 세력들과 충돌할 수 있었고, 백제나 삼한 또는 신라군에게 당할 수도 있었다. 파도와 폭풍이 그들을 집어삼키거나 수장시킬 수도 있었다. 그러니 죽음을 각오하지 않고는 나설 수 없는 길이었다. 물론 영줏사람들이 안내하기야 하겠지만 위험이 늘 그들을 따라다닐 것이었다. 그 모든 것을 감수하면서까지 멀리 떨어져 있는 나라들과 교역하는 한편 앞선 항해술을 배우기 위해 망망대해로 모험을 떠나는 광건 형제와 사공들의 모습은 부러움 자체였다. 자발적으로 항해술을 배우려는 사람과 그런 사람들을 적극적으로 지지하고 도와주는 태자 이하 신하들이 부러웠다. 정복의 시간은 짧겠지만 교역의 시간은 길 것이기에 그들이 닦아놓은 무역의 길은 오래 남을 것이고, 시간을 잊은 채 빛날 것이었다. 그 길을 통해 삶의 길이 열릴 것이고 삶이 오갈 것이기에 부럽지 않을 수 없었다.

인섭은 선단이 출항한 후에도 오랫동안 자리에 선 채 멀어져가는 배들을 바라보았다.

궁으로 돌아와서도 마찬가지였다. 출항하는 모습이 눈에서 지워지지 않았다. 광건 형제의 든든하고 당당한 모습, 바람에 날리는 깃발들, 포구에 모여있는 사람들에게 손을 흔드는 뱃사람들의 모습이 눈앞에 아른거려 다른 생각을 할 수가 없었다. 하얼빈에서 뗏목을 띄울 때와는 다른 감동이 넘실거렸다.

"전하, 어띠 기러십네까?"

출항하는 모습을 되새기느라 멍히 앉아있자니 철근 군사가 다가오며 조용히 물었다.

"아, 아닙네다. 출항하는 모습이 너무 인상적이라……."

"기러셨군요. 소신도 너무 부러워서리 한동안……."

그러더니 말을 잘라버렸다. 왜 안 그렇겠는가. 그도 이미 무역의 중요성과 의의를 알고 있지 않은가. 그런 그였으니 오늘같이 성대한 출항을 그냥 보지는 않았을 것이었다. 자신처럼 부러워했을 것이었다.

"기래서 말인데…… 이데 갑옷을 벗을 때가 되디 않았나 싶은데……."

인섭이 조심스레 운을 띄우자 철근 군사가 깜짝 놀라는 표정으로 인섭을 바라보았다.

"갑옷이란 전쟁 때나 필요한 거이디 교역 때는 필요 없는 거 아닙네까? 교역 때는 무겁기나 하고 거튜댕스럽기나 하디 아무 딱에도 쓸모 없는 거 아닙네까? 기러니 벗어야 하디 않갔습네까?"

"기렇기는 하디만 아딕……. 여기 계시기로 마음의 결정을 내리셨습네까?"

"길쎄요. 마음의 결정을 내렸다기보다 갑옷을 처리해야 마음의 결정을 내릴 수 있을 것 같아서 말입네다. 아무 것도 가딘 게 없고 갈 곳이 없어야 여기 머물 수 있을 것 같아서……."

인섭은 그동안 마음속에만 담아두었던 말을 꺼냈다.

두 달 동안 태자도에 머물면서 인섭이 파악한 태자도는 고난의 섬이면서 이상의 섬이기도 했다.

먼저 태자도는 자신이 꿈꾸던 이상적인 모습을 갖추고 있었다. 군림이 아니라 섬김을 앞세우고 우선시하는 사회. 그건 태자를 비롯한 신하들의 마음에서부터 우러나는 것이었다. 군림하지 않아도 섬김의 도가 실천되고 있었다. 애민을 바탕으로 하는 태자와 신하들의 자세는 태자도를 하나로 묶어내고 있었다. 오로지 권력 쟁취를 위해 권모술수와 중상모략을 일삼는, 뺏고 뺏기지 않기 위해 암투를 벌이는 모습에 환멸을 느껴온 인섭의 눈에는 그게 너무나 이상적인 모습이었다. 또한 약탈이나 정복이 아닌 무역을 통해 상생하려는 모습도 너무나 멋졌다.

그러나 태자도는 가난했다. 산으로 뒤덮여 있어 농사지을 땅은 턱없이 부족했고, 위아래 없이 모두가 궁핍했다. 광건 형제가 죽음을 무릅쓰고 한겨울에 요동으로 갔던 이유도 양식 때문이 아니던가. 인구는 느는데 그 인구를 감당할 만한 농토가 없으니 외부로부터 양식을 들여오는 수밖에 없었기 때문이었다. 궁여지책으로 양식을 반도에서 들여오고 있었지만 그마저도 여의치 않은 것 같았다. 태자도에서 생산되는 물품만으로는 태자도 백성들을 먹여 살릴 수가 없을 것이었다. 계속 늘고 있는 인구를 감당하기 위해서는 다른 방도를 찾아야 했다. 그게 바로 해상무역이었다.

그러나 해상무역도 자본이 있어야 했다. 해상무역을 하려면 무역선이 필요했고, 물품들을 살 돈이 필요했고, 무역을 담당할 사람들이 필요했다. 그러나 태자도에는 그런 자본이 없는 것 같았다. 지금까지는 범포와 을지광, 태자의 주머니를 털어 자금을 마련하고 있었지만 더 이상 감당하기는 곤란한 듯했다. 고육지책으로 영주로 가는 배를 따라 다섯 척의 무역선을 발진시켰지만 성공 여부도 불투명했다. 설혹 무사히 돌아온다 해도 얼마만큼의 이문이 남을지 알 수 없었다. 어쩌면 첫 항해라 이문보다는 뱃길을 익히는데 강세를 두고 있을지도 몰랐다. 이러저런 사정을 파악하고 고민한 끝에

인섭은 자신의 갑옷으로 태자도의 부흥에 작은 도움이라도 주고
싶었던 것이었다. 한 나라를 세우기 위해서는 작은 섬 하나를 튼실
히 키우는 일부터 해야 할 것 같았다.

"기러시다믄 태자와 의논해보시는 게 어뚷갔습네까? 태자가 어
뚷게 받아들일디…… 우리와 비슷한 처지의 무범 왕자 일행이 있어
서 신중히 접근해야 할 것 같습네다."

"알갔습네다. 기회를 봐 의논해 보디요."

인섭은 그 정도에서 이야기를 마무리 지었다. 군사도 비슷한 생
각을 하고 있었는지 인섭의 이야기에는 큰 거부감을 보이거나 반대
하지는 않았다. 그러나 갑옷을 넘기겠다는 말에는 다소 신중한 태
도를 취했다. 하기야 그 갑옷이 어떤 갑옷인가. 그 갑옷을 넘긴다는
건 건국의 의지를 포기한다는 뜻이었고, 태자에게 모든 걸 바쳐 귀
속하겠다는 뜻이었기에 쉽게 동의하지는 못할 것이었다. 그러나 인
섭이 볼 때 더 이상의 방법이 없을 듯했다. 태자도를 살려야 태자와
자신, 그리고 무범 왕자가 살 수 있을 것 같았다. 두 달이란 아주
짧은 기간이었지만 인섭은 그걸 피부로 느끼고 있었다. 태자도가
없으면 이제 자신도 없을 것 같았다.

두치의 잠입

60

두치가 태자도에 잠입했던 건 벌써 1년 전의 일이었다.

햇살 투명한 4월 중순, 유민을 가장하여 그는 태자도 몽돌포에 내렸다. 미리 파악한 정보에 따라 무기를 소지하지 않은 채. 무기를 소지하지 않는 한 묻지도 따지지도 않는다는 뱃사람들의 말 그대로 아무런 질문이나 제재가 없었다. 그러나 몸수색은 철저했다. 그렇다고 굼뜨게 느릿거리거나 과잉 수색을 하지는 않았다. 신속하면서도 면밀하게 수색하여 하선객下船客들의 불편을 최소화하고 있었다.

그 모습을 지켜보는 두치는 놀라지 않을 수 없었다. 그 어떤 성문이나 궐문 못지않은 신속 정확한 검색은 군사들의 질을 말해주고 있었다. 그만큼 훈련이 잘 되어 있다는 뜻이었다. 1년 남짓한 짧은 기간에 그런 군사를 키워냈다는 건 군사 전문가가 존재한다는 뜻이었고, 함부로 넘볼 수 없는 집단이 되었다는 뜻이기도 했다.

배에서 내린 두치는 포구 주변을 살펴보았다. 다른 포구와 다른 점은 눈에 띄지 않았다. 섬답지 않게 포구가 북적였고, 자유롭고 활기가 넘친다는 점이 다르다면 다른 점이었다. 섬에 들어온 게 아니라 큰 성의 시장에라도 온 것 같은 느낌이 들 정도였다.

포구를 벗어나자 마을이 연결되어 있었다.

포구의 활기찬 모습과는 달리 고즈넉하고 차분해 보였다. 사람들은 거의 보이지 않았고 낮은 지붕의 초가집들만 옹기종기 모여 있었다. 포구를 기반으로 사는 게 아니라 농사를 주로 짓고 사는지 포구의 집들보다 마당이 넓어 보였고, 마당 주변 한가롭게 피어있는 꽃들은 이 곳에 사는 사람들만큼이나 자유롭고 평화로워 보였다.

마을을 한 바퀴 둘러본 두치는 마을 뒤쪽에 있는 야트막한 산으로 올라갔다. 섬의 모습을 한눈에 파악하기 위해서는 높은 봉우리에 올라야 했지만 해가 기울고 있어서 어쩔 수 없었다. 우선 포구의 생김과 방어 상태 등을 확인해둘 생각이었다.

반 시진쯤 오르자 꼭대기였다.

마을과 포구가 한눈에 들어왔다. 조용하게 누워 있는 바다를 배경을 옹기종기 모여 앉은 포구와 마을은 한 폭의 그림 같았다. 그러나 그걸 위해 산에 오른 게 아닌 만큼 두치는 눈동자를 부지런히 움직였다.

앞 조선반도 쪽은 망망대해였지만, 뒤 요동반도 쪽은 섬과 섬들이 모여 있었다. 다도해多島海라 할 만큼 여러 개의 섬들이 흩뿌려져 있었다. 육안으로도 예닐곱 개의 섬들이 훤히 보였다. 그리고 수평선에 흐릿하게 파란 붓으로 칠해놓은 듯 요철凹凸진 것은 요동반도인 듯했다.

섬이 작아서 나라는 고사하고 한 세력이 은거하기에도 넉넉지 않아 보였다. 그런데도 태자는 왜 이런 곳에 은거하고 있는지 이해할 수가 없었다. 다만 고구려로부터 도망치려 했다면 고구려로부터 더 멀리, 바다 건너로 갔어야 할 터인데 여기에 은거하는 이유가 궁금했다. 그러나 한편으로 생각하면 멀리 도망가지 않고 여기에 은거하고 있는 걸 고마워해야 했다. 멀리 도망치면 도망칠수록 두치의 일은 힘들어질 테니까.

두치는 꼭대기에서 포구와 마을을 내려보다 지는 해를 바라보았다. 태자를 비롯한 그 졸개들의 피로 서쪽 하늘이 빨갛게 물들어 있는 것 같았다. 그런 피를 뿌리며 지는 해는 분명 태자일 테고.

'기다리라. 내래 곧 이 섬을 핏빛으로 물들여둘 테니껀.'

지는 해를 바라보며 두치는 뻘겋게 웃었다.

그 모습은 피에 굶주린 흡혈귀의 모습을 연상시키기에 충분했다.

산에서 내려온 두치는 포구 앞 주막으로 갔다.

주막은 크지 않았지만 사람들로 북적이고 있었다. 대부분 다른 곳에서 섬으로 들어온 사람들인 모양이었다. 평상에 앉은 사람들보다 주막 마당과 입구에 앉은 채 거지처럼 밥을 먹는 사람이 많았다.

"주인장! 여기 밥 한 그릇 듀그래."

두치는 마당 복판에 놓인 평상에 걸터앉으며 주문했다.

"예. 뭘로 드립네까?"

"요기나 하게 간단한 걸로 듀그래."

"예. 술은?"

"술은 됐고, 오늘 묵을 방이나 하나 마련해 듀그래."

"방은 없습네. 요듬 타지에서 들어오는 사람들이 돔 많아야디

요. 마당에 모깃불 피워드릴 테니 뎌 사람들과 같이 듀무시던디
……."

주인이 마당에 앉은 채 밥을 먹고 있는 사람들을 돌아보며 말했다.

"다른 주막도 마탼가디요?"

"예. 뱃사람들도 딜 곳이 없어 포구나 배에서 딥네다."

"기럼 포구 뒤에 있는 저 마을로 가면?"

"거기도 마탼가딥네다. 뎌 사람들도 하다 안 돼서 뎌리 앉아 있는
겁네다."

"기럼 노숙을 하란 말이네?"

"딕금으로선 기 방법밖에 없습네다. 죄송합네다. 소인은 바빠서
이만……."

주인은 더 이상 할 얘기가 없는지 안으로 들어가 버렸다.

두치는 난감했다. 아무리 여름이라지만 주막 마당에서 생면부지
의 사람들과 어울려 잔다는 게 꺼림했다. 더군다나 그들은 어디에
도 뿌리를 내리지 못해 이곳까지 굴러들어온 사람들이 아닌가. 그
런 그들과 한 족속으로 취급받기 싫었다. 그러나 방법이 없으니 어
쩔 수 없는 노릇이었다. 수숫대를 깔아놓은 마당에서 하룻밤을 자
야 할 것 같았다.

밥상은 단출했다. 보리와 수수 그리고 조를 섞은 밥에 두장국 한
그릇. 반찬이라 해봐야 김치에 젓갈 두 개가 전부였다. 그러나 타박
할 수 없었다. 티를 내고 싶지도 않았다. 주린 배만 채우면 됐다.

두치는 조용히 밥을 먹고 일어섰다. 그리고 주막을 나섰다. 하루
라도 빨리 대모달에게 상황을 알려야 했기에 서둘러야 했다.

주막을 나선 두치는 포구의 상황을 알고 싶어 포구로 나섰다. 그

런데 포구 앞에서 번을 서고 있던 병사들이 두치 앞으로 나서며 길을 막았다.

"어디 가네?"

"바람이나 쐴까 해서 포구에 갑네다."

"딴 데서 왔구만 기래."

"……?"

"어두워지믄 포구에 내려갈 수 없어. 기러니 바람 쐬고 싶으믄 위에서 쐬라."

"댬시만……."

"어허! 사공들 외엔 접근금지야. 기러니 날래 올라가라."

"기럼 밤엔 배도 못 들어옵네까?"

"기거야 당연하디. 밤에 어떤 놈이 들어오는디 알 수가 있네?"

"기럼 나기디도 들어오디도 못한단 말입네까?"

"입 아프게 하디 말고 날래 가라."

병사는 귀찮다는 듯이 말하고 돌아섰다. 그래놓고도 마음이 안 놓이는지 돌아보며 외쳤다.

"귀탏게 하디 말고 날래 올라가라. 다른 건 몰라도 밤에 바닷가는 안 돼."

두치는 밤에 해안선을 통제하는 이유를 알 것 같았다. 두치와 같은 이들의 잠입 내지 침입을 막겠다는 뜻이었다. 그러니 밤에 이 낭도浪島에 접근하기는 힘들 것이었다.

두치는 포구에서 주막을 향해 걸었다. 그러다 주막 앞에 다다르자 발걸음을 마을 쪽으로 돌려버렸다. 주막은 사람들로 발 디딜 틈도 없어 보였다. 벌써 마당은 드러누운 사람들로 꽉 차 있었다. 그러니 들어가 봤자 잠을 잘 수 있는 형편도 아니었다.

마을로 발걸음을 옮기며 두치는 지난 1년여를 떠올려 보았다.

그 멱을 땄어야 할 사공 놈들을 돌려보내는 통에 두치는 태자 일행을 놓치고 말았다. 겨우 길을 묻고 물어 태자 일행이 은거하고 있는 데를 덮쳤으나 집은 텅 비어 있었다. 이미 자신들이 오는 걸 알고 몸을 피했음이 분명했다. 그렇지 않다면 단 한 명이라도 남아 있어야 했다. 그 사공 놈들이 피신시킨 게 분명해 보였다.

애꿎은 기물들을 다 뒤집어엎고 때려 부숴 봤지만 아무 소용이 없었다. 그런다고 도망친 태자 일행이 나타날 리 없었다. 분을 삭이며 그 집에 숨어 기다렸다. 그러나 태자는 고사하고 개미 새끼 하나 얼씬하지 않았다.

하는 수 없었다. 작전은 실패였고 도성으로 돌아가야 했다. 그러나 두치는 돌아갈 수가 없었다. 벌써 세 번이나 태자를 놓치지 않았는가. 한 번의 실수는 병가지상사兵家之常事라고 하지만 연이은 세 번의 실수를 대모달에게 고할 자신이 없었다. 대모달이야 별 다른 추궁을 안 할지 모르지만 대모달의 얼굴을 볼 면목이 없었다. 민망하고 부끄러웠다. 해서 자신은 돌아가지 않고 나머지 인원들만 돌려보내기로 했다.

"내래 태자의 목을 취하기 전에는 돌아가디 않갔다고 전하라."

두치는 태자를 잡지 않고서는 도성으로 돌아갈 자신이 없었다. 같이 가자고, 다시 기회를 보자고 했지만 두치는 끝내 염전 지대를 벗어나지 않았다.

1년 동안 염전 지대에서 그 사공들이 나타나기를, 태자의 소식이 들리기만을 기다렸다. 닥치는 대로 일을 하면서, 심지어는 바닷가 사람들도 힘들다고 피하는 염전 일을 하면서까지 끈질기게 기다렸다. 나타나든 소식이 들리든 할 것이라 굳게 믿었다.

그러나 1년이 넘도록 아무런 소식이 없었다. 그런데 며칠 전 실로 놀라운 소식을 듣게 되었다.

일을 마치고 생선이나 한 손 사갈까 해서 갯가에 벌려놓은 노점을 지나는데 태자도에 대한 얘기들을 하고 있었다.

"기럼 나도 태자도나 들어갈까?"

"기래라. 넌 고기잡는 덴 뎀벵이디만 밸 달 다루니 대접받을 기야. 배에 대해선 도사 아니네."

"기렇다고 섬에 들어가 어띠 살갔네. 챠라리 여기서 배곯는 펜이 낫다."

"기렇디도 않을 기야. 섬이라 해봐야 멀기나 하네? 하루 반나덜이믄 갈 수 있는 곳인데……."

두치는 어부들의 말을 듣다 말고 끼어들며 물었다.

"태자도라니? 기런 섬도 있네?"

"몰르고 계셨수? 원랜 파도가 세다고 낭도浪島라 했었는데 태자가 들어가 산다고 태자도라 한답네다."

"태자가 들어가 산다고?"

"예에. 태자돌 모르는 사람이 어딨습네까? 저 요하까디 소문이 파다한데."

"기래? 거기가 어딘데?"

"더 앞에 있는 섬이디요. 맑은 날은 섬 모습이 뚜렷하게 보이디요."

귀가 번쩍했다. 드디어 태자의 행방을 찾은 것이었다. 그러나 섬에 들어가는 게 문제였다.

"기 섬엔 어뜩하믄 갈 수 있네?"

"기야, 여기서 배만 타면 갈 수 있디요. 거기 가는 사람들 실어 나른다고 뱃사공들 돈깨나 벌고 있을 걸요?"

"기래? 거기 가는 배가 언데 있네?"

"기야 가는 사람 숫자만 되믄 언제라도 갑죠. 사흘에 한 번씩은 다니고 있을 겁네."

두치는 기쁘지 않을 수 없었다. 길고긴 기다림이 결실을 맺는 순간이었다.

두치는 어부들을 붙잡고 좀 더 자세한 정보를 파악했다. 다른 건 다 놔두는데 그 어떤 무기도 가지고 갈 수 없다고 했다. 이유는 모르지만 그것만은 확실하다고 했다.

두치는 생선 살 생각도 잊은 채 바로 집으로 뛰어갔다. 당장 그 섬에 가봐야 했다.

어부들에게 들은 바가 있어 칼은 놔두고 괴나리봇짐을 짊어지고 포구로 달려가니 오늘은 날이 저물어 내일 아침에 출발한다고, 내일 아침에 오라고 했다. 내일 아침에도 늦게 오면 탈 수 없으니 일찍 나오라고 했다.

두치는 사공에게 사정했다. 돈은 얼마든지 줄 테니까 당장 그 섬으로 가자고. 그러나 사공은 밤에 잘못 운항하다가 죽을 일 있냐면서 말도 꺼내지 못하게 했다. 생각 같아선 사공의 목을 쳐버리고 싶었으나 칼이 없었고, 칼이 있다 해도 사공을 어쩌지는 못했을 것이었다. 사공을 없애버리면 태자도로 들어가는 게 더 힘들어질 테니까 참는 수밖에 없었다.

잠을 못 이루고 날밤을 샜다. 태자의 행방을 알았는데 잠이 올 리 없었다. 세 번씩이나 실패를 안겨준 태자는 이제 중실휘나 중실 씨들의 아니라 자신의 적이었다.

다음날 새벽, 날이 밝기도 전에 포구에 나가 제일 먼저 배에 올랐다. 그리고 날이 채 날이 밝기도 전에 낭도를 향해 출발할 수 있었다.

61

다음날 날이 밝자 두치는 낭도 중앙에 있는 낭두봉에 올랐다.

낭두봉 정상에서 내려다보자 섬은 ㄱ자 모양으로 생겨 있었다. 동쪽으로 등허리를 내민 ㄱ자로 남북으로 길게 뻗어 있었다. 산등성이는 동서로 길게 뻗어 있는데 비해 남북은 폭이 좁고 절벽으로 이어져 있어서 굼벵이가 몸을 웅크리고 있는 모습이었다. 또한 ㄱ자로 생겨 있어서 ㄱ자 안쪽에 있는 포구는 그 어떤 파도에는 끄떡 없을 만큼 안전이 확보되어 있었다.

어제 확인했던 대로 서쪽이나 북쪽은 요동반도가 바로 눈앞인데 크고 작은 섬들이 오밀조밀 붙어 있는데 반해 동쪽이나 남쪽에는 섬도 보이지 않는 망망대해였다. 그렇게 어제 저녁에 확인했던 걸 재확인하던 두치는 뜻하지 않은 광경을 목격하게 되었다.

낭두봉 바로 남쪽에 높지 않은 구릉지대가 있었는데 거기에 섬과는 어울리지 않는 집들이 몇 채 있었다. 태자가 살고 있다는 태자궁이 분명해 보였다.

두치는 그곳을 향해 산을 내려가기 시작했다. 태자가 사는 곳을 정확히 파악해둘 필요가 있었다. 그러기 위해 이곳에 오지 않았던가.

그러나……

두치는 그곳으로 갈 수가 없었다. 낭두봉에서 태자궁으로 내려가려고 공제선을 타고 넘어가려는데 군사 둘이 앞을 가로막았다.

"웬 놈이네?"

병사 하나가 불쑥 튀어나오면서 창을 겨누더니 뒤쪽에서 다른 군사 하나가 재빨리 팔을 비틀었다.

"웬 놈인데 여길 뒤디고 다니는 거네?"

"어제 섬으로 들어온 사람인데 섬이 어떻게 생겼는가 궁금해서 돌아보고 있습네다."

"섬 모냥이 왜 궁금해?"

"태자도가 하늘이 내린 낙원이라길래 어떻게 생겼는지 궁금해서 돌아보고 있시요."

"하늘이 내린 낙원? 세상에 기런 곳도 있네? 여긴 하늘이 내린 낙원이 아니라 태자께서 만든 낙원이야. 기러고 여긴 병사들이 훈련 받는 곳이라 들어오디 못하니 날래 더똑으로 내려가라."

"병사들 훈련장이라굽쇼?"

"기래. 기러니 날래 내려가라. 험한 놈 만나서 매타작 당하디 말고. 알갔네?"

"예. 알갔습네다. 더똑으로 내려가갔습네다."

두치는 병사들을 피해 산을 내려가는 척하다 다시 몸을 돌려 다시 산 위로 올라갔다. 그리고 좀 전에 병사들을 만났던 곳을 자세히 살펴봤다.

태자궁으로 추정되는 건물에서 서북쪽으로 조금 올라온 산 중허리였다. 나무들 사이로 군데군데 막사 같은 건물이 있는 걸로 봐서 거기가 훈련장인 모양이었다. 아직 이른 시간이라 군사들은 보이지 않았지만 낮엔 군사들이 훈련을 하는 모양이었다.

두치는 몸을 감춘 채 그들의 훈련 모습을 보고 싶었다. 어제 섬에 도착하는 순간부터 궁금했던 일이었다. 과연 누가 군사 훈련을 시키고, 어떤 훈련들을 받는지 궁금했었다. 그 모습을 눈으로 직접 확인하고 싶었다.

그러나 그럴 수가 없었다. 조금 전의 병사들이 다시 나타나 빨리 꺼지라고 고함을 지르는 바람에 산을 내려올 수밖에 없었다.

산을 내려온 두치는 주막에서 밥을 먹고 다시 길을 나섰다. 낭두봉 정상에서 본 낭도를 두루 돌아보기 위해서였다. 지리를 알아야 공격을 하든 태자를 때려잡든 할 것이기에 낭도의 구석구석을 다 살펴봐야 했다.

두치는 먼저 남쪽으로 길을 잡았다. 해안가로 길이 나 있었지만 낭두봉으로 오른 다음 남쪽 해안으로 접근할 계획이었다. 해안가를 따라가다 보면 전체적인 조망이 힘들 것 같았기에 높은 곳에서 내려다보며 이동할 생각이었다.

낭두봉 산줄기를 타고 남쪽으로 야트막한 봉우리 몇 개 넘으니 남쪽 해안이 눈에 들어왔다. 해안은 모두 육칠십 척이나 되는 낭떠러지였다. 더러 낮은 곳도 있었지만 험한 돌로 뒤덮여 있었다. 따라서 하륙을 한다 해도 남쪽 해안으로 하륙할 수는 없을 것 같았다.

두치는 남쪽 해안을 샅샅이 둘러봤다. 혹시나 은밀하게 군사들을 숨겨두었다가 태자궁 뒤쪽을 급습할 만한 곳이 있는가 철저히 확인했다. 그러나 오전 내내 남쪽 해안을 둘러봤지만 하륙할 만한 곳도,

군사들을 숨길 만한 곳도 없었다.

다시 낭두봉을 타고 내려와 점심을 먹은 후, 오후엔 북쪽을 답사했다. 낭두봉에서 북쪽으로 갈 수는 없을 것 같아 해안선을 따라가다 산을 탔다. 그리고 태자궁으로 보이는 곳을 자세히 살폈다. 태자궁 주위에는 목책들이 둘려있었고, 목책 안에 큰 집들이 일곱 채나 있었다. 그 중 한 곳은 다른 곳보다 사람들이 많았는데 자세히 보니 글을 가르치는 곳 같았다. 다양한 나이의 사람들이 모여앉아 글을 읽는 것 같았다. 그들 가운데 앉아 있는 이는 어디선가 많이 본 듯한데 멀어서 정확히 분간할 수는 없었다.

몸을 숨긴 채 태자궁 주위를 살핀 두치는 동쪽 기슭을 이용해 산을 네 개나 타고 넘으며 지형지물을 살폈다. 동쪽으로는 현재태자도의 중심포구로 이용하는 몽돌포를 비롯해 서너 개의 개[浦]가 더 있었고, 배를 댈 만한 곳도 너댓 군데나 더 있었다. 만약 군사들을 이끌고 하륙을 한다면 몽돌포가 아닌 다른 개를 이용해야 할 것 같아 지형지물을 유심히 살폈다. 특히 몽돌포 좌측에 있는 개는 산기슭이 흘러내려와 몽돌포와 완전 차단되어 있으면서도 몽돌포만큼이나 넓은 백사장이 펼쳐져 있어 적의 눈을 피해 하륙하기에 적당한 곳이었다. 아마도 잇개라고 하는 곳인 것 같았다.

그렇게 동쪽 산기슭을 따라 북쪽 끝자락에 닿았다. 그자의 끝부분이었다. 그곳은 서쪽 방향이어서 다도해가 눈앞에 있었다. 손을 뻗으면 닿을 만한 거리에 크고 작은 섬들이 몇 개 있었고, 멀리에도 듬성듬성 섬들이 떠 있었다. 어제 봉우리에서 봤던 바로 그 섬들이었다. 아무래도 낭도에 하륙하기 위해서는 그 섬들도 둘러봐야 할 것 같았다. 낭도에 직접 하륙하기 힘들 때는 그 섬들에 정박했다가 낭도를 치는 것도 한 방법일 수 있을 것 같았기 때문이었다. 하여 유심히 섬들을 살핀 후 두치는 발을 돌려 서쪽 산기슭을 타고 다시 남쪽으로 걷기 시작했다.

남쪽으로 반 시진쯤이나 걸었을까? 두치는 거기서 뜻하지 않는 광경을 목격했다.

그자 안쪽에 있는 포구에 몽돌포에서는 보지 못했던 큰 배들 다섯 척이나 정박해 있었고, 그 갯가를 따라 형성된 해안선에선 배를 만드느라 한창이었다. 건조하는 배의 규모도 엄청나게 컸고 모두 이물이 평평하지 않고 뾰족했다. 1년 넘게 해안가에 살며 봤던 배들과는 비교도 할 수 없을 만큼 컸고 특이했다. 배에 대해서는 잘 몰랐기에 배의 용도를 잘 알 수는 없었다. 하지만 이물을 뾰족하게 만드는 게 속력을 높이기 위해서라면 전선戰船인 것 같았다. 수전에서 배의 속력은 전투의 승패를 좌우하는 요소이므로 빠른 배를 건조하는 것 같았다. 사람들 눈에 띄지 않게, 해안가 안쪽 은밀한 공간에서 배를 건조하고 있음도 두치의 짐작을 굳게 만들고 있었다.

그 후 이틀 동안 낭도를 두루 돌아보며 파악한 두치는 나흘째 되던 날 다시 배에 올랐다. 이제 낭도의 정확한 위치와 낭도의 상황을 낱낱이 파악했으니 중실휘 장군께 보고해야 했다. 장군께 보고하여 낭도를 쓸어버리고 태자를 없애버린다면 두치도 두 다리를 뻗고 잠을 잘 수 있을 것이었다.

태자도 정찰을 마치고 염전 지대로 다시 돌아온 두치는 그간 모아두었던 돈 전부를 투자하여 말 한 필을 구했다. 그리고 그 말을 몰아 국내성을 향해 달렸다. 초여름 햇살은 따가웠으나 바람살은 아직 맑기만 하여 말이나 사람이나 힘들지는 않았다.

　그날 저녁, 두치는 1년여 만에 대모달을 만나 죄를 빌었다. 그리고 태자도에 잠입하여 파악한 정보들을 알림과 동시에 태자도를 공격할 자신의 계획을 대모달에게 알렸다. 대모달은 별다른 반응을 보이지는 않았지만 속으로는 흡족한 모양이었다. 그렇지 않았다면 대모달이 두치를 용서하지 않았을 것이고, 두치의 이야기를 끝까지 들어주지 않았을 것이었다.

　두치의 말을 끝까지 들은 대모달이 사랑을 나서며 말했다.

　"내가 직접 뽑았고, 믿는 사람이니 다시 믿어야디 어떠갔네? 오늘은 푹 쉬고, 내일부턴 기 역적놈을 닦기 위해 바삐 움딕이라. 내래 필요한 건 뭐든 다 밀어둘 테니낀."

　대모달을 처음 만나던 날만큼이나 믿고 기대하는 목소리에 두치는 머리를 방바닥에 찧을 수밖에 없었다.

소중한 사람들

62

건석 형제를 영주로 출발시킨 영은 섬 뒤쪽에 있는 옴팡포(안쪽
으로 움푹 들어온 포구라 붙여진 명칭)에서 은밀히 진행 중인 전선
건조에 박차를 가했다.

대장선을 비롯하여 새로 건조한 배들이 모두 대항해를 나서버려
섬에 규모 있는 배라곤 범포의 배인 해룡호뿐이어서 태자도 방어가
걱정스러웠다. 해룡호 말고 다른 배들이 없는 건 아니었다. 그러나
그 배들을 전투에 투입하기에는 적당치 않았다. 크기도 문제려니와
속도가 현저히 느렸다. 특히 바람이 안 부는 날은 노 두 개로 움직
이고 있어 빠른 전선과 대적할 수가 없었다. 큰 전선으로 들이받기
라도 한다면 한 번에 격침될 것이고, 빠른 배라도 만나면 제대로
대응도 못해보고 당할 것이었다. 하여 광건과 광석이 건조하던 전
선을 석권과 범포 장군에게 맡겨 조속히 완성하라고 당부했다. 그
리고 닷새에 한 번쯤은 옴팡포를 돌아보며 전선을 건조하는 목수와

조선공들을 격려했다.

다행히 비단섬에서 건조술을 배워온 편수들과 광건이 알뜰살뜰 기록한 건조 방법이 있어 배를 만드는 일은 어렵지 않았다. 문제는 돈이었다. 유입되는 사람들 뒤치다꺼리에 식량 구입으로 돈이 바닥나 있었다.

범포 장군이 그런 낌새를 채고 요동반도를 한 번 다녀오겠다고 했으나 그가 말하는 한 번 다녀온다는 말은 도적질이었기에 결코 허락할 수가 없었다. 안 그래도 고구려의 동태가 심상치 않다는데 요동반도까지 적으로 돌려버리면 동쪽뿐만 아니라 서쪽과 북쪽까지 적으로 두게 되어 그야말로 고립무원의 지경에 처하고 말 것이었다.

그렇다고 강제 동원이 아닌, 철저한 임금제를 철회할 수도 없었다. 배 건조에 투입된 인원들뿐만 아니라 어떤 공사에든 노동력을 제공하는 사람들에게는 임금을 주고 있었다. 원주민은 물론 유민들에게도 마찬가지였다. 그들에게 품삯을 주지 않는다는 건 죽으라는 말이나 다름없었고 태자도에서 나가라고 내쫓는 일이나 다름없었기에 품삯을 안 줄 수는 없었다.

급한 대로 겨우내 말려둔 해산물과 해초들을 요동에 내다팔았으나 그건 양식을 들여오기에도 턱없이 부족했다. 그러니 돈을 마련할 수가 없었다. 잘못하다간 배 건조뿐 아니라 모든 계획을 연기해야 할 지경이었고, 이럴 때 고구려의 공격이라도 받게 되면 제풀에 주저앉고 말 것이었다.

이 고비만 무사히 넘기면, 4월부턴 보리 수확이 시작될 것이라 식량 걱정은 덜 것이었다. 그리 되면 식량 구입에 투입되는 돈을 다른 곳에 돌릴 수 있을 것이고, 그 돈으로 세 반도(산동, 요동, 조선)와 교역을 한다면 버틸 만했다. 그러다 보면 대항해에 나갔던 선단이 돌아올 것이고, 그걸 기반으로 삼아 대대적인 해상무역을 시작한다면 자립의 기반을 다질 수 있을 것이었다. 그러니 당장을 잘 버티는 게 관건이었다.

그렇다고 그 문제를 무범 왕자나 인섭 왕자와 말할 수도 없었다. 빈 몸으로 쫓겨온 그들에게 딱한 경제사정을 말한다는 건 밥값이나 생활비를 내라는 정도가 아니라 섬에서 나가라고 내모는 격이었기에 그럴 수도 없었다. 진퇴양난에 빠진 영은 머리가 지근거렸다. 그러고 있는데 인섭 왕자가 독대를 청해왔다.

그날도 옴팡포에서 돌아와 어떻게든 결정을 내려 시행해야 한다는 생각에 혼자 앉아 머리를 굴리고 있는데 명이 박사가 은밀히 들어와 고했다.

"전하, 인섭 왕자께서 독대를 청하옵네다."

"인섭 왕자가 독대를?"

"기러하옵네다."

"물론 무슨 일인디는 모르갔디요?"

"기 또한 기러합네다."

영은 당황스러웠다. 아니, 놀랐다는 게 맞을지도 몰랐다. 조금 전에 무범 왕자와 함께 옴팡포에 다녀왔는데 독대라니? 단 둘이 은밀하게 해야 할 말이 무엇인지 짐작되지 않았다. 그렇다고 거부하거나 거절할 수도 없었다. 무범 왕자나 인섭 왕자는 이제 나그네가 아니었다. 자신과 함께 태자도를 다스리는 주체였다. 그러니 독대를 청한다면 그만한 일이 있을 것이었다.

"알갔습네다. 모신 후에 주변을 물려두세요."

"예, 전하."

명이 박사가 물러나고 얼마 없어 인섭 왕자가 들어왔다. 그림자로 따라다니던 철근 박사는 보이지 않았다. 철근 박사에게까지 비밀로 하고 싶은 말이 있는 듯했다.

"어서 오시기요, 왕자. 이리 앉으시기요."

영은 평상시 왕자들을 대하듯 자신의 옆자리를 권했다. 그런데 왕자의 행동이 이상했다. 다른 날과는 달리 자리에 앉으려 하질 않았다.

영은 가슴이 덜컥 내려앉았다. 그 모습은 처음 태자도에 들어올 때를 연상시켰기 때문이었다. 하여 다른 말을 하고 싶었으나 참았다. 독대를 청할 정도라면 이미 결심을 했다는 뜻이었고, 그에 합당한 행동을 할 것이기에 기다리기로 했다. 이유를 알아야 대처할 수 있을 것이고, 서두르면 상대가 망설일 것 같아 그냥 두었다.

"아닙네다. 앉으면 다시 일어서야 하니끈 선 채 말씀드리갔습네다."

"……?"

궁금하고 속을 알 수 없는 말이었으나 영은 서두르지 않고 인섭 왕자를 바라보았다.

"말씀드리기 전에 태자께서 한 가디 약졸 해두셔야갔습네다."

"약조라니요?"

"오늘 이 댜리에서 있었던 일을 그 누구에게도 발설하디 않갔다는 약줍네다."

"기럴래고 단 둘이 만나는 거 아닙네까?"

"아니, 기 정도론 안 됩네다. 영원히 비밀에 부티갔다는 약졸 해 듀십시오."

영은 당황스러웠으나 인섭 왕자가 엉뚱한 일을 벌일 사람은 아니라 믿고 있었기에 잠시 생각한 후에 답했다.

"알갔습네다. 약조하디요."

"예, 기럼……."

대답과 동시에 인섭 왕자가 겉옷을 벗었다. 그러자 저고리 위에 갑옷을 입고 있었다.

순간, 영은 흠칫했다. 자신을 만나러 오면서 갑옷을 입고 왔다는 건 자신을 공격하기 위해 왔다는 뜻이나 다름없었다. 그러나 태자도 내에선 무기 소지가 금지되어 있으니 그럴 리는 없었다. 또한 자신을 공격할 마음이라면 회의실이 아닌 다른 곳을 택하지 회의실을 택하진 않을 것이었다. 하여 떨리기는 했지만 속을 감춘 채 물었다.

"갑옷은 왜?"

"전하께 드릴래고 입고 온 거입네다."

"나한테 듀다니? 기게 무슨 말입네까?"

물으면서 갑옷을 살펴보니 갑옷이 좀 이상했다. 일반적인 갑옷이 아닌 듯했다. 갑옷이 아니라 금과 옥이 치렁치렁 매달린, 대왕의 시신에 입혀 장사를 지낼 때나 입힐 만한 갑옷이었다.

"갑옷이, 갑옷이 왜 기렇습네까? 기 갑옷은……?"

영이 놀라며 묻자 인섭 왕자가 갑옷을 벗으며 말했다.

"예. 이 갑옷은 우리 갈사부열 세우신 고조의 귀물貴物입네다."

그렇게 그 갑옷의 내력과 자신이 가지고 있게 된 과정을 얘기했다. 그리고 자신이 여기까지 오게 된 여정도.

인섭 왕자는 담담하게 말했지만 영 자신만큼이나 고난스러웠을 나날들이 눈에 보이는 듯 선명히 떠올랐다. 아니, 담담하게 얘기하고 있어 더욱 사람의 마음을 울리고 선명하게 떠오르게 하는지도 몰랐다.

"기런데 이제 이 갑옷이 필요 없을 것 같고, 아니 꼭 필요한 때가 딕금인 것 같아 벗고댜 하는 겁네다."

"필요 없을 것 같으믄서 꼭 필요한 때라니 기건 또 무슨 얘깁네까?"

"이제 태자 전하와 운명을 같이 하갔다는 마음을 정했으니 더 이상 이 갑옷은 필요 없을 것 같고, 딕금터럼 어렵고 힘들 때 쓰라고 대왕이자 큰형이 이 못난 동생에게 듀신 것이니 꼭 필요한 때가 딕금이라고 생각했습네다."

인섭 왕자의 말을 들은 영은 놀라우면서도 부끄러웠다. 어렵고 힘든 티를 내지 않으려고 평상심을 가장했고, 두 왕자가 알까 저어하여 자신의 측근들과만 은밀히 얘기했었는데 그걸 인섭 왕자가 알고 있으니 놀라지 않을 수 없었다.

말이 새나갔거나 인섭 왕자가 눈치 챘다는 뜻이었다. 그렇다면 무범 왕자도 이미 알고 있고, 혼자 가슴앓이를 하고 있다는 뜻이기도 했기에 부끄럽기도 했다. 이제 태자도에 들어온 지 얼마 되지도 않았고, 나이도 무범 왕자보다 한참 어린 인섭 왕자가 눈치 챌 정도라면 무범 왕자가 모를 리 없었다. 무범 왕자는 그 모든 걸 뻔히 알고 있으면서도 아무런 도움도 되지 못하는 자신을 책망하며 얼마나 괴로울까를 생각하니 가슴이 아파왔다. 알면서도 모른 체하며 혼자 가슴앓이를 한다는 게 얼마나 큰 아픔인지 자신이 너무나 잘 알고 있지 않은가.

"왕자 생각엔 이 갑옷을 벗어야 할 만큼 태자도가 어렵다고 느끼십네까?"

영은 인섭 왕자가 어디까지 알고 있는지 알고 싶었다. 단순한 느낌 정도라면, 심각한 정도는 아니니 나중에 하라고 반려할 생각이었다.

"예. 몇 가디 사실로 판단했는데, 사실은 대항햴 준비할 때부터 독금 이상했었습네다. 자본만 든든하다믄 더 뚱고 값나갈 물품들을 준비하고 사들이고 적재할 텐데, 기래야 이문이 많이 남을 텐데 기러디 못하는 것 같아서 말입네다. 거기다 대장선 못디않는 배들을 새로 건조하는 걸 보고 결코 만만티 않은 돈이 들 텐데 어디서 마련하고 있을까 하는 생각을 했었디요. 기러다 얼마 전 양식을 싣고 오는 밸 보고 확신을 얻었습네다. 돈만 있으믄, 식량을 구할 수만 있었다믄 뱃사람들이 양식을 기만큼만 싣고 올 리가 없디 않습네까? 뱃사람들 욕심이야 누구나 아는 바로, 배가 가라앉기 직전까디 적재하디 않습네까?"

인섭 왕자의 말에 영은 할 말이 없었다. 단순한 느낌 정도가 아니라 상당한 근거를 바탕으로 태자도의 경제적 사정을 판단하고 있었다. 아무래도 궁금한 점은 철근 박사에게 조언을 구하기도 했던 것 같았다.

"티내디 않을래고 무진히 애를 썼는데 왕자께 다 들키고 말았기만요. 왕자의 판단터럼 경제적으로 어려운 게 사실입네다. 그렇디만 기 갑옷을 받아야 할 만큼 어렵디는 않습네다. 왕자의 뜨거운 마음을 뜨겁게 받기는 하갔습네다만, 기 갑옷의 사연과 내력을 들으니 딕금 쓸 물건은 아닌 것 같습네다. 기런 귀물은 고조대왕이나 선대왕의 염원텨럼 나랄 세우는데 써야디요. 기러니 고이 간딕하고 계시라요. 기런 날이 오믄 쓰기로 합세다."

영은 '뜨거운 마음'과 '뜨겁게'란 말에 강세를 두며 뜨거운 말로 인섭 왕자를 말렸다. 말하는 도중 울컥 뜨거운 그 무엇이 목구멍으로 솟아오를 만큼 뜨거웠기에 그 감정을 고스란히 전하고 싶었다. 그만큼 인섭 왕자의 마음 씀씀이 고맙고 감격스러웠다. 자신의 전부요, 목숨이라 할 수 있는 그 갑옷을 태자도와 자신을 위해 내놓겠다니 감격하고 감동하지 않을 수 없었다. 그러나 그 귀물을 받을 수는 없었다. 그 귀물은 그렇게 쓰일 물건이 아닌 것 같았다.

"이런 말씀을 드리믄 어떻게 생각할디 모르갔디만, 이 태자돌 디켜내고 살리디 못하믄 이 갑옷도 쓸모가 없을 것 같아 기럽네다. 부모가 타지로 나가는 자식에게 금붙이를 줘 보내는 건 위급할 때 돈으로 바꿔 그 위급함에서 벗어나라는 뜻이갔디요. 이 갑옷에도 기런 뜻이 담겨 있다고 봅네다. 기러니 부담 갖디 마시고 태자도 난국 해결에 보태쓰기 바랍네다."

"기 마음만 받갔습네다. 아니, 왕자의 뜨거운 마음을 알고 나니, 그런 귀물이 우리에게 있다고 생각하니, 힘이 나서 뭐든 할 수 있을 것 같습네다. 기러니 톰 더 디켜보믄서 기다려듀십시오. 그 귀물이 필요하믄 요청하갔습네다."

이 말은 영의 진심이었다. 그런 귀물이 손에 있다는 생각만 해도 마음이 든든했고, 뭐든 할 수 있을 것 같았다. 그 귀물을 쓸 수 있든 없든, 수중에 그런 귀물이 있다는 생각이 들자 마음 든든해지면서 힘이 났다. 그것으로 족했다. 기댈 곳 하나 없다는 막막함에서 벗어나는 것 같았고, 해결방법이 없을 것 같았던 경제적 난국을 돌파할 수 있는 다양한 생각들이 떠올랐다.

"태자께서 거절하시믄 전 여길 떠나갔습네다. 아무런 도움도 되디 못한 태, 쌀이나 축내는 밥벌레로 이 섬에 기생할 순 없디 않갔습네까?"

"기, 기 무슨 말씀입네까? 어띠 왕자께서 기런 생각을 하시고 어띠 기런 말씀을 하십네까? 혹여 서운하고 미진한 점이 있었습네까?"

"아, 아닙네다. 오히려 그 반대라 드리는 말씀입네다. 기 어떤 도움도 되디 못하는데 밥만 축낼 수는 없어 기러는 겁네다."

그 말에 영은 말을 멈췄다. 잘못 대응했다간 인섭 왕자를 잃을 것 같았다. 인섭 왕자는 독대를 청할 때 이미 마음의 결정을 내리고 온 게 분명해 보였다. 그러니 그 갑옷을 받지 않고 인섭 왕자를 붙잡을 수 있는 방법은 없을 것 같았다.

"뎡 뜻이 기러하다믄…… 둏습네다. 갑옷을 받갔습네다. 기 대신 왕자도 제 청 한 가딜 들어듀십시오."

"……?"

"이 귀물을 왕자의 뜻에 따라 받는 대신 왕자도 제 청 한 가디는 들어듀셔야 하는 거 아닙네까?"

영은 불현듯 짚혀온 생각에 혼자 속으로 쾌재를 부르며 물었다.

"청이라 하심은……?"

"기건 때가 되믄 말씀드리갔으니 기렇게 해 듀시갔습네까?"

인섭 왕자가 태자도에 들어온 지 얼마 안 되었을 때부터 키워온 생각이었지만 아직 실행할 기회가 없었다. 그런데 이제 기회가 온 것 같았다. 그 일은 이런 기회가 아니면 안 될 것 같았다.

"기거 탐……."

왕자는 당황스러운지 잠시 머뭇거리는 듯했으나 곧 마음을 다잡은 듯 대답했다.

"똫습네다. 기렇디만 너무 어렵디 않은 청이길 바라갔습네다."

"기건 걱뎡마십시오. 아무런들 왕자 능력 밖의 일을 요구하갔습네까?"

"알갔습네다. 기럼 기릏게 알고 기다리고 있갔습네다."

영은 갑옷을 받으며 왕자의 옷을 입게 했다. 그러자 왕자는 오늘 일을 왜 비밀에 부쳐달라고 했는지를 설명했다. 그것은 무범 왕자를 위한 배려였고, 인섭 자신을 감추기 위해서였다. 만약 자신이 영에게 갑옷을 준 사실을 무범 왕자가 안다면 무범 왕자는 더 이상 태자도에 남아 있으려 하지 않을 것이다. 태자도에 아무 도움도 되지 못하면서 기생하고 있다는 생각을 하게 되어 태자도를 떠나려고 할 것이다. 그걸 막기 위해 비밀로 해달라고 했던 것이다. 또한 자신의 존재나 얼굴은 이미 알려져 있지만 손만이라도 감추고 싶다고 했다. 태자도가 어려워지자 자신의 보물인 갑옷을 벗어 태자도를 살려냈다는 말이 돌면 자신은 부끄러워 태자도에 더 있지 못할 것이라고. 그건 태자도나 자신에게 불행한 일이 될 것이기에 그걸 막아달라고.

그 말을 듣는 순간, 영은 좀 전에 계획한 자신의 의지를 더욱 굳혔다. 자신의 계획대로 되면 태자도는 이제 자신 한 사람이 아닌 세 사람에 의해 움직이게 될 것이고, 세 사람이 힘을 합친 만큼 태자도는 더욱 견고해지고 풍요로워질 것이기에 포기할 수 없었다.

인섭 왕자로부터 뜻하지 않은 갑옷을 받긴 했지만 영은 그 갑옷을 헐지 않기로 했다. 그 갑옷을 받지 않으면 인섭 왕자를 잃을 것 같아 받아두긴 했지만 그 귀물은 영이 헐릴 수 있는 물건이 아니었다. 자신이 보관하고 있다가 인섭 왕자에게 필요할 때 다시 돌려주기로 마음을 먹었다.

그러나 그 귀물을 받고 보니 여간 마음이 든든하지 않았다. 헐지 않기로 했지만 귀물을 가지고 있다는 자체만으로 힘이 났다. 하여 든든한 마음으로, 저녁 끼니도 거르면서 난국 타개를 위한 방안들을 생각하노라니 바우가 찾아왔다.

그러나 정작 영을 찾아온 것은 바우가 아니었다. 작은아들 바우를 앞세우고 을 대로의 부인 배씨裵氏가 찾아왔다. 바우의 손에 큼지막한 보자기 하나를 들린 채.

"어서 오십시오, 부인. 여까디 어떤 일이십네까?"

영이 깜짝 놀라 묻자 배씨 부인이 바우를 돌아봤다. 그러자 바우가 보자기를 탁자 위에 놓고는 조용히 나갔다.

"기동안 평안하셨디요? 탗아뵌다 뵌다 하믄서 탗아뵙딜 못했습네다."

"달 하셨습네다. 전 오히려 전하께서 탗아오실까봐 걱뎡하고 있었습네다. 남들 눈이 있어서 됴심스럽기도 하디만, 아들 둘에 며느리 둘을 한꺼번에 맞아 누리는 이 늙은이의 기쁨을 시샘할까 싶어서요."

"기러믄 안 되디요. 기렇디만…… 오마니래 뵙고 싶어 못 견딜 땐 한 번씩 탗아봬도 되갔디요?"

"기땐 탗아오셔서도 똫습네다. 전하께서 기런 기분이 드는 날은 저 또한 전장에서 잃은 아들들이 그리운 날일 테니깐 말입네다.”

“알갔습네다. 탐다 탐다 못 견딜 때만 한 번씩 탖아뵙갔습네다. 긴데 오늘은……?”

영이 용건을 묻자 배씨 부인은 탁자 위에 놓인 보자기를 영 앞으로 밀었다.

“이게 뭡네까? 설마 배곯는 둘 아시고 음식을 싸오딘 않았을 거이고?”

영이 빙긋 웃으며 묻자 배씨 부인도 조용히 웃기만 할 뿐 말은 하지 않았다. 영이 조심스레 보자기를 푸니 자물쇠로 채워진 정육면의 함이었다.

“……?”

영이 의문을 품은 채 배씨 부인을 바라봤다.

“열어보시디요.”

배씨 부인이 함 옆에 매달려 있는 열쇠를 가리키며 말했다.

영은 조심스레 함을 열었다. 함의 모양이나 장식, 정교함으로 봐선 예사물건이 아닌 같았기 때문이었다.

과연…….

함 속에는 금이며 옥, 패물들이 가득 들어있었다.

“이, 이게 뭡네까?”

“전하의 물건입네다.”

“제 물건이라니요? 전 한 번도 이런 물건을 가져본 덕도, 본 덕이 없습네다.”

“기러시갔디요. 기건 전하를 위해, 중실씨를 뺀 4부의 수장들께서 모은 것이라 했습네다.”

배씨 부인이 그 패물의 내력이며 자신이 보관하게 된 사연을 말하기 시작했다.

영이 중실씨들의 살해 음모를 피해 산속에 은거하자 영을 보호하는 한편 영의 재기를 위해 지광을 비롯하여 신하들이 모였다. 4부의 수장들이 힘을 합쳐 영을 보위에 올리자는 뜻을 가지고 거사를 준비했다. 함에 담긴 패물들은 그때 모금된 것들이었다.

그러나 그걸 눈치 챈 중실씨들이 사치근을 암살하는가 하면, 거사에 가담한 사람들을 제거하기 시작했다. 지광 역시 신분의 위협을 느꼈지만 영의 안전한 피신이 먼저였기에 영이 피신하는 날까지 기다렸다. 그러나 냇골[川谷]에서 전투가 벌어졌다는 소식에 더 이상 기다렸다간 결코 무사하지 못하리란 생각에 도성에서 도망쳤다. 영이 혹시 살아있으면 주겠다고 생각하여 이 함을 가지고. 그러나 영을 만나고서도 이 함을 넘겨주지 않았다.

패물함의 사연을 알면 영이 받으려 하지 않을 것이고, 영을 만났던 그때는 패물함이 크게 필요치 않을 것이라 판단했기 때문이었다. 소금장사로 영이 벌어놓은 돈도 있고, 정당한 돈은 아니지만 범포가 그간 모아온 돈도 있을 것이기에. 하여 가지고 있다가 태자도에 어려움이 닥치면 통치자금으로 쓰게 하려고 보관하고 있었다.

그러다 자신의 생이 얼마 남아 있지 않음을 안 지광이 배씨 부인을 부르더니 그 패물함의 사연을 얘기하며 영에게 큰 어려움이 닥쳤을 때 넘겨주라고 했다. 배씨 부인은 지광에게 직접 주라고, 받지 않으려고 했지만 지광은 자신의 유언이라 생각하고 자신이 시키는 대로 해달라고 했다. 그리고 함을 넘겨주고 사흘 후에 돌아가셨고.

지광에게 패물함을 받아 보관하고 있던 배씨 부인은 광건과 광석, 그리고 바우를 통해 영의 상황과 태자도의 경제 상황을 꼼꼼히 파악하기 시작했다. 가장 긴요할 때 가장 의미 있게 쓸 수 있게 그 패물함을 넘겨주기 위해. 그러다 광건과 광석이 양식을 구하러 갔다가 반도 못 채우고 돌아왔다는 소식을 들었다. 하여 아들 형제를 불러 확인한 결과, 돈이 없어서 양식을 채우지 못하고 왔다는 사실을 확인했다. 그리고 대항해를 나서면서도 돈이 부족해 값나가는 물품들을 싣지 못한다는 소식을 들었다. 하여 지금이 패물함을 넘겨줄 때라고 생각하여 가지고 왔다고.

"기렇다믄 이건 제가 쓸 수 있는 게 아닙네다."

배씨 부인의 얘기를 다 들은 영이 울먹이며 말했다.

"기건 무슨 말씀입네까? 쓸 수 없다니요?"

"을 대로와 각부兮部 수장들의 피땀인데 어띠 제가 쓰갔습네까?"

"아니디요. 피땀이 아니라 목숨 값일 겁네다. 아마 이 패물들을 모으면서 듁을 각올 다녔을 테니까요."

"기러니 더 더욱 받을 수 없습네다."

"기럼 태자께선 충신들의 목숨 값을 내다버릴 생각이십네까? 이 데 이 패물의 주인들은 모두 돌아가셨고, 누가 어떤 패물을 내놓았는디도 모른다고 했습네다. 기렇다고 제가 처리할 수 있는 물건은 더 더욱 아니디 않습네까?"

"기렇기는 하디만 어떻게 신하들의 목숨 값을……?"

"기러니 딕금 전하께 더욱 필요한 물건이디요. 을 대로도 기랬습네다. 통치자금으로 드릴 생각이었다고. 기렇다믄 딕금이 바로 기 때가 아니갔습네까? 이 돈으로 태자돌 살리고 그 사실을 신하들뿐 아니라 백성들에게 알린다믄 네 사람의 뜻은 더욱 커디디 않갔습네까?"

"기렇기는 하디만……."

"기렇게 하십시오. 주제넘은 말씀인디 모르디만, 돌아가신 분들의 뜻에 가댱 합당하고, 그 분들의 충심을 널리 펴는 일은 기뿐인 것 같습네다."

배씨 부인은 어머니가 아들에게 하듯, 영의 손을 꼭 잡더니 한마디를 덧붙였다.

"딕금도 전하께 오마니래 필요한 것 같아서리 주제넘는 말을 많이 한 것 같습네다. 기러니…… 오늘은…… 제가 전하를 탖아온 게 아니라, 오마니가 아들이 보고파서 온 것으로 생각하셨으믄 좋갔습네다."

그러더니 조용히 손을 놓고 일어섰다. 그러자 영이 급히 물었다.

"오마니가 아니라 아바디여도 이러셨갔습네까?"

영은 눈물을 담은 눈으로 배씨 부인을 처다보았다. 그러자 배씨 부인이 조용히 웃으며 대답했다.

"아바디였으믄 소리를 디르셨을디도 모르디요."

63

태자도에 들어오는 날부터, 무범은 마음이 편치 않았다. 난민이나 다름없는 자신을 환대하는 것도 모자라 상상공이란 칭호까지 만들어 내려주고 극진한 예우를 해주자 가시방석에라도 앉은 기분이었다. 덕분에 태자도에 안착할 마음을 굳히기는 했지만 마음 한 구석엔 늘 채무의식이 자리하고 있었다.

그런 느낌이 정점에 달한 것은 신모굴 방문과 수신제 거행 때였다. 자신과 똑같은 무복을 준비하질 않나, 몽돌포로 이동할 때 같은 가마에 태우질 않나, 대장선에 자신의 자리와 나란히 자리를 마련하질 않나, 신모굴로 이동할 때도 자신과 나란히 가게 하질 않나, 수신제 거행 때도 당신과 함께 하라며 제를 공동으로 드리질 않나, 백성들과 만날 때도 손을 꼭 잡고 같이 만나게 하질 않나.

한 마디로 형제간이 아니라 같은 기질과 습성을 가진 쌍둥이가 움직이는 것처럼 당신과 함께 하라며 무범을 챙겼다. 그러자 모든 신하들뿐 아니라 백성들마저도 무범을 태자 대하듯 했다. 태자는 그걸 어찌 생각하는지 모르지만, 무범은 그게 부담스러운 정도가 아니라 부끄럽기까지 했다.

그러나 무범에겐 그게 낯선 것은 아니었다. 요동에 있을 때 장인 범석과 옥 대인, 예 대인이 태자와 비슷한 속성을 지녔던 것 같았다. 그들은 무범을 자신들이 모시는 주군이라 생각했기에 그런 행동이 가능했겠지만 태자의 생각과 행동은 그런 의식의 소산이 아니었기에 더욱 신경이 쓰였다. 그렇다고 내색할 수도 없었다. 마석·범포 장군을 대하는 태자의 행동을 보면 의식적인 행동이 아님을 알 수 있었다. 태자는 처음부터 그랬던 것처럼 두 사람에게 깍듯이 아버지에 대한 예를 갖추고 있었다. 또한 구명석을 비롯하여 나머지 신하들도 태자가 마석과 범포를 의당 그렇게 대해야 하는 것처럼 생각하는 것 같았다.

그러는 중에 인섭 왕자가 태자도에 들어왔다. 태자는 인섭 왕자에게도 무범에게 했던 그대로 극진한 예우를 했고 알뜰살뜰히 살폈다. 거기서 끝이 아니었다. 무범과 인섭 왕자를 자신과 똑같은 사람처럼 맞추려 했다. 잠만 따로 잤지 밥도 같이 먹고, 옷도 같은 옷으로, 신발도 같은 신발로, 심지어는 관자와 동곳마저도 같은 것으로 하게 했다. 그리고 태자가 태자궁을 나서는 순간, 둘을 동행시켰다. 자신이 앞서거나 그러지도 않았다. 셋이 나란히 걷고 같은 행동하기를 원했다.

무범은 그런 태자의 마음을 모르는 바 아니었다. 그건 인섭 왕자도 마찬가지였다. 인섭 왕자와 단둘이 있을 때 확인한 결과, 인섭 왕자도 그런 태자의 마음을 읽고 있었다. 그렇지만 태자의 마음과는 달리 두 사람의 마음은 편치 않았다. 셋을 구분시켜야 할 텐데 태자는 그럴 마음이 없는 것 같았다. 태자는 일부러 세 사람을 하나로 각인시키기 위해 그러는 것 같았다.

그리 되자 신하들이나 백성들은 세 사람을 하나로 인식하기 시작했다. 셋이 나란히 나타나지 않으면 오히려 이상하게 쳐다보거나 두리번거리며 없는 사람을 찾기까지 했다. 태자의 노력이 일정한 성과를 내고 있는 셈이었다. 그러나 그것만으로는 양이 차지 않는지 태자는 또 다른 음모(?)를 꾸미고 있었으니 태자란 사람은 알다가도 모를 사람이었다.

태자가 그 얘기를 꺼낸 것은 다름 아닌 정례회 때였다. 매월 초하루에 태자와 신료들이 태자궁에 모여 현안 문제들을 토의하고 있었다. 정례회는 저녁식사와 다과까지 곁들인 모임으로, 상황에 따라서는 술자리까지 이어지곤 했다. 물론 태자는 술을 마시지 않았지만 신하들을 위해 술을 내놓곤 했다. 이 정례회는 무범이 태자도에 들어오기 전부터 시작된 것으로, 석고대죄 이후 태자가 시행한 것이라 했다.

오늘 정례회는 결코 가볍지 않은 현안들이 있었다. 무범이 판단하기에 태자도의 경제 사정이 말이 아니었다. 춘궁기를 벗어나는 것도 문제지만, 부족한 재화를 충당할 특단의 조치가 필요해 보였다. 그건 바로 무역이었는데, 태자도에는 무역을 할 만한 돈도 물품들도 없었다. 더군다나 대장선을 비롯한 큰 배들이 모두 대항해에 나선 상황이라 산동이나 요동 또는 조선 반도로 배를 띄우는 일도 쉽지 않았다. 어떻게든 자구책 마련이 시급한 상황이었다. 하여 오늘 월례회는 그에 대한 집중적인 논의가 있을 것으로 봤는데 그에 대해선 누구도 입을 열지 않았다. 함구령이라도 내려졌는지 일언반구도 없었다.

대항해의 무사 기원과 옴팡포에서 건조 중인 새로운 배들의 빠른 완성에 대한 얘기들만 오갔다. 겉만 핥고 있었다. 그렇다고 무범이 그에 대해 언급할 수는 없었다. 아무런 재력도 능력도 없는 곁다리가 그런 묵직한 현안을 언급한다는 건 주제를 넘어서도 한참 넘어선 일이라 생각했기 때문이었다. 그건 인섭 왕자도 마찬가지일 것이었다. 인섭 왕자 또한 자신의 처지와 다를 바가 없으니까. 그렇다면 마석·범포 장군 중의 한 사람이나 구명석 중의 한 사람이 언급해야 할 텐데도 끝까지 함구하고 있었다.

그렇게 겉핥기식의 월례회를 마치고 저녁을 먹을 시간이 다 돼가자 마침 생각이 났다는 듯 태자가 입을 열었다.

"이번 기회에 무범 왕자, 인섭 왕자와 결의형제를 맺을까 하는데 어찌 생각들 하십네까?"

그 말을 듣는 순간 무범은 자신의 귀를 의심하지 않을 수 없었다.

분명 잘못 들었을 것이라 생각했다.

결의형제라니?

도저히 있을 수 없는, 그야말로 엉뚱하기 짝이 없는 발언이었다. 그런데 더욱 가관인 것은 마석과 범포 장군, 구명석, 바우의 반응이었다. 이미 예상하고 있었던 듯, 아니 진즉에 있었어야 할 일을 이제야 하는구나 하는 표정들이었다.

"전하, 아니되옵네다. 기건 있을 수 없는, 있어서도 안 될 일이옵네다."

"기러하옵네다, 전하. 어띠 이런 일을……?"

무범과 인섭이 거의 동시에 태자를 말렸다.

그러자 두 사람을 돌아다보며 태자가 칼로 무를 자르듯 잘라 말했다.

"두 사람 다 청 하나를 들어듀기로 하디 않았습네까? 이건 청도 아니디만 이미 약조했던 청을 이걸로 대신할까 하니 더 이상 왈가왈부하디 마시라요."

그 말에 인섭 왕자는 고개를 절레절레 흔들었다. 아무래도 인섭 왕자도 태자에게 청 하나를 약조했었던 모양이었다.

사실 무범도 태자와 약조 하나를 했었다. 태자도에 들어와서 얼마 지나지 않아서였다.

태자도에 들어왔지만 마땅히 살 곳이 없어 태자궁에 얹혀살 때였다. 태자가 기거하는 바로 옆방에 곁방살이로. 그런데 태자궁에 사는 게 여간 신경 쓰이는 게 아니었다. 어려서부터 혼자 사는데 익숙해선지 사람들 틈에 끼여 있는 게 불편했고, 잠도 제대로 잘 수 없었다. 하여 열흘쯤 지나자 태자에게 부탁을 했다.

"전하, 이데 태자궁에서 나가 살았으믄 합네다."

무범이 몇 번이나 망설이다 겨우 입을 열자 태자가 바로 물었다.

"아니, 왜 기러십네까? 서운하거나 불편한 점이라도 있습네까?"

"기게 아니라…… 소신은 어려서부터 혼자 사는데 익숙해선디 혼자 살고파 기럽네다."

그러자 태자는 그럴 수 있다고 생각하는지 고개를 끄덕였다. 그러나 대답은 무범이 예상했던 것과는 정반대였다.

"기러믄 제가 방을 옮기갔습네다. 기러믄 상상공이 돔 편할 거 아닙네까?"

"전하, 어띠…… 기건 있을 수 없는 일입네다. 기러고 기 정도가 아니라 아예 다른 집으로 옮겼으믄 하는 겁네다."

"상상공이나 저나 홀몸인데 서로 의지하며 살아야디요. 기래서 구명석도 따로 살갔다는 걸 나가디 못하게 해서 같이 살고 있는데……."

"전하의 기 마음을 모르는 바 아닙네다. 기렇디만 구명석과 소신은 다르디 않습네까?"

무범은 자신의 입장을 완곡하게 설명했다. 총기와 판단력이 남다른 사람이니 이해할 것이라 생각하고 진솔하게 말했다. 그러자 태자는 한참을 생각하더니 결론을 내린 듯 말했다.

"동습네다. 상상공의 청을 받아들이갔습네다. 기 대신, 상상공도 제 청 한 가딜 들여듀갔다 약조하십시오."

"청이라믄?"

"별 거 아닙네다. 기러고 디금 당장 할 것도 아니고 아무튼 언데든 제 청 한 가딜 들어듀갔다고 약조 먼뎌 해듀십시오. 기러면 저도 상상공의 청을 들어드리갰습네다. 어떻습네까? 기렇게 하시갰습네까?"

무범은 그 청이 뭔지 모르지만 태자의 성정상 무범이 감당하지 못할 정도의 청은 아닐 것이라 여겨 그러마고 약조했다. 그렇게 해서 태자궁과 담을 사이에 두고, 그것도 중문으로 바로 태자 거처와 통하게 집 한 채를 지어 딴살림(?)을 났다. 그러나 잠만 따로 잤지 그 나머지는 그대로였으니 한집살림이라 할 수 있었다. 그렇게 하여 청 하나를 들어주기로 했는데 인섭 왕자는 언제 약조를 했는지 궁금했다. 그래서 인섭 왕자를 바라보니, 청이란 게 이거였구나 싶은지 난감한 표정을 짓고 있었다. 그러나 태자의 청을 거절할 수는 없는지 어떤 말도 하지 않았다.

64

영은 친구인, 친한 친구끼리 함께 어울리는 구명석이 늘 부러웠었다. 친한 친구에 대한 동경은 구명석을 만나고 난 후부터였다.

계비의 감시와 모함으로 친구라곤 없는, 친구를 가질 수 없었던 삶이었기에 친한 친구는 하나의 동경이자 염원이었다. 그럴 수 없는 줄 뻔히 알면서도 그것에 대한 집착은 시간이 갈수록 커져만 갔다. 구명석을 보며 흉허물 없이, 밑구멍을 드러내도 이해해줄 수 있는 사람이 있다는 게 얼마나 큰 위로와 위안인지 알게 되었고 곁에서 지켜보며 늘 부러웠었다.

궁에 있을 때도 그랬지만, 궁에서 도망쳐 길 위의 나날들을 구명석과 함께 보내면서 세 사람이 너무 부러웠다. 미흡한 점은 매워주고, 상대가 가진 능력은 북돋아주고, 어려울 때는 서로 위로하며 셋이 힘을 합쳐 이겨나가는 모습은 부러움 그 자체였다.

조물주가 세상 모든 곳에 존재할 수 없어 자기 대신 어머니를 보냈다면, 세상 모든 곳에 함께 하지 못해 친구를 보냈을 것이란 생각이 들기도 했다. 친구란 누가 만들어주는 게 아니라 스스로 찾고 만들고 키워가는 것이기 때문이었다. 배필을 정할 때도 다른 사람이 개입할 수 있다. 부모나 가족이나 매파가. 그러나 친구만은 자신이 선택하고 서로 관계를 맺으며 신뢰를 키워가는 것이었다. 인간은 불완전하고 외로운 존재이기에 친구를 통해 완전하고 서로 의지하며 사는 것 같았다. 사람 인人 자는 두 사람이 서로 기댄 모습을 상형한 글자라 하는데, 서로 기댄 두 사람은 바로 친구가 아닐까 하는 생각까지 들었다. 특히 구명석이 흉허물 없이, 상스러운 말까지 걸쭉하게 주고받으며 자신의 마음을 터놓는 모습을 보고 있노라면 쓰디쓴 시간마저도 달콤할 것 같았다.

태자도에 든 이후, 친구에 대한 갈증도 더욱 깊어져갔다. 섬의 짠맛에 감염됐는지 친구에 대한 갈증에 자꾸만 목이 말랐다. 그럴즈음 무범 왕자와 인섭 왕자가 차례로 찾아들었다.

영은 두 사람을 친구로 만들고 싶었다. 하여 무범 왕자가 왔을 때 일부러 '벋'이란 말까지 썼던 것이었다. 하여 가까이에 살며 자주 접촉하다보면 아무래도 빨리 친해질 것 같아 태자궁에 머물게 했다. 그리고 관심을 가지고 지켜보며 공통점을 찾으려 노력했고, 마음을 다해 극진히 대했다. 친함은 공통성과 유대감을 통해 끈끈해지는 그 무엇이라 생각했기 때문이었다. 그러나 친구는 한 사람의 뜻에 의해서 맺어지는 게 아니었다. 두 사람 또는 그 이상의 사람이 서로 통하고 관계를 맺어 서로가 서로를 친구로 인정할 때만 가능해짐을 깨달았다.

무범 왕자는 영의 마음과는 달리 군신의 예에서 한 치도 벗어나려 하지 않았다. 영이 무범 왕자에게 가까이 다가가면 갈수록 무범 왕자는 그만큼 영에게서 멀어지려 했다. 어쩌다 농담이라도 할라치면 무범 왕자는 깜짝 놀라는 정도가 아니라 소스라쳤다. 더 했다간 경기를 일으킬 것 같아 두려울 정도였다.

하여 어느 날 구명석과 같이 있는 자리에서 물었다.

"세 사람이래 언제부터 벗이라 생각했시요?"

뜬금없는 물음에 세 사람은 동시에 영을 쳐다보았다. 그런 행동마저도 세 사람은 닮아있었다.

"무슨 뜻으로 묻는 거인디, 전하의 하문 의도를 모르갔습네."

구비가 조심스러운 어조로 받았다.

"아, 이데 이 사람은 내 벗이다 생각이 든 게 언데였냐는 말입네다."

그러자 명이가 킥 웃는가 싶더니 대답을 했다.

"이 간나들은 벗이 아니고 웬숩네다. 어릴 때부터 같이 댜랐고, 같이 어울리다 보니 벗텨럼 보이디만 이런 웬수들이 어디 있갔습네까?"

그에 질세라 구비가 바로 받았다.

"아, 간나. 누가 할 소릴⋯⋯."

그러자 석권이 나섰다.

"이놈들이 뭣하네? 딕금 어느 안전이라고 함부로 주둥일 놀리고 디랄이네. 전하, 송구합네다. 인간답디 않은 놈들 업어 키울라니낀 소신 등이 다 휘어뎄습네다. 기런데도 아딕도 털이 들디 않아 걱뎡이 이만뎌만 아닙네다."

석권이 두 사람을 말릴 때만 하더라도 흡족할 만한 대답이 나올 줄 알았다. 그러나 그건 영의 섣부른, 세 사람만 모였다 하면 어떻게 하는지를 잠시 망각한 판단이었다.

그러자 이번에는 구비가 되받아쳤다.

"머리에 든 건 없고, 가딘 거라곤 주먹과 힘밖에 없으니 하는 말하곤……. 똥장군 지게에 타든 탔디 너 등엔 안 업혀봤다, 이놈아."

그렇게 세 사람은 영이 앞에 있는 것도 잊어버렸는지 옥신각신 입씨름을 계속했다. 그런 모습을 지켜보는 영의 눈에는 눈물이 고였다. 어떻게 하면 세 사람처럼 나이가 들어서도 격의 없는 사이가 되는지 부럽기만 했다.

그걸 눈치 챘는지 명이가 둘을 말리더니 물었다.

"전하, 송구하옵네다. 셋만 만나믄 댜꾸만 어린애가 돼버려서리……. 소신들에게 하문하신 이유를 말씀해듀실 수 있갔습네까?"

그러자 나머지 둘도 정색을 하며 영을 쳐다보았다.

영은 무범 왕자와의 일을 털어놓았다. 가까이 갈수록 멀어지는 관계에 대해. 그러자 석권이 단도직입적으로 대답했다.

"어려서부터 맺어오디 않았기 때문에 쉽딘 않을 겁네다."

그러자 명이가 덧붙였다.

"소신의 생각키로는 상상공께선 전하와의 관계, 즉 군신 관계를 쉽게 벗어나디 않으려 할 거입네다. 전하야 기 벽을 허물고 싶어하시디만 상상공은 그 벽을 결코 넘디 않으려 할 거이기 때문입네다."

그에 구비도 한 마디 거들었다.

"시간이 해결할 문제라 생각합네다. 조급하게 생각하디 마시고, 시간을 가디고 디내다보믄 관계가 얼마간 정리될 겁네다. 기리고 이건 소신의 개인적인 생각이긴 한데 반드시 벋이 아니라도 기런 관계를 맺는 방법은 여러 가디니 기것도 한 번 생각해보시디요."

"다른 방법이라니요?"

"뭐, 가령 의형제라든디……."

"벋마더 피하는데 형제는 가능하갔습네까?"

"길쎄요. 기건 전하께서 어뚷게 판단하고 접근하느냐에 따라 달라디갔디요."

말을 들어보니 맞는 것 같았다. 억지로 할 수 없는 게 사람의 관계요, 그럴수록 어긋날 수 있는 게 또한 사람의 관계였다. 하여 예우와 언행은 전과 같이 하면서 곁에 두고 있자니 무범 왕자가 가까이 다가서기 시작했다. 인간관계는 자연스러움, 물이 흘러가듯 놓아두는 게 정답인 것 같았다.

그런데 인섭 왕자까지 섬에 들어오자 영의 마음이 변해갔다. 두 사람을 친구로 만들지 못한다면 형제간이라도 되고 싶었다. 무범 왕자나 인섭 왕자는 신분적인 면에서도 그럴 만한 조건이 되었다. 또한 두 사람은 천성이나 마음결도 영과 닮아있었다. 시간이 지날수록 형제란 느낌이 커져갔다.

하여 독대 자리에서 인섭 왕자가 갑옷을 넘기려 하자 조건 하나를 내걸었다. 무범 왕자에겐 이미 받아놨으니 인섭 왕자에게만 받아내면 될 것 같았다. 그리고 오늘 전격적으로 발표하기에 이른 것이었다. 구명석이나 두 중부에게 의논할까도 생각해봤으나 그럴 필요가 없을 것 같았다. 반대하지 않을 것이고, 이 문제만은 다른 신하들과 풀어야 할 게 아니라 당사자 셋이 풀어야 할 문제인 것 같았기 때문이었다.

결의형제結義兄弟

65

결의형제를 맺겠다고 하자 무범과 인섭 왕자는 불가함을 역설했다. 그러나 영은 못 들은 체했다. 이번 기회가 아니면 더 이상 기회가 없을 것 같았다. 지금 두 사람이 반대하고 있는데 그 일을 뒤로 미루었다고 마음이 바뀔 리 없었고, 그 마음이란 상황에 따라 변할 성질의 것도 아니었다.

중부들이나 구명석도 영의 결정을 지지해주었다. 영의 외로움과 쓸쓸함을 잘 알고 있기 때문일 것이었다. 태어나자마자 모후를 여의었고, 형제도 없이 혼자 자라다 어린 나이에 부왕마저 잃었으니 늘 혼자였다고 해도 과언이 아니었다. 그런 그에게 비록 의형제이긴 하지만 형제가 생긴다면 의지가 될 것이라 생각하는 듯했다. 하여 재고를 요구하는 두 사람에게 모든 신하들 앞에서 한 말이라 번복할 수 없고, 번복해서도 안 되니 계획대로 시행하겠다고 했다. 그러자 범포 장군이 태자도에서 외롭게 생활했던 경험에서 우러나

온 말까지 하며, 기호지세騎虎之勢니 하루 빨리 결의형제의 예를 치르는 게 좋겠다고 추임새까지 놔주었다.

결의형제의 예를 치르기로 마음먹었으니 규모를 얼마만큼 잡을 것인가를 결정해야 했다. 소박하게 세 사람과 신하들만 모아놓고 치를 것인가, 외부에 알려 대대적으로 치를 것인가가 고민이었다.

태자도 경제 상황을 고려하면 소박하게 치르는 게 맞을 것 같았다. 어려울 때일수록 허리띠를 졸라매야 하니까. 그러나 그리 되면 결의형제의 효과는 영 혼자만의 만족으로 그칠 가능성이 컸다. 백성들은 결의형제 사실을 모르니 어떤 변화도 기대할 수 없을 것이었다. 또한 백성들이 나중에 자신들 몰래 결의형제 맺은 사실을 알게 된다면 소외감 내지는 배신감을 느낄 수도 있었고, 그 감정은 민심 이반 내지는 반발로 확장될 수도 있었다.

대대적인 행사를 치르게 된다면 두 사람의 위상을 확고히 하는 기회가 될 것이었다. 이제 세 사람이 힘을 합쳐 태자도를 다스리게 됐음을 공식화하는 효과를 내게 된다. 위기상황에 세 사람이 합심하여 난국을 헤쳐 나가게 됐음을 알린다면 민심이 크게 안정될 것이었다. 그리 되면 백성들 스스로가 자발적이고 적극적으로 난국을 타개해 나갈 동력을 얻을 수도 있었다. 그러나 역효과를 낼 수도 있었다. 안 그래도 힘들어 죽겠는데 결의형제의 예가 웬말이냐고 백성들이 거부감을 보이거나 민심이 이반될 수 있었다. 또한 태자도 경제 상황을 더욱 악화시킬 수도 있었다.

둘 다 일장일단이 있었다. 파급효과나 역효과도 비슷했다. 그래서 더욱 고민스러웠다. 그러나 영은 오래 고민하지 않기로 했다. 물을 떠난 물고기는 살 수 없고, 백성을 고려하지 않는 통치자는 존재할 수 없는 것이란 생각이 들었기 때문이었다. 희로애락을 백성들과 함께 나누는 게 도리일 것 같았다.

결의형제의 예를 태자궁 앞에서 치러 모든 백성들에게 알리기로 했다. 그 대신 최대한 간단하고 소박하게 치르기로 마음먹었다. 그리 되면 경제적으로 큰 부담이 되지 않음은 물론, 모든 백성들과 함께 할 수 있을 것이었다. 여민락與民樂은 반드시 성대하고 거창해야 하는 게 아니잖은가.

66

기미년(己未年, 59년) 오월 초닷새. 결의형제의 예를 올리기로 한 날이 밝았다.

태자궁 앞엔 천막이 쳐져 있었다. 누가 언제 쳤는지는 알 수 없었지만, 날이 밝기 시작하자 천막이 눈에 띄었다. 오늘 행사나 의미를 생각할 때 턱없이 좁은 천막이었지만 오늘이 어떤 날인지를 알려주는 데는 부족함이 없었다.

태자궁이나 태자궁 주위에 새로 지은 신하들의 집은 조용했다. 평상시와 다른 움직임은 포착되지 않았다. 태자궁 앞에 천막이 쳐지지 않았다면 오늘이 무슨 날인지조차 모를 정도였다.

평상시와 다른 점을 찾으라면, 태자궁에서 좀 떨어진 광건의 집이었다. 무슨 일이 있는지 평상시와 다르게 부산하게 움직이는 소리가 감지되고 있었다. 아침부터 기름 냄새가 솔솔 담을 넘고 있었고.

길게 키를 키웠던 천막의 키가 작아지기 시작하자 사람들이 하나

둘씩 태자궁으로 모여들었다. 그들이 자리를 잡으려 하자 태자궁 안에서 군사들이 나오더니 사람들을 정리하기 시작했다. 바야흐로 예식 시간이 다 되고 있는 듯했다. 그럴 즈음 일군의 병사들이 태자궁으로부터 물건들을 날라 오더니 천막 안에 정리했다. 오늘 예식에 쓸 제물과 기물들이었다. 그러나 그 종류나 가짓수는 많지 않았다. 단출해서 시골 초례청을 연상시켰다.

잠시 후, 군사들의 통제와 안내로 태자궁 앞은 사람들로 꽉 채워졌다. 따가운 햇볕을 가리개로 가리며 혹은 앉고 혹은 서서 태자궁에서 태자 일행이 나오기를 기다리고 있었다. 그러나 잠시도 입을 가만두지 못해 조잘조잘, 재잘재잘, 웅성웅성 거렸다.

그러기를 한 식경쯤. 드디어 구명석을 앞세우고, 마석·범포·병택·철근을 뒤에 끌며 영·무범·인섭이 나왔다. 신하들은 자신의 직책에 맞는 관복을, 왕자 셋은 같은 예복을 입고 있었다. 특히 왕자들은 이제껏 본 적 없는 검정색에 황룡이 꿈틀대는 수가 놓인 예복을 입고 있었다. 그 모습에 모인 사람들이 놀라워했다. 그러나 세 사람은 평상시와는 달리 사람들을 쳐다보거나 돌아보지 않고 엄숙한 표정으로 앞만 보며 걸었다.

앞에서 길을 열던 구명석과 바우가 천막 앞을 지나치는가 싶더니 바로 돌아섰다. 그에 세 사람이 멈춰 서더니 제상祭床을 향해 돌아섰다. 왼쪽에서부터 영, 무범, 인섭 순이었다. 그러자 뒤따르던 사람들은 세 사람 뒤로 물러섰다.

그렇게 제의 준비가 끝났다 싶자 명이가 세 사람을 향해 고개를 깊이 숙여 인사를 한 후 세 사람을 향해 구령을 붙였다.

"삼형제 삼배!"

명이의 구령에 엄숙하게, 천천히 절을 하는 세 사람.

"분향!"

그러자 명이 곁에 섰던 석권이 앞으로 나섰다. 석권이 집사관執事官인 모양이었다. 석권이 향로를 들더니 사방을 향해 세 번씩 흔들었다. 그리고 세 사람을 향해서도 향로를 세 번씩 흔들었다. 부정한 기운을 맑게 다스리고, 잡것들을 내쫓는 의식이었다.

"삼형제 다시 삼배!"

다시 삼배하는 세 사람. 절이 끝나자 명이가 다시 구령을 붙였다.

"고 축문!"

석권이 축문이 놓인 쟁판을 영에게 권한 후 쟁반에 놓여있는 축문을 꺼내 읽기 시작했다.

기미년己未年 오월 초닷새 정축丁丑.

고구려의 태자 고영과 낙랑국 왕자 양무범과 부여국 왕자 부여인섭은 천지신명과 조상신들께 감히 고합니다.

우리 세 사람은 비록 나라는 다르지만 모두 일국의 왕자였습니다. 그러나 심술궂은 운명의 장난으로 조국을 떠나 여기 파도의 섬 낭도浪島까지 떠밀려오게 됐습니다. 통탄할 일이었지만 불가항력적인 상황을 어쩌지 못해 받아들일 수밖에 없었습니다. 그러면서도 더 이상 운명의 장난에 휘말리지 않기 위해 갖은 노력을 다해왔습니다. 그러던 중 세 사람은 운명처럼 만났고, 만나는 날부터 형제처럼 지내왔습니다.

서로가 서로를 믿고 존중하고 아끼며, 어려운 일은 힘을 합쳐 이겨냈고, 슬픈 일은 함께 나누어 반으로 줄였고, 즐거운 일은 함께 나눠 두 배로 늘려왔습니다. 그런 힘을 한 곳에 결집시켜 이 섬을 해상무역의 근거지로 만들기 위해 형제의 예를 맺고자 하오니 세 사람의 약속이 변치 않게 지켜주십시오.

천지신명과 조상신들이시여!

우리 세 사람은 나라도 다르고 성도 다르고 태어난 날도 다르지만, 죽음이 우리를 갈라놓을 때까지 결코 헤어지지 않을 것이고, 한날한시에 죽고자 합니다. 아니, 죽음이 우리를 갈라놓아도 오늘 이 자리에서 한 약속만은 어기지 않을 것입니다. 그러니 신들께서 우리의 약속을 지켜주시고, 세 사람의 앞날을 축복해주시기 바랍니다.

날을 좋아 오늘 오월 초닷새에 세 사람이 조촐하게나마 고기와 과일 채소를 마련하여 바치오니 흠향하시고 우리들의 약속을 지켜주십시오.

석권이 읽은 축문을 태워 하늘로 올려 보냈다. 그러자 명이가 다음 구령을 붙였다.

"일동 삽혈歃血!"

구비가 앞으로 나서자 군사 하나가 함지박만한 양푼을 구비에게 넘겨주었다. 그걸 넘겨받은 구비가 세 사람 앞으로 가지고 갔다. 그리고 영, 무범, 인섭 순으로 입술에 피를 바르게 했다. 삽혈에는 갓 목을 벤 말 피를 쓰는 게 일반적이었으나 오늘 바른 피는 말 피가 아니라 소 피였다. 오늘 모인 백성들에게 쇠고기와 소 뼈와 내장을 넣어 끓인 탕을 나눠주기 위해 영이 소 다섯 마리를 잡으라 했는데, 제일 먼저 도축한 소의 피를 입술에 바른 것.

구비가 삽혈 의식을 끝내자 명이가 마지막 구령을 붙였다.

"일동 하직 삼배!"

명이의 구령에 따라 세 사람이 엄숙하게 삼배를 끝내자 사람들이 환호했다. 그러는 중에 어디서 시작됐는지 모르지만 만세소리가 울리기 시작했다. 그 소리는 갈수록 점점 커져갔다.

"태자 전하 만세! 무범 왕자 만세! 인섭 왕자 만세! 삼 형제 만세! 만만세!"

조금 전까지만 해도 엄숙 경건하게 예식을 지켜보던 군중들이 목이 터져라 만세를 불렀다. 흥분된 목소리로, 눈물을 가득 담은 눈망울로, 팔이 빠져라 치켜들며.

세 사람이 그런 군중들을 향해 손을 흔들어주고 자리에서 벗어나려는 순간이었다. 한 사람이 군중들 사이에서 세 사람 앞으로 뛰어나왔다. 다름 아닌 바우였다.

"삼형제분은 댬깐만 기다려 듀십시오. 오늘 같이 둏은 날 기냥 들어가실 순 없디 않갔습네까? 내래 술과 안주를 독금 마련했으니 드시고 가시디요."

그 말에 영이 구명석을 쳐다보았다. 어찌 된 일이냐는 듯. 그러자 구비가 재빨리 바우 앞으로 가더니 팔을 잡아당기며 속사포로 쏘았다.

"아무 것도 준비하디 말라는 말 못 들었네?"

"기게 무슨 소립네까? 오늘 같이 둏은 날 술과 안준 있어야디요."

"기렇게 하믄 올 겨울은 어띠 날 거가? 손가락 빨며 살 거가?"

"거 톤, 이상한 소리 다하십네다. 보리래 무사히 거둬들였으믄 하늘과 땅에 고맙다고 하는 게 당연하니 마땅히 음주가무래 즐겨야 하고, 오늘 같이 둏은 날 입 심심히 넘어가믄 무슨 힘으로 농살 딧갔습네까?"

"이 사람이 댜꾸⋯⋯."

구비가 다시 말을 하려는데 명이가 다가오더니 구비에게 말했다.

"바우래 기때 회합장에 없어서 몰랐을 기야."

"뭐? 아 탐 기렇디. 기때 뭍에 나가있었디?"

"……?"

말을 알아먹지 못하겠다는 듯 바우가 두 사람을 쳐다보자 명이가 바우를 보며 물었다.

"기나뎨나 뭘 준비했네?"

"술과 안줏거리로 전 둠 붙이고……. 기럭뎌럭 우리가 나눠먹을 만큼 밥도 준비했고……."

"우리만 먹으믄 백성들은? 백성들 입은 입이 아니고 주댕이네?"

"기건 여기서 준비해서 나눠먹으면 되디 무슨 문제 있다고 기럽 네까?"

"기럼 예서 아예 댠틸라도 벌릴 셈이네?"

"당연히 기래야 하는 거 아닙네까?"

"나 탐! 댬시 기다리라 내래 태자 전하께 여뚜어 봐야갔다."

명이가 세 사람 앞으로 돌아가 상황을 설명하는 듯했다. 명이의 말을 들으면서 세 사람은 심각한 표정으로 바우 쪽을 바라보았다. 그러나 바우는 왜 이 난리인지 모르겠다는 듯 오히려 못마땅한 표정으로 서 있었다.

잠시 후, 얘기가 끝났는지 명이가 바우네 쪽으로 돌아오더니 빙긋 웃으며 소리를 질렀다.

"바우 자네가 큰일을 뎌딜렀네, 큰일을. 덕분에 우린 술 한 잔 마시게 됐고."

"기게 뎡말인가? 태자 전하께서 허락하셨네?"

"기럼 준비한 밥과 음식을 어띠하갔는가? 술이야 놔둬도 되디만 밥과 음식은 곧 썩어버릴 거 아니네?"

"기래? 기럼 우리도 먹을 준비 해야디."

두 사람이 기분 좋은 듯 밝게 웃었다. 그러나 두 사람의 언행을 이해하지 못한 바우는 두 사람을 멀뚱히 쳐다보기만 했다. 그러고 있노라니 석권이 뛰듯이 와선 바우의 어깨를 탁 치며 말했다.

"각실 댤 얻더니 사람이 달라졌어. 내래 자네 때문에 목구멍 청소하게 됐어."

구명석의 말을 이해할 수 없는 바우는 어리둥절한 표정으로 세 사람을 쳐다보기만 할 뿐이었다.

겉으로 드러나지는 않았지만 결의형제 예식을 치루기까지 곡절이 많았다.

무범과 인섭이 결의형제는 있을 수 없는 일이라며 거둬들여 달라고 요청한 것부터가 그랬다. 고금에 없던 일을 만들었다가 웃음거리가 된다는 것이었다. 또한 하늘에는 태양도 하나요, 달도 하나이듯 태자도를 다스리는 사람도 하나여야 한다고 했다. 그래도 영은 물러서지 않았다. 그냥 빈말로 던져본 게 아니라 오랫동안 고민한 끝에 결정한 것임을 강조했다. 또한 모든 신하들 앞에서 한 말을 번복한다는 건 주군으로서 치명적인 것임을 들어 강행하겠다고 했다. 자신의 조국 고구려도 5부제의 연합국이지만 그 어떤 나라보다 효율적인 체제를 갖추고 있고, 대륙을 호령하고 있지 않냐고 반문하기까지 했다.

영이 그렇게 강하게 나오자 무범과 인섭 왕자는 한 발 물러섰다.

"기러믄 둏습네다. 결의형제의 예는 올리되 딕금과 같은 체제를 유지하갔다고 약졸 해두십시오."

무범이 영에게 요구하자 영은 두 말 없이 약속했다. 이로써 결의형제 문제는 일단락 지어졌다.

그러나 거기서 끝이 아니라 시작이었으니 형제간의 서열문제가 대두되었다. 그 발단은 영의 말 때문이었다.

"나이로 보나 경륜으로 보나 맏이는 무범 왕자가 돼야디요."

결의형제 예를 올리기 위해 형제간 서열을 정하자고 하며 영이 말했다. 그러자 무범이 펄쩍 뛰었다.

"기, 기 무슨 말씀이십네까? 맏이를 누구로 한다고요?"

"다 오래 생각해서 결정한 겁네다. 기러니……."

그때였다. 무범이 태자의 말을 자르며 강경한 어조로 말했다. 단 한 번도 없었던 일이라 좌우가 깜짝 놀란 것은 두 말할 필요도 없고

"전하, 소신을 도적으로 만드실 생각이십네까?"

"기, 무슨 말씀을 기렇게?"

"기러디 않다믄 어띠 소신을 맏이로 놓을 생각을 하셨습네까? 이 태자도를 다스리는 분은 바로 태자 전하이시고, 이 태자도는 태자 전하의 것입네다. 소신이나 인섭 왕자는 기런 태자도에 몸을 의탁하고 있는 식객에 불과합네다. 기런데 어띠 기런 생각을 하신단 말씀입네까? 태자도의 백성들뿐 아니라 모든 사람들에게 소신을 도적으로 몰 생각이 아니시다믄 어띠……."

그러더니 병택을 향해 말했다.

"병택 장군, 우리가 태자돌 떠날 때가 된 것 같습네다. 여기 계속 있다간 도적놈이 되고 말갔습네다."

그러자 병택이 두 말 없이 일어섰다. 병택도 무범 왕자의 말이 백 번 지당하다는 표정이었다.

"갑세다."

무범이 일어서자 인섭과 철근도 따라 일어섰다. 그러자 영이 깜짝 놀라는 것 같았다. 두 왕자의 반응이 예상 밖인 듯했다. 그러나…… 영이 잠시 멈칫하더니 밖에다 대고, 엄한 목소리로, 모두 들으라는 듯이, 소리쳤다.

"밖에 호위대장 있네? 호위대장은 딕금부터 내가 하는 말 달 들었다가 한 티의 어긋남 없이 시행하라. 딕금 여기로 통하는 모든 문을 봉쇄하고 단 한 사람도 나가디 못하게 막으라. 명을 어길 신 호위대장의 목부터 틸 거이다. 알갔는가?"

영의 호령에 호위대장이 더 큰 목소리로 대답했다.

"분부 받잡갔습네다. 딕금부터 개미 새끼 하나도 나오디 못하게 막갔습네다."

영의 돌발 행동에 회의실은 싸하게 얼어붙었다. 그도 그럴 것이 단 한 사람도 나가지 못한다면 회의실에 있는 모두를 감금하겠다는 말이나 다름없었기 때문이었다. 강경한 정도가 아니라 초강경의 수를 두고 있었다. 무엇이 영을 그렇게 만드는지, 만들었는지 알 수 없지만 영은 승부수를 띄우고 있었다. 어쩌면 이미 무범·인섭의 반응을 예상하고 호위대장에게 명령을 내려놓았는지도 모를 일이었다. 초강경 정도가 아니라 초초강경한 수를 두고 있었다.

"딕금까디 많은 어려움을 이겨내기도 했고 많은 문제들을 풀어오기도 했는데, 결의형제 문제가 이렇게 어려울 듈 몰랐습네다. 기러고 내가 이런 방법까디 동원할 듈은 더 더욱 몰랐고."

눈물을 보이지는 않았지만 영의 목소리는 흥건히 젖어 있었다. 목소리를 짜면 물 한 됫박은 넉넉히 나올 것 같았다. 그렇다고 흥분한 것 같지는 않았다. 오히려 착 가라앉아 있어 보였다.

잠시 감정을 추스른 영이 다시 말을 이었다.

"기만큼 나는 절박합네다. 기러니 어뚛게든 오늘 이 댜리에서 매듭디어야 합네다. 기러기 전에는 기 누구도 여길 나가디 못합네다. 기건 나도 마탄가디고."

배수진을 치는 정도가 아니라 사생결단을 내겠다는 말이었다. 그 말에 그 누구도 말하지 않았고, 미동조차 하지 않았다.

"댜, 이데 내 뜻을 알았으니 다리에 앉으시라요. 난상으로 문제를 해결해 봅세다."

일어섰던 사람들이 앉았다. 화가 나거나 마지못해 앉는 게 아니었다. 영의 말에 감명을 받았는지, 영의 젖은 목소리가 심금을 울렸는지는 모르지만 조용히 다시 앉았다. 그러자 영이 다시 입을 열었다.

"듐 전에도 말했디만, 난 무범 왕잘 맏이로 세우고 싶습네다. 나이도 기렇디만 무범 왕자래 수천의 유민들을 하나로 결집시켜 축성했던 경험이 있고, 수천의 군사를 거느리고 한나라와 싸웠던 전력도 있습네다. 기러니 태자도를 대륙과 바다를 잇는 해상무역의 근거지로 키우려면 무범 왕자의 경험과 덕망이 필요합네다. 태자도를 키워보려는 거입네다. 기에 대해 이견이 있는 사람은 허심탄회하게 말씀해 보세요."

그러자 영의 뜻에 반대하는 말들이 쏟아졌다. 맏이는 영이 되어야 한다는 것. 심지어는 늘 영을 지지해주었던 구명석까지 무범과 뜻을 같이하며 영을 압박했다. 특히 명이는 나이와 관계없이 서열을 정했던 고금의 예를 들며 나이와 서열은 별개임을 강조했다.

그쯤 되자 영도 더 이상은 버티기 힘든지 자신의 뜻을 수정할 의사를 비쳤다.

"뎡 기렇다믄 내가 맏이가 되긴 하갔디만, 무범 왕자가 나보다 위인 것만은 변티 않는 일이요."

그 틈을 명이가 놓치지 않고 파고들었다.

"기렇다마다요. 나이는 나이대로, 서열은 서열대로 하심이 상책인 것 같습네다."

명이의 말에 모든 신하들이 지당하다는 뜻을 표하자 영이 결론을 내렸다.

"둏습네다. 뎡 기렇다믄 내가 맏이가 되디요. 기렇디만 사적인 댜리에선 무범 왕자가 나의 형입네다. 기러니 모든 신하들은 기렇게들 알고 무범 왕자를 대우해듀시기 바랍네다. 기럭하믄 되갔습네까?"

태자가 두 왕자를 바라보며 묻자 무범이 자리에서 일어나 고개를 숙이며 답했다.

"전하의 뜻 받들어 한 티도 어긋남 없이 행하갔습네다."

그 말에 인섭도 일어서서 자신의 뜻을 밝혔다.

"저 또한 두 분의 뜻에 어긋나디 않게 행하갔습네다."

그렇게 서열 문제는 정리됐다. 자칫 파국으로 치달을 뻔했던 결의형제 문제가 일단락 지어진 것. 그러나 그것으로 끝이 아니었다. 난제를 해결한 후여서 다소 홀가분한 마음이긴 했지만 넘어야 할

산이 하나 더 있었다. 결의형제 행사를 어떻게 치를 것인가를 결정해야 했다.

삼형제의 탄생을 태자도 백성들에게 알려야 한다는 데는 이견이 없어 태자궁 앞에서 거행하기로 했다. 그런데 규모가 문제였다. 특히 행사 후에 연회를 할 것인가 말 것인가가 쟁점으로 떠올랐다.

영은 행사에 참석한 백성들을 그냥 돌려보낼 수 없으니 연회를 하자고 했지만 무범이 말렸다.

"제가 생각하기론 연회는 안 하는 게 돟을 것 같습네다. 연회를 할래믄 기 경비가 만만티 않을 거고, 건석 형제래 목숨을 걸고 대항해에 나선 이때 연회를 하는 건 바람직하디 않을 것 같습네다."

무범이 건석 형제의 부재를 빌미삼아 연회를 말렸지만 태자도 경제사정을 고려하여 말리는 듯싶었다. 무범이 태자도의 경제사정을 눈치 채지 못했을 리 없었다. 그건 이어지는 왕자를 뒷말을 들어보면 의중을 짐작할 수 있었다.

"기러니 제의도 간단하게 티르는 게 돟갔습네다. 제상도 최대한 간소하게 챠리고, 백성들에게 알리는 게 주목적이니 백성들 앞에서 천지신명과 조상신들께 축을 고하는 정도로 마티는 게 돟을 듯합네다."

그러자 영이 서운한 듯 말했다.

"아무리 기래도 기렇디. 우리 삼형제가 새로 태어나는 건데, 기건 너무 한 것 아닙네까?"

"기렇디 않습네다, 전하. 조촐하고 간단하게 의식을 티룬다 하여 기 뜻마더 얇아디는 건 아니라고 생각합네다. 힘든 이때 우리 삼형제가 본을 보여야 하디 않갔습네까? 기래야 백성들도 허리끈을 졸라매고 이 상황을 이겨낼 거입네다. 나듕에, 건석 형제가 돌아오고 우리가 넉넉해디면 기때 다시 성대히 티루기로 하시디요."

"거 탐……. 틀린 말은 아닌데 마음이 펀티 않으니 원. 기래 인섭 왕자 생각은 어떻습네까?"

무범과는 승산이 없다고 생각했는지 영이 인섭을 붙들고 늘어졌다.

"저야, 좀 전에도 말씀드렸다시피, 두 형의 뜻을 따르갔다고 하디 않았습네까? 형들이 뚷다믄 저 또한 뚷습네다."

인섭이 싱긋 웃으며 대답했다. 둘째한테 안 되니 날 끌어들이려는 것이냐는 듯. 자신도 둘째 형 말에 동의한다는 듯.

"알갔소. 두 사람의 뜻이 기렇다믄 기 뜻에 따라야디요."

결국 영이 물러섰다. 영은 서운한 듯 입을 다셨으나 홀가분한 듯했다.

그러자 나머지 일은 일사천리로 진행되었다. 태자궁 앞에 작은 천막 하나를 쳐놓고 그 천막 속에 초례청을 차리듯 검박하게 제상을 차리기로 했다. 제의는 축문 고하고 삽혈하는 것으로 간단히 마치기로. 준비와 집행은 구명석이 하기로. 그렇다고 백성들을 그냥 돌려보낼 수는 없으니 삽혈에 쓸 소를 잡는 김에 네 마리를 더 도축하여 탕을 끓여 나눠주기로.

그렇게 난항 끝에 오늘 행사 계획을 세웠고, 그 계획대로 진행하고 있었는데 회의에 참석하지 않았던 바우의 돌발행동(?)으로 일은 새로운 국면으로 접어들고 있었다.

명이의 보고를 받은 영은 기럼 기렇디 싶은지 낯빛을 밝혔다.

"바우래 모르고 한 일을 어띠 할 수 없고, 성의껏 준비한 걸 물릴 수도 없고……. 옷을 갈아입고 나올 테니낀 챠려 놓으라고 하시라요.”

영은 두 동생이 뭐라 할 여유를 주지 않으려는 듯 몸을 돌려 먼저 앞서가 버렸다.

68

바우가 장만한 음식을 펼쳐놓자 구명석의 입이 딱 벌어지고 말았다. 음식 양도 양이려니와 가짓수가 잔칫상 그대로였다.

“이, 이걸 다 언데 준비했네?”

구비가 코를 킁킁거리며 묻자 바우가 쑥스러운 듯 농담을 했다.

“우리 식구가 멫입네까? 우리 오마니에, 장모에, 아내에, 처형에, 제수씨에, 아들에, 조카들까디. 형과 아우가 있었다믄 열 아닙네까? 이 뎡도야 새발의 피디요.”

“일할 사람은 기렇다텨도, 너그 집 기둥뿌리 다 뽑혔갔다야.”

석권이 바우의 어깨를 툭 치며 농을 하자 곁에 있던 구비가 음흉한 웃음을 흘리며 뱉었다.

“바우가 이 정도니낀 두 장군은 이보다 더 내갔디요?”

마석과 범포에게 던지는 말에 범포가 기다렸다는 듯이 받았다.

“이 간난 속이 콩알이라 이 정도도 어림없을 겁네. 기러니 통 큰 내가 움딕여야갔디요.”

그러면서 바로 몸을 돌리자 마석이 그 뒤를 쫓아가며 소리를 질렀다.

“뎌 둥간나 새끼 때려댑고 곧 돌아올 테니낀 듁금만 기다리고 계시라요."

그렇게 범포와 마석이 음식을 내놓자 곧 태자도의 부엌이 달구어
지기 시작했다. 범포와 마석이 나서서 음식을 내놓는데 다른 사람
들이 가만히 있을 리 없었다. 태자궁 앞에 솥이 걸렸고, 밥이 앉혀졌
고, 아낙들은 솥뚜껑을 걸어 음식을 마련하여 정말 잔치다운 잔치
를 준비하기 시작했다. 누가 말리거나 제지할 틈도 없었다. 모두들
내심 바랐지만 아무 것도 못하게 하는게 서운했던 차라 모두 팔을
걷어붙이고 나서는 듯했다.

"이거이 데대로 된 댠티디. 댠티가 댠티다워야 댠티디."

"난 오늘 댠티에 왔다가 밥 굶는 둘 알았어."

"보리 거뒀을 때 배꼽 튀어나오게 먹어봐야디. 언제 배꼽 튀어나
오게 먹어보갔네."

사람들은 신이 나서 떠들어댔다. 누구 하나 망설이거나 머뭇거리
지 않았다. 태자궁 앞뿐 아니라 태자궁 주위가 전부 잔칫집이 되었다.

그뿐만이 아니었다. 음식이 마련되자 어느 구멍에서 나왔는지 술
이 흘러나왔고, 술이 들어가자 흥이 솟기 시작하는지 노랫가락이
일었고, 노랫가락에 군데군데 춤판이 벌어지기도 했다. 고된 농사
일 끝에 밭두렁에서, 공사현장에서 추던 춤이 절로 나온 것이었다.
특히 태자궁 주변의 나무 그늘에 모여 감춰뒀던 흥을 뽑아냈다. 그
리 되자 조무래기들이 먹을 걸 들고 뛰어다녔고, 동네 개들도 조무
래기들에게 질세라 쫓아다녔다. 그야말로 잔칫날다웠다.

"이거이 사람 사는 거디. 힘들수록 흥을 낼 수 있게 해야 이겨낼
힘을 갖디."

뜻하지 않게 자신으로부터 시작된 잔치가 보기 좋은지 바우가

흡족한 얼굴로 말했다. 그러자 곁에 앉았던 벌테가 화답했다.

"마누라 듁고 삼 년 만에 뭐한다더니…… 만수산 떠나서 텨음인 거 같수. 댜, 이거이 바우 형 때문이니 내 술잔 한 잔 받으슈. 오늘부터 형으로 모시갔수."

"이런 고얀! 기럼 언덴 형이 아니고 아시였네? 기러디 말고…… 왕자들도 오늘 의형제 맺었는데 우리도 의형제 맺을까?"

"싫수. 형한텐 광건 형제가 있디 않수?"

"이놈아, 기럼 사형제 맺으믄 되디 뭐가 걱뎡이네. 나야 벨볼일 없디만 우리 형과 아운 달라. 의형제 맺어듀면 너한테 득이 되디 해가 되갔네?"

"기럼 기러시든디."

벌테가 웃으며 대답하자 바우가 벌테의 두 손을 꽉 잡으며 말했다.

"외로운 사람끼리 어울려 살아야 뎨맛이디 혼차 살믄 무슨 맛이 있갔네."

"기럼요. 기건 우리 두 형제가 닮은 것 같수."

벌테도 바우의 손을 마주잡았다. 그렇게 두 사람, 아니 네 사람도 의형제가 되었다.

절치부심切齒腐心

69

1년여의 준비 끝에 태자도를 공격할 준비가 마무리되고 있었다.

대모달의 통 큰 지원 덕분에 서안평에 대규모 조선장造船場을 설치할 수 있었고, 인력도 충분히 확보할 수 있었다. 대모달과 태후의 뜻에 따라 왕명이 떨어졌고, 왕명으로 인력을 징발할 수 있었다.

전선 건조에 동원된 인력의 대부분은 서안평 주변에 산재해 있는 조선장에서 징발한 인원들이었고, 단순 노동에는 서안평 주변의 백성들과 점령지에서 끌고 온 노예들이 투입되었다. 도목수와 도편수도 서안평 주변에 산재해 있는 조선장에서 징발한 인원이었지만 그들에겐 일정한 임금을 주기로 했다. 그들이 딴마음이라도 먹게 되면 배가 제대로 건조되지 않을 수 있고, 배의 결함은 당장 나타나는 게 아니라 항해 도중에 나타나고, 조그마한 결함이 곧 군사들의 목숨과 직결된다는 대모달의 명에 따른 것이었다.

하여 도목수와 도편수의 품삯 외에는 돈들 일이 없었다. 나머지 인력들에게는 식량과 의복만 내주면 그만이었다. 그런데도 대모달은 경비를 넉넉하게 내려주었다.

"이렇게 많은 돈은 필요 없습네다. 달 아시다시피 큰 돈 들어갈 구멍이 없습네다."

궤짝으로 내려주는 돈을 두치는 사양했다. 돈을 벌려고 하는 일이 아니었다.

"받아두라. 영 기 간나새씨 없애는데 뭘 아끼갔네. 기 간날 없애디 않고선 나나 태후가 어띠 편한 잠을 댜갔네? 기러니 돈 아끼디 말고 쓰라. 기깟 푼돈 아낀다고 일 늦튜디 말고."

"달 알갔습네다. 대모달의 뜻에 한 티도 어긋남 없이 시행하갔습네다."

두치는 다시 통 크게 나오는 대모달이 고맙기도 했지만, 그만큼 영을 없애고자 하는 태후와 대모달의 의지를 확인하는 듯하여 머리를 숙이지 않을 수 없었다.

애초 두치는 전선 30척 정도를 건조할 계획이었다. 20척에 군사를, 나머지 10척에는 병참을 실어 태자도를 공격할 계획이었다. 20척에 군사 100명씩 태운다 해도 2천이었다. 2천의 군사만 동원하면 태자도쯤은 뭉개고도 남을 것이었다. 태자도 전체 인구가 1천이 조금 넘는다고 했으니까 군사는 다 합쳐봐야 기껏 5백 남짓일 것이기에 2천의 군사면 태자도를 박살내는데 어려움이 없을 것 같았다. 그러나 대모달은 태자도뿐만 아니라 한나라까지 생각하고 있었다.

"배를 건조하는 김에 많이 건조해두라. 아무래도 산동반돌 텨야 갔어. 백제래 조선반도로 들어오니껀 한나라 아새끼들이 껄떡거리는 눈꼴사나워서 안 되갔어. 기횔 봐가며 내똫아 버려야디. 기 땅도

다 조선 땅이었으니낀 결국 우리 땅 아니네."

"달 알갔습네다. 소인의 눈이 어띠 대모달을 따라갈 수 있갔습네까?"

그렇게 해서 100척을 건조하고 있었다.

그러나 배 건조는 결코 만만한 일이 아니었다. 소형 고기잡이배나 무역품을 싣는 상선이 아닌 군사들을 싣고 전투를 하는 군선을 건조하려니 공정이 이만저만 복잡한 게 아니었고, 공법도 까다롭기 그지없었다. 도목수와 도편수가 침을 튀기고 입에 거품을 물며 설명을 했지만 도저히 알아들을 수가 없었고, 알아듣는다 해도 두치가 결정하거나 수정·보완할 수도 없었다. 하여 두치는 딱 잘라 말했다.

"한 텩에 100명씩 태울 수 있게 만들되, 빠르고 단단하게 만들라. 낭도浪島 아새끼들 배가 나오믄 기냥 받아서 물속에 가라앉힐 수 있게. 기 다음 것들은 너그들이 다 알아서 하고."

그렇게 도목수와 도편수에게 일임하고 두치는 진척상황을 확인하는 것으로 날들을 보냈다. 조선장 옆에 있는 주막 하나를 통째 빌려 도목수와 도편수에게 언제든 먹고 마시고 하고 싶은 대로 하라고 했다. 그리고 자신은 날이 궂어서 일을 못하는 날을 제외하고는 매일 조선장에 들어가 독려했다. 그러면서 영 그 간나새끼를 잘근잘근 씹을 수 있게 이빨을 갈고 또 갈았다.

두치가 영에게 말로 다 못할 적대감을 품은 데는 나름대로 이유가 있었다. 세 번이나 놓친 것도 그랬지만 염전지대에서 국내성으로 돌아온 후 대모달에게 당한 수모는 죽어서도 잊을 수가 없을 정도였다.

처음에 대모달은 두치를 포용할 뜻을 내비쳤다. 그러나 그건 말뿐이었다. 두치에 대한 실망감과 배신감을 감추기 위한, 자신이 소인배가 아님을 보이기 위한 몸짓에 불과했다.

다음날부터 대모달은 두치를 투명인간 취급했다. 눈길을 주지 않을 뿐 아니라 눈을 마주쳐도 모른 채했다. 인사를 드려도 제대로 받지도 않았다. 미움도 기대감이 있을 때나 생기는 감정이지 모든 걸 포기한 사람에겐 미움의 감정마저도 사치라는 듯이 철저히 외면했다. 그렇다고 홀대하거나 업신여기지는 않았다. 다른 식객들이나 대모달에게 눈도장을 찍기 위해 뻔질나게 드나드는 사람들과는 비교도 할 수 없을 만큼의 대우를 해주었다. 그럴수록 두치는 가시방석에라도 앉은 듯 마음이 편치 않았고, 사람들과 어울리지 못한 채 겉돌 수밖에 없었다. 그 모든 것이 대역죄인 영 때문이었기에 하루에도 수십 번씩 영을 이빨 위에 올려놓고 씹고 또 씹었다.

장작 위에서 자며 복수를 다짐했던 부차夫差와 쓸개를 맛보며 원수를 잊지 않았던 구천句踐를 떠올리며 복수의 날만 기다렸다. 등이 다 벗겨지고 어깨가 짓무르면서도 간나새끼 영이 나타나기만을 기다렸던 염전에서의 나날들을 상기하며 참고 또 참았다. 그러면서 최대한 대모달의 눈에 띄지 않게 조심하며 식객들과 관직 구걸을 위해 대모달 집에 드나드는 사람들을 사귀었다. 그렇게 숨죽인 채, 있는 듯 없는 듯 몸을 숨기고 다니기를 한 달. 드디어 대모달이 두치를 불렀다.

"대역죄인 영이 낭도에 은거한 태 세력을 규합하고 있다는데 기냥 강 건너 불구경이나 할 생각이네?"

무슨 일이 있었는지 퇴궐하자마자 두치를 부르더니 언성부터 높였다.

"……?"

"공짜 밥도 하루이틀이디 언뎨까디 밥만 튝낼 생각이냔 말이야?"

"기, 기것이…… 전선戰船과 병사들이 없어서리…….."

"전선이야 목수와 편수들을 동원하여 만들믄 기만이고, 병사들이야 오늘이라도 차출하면 기만이디. 언뎨까디 식객들과 말동무나 할 생각이네? 기랠래고 여 와 있는 거네?"

두치는 대모달의 의중을 짐작키 어려워 고개를 들어 대모달을 바라보았다. 수염이 파르르 떨리는 게 참기 힘든 일을 당한 듯했다. 아무래도 그 일이란 대역죄인 영과 관련이 있는 듯했다.

"아닙네다. 내일 당장 움딕이갔습네다. 대역죄인 영을 없앨 수만 있다믄 듁음마뎌도 두렵디 않습네다."

"기래, 기래야디. 기래야 하고말고. 내일 당장부터 움딕이라."

그러더니 금궤를 두치에게 밀어주며 말했다.

"자금이며 인원 동원에 대해선 걱뎡하디 말고 하고 싶은 대로 마음껏 해보라. 기러고…… 이게 마디막이란 것도 닛디 말고."

"뎔 알갔습네다, 대모달."

두치는 이마를 방바닥에 대며 감격하지 않을 수 없었다. 정말 마지막 기회라 생각하고 젖 먹던 힘까지 낼 생각이었다.

그렇게 해서 대모달의 지원하에 1년을 서안평에서 보내며 도목수와 도선공, 인부들을 닦달하자 군선 30척이 위용을 드러내기 시작했다. 밑바닥과 골격을 완성하고 옆구리를 쌓아올리기 시작하자 배의 모습이 보이기 시작했다. 거기에 이물과 고물을 앉히자 생각했던 것보다 어마어마했다. 태자도에 잠입했을 때 몽돌포 뒤쪽 옴팡포에서 건조하던 배와는 비교도 할 수 없을 만큼 크고 날렵해 보였다.

그러는 중에도 두치는 낭도에 대한 정보 파악에 소홀히 하지 않았다. 두치는 대모달이 주는 건조비용의 일부를 헐어 태자도에 첩자들을 파견하고 있었다. 대역죄인 영이 무슨 짓을 하는지가 궁금했고, 지피지기면 백전불태라 하지 않았던가. 적을 알지 못하면 대책을 세울 수 없고, 적을 제대로 파악하지 않고 싸움을 건다는 건 섶을 지고 불구덩이에 달려드는 일이나 다름없었기에 적정을 면밀히 살폈다. 그런데 첩자들이 물어오는 정보나 들려오는 소문은 두치를 자극했다.

낙랑 멸망 때 도망쳤던 양무범이 산동반도에서 태자도로 들어갔다는 정보가 들어왔고, 갈사국 왕자의 난을 피해 도망친 부여인섭까지 태자도에 들어갔다는 보고도 있었다.

'기래? 이거 달만 하믄 돌팔매질 한 번에 새 세 마리를 한꺼번에 답갔기만 기래.'

유유상종이라더니, 도망자 셋이 태자도에 모여 있다는 소문을 듣고 두치는 비릿하게 웃었다. 아무 힘도 없는, 도망자 셋이 모여 뭘 하겠다는 건지 웃음밖에 안 나왔다.

그러나 그것도 잠시. 영은 역시 만만한 인물은 아니었다. 낭도에서 날아드는 정보들이 낭도를 만만하게 볼 수 없게 하고 있었다.

사방에서 낭도로 들어가는 인원들이 계속 늘고 있다고 했다. 그리 되자 양식이 부족한지 요동반도에서 양식을 사들인다는 보고도 들어왔다. 대형 상선 다섯 척을 건조하여 백제와 삼한, 그리고 남쪽

바다 끝에 있는 주호와 교역하기 위해 떠났다는 보고도 도착했다. 그와 함께 도망자 셋이 결의형제를 맺었다는 소식도 날아들었다.

그렇게 태자도에 대한 정보가 하나씩 쌓여 서안평에서도 태자도의 상황을 훤히 들여다볼 수 있게 되었을 즈음, 30척의 전선도 마무리되었다. 대모달은 100척을 건조하라고 했지만 30척이 완성단계에 이르자 두치는 좀이 쑤셔 견딜 수가 없었다. 태자도를 공격하기에는 지금이 적기라 때를 놓치면 안 될 것 같았다. 쥐새끼 같은 태자가 이쪽 상황을 알게 된다면 또 어디로 도망칠지 몰랐다. 바다 건너 멀리 도망치기라도 한다면 추적이 더 어려워질 것이었다. 그리 되면 추적을 포기해야 할지도 몰랐다.

"됐어. 이데 됐어. 내래 대모달께 보고하고 올 테니낀 마무리들 덧고 있으라."

30척이 얼마간 완성됐다 싶자 두치는 일각이라도 빨리 대모달에게 알리고 싶었다. 그도 기뻐할 것이고, 모든 작전권을 자신에게 내려 태자도를 공격하라 할 것이었다. 이제 영뿐만 아니라 무범, 인섭을 비롯해 낭도의 떨거지들을 모두 쓸어버릴 때가 된 것이었다.

두치는 더위도 잊은 채 평양(평양이란 도성을 뜻함. 따라서 평양은 현재의 평양이 아니라 고구려 도성인 집안을 말함)을 향해 말을 달리고 또 달렸다.

<4권 끝. 5권에서 계속>

| 지은이 소개 |

이성준李成俊
제주 조천朝天 출생
제주대학교·동 대학원 졸업
단국대학교 대학원 졸업(문학박사)
남녕고등학교·성남 효성고등학교 국어교사
제주대학교·단국대학교 강사

2000년 시집 『억새의 노래』 발간
2006년 시집 『못난 아비의 노래』 발간
2010년 시집 『나를 위한 연가』 발간
2013년 시집 『발길 머무는 곳 그곳이 세상이고 하늘이거니』 발간
2012년 창작본풀이 『설문대할마님, 어떵 옵데가?』 발간
2012년 소설집 『달의 시간을 찾아서』 발간
2015년 장편소설 『탐라, 노을 속에 지다 1·2』 발간
2018년 장편소설 『해녀, 어머니의 또 다른 이름 1·2』 발간
2021년 대하소설 『탐라의 여명 1·2』 순차적 발간
2022년 대하소설 『탐라의 여명 3·4』 동시 발간

탐라의 여명 4

초판 인쇄 2022년 8월 5일
초판 발행 2022년 8월 13일

지 은 이 | 이성준
펴 낸 이 | 하운근
펴 낸 곳 | 學古房

주   소 | 경기도 고양시 덕양구 통일로 140 삼송테크노밸리 A동 B224
전   화 | (02)353-9908 편집부(02)356-9903
팩   스 | (02)6959-8234
홈페이지 | http://hakgobang.co.kr/
전자우편 | hakgobang@naver.com, hakgobang@chol.com
등록번호 | 제311-1994-000001호

ISBN 979-11-6586-470-5 04810
     979-11-6586-128-5 (세트)

값 : 24,000원